Adicta
a ti

KRISTA Y BECCA
RITCHIE

Traducción de Elena Macian

Montena

1

Me despierto. Mi camiseta está arrugada sobre una moqueta mullida; mis pantalones cortos, tirados encima de una cómoda. Y creo que la ropa interior la he perdido para siempre. Estará entre las sábanas o tal vez cerca de la puerta. No me acuerdo de cuándo me la quité ni de qué estaba haciendo. Quizá me desvistiera él.

Cuando echo un vistazo al bello durmiente, me arde el cuello. El chico tiene el pelo dorado y una cicatriz en el hueso de la cadera. Rueda un poco entre las sábanas, poniéndose de cara a mí. Me quedo quieta, pero no abre los ojos: se agarra a la almohada, adormilado, casi besando la tela blanca. Exhala con la boca abierta, casi roncando, y el fuerte hedor a alcohol y a pizza con *pepperoni* flota directo hacia mí.

Qué bien los elijo.

Me levanto de la cama con sigilo y maestría y recorro la habitación de puntillas, a la caza de mis shorts negros. Renuncio a la ropa interior: otras bragas desaparecidas tras un encuentro con un chico sin nombre. Cuando recojo del suelo mi camiseta gris rota, prácticamente hecha jirones, la imagen borrosa de la noche de ayer empieza a aclararse. Crucé el umbral de su cuarto y me arranqué la ropa literalmente, como si fuese el increíble Hulk. No sé ni si fui sexy. Me estremezco. Aunque supongo que lo fui lo bastante para que se acostara conmigo.

Estoy desesperada, pero por fin encuentro una camiseta sin mangas descolorida en el suelo. Me la pongo y me saco por fuera la melena castaña que me llega hasta los hombros, que está grasienta y enredada. Entonces atisbo mi gorro de punto. ¡Bingo! Me lo encasqueto y salgo pitando de esta habitación.

El pasillo está lleno de latas de cerveza vacías y hasta me tropiezo con una botella de Jack Daniel's llena de espuma negra y lo que parecen caramelos. La puerta que hay a mi izquierda está decorada con un *collage* de universitarias borrachas. Por suerte, no es la del cuarto del que acabo de salir. Al menos, conseguí esquivar a ese salido de la Kappa Phi Delta y dar con un tipo que no presume de conquistas.

Quién me mandaba a mí… Después de mi última experiencia en Alfa Omega Zeta, me juré que no me volvería a acercar a una fraternidad. La noche que llegué a la calle donde están todas sus mansiones, en AOZ celebraban una fiesta temática. Yo, sin saberlo, crucé el umbral del edificio de cuatro plantas y fui recibida con cubos de agua y tíos que coreaban que me quitase el sujetador, como si fuera una especie de Spring Break venido a menos. Y eso que no tengo mucho para enseñar, al menos en la parte de arriba. Antes de convulsionar de vergüenza, me agaché por debajo de los brazos, me escurrí entre los torsos y me fui en busca del placer en otros sitios y con otra gente.

Con gente que no me hiciera sentir como si fuese ganado al que hay que tasar.

Anoche rompí mi regla. ¿Por qué? Pues porque tengo un problema. Bueno, en realidad tengo muchos problemas, pero uno de ellos es decir «no». Cuando en Kappa Phi Delta anunciaron que Skrillex tocaría en su sótano, di por hecho que el público sería una mezcla de chicas de sororidades y universitarios normales y que tal vez consiguiera ligarme a un chico normal al que le gustara la música house, pero, al final, el público de la fiesta estaba formado sobre todo por miembros de fraternidades. Había montones de ellos, al acecho, en busca de cualquier presa con dos tetas y una vagina.

Y, encima, de Skrillex, ni rastro. Solo era un DJ de pacotilla con unos amplificadores. Ya ves tú.

Oigo unas voces profundas y masculinas que llegan por entre los balaústres de mármol del balcón y por las escaleras. Me quedo plantada junto a la pared. ¿Hay gente despierta a estas horas? ¿Abajo? ¡Ay, no!

El camino de la vergüenza es una aventura que tenía pensado evitar durante los cuatro años que dura la universidad. En primer lugar, me sonrojo mucho. Y con esto no me refiero a unas adorables mejillas sonrosadas, no: yo me pongo como un tomate. Me salen unas manchas rojas en el cuello y los brazos que parecen un sarpullido, como si fuese alérgica a la vergüenza.

Las risas masculinas se intensifican y se me hace un nudo en el estómago. Me persigue una imagen de pesadilla en la que me tropiezo en las escaleras y todas las cabezas se vuelven hacia mí. En sus rostros aparece una expresión de sorpresa; se preguntan cuál de sus «hermanos» habrá decidido enrollarse con esa chica flacucha y plana como una tabla. Quizá hasta me tiren un hueso de pollo, para ver si consiguen que coma.

Lamentablemente, eso me sucedió cuando iba a cuarto de primaria.

Lo más probable es que balbucee unas palabras ininteligibles hasta que uno de ellos sienta compasión al verme la piel llena de manchas como de leopardo, pero rojas, y me saque por la puerta como a una bolsa de basura.

Esto ha sido un terrible error (lo de la fraternidad, no el sexo). Nunca más permitiré que me fuercen a tragar chupitos de tequila como si fuese una aspiradora. Y todo por la presión social. Existe; lo tengo comprobado.

Mis opciones son bastante limitadas: unas escaleras, un único destino. A no ser que de repente me crezcan un par de alas y pueda salir volando por la ventana de la segunda planta, me dispongo en estos momentos a emprender el camino de la vergüenza. Me asomo por el balcón y, de repente, envidio a Velo, un personaje de uno de los últimos cómics que he leído. La joven Vengadora es capaz de vaporizarse y convertirse en la nada, un poder que ahora mismo no me vendría nada mal.

Cuando llego al primer escalón, suena el timbre. Me asomo por la barandilla y veo a unos diez «hermanos» de la fraternidad despatarrados en los sofás de cuero vestidos con distintas versiones de un uniforme compuesto por pantalones cortos de color caqui y camisa. El más lúcido de todos se erige como el encargado de abrir la puerta, ya que al menos consigue sostenerse sobre sus dos pies. Tiene el pelo castaño peinado hacia atrás y la mandíbula tan cuadrada que intimida. Cuando abre la puerta, me pongo de mejor humor. ¡Por fin! Es mi única oportunidad de poner pies en polvorosa sin que nadie me vea.

Aprovecho la distracción para deslizarme escaleras abajo y conseguir pasar desapercibida, sacando a la Velo que llevo dentro. Cuando llego a la mitad, Mandíbula Cuadrada se apoya en el umbral de la puerta impidiendo la entrada a quien está al otro lado.

—La fiesta ya se ha terminado, tío. —Habla como si tuviera la boca llena de algodón. Le cierra la puerta en las narices.

Bajo de un salto un par de escalones más.

El timbre vuelve a sonar, y esta vez, no sé por qué, parece que con más enfado e insistencia.

Mandíbula Cuadrada gime y abre la puerta de malos modos.

—¿Qué?

Otro de los tipos de la fraternidad se echa a reír y dice:

—Dale una cerveza y que se largue.

Unos pasos más. Quizá lo consiga. La fortuna nunca ha estado de mi lado, así que supongo que ya me toca tener un golpe de suerte.

Mandíbula Cuadrada planta una mano en el umbral, lo que me impide el paso.

—Habla.

—En primer lugar, ¿tengo pinta de no saber leer la hora o de no haberme dado cuenta de que es de día? Pues claro que ya se ha terminado la fiesta, no te jode. —No puede ser. Conozco esa voz.

Me quedo paralizada a más de la mitad del camino. La luz del sol se cuela por un espacio diminuto entre el umbral de la puerta y el polo de color mandarina de Mandíbula Cuadrada. Aprieta los dientes; está a punto de cerrar la puerta en las narices del otro chico, pero el intruso pone una mano en la puerta y dice:

—Anoche me olvidé aquí una cosa.

—No me parece haberte visto por aquí.

—Pues estuve. Un rato.

—Ahora miramos en objetos perdidos —contesta Mandíbula Cuadrada secamente—. ¿Qué es? —Se aparta de la puerta y le hace un gesto a otro de los tipos que hay en el sofá, que están mirando la escena como si fuese un *reality show* de la MTV—. Jason, ve a por la caja.

Miro de nuevo hacia la puerta y descubro al chico que está fuera. Me está mirando fijamente.

—No hace falta —dice.

Contemplo sus facciones. Pelo castaño claro, corto a los lados y más largo por arriba. Un cuerpo bastante tonificado escondido bajo un par de chinos descoloridos y una camiseta negra de cuello redondo. Tiene unos pómulos tan marcados que podrían cortar como el hielo y los ojos de color whisky. Loren Hale es una bebida alcohólica en sí mismo y ni siquiera es consciente de ello.

Su metro ochenta y ocho ocupa todo el umbral de la puerta.

Me mira entre divertido e irritado; tiene la mandíbula apretada. El tipo de la fraternidad sigue su mirada y se detiene en el objetivo.

Yo.

Es como si hubiese aparecido de la nada.

—Ya la he encontrado —aclara Lo con una sonrisa tensa y amarga.

Noto el calor en el rostro. Me cubro la cara con las manos para esconder lo humillada que me siento, como si fueran escudos humanos, y echo a correr hacia la puerta.

Mandíbula Cuadrada se echa a reír como si hubiera ganado una pelea de gallos.

—Tu novia es una guarra, tío.

No oigo nada más. Mientras el aire fresco de septiembre me llena los pulmones, Lo cierra de un portazo, probablemente más fuerte de lo que pretendía. Me encojo, presionando las manos contra las mejillas mientras reproduzco la escena en mi mente. Dios mío.

Se me acerca por detrás y me rodea la cintura con los brazos. Apoya la barbilla en mi hombro encorvándose un poco para compensar la diferencia de estatura.

—Espero que el tipo haya merecido la pena —susurra. Su aliento cálido me hace cosquillas en el cuello.

—¿Por qué? —Se me queda el corazón atorado en la garganta. Su cercanía me confunde y me tienta. Nunca sé cuáles son sus verdaderas intenciones.

Me guía hacia delante, todavía con el pecho apretujado contra mi espalda. Apenas soy capaz de mover los pies, así que mucho menos de pensar con claridad.

—Tu primer camino de la vergüenza en una fraternidad. ¿Cómo te sientes?

—Avergonzada.

Me da un beso en la cabeza, se separa de mí y me adelanta.

—Acelera, Calloway. Me he dejado la bebida en el coche.

Abro mucho los ojos al comprender lo que eso significa, olvidando poco a poco el horror que me acaba de pasar.

—No habrás conducido, ¿no?

Me lanza una mirada en plan: «¿Por quién me tomas, Lily?».

—Como mi conductora habitual estaba ocupada… —Enarca las cejas en un gesto acusador—. He llamado a Nola.

Ha llamado a mi chófer personal. No me molesto en preguntar por qué se ha abstenido de llamar al suyo, aunque este no se negaría a pasearlo por toda Filadelfia si él quisiera. Pero Anderson tiene la lengua muy larga. Cuando teníamos catorce años, al volver de una fiesta apoteósica que había montado Chloe Holbrook, a Lo y a mí se nos ocurrió hablar de los narcóticos ilegales que pasaban de mano en mano en la mansión de su madre. Las conversaciones que tienen lugar en el asiento trasero de un coche deberían considerarse privadas entre los presentes, pero, al parecer, Anderson no estaba al corriente de esta norma no escrita, porque al día siguiente hicieron una redada en nuestras habitaciones en busca de sustancias y objetos ilegales. Por suerte, la sirvienta se olvidó de buscar en la chimenea falsa, donde solía esconder mi caja de juguetes para adultos.

Además de salir indemnes de aquel incidente, aprendimos una lección muy valiosa: no confiar jamás en Anderson.

Yo prefiero no recurrir a los chóferes de mi familia para no caer todavía más en sus garras, pero a veces Nola es necesaria. Por ejemplo, en ocasiones como esta, en las que estoy un poco resacosa y no puedo llevar al perpetuamente ebrio Loren Hale.

Me ha nombrado su conductora principal, ya que se niega a gastarse ni un centavo en taxis desde que casi nos atracan en uno. Nunca le contamos a nuestros padres lo que había pasado. No les confesamos que estuvo a punto de ocurrirnos algo terrible, sobre todo porque pasamos aquella tarde en un bar con dos carnets de identidad falsos. Esa noche, Lo bebió más whisky que un hombre adulto y yo me acosté con un tipo en unos baños públicos por primera vez. Luego nuestras indecencias se convirtieron en un ritual. Nuestra familia no tiene por qué enterarse de eso.

Mi Escalade negro está aparcado en la curva de la calle de las fraternidades. Cada una de estas casas debe de valer millones de dólares. Las columnas de las fachadas son a cada cual más impresionante. En el patio más cercano, que está plagado de vasos de plástico rojo, hay un barril de cerveza tristemente tirado en la hierba. Lo camina delante de mí.

—La verdad es que pensaba que no ibas a aparecer —comento mientras sorteo un charco de vómito que hay en la acera.

—Te dije que vendría.

Resoplo.

—Eso no siempre se cumple.

Se detiene junto a la puerta del coche. Como las ventanillas están tintadas, no vemos a Nola, que espera en el asiento del conductor.

—Ya, pero estabas en Kappa Phi Delta. Si te follas a uno, puede que todos los demás quieran su parte del pastel. He tenido pesadillas, la verdad.

Hago una mueca.

—¿Pesadillas en las que me violaban?

—Por eso se llaman pesadillas, Lily. No son agradables.

—En fin, seguramente esta sea mi última expedición a una fraternidad en una década, o al menos hasta que me olvide de esta mañana.

La ventanilla del lado del conductor desciende y aparece el rostro en forma de corazón de Nola, acariciado por sus rizos negros.

—Tengo que ir a buscar a la señorita Calloway al aeropuerto dentro de una hora.

—Solo será un minuto —le aseguro.

Sube la ventanilla y desaparece de nuestra vista.

—¿Qué señorita Calloway? —pregunta Lo.

—Daisy. Acaba de terminar la Semana de la Moda de París.

Mi hermana llegó al metro ochenta de la noche a la mañana, y eso, sumado a su complexión delgada, le confería el aspecto adecuado para ser modelo de alta costura. Mi madre no tardó ni cinco minutos en sacar provecho de su belleza. Una semana después de su decimocuarto cumpleaños ya había firmado por la agencia de modelos IMG.

Lo cierra los puños.

—Solo tiene quince años y ya está rodeada de modelos mayores que ella, haciéndose rayas en un baño.

—Seguro que han mandado a alguien con ella. —Odio desconocer los detalles. Cuando llegué a la Universidad de Pensilvania, me aficioné a no contestar las llamadas y a evitar las visitas, una costumbre bastante maleducada. Separarme del resto de la familia Calloway me resultó muy fácil una vez que entré en la universidad. Supongo que era algo que estaba escrito en mi futuro. Siempre había jugado con los límites de mi hora de llegada y pasaba muy poco tiempo con mi madre y mi padre.

—Me alegro de no tener hermanos. La verdad es que tú ya tienes bastantes por los dos —comenta Lo.

Nunca había pensado que tener tres hermanas fuese demasiado, pero es cierto que una familia de seis personas llama un poco la atención.

Se frota los ojos; está cansado.

—Vale, necesito beber algo. Luego nos vamos.

Respiro hondo antes de hacerle una pregunta que los dos hemos evitado hasta ahora.

—¿Hoy vamos a fingir?

Con Nola, siempre es una cuestión a cara o cruz. Por un lado, nunca nos ha traicionado, ni siquiera cuando tenía quince años y me follé a un jugador de fútbol del último curso en el asiento de atrás de la limo. La pantalla de privacidad estaba puesta, así que no podía vernos, pero él gruñó un poco demasiado alto y yo golpeé la puerta un poco demasiado fuerte. Nos oyó seguro y no se chivó.

Pero siempre está el riesgo de que un día nos traicione. El dinero le suelta la lengua a la gente y, por desgracia, nuestros padres nadan en la abundancia.

Debería darme igual. Tengo veinte años. Puedo acostarme con quien quiera, ir a las fiestas que quiera; en fin, todo lo que se pueda esperar de una universitaria adulta. Sin embargo, mis trapos sucios, mi lista de sucios (muy sucios) secretitos, supondrían un auténtico escándalo en el círculo de amigos de mi familia. A la empresa de mi padre no le haría ni pizca de gracia esa clase de publicidad y si mi madre se enterara de que tengo un serio problema me mandaría a rehabilitación y a terapia hasta que me dejaran como nueva. Y yo no quiero que me dejen como nueva. Quiero seguir viviendo y alimentando mis apetitos. Simplemente, resulta que mis apetitos son de tipo sexual.

Además, si mis indecencias salieran a la luz, mi fondo fiduciario se esfumaría como por arte de magia. No estoy preparada para renunciar al dinero con el que me mantengo mientras voy a la universidad. Y la familia de Lo sería igual de implacable.

—Fingimos —responde él—. Vamos, mi amor. —Me toca el culo—. Al coche.

Que me llame con frecuencia «mi amor» apenas me afecta. Cuando íbamos al instituto, le dije que pensaba que era el apelativo cariñoso más sexy, así que se lo apropió, aunque no le pegara mucho.

Lo miro fijamente y el rostro se le ilumina con una gran sonrisa.

—¿Es que el camino de la vergüenza te ha dejado paralizada? —pregunta—. ¿Tengo que entrar en el Escalade contigo en brazos?

—No será necesario.

Su sonrisa torcida hace que no devolverle el gesto sea muy difícil. Se inclina hacia mí a propósito para provocarme y desliza una mano en el bolsillo trasero de mis vaqueros.

—Si no te espabilas, voy a tener que espabilarte yo. Y no tendré piedad.

Noto una opresión en el pecho. Ay, madre… Me muerdo el labio y me imagino cómo sería el sexo con Loren Hale. Nuestra primera vez fue hace tanto tiempo que casi no me acuerdo. Niego con la cabeza. «No pienses en eso». Me vuelvo para abrir la puerta y subirme al Escalade, pero entonces caigo en la cuenta.

—Nola ha venido a buscarme a una fraternidad… Estoy muerta. ¡Dios mío! Se acabó.

Me peino el pelo hacia atrás con los dedos y empiezo a respirar con dificultad, como una ballena varada. No tengo ninguna buena excusa para estar aquí, aparte de haber venido a buscar a un tío con el que acostarme, y esa es justo la respuesta que estoy tratando de evitar. Sobre todo porque nuestros padres creen que Lo y yo tenemos una relación seria, una relación que acabó con su peligroso gusto por las fiestas y lo reformó en un joven del que su padre puede estar orgulloso.

Esta situación, que haya venido a buscarme a una fiesta en una fraternidad con el sutil aroma a whisky impregnándole el aliento, no es lo que su padre tiene en mente para su hijo. No es algo que vaya a estar dispuesto a aceptar, ni siquiera a pasar por alto. Así que, a no ser que queramos despedirnos de los lujos que nos proporciona la riqueza que hemos heredado, tenemos que fingir que estamos juntos. Y fingir que somos dos seres humanos del todo funcionales.

Y no lo somos. Simplemente, no lo somos. Me tiemblan los brazos.

—¡Eh! —Lo me pone las manos en los hombros—. Relájate, Lil. Le he dicho a Nola que un amigo tuyo celebraba un brunch de cumpleaños. Tienes tapadera.

Sigo sintiéndome como si mi cabeza fuese a salir flotando, pero esa excusa es mejor que la verdad. «Oye, Nola, tenemos que ir a buscar a Lily a la calle de las fraternidades, que anoche se acostó con un tipo cualquiera y se quedó a dormir allí. —Y entonces ella miraría a Lo esperando a que estallara de celos y él añadiría—: Ah, no, tranquila, solo soy su novio cuando nos conviene. ¡Te lo has creído!».

Lo percibe mi ansiedad.

—No lo descubrirá. —Me da un apretón en los hombros para tranquilizarme.

—¿Estás seguro?

—Sí —responde con impaciencia.

Entra en el coche y yo lo sigo. Nola arranca.

—¿Volvemos al Drake, señorita Calloway? —Tras años intentando que me llamase cualquier otra cosa, incluso «niña» (por alguna razón pensé que con eso conseguiría que se dejase de tonterías, pero me parece que la ofendí), me rendí. Juraría que mi padre le paga un sobresueldo por los formalismos.

—Sí —respondo, y ella se dirige al Drake, el complejo de apartamentos donde vivimos.

Lo acuna en sus brazos un termo de café del que va dando largos tragos, aunque estoy segura de que lo que contiene no es café. Veo que hay una lata de Fizz light en la neverita de la consola del medio y la abro. El líquido oscuro y carbonatado me asienta el estómago revuelto.

Lo me rodea el hombro con el brazo y yo me apoyo un poco en su firme pecho.

Nola nos mira por el retrovisor.

—Señor Hale, ¿cómo es que a usted no lo han invitado al brunch de cumpleaños? —pregunta. Solo está intentando ser amable, pero, aun así, siempre que Nola empieza a hacer preguntas me pongo nerviosa y paranoica.

—Yo no soy tan popular como Lily —contesta. Mentir siempre se le ha dado mucho mejor que a mí. Lo achaco al hecho de que está ebrio constantemente. Yo también sería una Lily mucho más segura de mí misma si estuviese empinando el codo todo el día.

Nola se echa a reír y, con cada carcajada, su barriga regordeta choca contra el volante.

—Seguro que es usted tan popular como la señorita Calloway.

Cualquiera (y, al parecer, también Nola) daría por hecho que Lo tiene muchos amigos. En una escala del atractivo, lo situarías entre el cantante de una banda de rock al que te gustaría follarte y un modelo de pasarela de Burberry y Calvin Klein. Nunca ha formado parte de ninguna banda, pero sí que hubo una agencia de modelos que contactó con él una vez. Querían contratarlo para una campaña de Burberry, pero le retiraron la oferta tras verlo beber directamente de una botella de whisky casi vacía. En la industria de la moda también te exigen unos mínimos.

Lo debería tener muchos amigos, sobre todo del sexo femenino. Y, sí, las chicas suelen revolotear a su alrededor, pero nunca se quedan mucho tiempo.

El coche dobla una esquina mientras yo cuento los minutos mentalmente. Lo inclina su cuerpo hacia el mío y me acaricia el hombro desnudo con los dedos, casi con afecto. Lo miro fugazmente a los ojos y, cuando su mirada se clava en la mía, noto que me arde el cuello. Trago saliva con fuerza e intento no apartar la vista. Se supone que salimos juntos, así que no debería mostrarme incómoda e insegura, temerosa de esos ojos de color ámbar.

—Esta noche, Charlie toca el saxo en el Eight Ball. Nos ha invitado a ir a verlo.

—Vale, no tengo planes. —Es mentira. Han abierto una discoteca nueva en el centro; se llama The Blue Room y dicen que todo, absolutamente todo, es de color azul. Hasta las bebidas. No pienso perderme la oportunidad de enrollarme con alguien en un baño azul. Espero que los inodoros también lo sean.

—Pues ahora ya tienes uno.

Cuando sus palabras se desvanecen en el aire, se hace un silencio incómodo. Normalmente, le hablaría sobre The Blue Room y mis perversas intenciones para esta noche y organizaríamos cómo nos lo montamos, ya que soy la encargada de conducir. Pero en la limusina de la censura es más difícil mantener conversaciones que no son aptas para todos los públicos.

—¿Hay comida en la nevera? Me muero de hambre.

—Acabo de ir al supermercado —contesta él.

Entorno los ojos; me pregunto si estará mintiendo para representar mejor el papel de novio ejemplar o si de verdad habrá hecho la compra. Me ruge el estómago. Al menos es evidente que yo no he mentido.

Aprieta los dientes; le molesta que no sepa distinguir una mentira de una verdad. En general, sí sé, pero cuando se comporta de forma tan despreocupada son más difíciles de distinguir.

—He comprado tarta de limón y merengue —añade—. Tu preferida.

Disimulo una arcada.

—No deberías haberte molestado. —Lo digo en serio, no debería. Odio la tarta de limón y merengue, pero es evidente que quiere que Nola piense que es un novio excelente. Sin embargo, la única novia que Loren Hale tratará bien en esta vida es su botella de bourbon.

19

La limo se para en un semáforo en rojo a solo unas manzanas del complejo de apartamentos. Ya casi saboreo la libertad; el brazo de Lo sobre mis hombros empieza a parecerse más a un peso que a un apéndice reconfortante.

—¿No era un evento formal, señorita Calloway? —pregunta Nola.

¿Cómo? Ay… Mierda. Está mirando la camiseta de tirantes que le cogí al tipo de la fraternidad. Era blanca, pero ya no lo es: está manchada de Dios sabe qué.

—Hum, yo… —balbuceo. Lo se pone rígido. Coge su termo con fuerza y se termina la bebida—. Me he manchado de zumo de naranja. He pasado mucha vergüenza. —¿Cuenta eso como mentira?

Me pongo roja como un tomate, aunque, por primera vez en mi vida, agradezco las manchas parecidas a un sarpullido. Nola me mira con una expresión comprensiva. Me conoce desde que iba a la guardería, cuando era tan tímida que no era capaz ni de recitar el Juramento a la Bandera. La timidez es lo que podría resumir mis primeros años de existencia.

—Seguro que no ha sido para tanto —me consuela.

La luz se pone verde y Nola vuelve a concentrarse en la carretera. Al final, llegamos ilesos al Drake, una enorme estructura de ladrillo marrón que se erige en mitad de la ciudad. El histórico complejo de treinta y tres plantas acoge a miles de personas y culmina en forma de triángulo. Tiene influencias barrocas y parece un cruce entre una catedral y un hotel corriente de Filadelfia.

Me gusta lo suficiente para considerarlo mi hogar.

Nola se despide y yo le doy las gracias antes de bajar del Escalade. En cuanto mis pies dan contra el suelo, Lo me coge de la mano. Con la otra, me acaricia la suave piel del cuello; sus ojos no se despegan de él. Mete las manos en las mangas anchas de la camiseta y me acaricia las costillas a la vez que protege mis pechos de las miradas de los transeúntes de Filadelfia.

Me observa. Analiza cada movimiento… Y a mí se me acelera el corazón.

—¿Nos está mirando? —digo en susurros, preguntándome por qué de repente se muestra ansioso por devorarme. «Es parte de nuestra mentira —me recuerdo—. No es real».

Pero lo parece. Siento sus manos sobre mí, noto su calor sobre la piel.

Se lame el labio inferior y se acerca a mí para susurrar:

—En este momento, soy tuyo.

Recorre las aberturas de mi camiseta con las manos y las deja quietas sobre mis clavículas desnudas. Contengo el aliento y me quedo inmóvil. Me he convertido en una estatua.

—Como soy tu novio, debo decir que no soporto compartir —murmura. Luego me da unos mordisquitos juguetones en el cuello.

Yo le doy un cachete en el brazo, pero caigo rendida a sus provocaciones de todos modos.

—¡Lo! —chillo.

Me retuerzo al notar esos dientes que me pellizcan la piel con suavidad. De repente, cierra los labios en la base de mi cuello, lo besa, lo succiona, y sube hacia arriba. Me tiemblan los brazos y las piernas, así que me agarro a las presillas de su cinturón. Él sonríe entre beso y beso; sabe lo mucho que me afecta. Presiona los labios contra mi mandíbula, contra la comisura de mi boca… Y se detiene. Me contengo para no tirarme a sus brazos y terminar lo que ha empezado.

Entonces me mete la lengua en la boca y me olvido de la falsedad de sus acciones para creer, solo por este momento, que de verdad es mío. Le devuelvo el beso; tengo un gemido atrapado en la garganta. El sonido lo incita y se aprieta contra mí, tratándome con más brusquedad y dureza que antes. Tal y como me gusta.

Pero abro los ojos y veo que el Escalade ya no está en la curva. Nola se ha ido. No quiero que esto se termine, pero sé que debo ponerle fin, así que interrumpo el beso y me toco los labios, que se están hinchando.

El pecho le sube y le baja con fuerza. Me mira un largo momento, sin apartarse de mí.

—Ya se ha ido —le informo. Odio que mi cuerpo lo ansíe de este modo. Sería tan fácil rodearle la cintura con una pierna y empotrarlo contra la pared… El corazón me da un vuelco, me excito solo de imaginarlo. No soy inmune a esos cálidos ojos ámbar, esos ojos que pertenecen a un alcohólico funcional. Son tiernos, vidriosos y poderosos, unos ojos que piden a gritos «fóllame» y que me torturarán por toda la eternidad.

Aprieta los dientes al oírme. Poco a poco, despega sus manos de mí y luego se frota la boca. La tensión que hay entre nosotros es innegable; mi fuero interno me pide que me abalance sobre él, que le salte encima como si fuese un pequeño tigre de Bengala. Pero no puedo. Porque es Loren Hale. Porque tenemos un sistema que no podemos desestabilizar.

Tras unos segundos, su expresión cambia por completo, como si hubiesen apretado un interruptor.

—Dime que no le has hecho una mamada a algún tío.

Dios mío.

—Esto… Yo…

—¡Joder, Lily! —Empieza a limpiarse la lengua con los dedos. Con un gesto dramático, se echa en la boca el alcohol que le queda en la petaca, se enjuaga y escupe.

—Me había olvidado. —Se estremece—. Te habría avisado…

—Sí, seguro.

—¡No sabía que ibas a besarme! —intento defenderme. «Me habría molestado en buscar pasta de dientes en el cuarto de baño de la fraternidad. O un colutorio».

—Se supone que estamos juntos —replica—. Pues claro que voy a besarte, joder. —Se mete la petaca en el bolsillo y se dirige a la entrada del Drake—. Nos vemos dentro. —Se da media vuelta y, caminando hacia atrás, añade—: Ya sabes, en nuestro piso. Ese en el que vivimos juntos porque somos pareja. —Me dedica esa sonrisa amarga tan suya—. No tardes mucho, mi amor.

Me guiña un ojo y una parte de mí se desmorona, se derrite. La otra parte solo está confundida.

Intentar interpretar las intenciones de Lo me provoca dolor de cabeza. Lo sigo, todavía intentando descifrar sus verdaderos sentimientos. ¿Era real o estaba actuando?

Dejo las dudas de lado. Llevamos tres años de relación falsa. Vivimos juntos. Me ha oído llegar al orgasmo desde la habitación de al lado; yo lo he visto dormido sobre su propio vómito. Y aunque nuestros padres crean que estamos a un paso de comprometernos, jamás volveremos a tener relaciones sexuales. Pasó solo una vez y tendrá que ser suficiente.

2

Inspecciono el contenido de la nevera. Está abarrotada, pero casi todo lo que hay es champán y marcas caras de ron. Abro un cajón y descubro una triste bolsa de zanahorias. Soy una chica que quema miles de calorías frotándose contra pelvis varias, así que necesito mi dosis de proteína. Ya he oído suficientes comentarios malintencionados sobre mi figura esquelética, así que me gustaría que un poco de carne me recubriera las costillas. A veces las chicas son muy crueles.

—No me puedo creer que me hayas mentido con lo del supermercado —protesto irritada.

Cierro la nevera de un portazo y me siento en la encimera. Por muy histórico que sea el Drake, por dentro parece un edificio moderno: encimeras blancas, techos y paredes blancos, acabados blancos y plateados… De no ser por los muebles tapizados en rojo y gris y los cuadros inspirados en el arte de Andy Warhol, parecería que vivimos en un hospital.

—Si hubiera sabido que tendría que parar en la calle de los gilipollas, te habría comprado un *bagel* en Lucky's.

Lo fulmino con la mirada.

—¿Ya has desayunado?

Me mira como si la respuesta a esa pregunta fuese obvia.

—Un burrito. —Me pellizca la barbilla. Aunque esté subida en la encimera, sigue siendo más alto que yo—. No pongas esa cara, cariño. Me podría haber quedado en la cafetería y haber dejado que te las arreglaras tú solita para volver a casa. ¿Quieres que vuelva atrás en el tiempo?

—Pues sí, y mientras yo me escapo de la fraternidad, puedes ir a hacer la compra, como le dijiste a Nola.

Pone las manos a los lados de mi cuerpo y me quedo sin respiración.

—He cambiado de opinión. No me gusta esa realidad. —Quiero que se acerque a mí, pero se aparta y empieza a sacar botellas de alcohol de los armarios blancos—. Nola tiene que pensar que te alimento, Lil. Se te ve un poco esquelética. Creo que se te marcan las costillas cuando respiras. —A veces, también los chicos son crueles.

Se empieza a llenar un vaso cuadrado de whisky.

Aprieto los labios y abro un armario por encima de su cabeza. Cuando lo cierro de golpe, da un respingo y se le derrama el alcohol en las manos.

—Joder. —Coge un trapo para secar el charco de whisky—. ¿Es que el señor Kappa Phi Delta no ha hecho bien su trabajo?

—No ha estado mal.

—¿No ha estado mal? —Enarca las cejas—. Lo que todo chico quiere escuchar.

Me salen unas ronchas rojas en los brazos expuestos.

—Se te están poniendo los codos rojos —observa sonriente—. Eres como Violet de Willy Wonka, solo que tú te has comido una cereza mágica.

Gimo.

—No me hables de comida.

Se inclina hacia mí y me pongo rígida. Ay, Dios… Pero, en lugar de estrecharme entre sus brazos —algo que me imagino en un momento de debilidad—, me roza la pierna desnuda mientras desconecta su teléfono del cargador. Me quedo inmóvil de nuevo. Casi ni se inmuta al tocarme; sin embargo, en mi interior se desata una tormenta de deseo y anhelo. Aunque es posible que me sintiera igual si fuese un pelirrojo sin nombre y con acné. Creo.

O tal vez no.

Mi fantasía se descontrola: Lo deja los dedos sobre mi rodilla, se inclina bruscamente hacia mí, atrapándome bajo su peso. Arqueo la espalda contra los armarios…

—Si vas a darte una ducha, pido una pizza. Hueles a sexo y estoy rozando mi límite de inhalaciones de hedor masculino ajeno.

Se me cae el alma a los pies. Mi fantasía ha reventado como una burbuja. Odio imaginarme con Lo de forma poco casta porque, cuando bajo de nuevo a la tierra, él está a centímetros de mí y siempre me pregunto si se habrá dado cuenta. ¿Será capaz?

Lo observo mientras se bebe su whisky. Tras un breve instante de silencio, frunce el ceño y me mira desconcertado.

—¿Voy a tener que repetírtelo?

—¿Qué?

Pone los ojos en blanco y da un buen trago, sin hacer ni siquiera una mueca al notar el fuerte sabor del alcohol.

—Tú, ducha; yo, pizza. Tarzán come Jane. —Me muerde en el hombro.

—¿No querrás decir «Tarzán gusta Jane»? —Me bajo de la encimera de un salto para ir a quitarme los restos de fraternidad de la piel.

Lo niega con la cabeza con aire burlón.

—No a este Tarzán.

—Eres malo cuando bebes —comento.

Levanta el vaso a modo de respuesta mientras yo me alejo por el pasillo. Nuestro espacioso apartamento de dos habitaciones es un buen escenario para nuestro nidito de amor. Pasar tres años fingiendo que estamos juntos no ha sido fácil, sobre todo porque cuando empezamos con este ardid todavía íbamos al instituto. Cuando decidimos ir a la misma universidad, fueron nuestros padres quienes propusieron que viviéramos juntos. No son muy conservadores, pero dudo que entendieran mi estilo de vida o que estuvieran de acuerdo con él. La cantidad de tíos con los que me acuesto no es apropiada para una chica joven.

Mi madre alegó la experiencia de mi hermana mayor como razón suficiente para que compartiese piso con mi «novio». La compañera de piso de Poppy invitaba amigos a casa todo el tiempo, incluso durante la semana de los exámenes finales, y se dejaba la ropa sucia (bragas incluidas) en la silla de mi hermana. Ese comportamiento tan poco considerado bastó para que mi madre se decidiera por un alojamiento fuera del campus y para que prácticamente me metiera a Lo en la cama.

En general, funciona. Recuerdo que cuando mi familia cerró la puerta y se marchó me quité un peso de encima. Me dejaron sola. Me dejaron en paz.

Entro en el pintoresco cuarto de baño y me quito la ropa. Una vez que estoy bajo el agua caliente, exhalo. El agua me quita el olor y la suciedad, pero mis pecados no se irán a ningún sitio. Los recuerdos no se esfuman. Intento desesperadamente no imaginar lo sucedido esta mañana. El despertar. El sexo me encanta, el problema es lo que viene después. A eso todavía no estoy acostumbrada.

Me echo champú en la mano y me enjabono los cortos mechones castaños. A veces me imagino el futuro. Loren Hale trabaja para su empresa, que está entre las quinientas mayores empresas del país, y va vestido con un traje ajustado que le aprieta demasiado el cuello. Está triste. En los futuros que imagino nunca lo veo sonreír. Y yo no sé cómo cambiarlo. ¿Qué ama Loren Hale? El whisky, el bourbon y el ron. ¿Qué podría hacer cuando termine la universidad? No veo nada.

Quizá sea bueno que no sea pitonisa.

Prefiero ceñirme a lo que sé. Conozco el pasado, en el que Jonathan Hale llevaba a Lo a partidos de golf amistosos a los que asistía mi padre. Yo siempre iba con él. Ellos hablaban de lo de siempre: acciones, inversiones y posicionamiento de producto para sus respectivas marcas… Mientras tanto, Lo y yo jugábamos a *La guerra de las galaxias* con nuestros palos de golf. Una vez, me regañaron porque le hice un moratón en las costillas por atacarle con mi espada láser con demasiada fuerza y muy poco control.

Lo y yo podríamos haber sido amigos o enemigos. Nos veíamos siempre: en las salas de espera de conferencias aburridas, en despachos, en galas benéficas, en el colegio… Y, ahora, en la universidad. Lo que podría haber sido una relación basada en chincharnos y en una provocación constante se convirtió en algo más clandestino. Compartíamos secretos, formamos un club al que solo podían pertenecer dos personas, él y yo. Juntos, descubrimos a los superhéroes en una pequeña tienda de cómics de Filadelfia. Hubo algo en las aventuras galácticas de Havok y los viajes en el tiempo de Nathaniel Grey que conectó con nosotros. A veces, ni siquiera Cíclope o Emma Frost eran capaces de arreglar nuestros problemas, pero siempre estarán ahí para recordarnos la existencia de tiempos más inocentes, tiempos en los que Lo no se emborrachaba y yo no me acostaba con cualquiera. Nos permiten revisitar esos momentos tan cálidos y puros, y vuelvo a ellos con gusto.

Termino de frotarme el desenfreno de anoche de la piel y me envuelvo en un albornoz. Me lo ato a la cintura y vuelvo a la cocina.

—¿Y la pizza? —pregunto con tristeza al ver las encimeras vacías. En realidad, están de todo menos vacías, pero estoy tan insensibilizada ante las botellas de alcohol de Lo que bien podrían ser invisibles, o uno más de los electrodomésticos.

—Está en camino —contesta—. Deja de mirarme con ojitos de cordero degollado. Pareces a punto de llorar. —Se apoya en la nevera y, de forma inconsciente, le miro la bragueta. Imagino su mirada sobre el cinturón del albornoz. No quiero estropear la imagen—. ¿Cuándo fue la última vez que comiste?

—No estoy segura. —Yo solo pienso en una cosa, y no es comida.

—Eso es perturbador, Lil.

—Como —me defiendo con poco entusiasmo. Lo veo tirar del cinturón en mi fantasía. Igual debería quitármelo yo sola. «¡¡¡No!!! No lo hagas, Lily». Por fin levanto la vista; me está mirando tan fijamente que noto el calor en el rostro de inmediato.

Sonríe y da un trago. Cuando se aparta el vaso de los labios, se los lame.

—¿Quieres que me los desabroche, mi amor, o prefieres que espere a que te pongas de rodillas?

Lo miro boquiabierta. Lo que quiero es que se me trague la tierra. Pues claro que se ha dado cuenta. ¡No soy nada discreta!

Con la mano que tiene libre, se desabrocha el botón y se baja la cremallera despacio, enseñándome el borde de su bóxer negro ajustado. Observa cómo inhalo y exhalo de forma esporádica y superficial. Luego se quita la mano de los vaqueros y apoya los codos en la encimera.

—¿Te has lavado los dientes?

—Para —le pido con la voz demasiado ronca—. Me estás matando. —Estoy hiperventilando, no solo por los pulmones, ¡por todo el cuerpo!

Aprieta la mandíbula, lo que le marca aún más los pómulos. Deja la bebida sobre la encimera, se sube la cremallera y se abrocha el botón.

Trago saliva y, tensa, me siento en el taburete gris. Me paso los dedos temblorosos por el pelo húmedo y enredado. Para dejar de reproducir el momento, finjo que nunca ha pasado y recupero nuestra conversación anterior.

—Es un poco difícil llenarse la boca si nunca tenemos comida. —Comemos fuera demasiado a menudo.

—No me parece que tengas problemas para llenarte la boca. Lo que pasa es que no lo haces con comida.

Me muerdo la lengua y le hago una peineta. Sus palabras me herirían más si vinieran de otra persona, pero Lo lleva sus propios problemas a flor de piel. Todo el mundo se da cuenta. Lo miro a él y luego a la bebida y su sonrisa torcida se endurece. Se lleva el vaso a los labios y me da la espalda.

Lo y yo no hablamos sobre nuestros sentimientos. No hablamos sobre cómo se siente cuando yo me traigo a un tío diferente cada noche y él no me pregunta cómo me siento yo cuando bebe hasta perder el sentido. Él se traga sus juicios y yo los míos, pero nuestro silencio crea una tensión entre nosotros de la que no sabemos escapar. Es tan fuerte que a veces lo único que quiero es chillar. Pero me lo trago todo. Me contengo. Cada comentario referido a nuestras adicciones fractura el sistema que hemos instaurado, ese en el que los dos somos libres de hacer lo que nos apetezca: yo, acostarme con cualquiera; él, beber todo el tiempo.

Suena el timbre. ¿La pizza? Una sonrisa me ilumina el rostro. Me dirijo al interfono y aprieto el botón.

—¿Hola?

—Señorita Calloway, tiene una visita. ¿La dejo subir? —pregunta la vigilante.

—¿Quién es?

—Es su hermana Rose.

Gimo para mis adentros. No es la pizza. Toca volver a fingir con Lo, aunque a él le gusta seguir con la farsa también cuando no hay nadie presente, solo para provocarme.

—Sí, que suba.

Lo se pone en plan correcaminos y empieza a recoger la cocina, metiendo las botellas en armarios con cerrojo. Vierte su bebida en un vaso azul. Yo cojo el mando a distancia y enciendo la televisión. Ponen una película de acción. Lo se sienta en el sofá gris y pone los pies sobre la mesita de cristal, para que parezca que llevamos una media hora viendo la película.

Se da unos golpecitos en las piernas.

—Ven aquí. —Me mira con un brillo travieso en los ojos de color ámbar.

—No voy vestida —replico. Y el punto entre mis piernas ya está palpitando con demasiada fuerza solo por estar al alcance de su mano. Solo de pensarlo siento una descarga eléctrica.

—Llevas un albornoz. Y te he visto desnuda un montón de veces.

—Cuando éramos pequeños.

—No creo que te hayan crecido las tetas desde entonces.

Lo miro boquiabierta.

—Eres un… —Cojo un cojín de la silla y empiezo a atacarlo. Consigo darle un par de veces antes de que él me coja de la cintura y me siente en su regazo.

—Lo… —le advierto. Lleva todo el día provocándome, lo que hace que resistirme a él sea más difícil de lo normal.

Me dirige una mirada penetrante mientras desliza una mano rodilla arriba, por debajo del albornoz. Se detiene al llegar al muslo y no sigue. «Joder». Me retuerzo bajo su tacto, necesito que siga. Sin pensar, pongo mi mano sobre la suya, guio sus dedos hacia ese punto palpitante y me los meto. Él se pone rígido.

Por Dios… Se me enroscan los dedos de los pies; apoyo la frente en su hombro. Mantengo su mano ahí cogida con fuerza; no le dejo hacer nada sin mi permiso. Justo cuando me dispongo a sacarme y meterme sus dedos, alguien llama a la puerta.

Recupero el sentido de inmediato. ¡¿Qué estoy haciendo?! No soy capaz de mirar a Lo. Le devuelvo la mano y me aparto de él.

—¿Lil? —pregunta dubitativo.

—Ni lo menciones —contesto avergonzada.

Rose vuelve a llamar.

Me pongo de pie para abrir; camino aún más tensa que antes. Estoy tensa en todas partes.

Oigo los pasos de Lo tras de mí y luego el grifo al abrirse. Miro atrás y veo que se está lavando las manos con jabón.

Soy idiota. Giro el pomo de la puerta, inhalo e intento quitarme esta mala combinación de la mente: sexo y Loren Hale. Tenerlo como compañero de piso es como menear una bolsita de coca en las narices de un adicto. Sería más fácil si me permitiera lanzarme, pero no quiero que nuestra relación de amistad pase a ser de amigos con derecho a roce. Él es más importante para mí que los otros chicos con los que me acuesto.

Abro la puerta y me encuentro a Rose: dos años mayor que yo, cuatro centímetros más alta y seis veces más guapa. Entra en el apartamento tan campante, con su bolso de Chanel colgado del brazo, como si fuese un arma. Rose aterroriza a niños, a mascotas e incluso a hombres adultos con sus ojos implacables y unas miradas que te hielan la sangre. Si hay alguien en el mundo capaz de desenmascararnos, es ella, la más despiadada de mis hermanas.

Ahora mismo, palidezco solo con cruzar una mirada con Lo, así que no digamos con fingir que soy su novia. No le pregunto a Rose por qué se ha presentado aquí sin invitación y sin avisar. Es lo habitual en ella. Es como si todos los lugares le pertenecieran, especialmente los míos.

—¿Por qué no me devuelves las llamadas? —pregunta con voz gélida. Se pone las enormes gafas de sol redondas sobre la cabeza.

—Hum… —Rebusco en una cesta de llaves que hay en la mesita del recibidor. Normalmente, guardo ahí el teléfono, que aprovecha cualquier oportunidad para escapar de mí. Mi negativa a usar bolso no ayuda, un asunto que a Rose le gusta abordar. Pero no me sirve de nada llevar conmigo algo que pueda dejarme en el piso o el dormitorio de algún chico. Podría encontrar el modo de devolvérmelo, lo que me obligaría a interactuar con él una segunda vez.

Rose resopla.

—¿Lo has perdido? ¿Otra vez?

Retomo mi búsqueda, pero solo encuentro unos cuantos billetes, horquillas y las llaves del coche.

—Creo que sí. Lo siento.

Mi hermana vuelve sus ojos rapaces hacia Lo, que se está secando las manos con un trapo. Luego lo tira a un lado.

—¿Y tú? ¿También lo has perdido?

—No. Lo que pasa es que no me gusta hablar contigo.

Me estremezco. Rose aprieta los labios y se pone roja. Se acerca a él haciendo repiquetear los tacones contra el suelo de parquet. A él se le ponen blancos los dedos con los que sujeta el vaso de plástico azul.

—Soy una invitada en tu casa —le espeta—. Trátame con respeto, Loren.

—El respeto se gana. La próxima vez, llama antes de venir o empieza con un «Hola, Lo, hola, Lily, ¿cómo estáis?», en lugar de exigir como una zorra de la realeza.

Rose se vuelve de golpe hacia mí.

—¿Vas a permitir que me hable de ese modo?

Abro la boca, pero las palabras se pierden en mi incertidumbre. Rose y Lo siempre discuten, hasta el punto de resultar muy molestos, y yo nunca sé a cuál de los dos apoyar, si a mi hermana, que a veces es tan mala que reparte odio hasta hacer daño, incluso a mí, o a Lo, mi mejor amigo y supuesto novio, mi única constante.

—Muy maduro por tu parte —replica Lo con desdén—. Oblígala a elegir como si fuese un perro que tiene que decidir cuál es su dueño preferido.

Rose arruga la nariz a modo de respuesta, pero sus ojos de gato entre verdes y amarillos intentan suavizarse.

—Lo siento —se disculpa y, para mi sorpresa, parece arrepentida de verdad—. Pero me preocupas. Nos preocupas a todos. —Los Calloway no entienden la soledad, o que alguien necesite un poco de distancia del resto de la familia. En lugar de ser los típicos padres ricos que pasan de sus hijos, los míos te consumen. De pequeñas teníamos una niñera, pero mi madre se inmiscuía en cada aspecto de nuestras vidas, a veces demasiado, pero siempre fue devota y afectuosa. Si no me avergonzaran tanto mis actividades diarias (y nocturnas), amaría a mi familia y lo dependientes que son.

Pero hay cosas que deben seguir siendo secretas.

—Bueno, ya me ves. Estoy bien —contesto, evitando mirar a Lo. Hace dos minutos estaba dispuesta a hacerle cualquier cosa. Y el deseo de ser complacida no ha disminuido, pero la estupidez de querer hacerlo con él, sí.

Rose entorna los ojos hasta casi cerrarlos y me mira de arriba abajo. Me cierro más el albornoz mientras me pregunto si sabrá cómo me siento solo con mirarme. Me ha quedado claro que Lo sí que tiene ese poder.

Tras un largo momento, retracta las garras.

—No he venido a discutir contigo. —Claro…—. Como ya sabes, mañana es domingo, y Daisy vendrá a comer. Te has perdido las últimas comidas familiares porque dices que estás de exámenes, pero para nuestra hermana significaría mucho que pudieras dedicar un par de horas a darle la bienvenida.

La culpa me hace un nudo en el estómago.

—Sí, claro, pero me parece que Lo ya tiene planes, así que no creo que él pueda ir. —Al menos puedo ayudarlo a librarse de esta obligación.

Rose aprieta los labios y dirige su irritación hacia Lo.

—¿Qué es más importante que acompañar a tu novia a un evento familiar?

«Todo», lo imagino contestar. Aprieta los dientes para contener una respuesta mordaz. Seguro que se muere por decirle que ese evento tiene lugar todos los domingos, esté Daisy o no.

—Voy a jugar al tenis con un amigo —miente con facilidad—, pero puedo cancelarlo si es tan importante para Greg y Samantha. —Lo sabe que, si Rose le da tanta importancia a la comida del domingo, mis padres se subirán por las paredes si aparezco sin él. Llegarán a todo tipo de conclusiones precipitadas, como que me está poniendo los cuernos o que ha vuelto a sus viejos hábitos de fiesta y excesos. Esto es verdad (quizá incluso más que antes), pero lo mejor es que no lo sepan.

—Pues sí, significa mucho para ellos —contesta mi hermana, como si tuviese el poder de hablar por los demás—. Os veo a los dos mañana. —Se detiene junto a la puerta y echa un vistazo a los vaqueros y la camiseta negra sencilla de Lo—. Y, Loren, intenta ponerte ropa adecuada.

Se va. Oigo cómo sus tacones repican en la distancia.

Exhalo un largo suspiro y reordeno mis ideas. El impulso de terminar lo que he empezado con Lo me reconcome, pero sé que es mejor que no lo haga.

—Lily…

—Estaré en mi habitación. No entres —le ordeno. Anoche me bajé un vídeo titulado *Tu dueño*. Tenía pensado verlo más adelante, pero voy a modificar mi horario.

—¿Y si llega la pizza? —pregunta, impidiéndome el paso.

—No tardaré. —Intento sortearlo, pero alarga un brazo para que no pase.

Veo cómo flexiona el bíceps y doy un gran paso hacia atrás. No, no, no.

—Estás excitada —dice con la mirada fija sobre mí.

—Si no me hubieras provocado, ahora no estaría así —contesto desesperada—. Si no consigo saciarme, tendré que pasar la tarde dando vueltas por Filadelfia en busca de algún tipo que quiera echar un polvete a media tarde. Muchas gracias.

Lo hace una mueca y baja el brazo.

—Bueno, a mí me toca ir a tu comida familiar, así que estamos empatados. —Se vuelve para dejarme pasar.

—No entres —repito. Se me salen los ojos de las órbitas. Lo que más miedo me da es lo que le haría si se atreviera a entrar.

—Nunca lo hago —me recuerda. Se dirige a la cocina y me saluda con la mano mientras se acaba el resto del whisky.

Tras mi segunda ducha y mi automedicación en forma de estrellas del porno y un vibrador muy caro, me visto con un par de vaqueros y una camiseta granate con el cuello en forma de V.

Lo está en el salón comiendo pizza y zapeando, con un nuevo vaso de whisky haciendo equilibrios sobre su pierna.

—Lo siento —me disculpo.

Me mira un instante antes de volverse de nuevo hacia el televisor.

—¿El qué?

«Haberme metido tus dedos».

—Que por mi culpa tengas que ir a la comida familiar del domingo. —Insegura, me siento en la tumbona que hay enfrente del sofá.

Me mira como siempre, evaluando mi estado actual. Traga un bocado de pizza.

—La verdad es que no me importa ir. —Se limpia los dedos en una servilleta y coge su vaso—. Mejor tu padre que el mío.

Asiento. Es una gran verdad.

—Entonces… ¿Estamos bien?

—¿Lo estás tú? —Enarca las cejas.

—Ajá… —mascullo.

Evito su mirada cogiendo un trozo de pizza y deslizándome enseguida al abrigo de mi butaca. Necesito una distancia de seguridad.

—Me lo tomaré como un débil sí, teniendo en cuenta que no puedes ni mirarme a la cara.

—No eres tú, soy yo —contesto con la boca llena, y me lamo la salsa del dedo.

—Una vez más, lo que todo chico quiere oír. —Noto sus ojos sobre mi cuerpo—. Ahora ni siquiera te estoy entrando.

—No empieces. —Levanto un dedo a modo de advertencia—. Por favor, Lo.

—Vale, vale. —Suspira—. Esta noche vas a The Blue Room, ¿no?

Doy un respingo, sobresaltada.

—¿Cómo lo sabes?

Me mira como si no pudiera creérselo.

—Casi nunca vas a la misma discoteca más de tres o cuatro veces. Hubo un tiempo en el que pensé que tendríamos que cambiarnos de ciudad para que encontraras un sitio donde… —hace una pausa intentando encontrar la palabra adecuada— follar. —Me dedica esa sonrisa amarga tan suya.

—Muy gracioso. —Quito un trozo de *pepperoni* de la pizza—. ¿Necesitas una conductora sobria esta noche? Puedo dejarte donde

36

quieras antes de irme. —Para mí no es un problema renunciar a la cerveza, ni tampoco al alcohol más fuerte.

—No, voy a ir a la discoteca contigo.

Disimulo mi sorpresa. Solo se aventura a salir conmigo algunas noches selectas, y varían demasiado como para que entienda cómo las elige.

—¿Quieres ir a The Blue Room? ¿Eres consciente de que es una discoteca y no un tugurio con una barra llena de humo?

Me fulmina con la mirada.

—Lo sé perfectamente. —Mueve los hielos de su vaso sin despegar la vista de él—. En fin, así no nos quedaremos hasta muy tarde y no nos perderemos la comida de mañana.

No le falta razón.

—¿Y no te importará que…? —Ni siquiera soy capaz de acabar la frase.

—¿Que me dejes plantado para ir a follarte a alguien? —termina él mientras pone los pies sobre la mesita, al lado de la pizza. Abro la boca para contestar, pero me vuelvo a perder en mis pensamientos—. No, Lil. No me interpondré entre tú y lo que quieres.

A veces sus deseos son un misterio. Quizá sí que quiera estar conmigo. O quizá siga fingiendo.

3

Recuerdo el momento en el que me di cuenta de que no era como los demás. No tuvo nada que ver con los chicos, ni con mis fantasías sexuales; tuvo que ver con mi familia. Un día, cuando iba a sexto, estaba sentada al fondo de mi clase de inglés, alisándome la falda de cuadros del uniforme del colegio. Cuando la profesora se marchó, unos cuantos niños acercaron sus mesas a la mía y, antes de que consiguiera entender por qué lo hacían, cada uno sacó una lata de refresco: Fizz light, Fizz sin azúcar, Fizz rojo, Fizz normal...

Dieron un buen trago y luego las dejaron encima de mi mesa. El último abrió su lata de Fizz de cereza y sonrió con maldad.

—Toma —me dijo mientras me la tendía—. Está recién estrenada para ti.

Se echaron a reír y yo me puse del color del Fizz rojo, que me había dejado una mancha en forma de círculo en la libreta.

Ahora que miro atrás, debería haberles dado las gracias por comprar productos de Fizzle. Cada refresco que compraran en la máquina expendedora acabaría por engordarme los bolsillos de una forma u otra. Probablemente, eran hijos de magnates del petróleo, algo mucho menos emocionante que un padre que había creado la empresa que había desbancado a Pepsi el último año. Pero era muy tímida y estaba demasiado avergonzada como para hacer otra cosa que no fuera hundirme en mi silla y desear ser invisible.

En algunas cosas, Lo se siente identificado conmigo. Él no tiene que enfrentarse a la fortuna de su familia en anuncios y restaurantes, pero no hay futura madre que no sepa un par de cosas sobre los productos Hale Co.: polvos de talco, aceites, pañales… La empresa produce cualquier cosa que necesite un bebé. Las bebidas Fizzle están por todo el mundo, pero al menos el nombre Calloway no aparece en la etiqueta.

Solo debemos preocuparnos de las provocaciones y de nuestra reputación en el círculo de amigos famosos e inversores de la familia. En cualquier otro sitio, somos solo un par de niños ricos y malcriados.

Cuando íbamos al colegio, los demás niños se metían con él. Lo llamaban «bebé» de una forma nada cariñosa. Incluso destrozaron su taquilla y le llenaron la ropa de polvos de talco Hale Co. Lo era un blanco fácil, aunque no porque fuera delgadito, bajo o tímido, como yo. Era un chico musculoso y demostró que podía correr incluso más rápido que uno de los jugadores de fútbol. Recuerdo que lo persiguió por los pasillos cuando se enteró de que le había rayado su Mustang nuevo con una llave.

Sin embargo, durante su adolescencia, Lo solo tuvo un amigo. Y, sin un séquito masculino, se convirtió en el enemigo número uno para los demás, en un marginado con el que meterse.

Me arrepiento de la mayoría de mis actos, y mis años de instituto están plagados de elecciones equivocadas y malas decisiones. Una de ellas fue acostarme con uno de los chicos que atormentaban a Lo. Cuando lo hice, no me importó, pero después no me pude sentir más avergonzada. Todavía lo estoy; es como una cicatriz imborrable.

La universidad lo cambió todo a mejor. Ahora que estamos lejos de ese colegio tan pequeño, ya no he de preocuparme de que las habladurías lleguen a oídos de mis padres. La libertad me ofrece más oportunidades. Las discotecas, las fiestas y los bares son casi un segundo hogar para mí.

Esta noche, en The Blue Room, el techo brilla gracias a cientos de bombillas de cristal cubiertas de una tela del color de la noche, como un velo que imita al cielo nocturno. La discoteca hace honor a su nombre: todo lo que hay en la enorme sala es de algún tono azul. La pista de baile es azul verdoso y la planta de arriba está llena de sillas y sillones de terciopelo azul marino.

Los pantalones cortos negros se me pegan a los muslos sudados. Llevo un top plateado muy escotado por la espalda, que también se me pega a la piel húmeda: es el resultado de embutir dos cuerpos en un único baño. ¿Inodoros azules? Comprobado. Pensaba que después del sexo disfrutaría del subidón, pero apenas ha satisfecho mis deseos. Además, el calor me hace sentir sucia.

Veo a Lo junto a la barra. Aprieta los dientes al observar al camarero ir de un extremo a otro. La barra está llena de jóvenes clientes que esperan a que les sirvan. Lo parece más irritado que de costumbre. En el taburete de su izquierda se sienta una rubia con un vestido rojo ajustado que le roza las largas piernas desnudas contra el muslo. Él se comporta como si no se diera cuenta de sus intentos y mantiene la dura mirada fija en las botellas de alcohol que se erigen tras el camarero.

—Vamos, Lo —lo animo en voz baja.

En ese momento, un chico aparece a mi lado, me coge de la cintura y empieza a bailar detrás de mí. No le hago caso, pero él frota su pelvis contra mí e intenta forzarme a mover las caderas.

La rubia que hay al lado de Lo se muerde el labio y se pasa la mano por el pelo con aire coqueto. Se inclina y le dice algo. Ojalá estuviese lo bastante cerca para oírlo.

Él frunce el ceño; ya sé por dónde va a ir la conversación. Cuando contesta, el rostro de la chica se contrae de odio. Con los ojos llenos de veneno, le replica algo y se marcha con su martini de arándanos entre dos dedos.

Maldigo y me desenredo de mi compañero de baile, que sigue a mi espalda. Corro al bar y reemplazo a la rubia.

—¿Qué ha pasado? —le pregunto.

—Lárgate. Estoy ocupado, y por ahí todavía hay trozos de carne que te puedes follar. —Da un largo trago de cerveza.

Inhalo con fuerza e intento que su comentario me resbale. Trato de ignorar su repentino mal humor. Algunos días es un tío muy sexy, pero otros puede destruirte con una sola mirada. Examino con los ojos entornados la botella azul oscuro que tiene en la mano, en la que se lee: CERVEZA DE FRAMBUESA.

—¿Qué narices estás bebiendo? —Hacía meses que Lo no bebía algo más flojo que el vino de Oporto.

—No tienen alcohol que no sea azul —protesta—. No pienso beber ni puto whisky azul ni vodka de arándanos.

Al menos ya sé por qué está tan enfadado. El camarero se acerca, pero lo miro y niego con la cabeza, ya que todavía tengo pensado conducir, así que toma el pedido de un par de chicas que hay a mi lado.

Apoyo un codo en la barra y miro a Lo.

—No estará tan mala.

—Te ofrecería un trago, pero vete a saber dónde has puesto la boca.

Lo fulmino con la mirada.

—De todos modos, tampoco quiero tu cerveza de frambuesa.

—Pues vale.

Se la termina y le pide otra a una camarera, que descorcha otra botella y se la pasa.

Echo un vistazo a la pista de baile azul eléctrico y me encuentro a…

Ay, no. Me doy la vuelta, clavo la mirada en las hileras de licores y luego entierro la cabeza entre las manos. Quizá no me haya visto. Quizá no hayamos hecho contacto visual. ¡Quizá esté todo en mi cabeza!

—Hola, ¿puedo invitarte a una copa? —Me toca el hombro. Me está tocando el hombro.

Miro de soslayo a Lo, pero no parece tener intención de involucrarse. Tiene media pierna colgando del taburete, como si estuviese preparado para irse y darme el espacio que cree que necesito.

—No me acuerdo de tu nombre —añade el chico.

Una chica pelirroja que hay a mi lado se pone de pie para irse y me entran ganas de gritarle que se quede. «¡No despegues el culo de ese asiento!». Cuando se marcha, el chico se sienta en el taburete, mostrando su interés por mí con el lenguaje corporal.

Se me ha agotado la suerte.

Levanto la cabeza, pero evito mirar sus cejas rubias y pobladas y la barba de varios días. Sí, es el chico con el que me he enrollado en el baño. El que ha cerrado el pestillo, me ha bajado las bragas, ha gruñido y me ha oído gemir. Parece tener veintialgo, pero no consigo determinar exactamente cuántos. No se lo pregunto. Es más, no le pregunto nada. Mi seguridad en sí misma se ha esfumado junto con el clímax, y lo único que siento es el calor de la vergüenza, que hace que me ardan hasta las orejas.

Consigo mascullar una respuesta.

—Me llamo Rose. —Es decir, una mentira.

Lo suelta una carcajada. El chico apoya un brazo en la barra y se inclina para mirar a mi amigo, invadiendo mi espacio personal.

—¿Os conocéis? —pregunta.

—Podría decirse que sí —responde Lo mientras se termina la cerveza. Le hace otro gesto a la camarera.

—No serás su ex, ¿no? —pregunta el chico, retrocediendo un poco.

«Sí, por favor. Vete», pienso.

Lo coge su nueva cerveza de frambuesa.

—Es toda tuya, tío. Que te aproveche.

Creo que me estoy muriendo por dentro.

El chico me señala con la cabeza.

—Me llamo Dillon. —«Me da igual. Por favor, vete». Me tiende la mano con una sonrisa alegre; quizá esté esperando un segundo asalto. Lo que pasa es que yo no soy de segundos asaltos. Una vez que me acuesto con un chico, se acabó. Nada más, nunca más. Es una norma personal que he respetado hasta ahora y que no pienso romper, sobre todo no con Dillon.

Le estrecho la mano; no sé muy bien cómo darle largas sin ser maleducada. Para algunas chicas, decir «no» es fácil, sin embargo, para mí...

—¿Qué bebes? —Intenta llamar la atención del camarero, que está ocupado sirviendo a un grupo de chicas. Una de ellas lleva una tiara y una banda en la que se lee: ¡CUMPLO 21!

—Nada —contesto justo cuando una camarera con unos shorts cortados a mano y un top azul se detiene ante nosotros.

—¿Qué os pongo? —pregunta, alzando la voz por encima de la música.

Antes de que me dé tiempo a añadir que no bebo, Dillon dice:

—Un ron con Fizz y un Laguna Azul.

—Solo tenemos ron de arándanos —le recuerda la camarera.

Él asiente.

—Me va bien.

Cuando empieza a servirnos, consigo decir:

—La verdad es que no bebo.

Se le ensombrece el rostro.

—¿No bebes? —Su incredulidad hace que me cuestione si soy normal. Supongo que es difícil dar con alguien sobrio en una discoteca—. Entonces... —Se rasca la barbilla—. ¿Ahora mismo estás sobria?

Creo que me acabo de morir por dentro. Cree que soy rara por haberme acostado con alguien en el baño de una discoteca estando sobria. El cuello se me está poniendo de un rojo feroz; me gustaría meter la cabeza bajo tierra. O en un cubo de hielo.

—Sí bebo —murmuro entre dientes—. Pero no hoy. Conduzco.

La camarera me deja el cóctel azul encima de una servilleta y Dillon me lo acerca.

—Bebe. Siempre puedes coger un taxi. —Le brillan los ojos; está claro que tiene segundas intenciones. Se está imaginando qué seré capaz de hacer borracha, teniendo en cuenta que sobria no he sido muy remilgada. Pero eso era antes y esto es ahora: mi avidez por el sexo ha disminuido considerablemente. Al menos con él.

—No lo quiere, ¿no lo ves? —salta Lo, que agarra su quinta cerveza con tanta fuerza que no me extrañaría que rompiera la botella.

—¿No me has dicho que era «toda mía»? —pregunta Dillon, haciendo unas comillas en el aire.

—Eso era antes de que empezases a meterte con mi chófer. La necesito sobria, así que ve a buscarte otra chica a la que comprarle volcanes azules.

—Laguna azul —lo corrijo.

—Lo que sea —contesta dando un trago de cerveza.

A Dillon se le oscurece la mirada.

—Tiene boca, déjala hablar a ella.

Madre mía, menudo giro de los acontecimientos.

Lo se vuelve hacia Dillon por primera vez.

—Seguro que esa boca la conoces bien, ¿eh?

—Dios mío… —mascullo de forma ininteligible.

—Oye, no hables así de ella—replica Dillon, intentando defender mi honor.

¿Qué está pasando?

Lo enarca las cejas.

—Mira cómo la defiendes, qué caballero eres de repente. Te la acabas de follar en el baño. No te comportes como si fueras un buen tío.

—Para, Lo. —Le lanzo una mirada de advertencia, aunque tal vez se pierda bajo mis mejillas sonrojadas. Si se mete en una pelea, me prohibirán la entrada a la discoteca.

—Sí, Lo, para —repite Dillon para provocarlo.

Me arde tanto la cara que no me sorprendería que tuviera quemaduras de segundo grado. Lo se queda mirando a Dillon sin pestañear.

—No estoy lo bastante borracho para esta mierda —anuncia. Se levanta del taburete y paga la cuenta. Mientras espero, Dillon me coge de la muñeca y yo intento soltarme.

—¿Me das tu número? —pregunta.

Lo se guarda la cartera en el bolsillo de atrás.

—No sabe decir que no, así que ya lo hago yo por ella —dice. «Gracias», pienso, y a continuación veo que, en lugar de añadir algo más, Lo le hace una peineta a Dillon.

No lo miro ni a él ni a Lo. Ni a ninguna otra persona en The Blue Room. Salgo escopeteada de la discoteca; lo único que quiero es evaporarme e irme flotando.

Entro en mi BMW deportivo y Lo se desliza en el asiento del copiloto sin mediar palabra. Seguimos en silencio durante todo el trayecto, excepto por el sonido de Lo abriendo la petaca y bebiendo como si llevara una semana atrapado en el desierto del Sáhara. Evitamos mencionar lo ocurrido hasta llegar a casa.

Dejo las llaves en la cesta que hay al lado de la puerta y Lo va corriendo a los armarios donde guarda el alcohol. Me tiembla la mano. Me meto un mechón de pelo detrás de la oreja. Necesito una liberación.

El ruido familiar del repiqueteo de las botellas llena la cocina.

—¿Quieres tomar algo? —pregunta Lo, que está concentrado en su brebaje.

—No. Voy a llamar a alguien. Si sigue aquí por la mañana, ¿puedes hacer lo de siempre?

Vacila, dejando la botella de bourbon suspendida sobre el vaso.

—Puede que no esté en condiciones. He estado bebiendo cerveza de mierda toda la noche. —Ya. Eso significa que se va a emborrachar como una cuba.

—Mañana tenemos la comida —contesto con voz tensa. No hay muchas cosas que provoquen una discusión seria entre los dos, pero presiento que se avecina una.

—Ya lo sé. Estaré despierto para la comida, pero para ayudarte puede que no. Solo digo eso.

El pecho me sube y me baja con violencia.

—Eres tú el que me ha estropeado la noche. No tenías por qué acompañarme a la discoteca solo para empezar una pelea —le suelto—. Y ahora soy yo la que tiene que sufrir porque no has querido beber puto vodka azul.

—Vale, pues vuelve a la discoteca y deja que ese capullo te moleste toda la noche. Te he hecho un favor, Lily.

Una ira irracional se adueña de mí y le doy un empujón a uno de los taburetes, volcándolo y rompiéndole una pata. Luego vuelvo a refugiarme en mi interior; me siento mal al instante por haber roto un mueble.

—Guau. No hace falta que destroces el piso como si fueras Hulk.

Su adicción está interfiriendo en la mía. El alcohol gana al sexo, y eso me mata. O al menos mata a la parte de mí que necesita un buen polvo, uno que, a poder ser, dure más de cinco minutos.

Me quedo mirando el taburete roto y me siento estúpida. Me agacho y lo enderezo. Cambios de humor. Él entiende lo que es convertirse en alguien tan necesitado, pero me sigo sintiendo incapaz de mirarlo a los ojos.

—Ya eres mayor, Lil —dice al cabo de unos segundos de silencio. Lo oigo remover el hielo de su copa—. Si quieres liarte con alguien, deberías ser tú quien luego lo eche de casa. Yo no te impido acostarte con nadie.

No sé por qué me siento así ni por qué sus palabras me disgustan tanto. No me muevo hasta que no noto que Lo me roba el teléfono nuevo del bolsillo. Lo miro con el ceño fruncido mientras echa un vistazo a mis contactos y se detiene en el número de un servicio de *escorts*. Presiona el botón de llamada y me acerca el móvil a la oreja mientras da un trago a su bebida.

Se lo quito y le doy las gracias solo moviendo los labios.

Él se encoge de hombros, pero es evidente que está tenso. Sin decir una palabra más, se marcha a su habitación. Mis nervios se calman y poco a poco empiezo a sentir la expectación.

Alguien responde al teléfono.

—Hola, ¿cómo puedo ayudarle?

La alarma de mi móvil suena a todo volumen por tercera vez. Es una melodía de arpa muy molesta que estoy pensando seriamente en cambiar. Me muevo bajo las sábanas con cuidado de no tocar el cuerpo del hombre que hay despatarrado al otro lado de la cama. No debería haber dejado que se quedara a dormir, pero perdí la noción del tiempo. Estos... gigolós suelen contar los minutos que faltan para irse, pero se les llenan los ojos de excitación cuando ven a una clienta que no es obesa y de mediana edad. A veces son ellos mismos quienes se ofrecen a quedarse más tiempo, pero esta vez ha sido cosa mía.

¿Querrá quedarse a desayunar? No conozco tan bien el protocolo de los gigolós, ni qué hacer o decir después. Normalmente, le pido a Lo que aporree la puerta y le diga al tío que se largue. Así es mucho más fácil. El reloj digital de mi mesita de noche blanca emite una luz roja: son las diez de la mañana. Tengo una hora para ducharme y arreglarme para la comida en la mansión de Villanova.

Me pongo rápidamente una camiseta que me llega a las caderas y contemplo mi conquista: un hombre de treinta y pico, fornido y con el torso lleno de tatuajes. Tiene los brazos y las piernas enredados en mis sábanas blancas y aún está frito después de la larga sesión de sexo. ¿No debería estar acostumbrado a esto? Yo no me comporto como si hubiese engullido un bote de pastillas para dormir.

—Oye —lo llamo con timidez.

Apenas se mueve.

«A ver, Lily, espabila». Si Lo cree que soy capaz de hacerlo sola, seguro que tiene razón.

Respiro hondo y lucho contra el rubor y los nervios, que amenazan con adueñarse de mí. «Por favor, que no le apetezca charlar conmigo».

—¡Oye! —Lo zarandeo por las piernas y emite un largo gemido de oso. ¡Por fin! El gigoló se frota los ojos y se incorpora.

—¿Qué hora es? —pregunta medio dormido.

—Tarde. Necesito que te vayas.

Se deja caer en el colchón y emite un quejido. ¿Qué ha sido eso? ¿Se ha muerto?

—Deja que me despierte, ¿quieres?

—Tengo que irme dentro de poco. Te tienes que ir.

Me mira con los ojos entornados; la luz es demasiado penetrante para su letargia.

—Puedo preparar café mientras te vistes. ¿Qué te parece?

—No te he pagado para eso —le respondo tras encontrar una pizca de seguridad. ¿Por qué es esto tan difícil? ¿Es que no le estoy pidiendo algo razonable?

Me mira molesto y me siento como una zorra de inmediato. Retrocedo.

—Entendido. —Se levanta y coge sus vaqueros y su camisa. ¡Sí, se va! Sin embargo, entonces se detiene y me mira de arriba abajo. Me pongo rígida—. Para lo increíblemente incómoda que se te ve ahora, anoche eras cualquier cosa menos reservada. —Espera a que me explique. Abro la boca y la cierro; no sé muy bien qué decir—. ¿Es que el sexo no estuvo a la altura de tus expectativas?

Aparto la vista.

—¿Te puedes ir, por favor?

—¿Estás avergonzada? No lo entiendo…

Por supuesto que estoy avergonzada, llamé a un gigoló por pura desesperación, porque me parecía una buena idea, porque sabía que aliviaría esas ansias que hay en mí. Me gustaría ser una de esas chicas que tiene las agallas de hacerlo porque están explorando su sexualidad, pero en mi caso solo necesitaba que satisficiera un deseo, un deseo que no hace más que atormentarme. Y ahora mismo me está recordando todo lo que odio de mí misma. Que dejo que el cerebro que tengo entre las piernas controle mis noches. Que no puedo ser una chica normal y olvidarme del sexo, aunque solo sea por un segundo. Solo uno.

—¿Te hice daño? —pregunta. Ahora parece preocupado.

—No —contesto a toda prisa—. Estuvo muy bien. Solo estoy…

—Perdida. —Gracias.

Mis palabras hacen que sus rasgos se tiñan de tristeza.

—Si me voy, no irás a hacer nada que… —¿Cree que tengo instintos suicidas?

Inhalo profundamente.

—Necesito que te vayas porque tengo que asistir a un evento familiar.

Él asiente. Por fin lo ha entendido.

—Vale. —Se termina de abotonar la camisa y añade—. Por cierto, eres fantástica en la cama.

—Gracias —mascullo mientras quito las sábanas.

La puerta se cierra, pero no se me relajan los músculos, tal y como esperaba. Reproduzco toda la conversación y me siento extraña. Ha sabido ver lo que había detrás de la fachada. No me pasa con mucha gente.

Pero no tengo tiempo de regodearme en la miseria. La comida es en menos de una hora. Me tropiezo con un par de zapatillas de camino a la ducha. Mientras me lavo los restos de la noche, me debato entre despertar a Lo o no. Preferiría que durmiera la borrachera antes que obligarlo a relacionarse con mi familia.

Salgo de la ducha, me pongo un vestido verde menta y decido ir a echarle un vistazo y asegurarme de que esté durmiendo de lado. No suele vomitar dormido, pero eso no significa que no pueda pasar. Antes de salir de mi habitación, rebusco en mi armario hasta encontrar un bolso. Para evitar que mi madre me ridiculice, lo mejor es tener un aspecto lo más normal posible. Doy con un Chanel blanco con una cadena dorada (un regalo de cumpleaños de Rose) que estaba embutido al lado de un par de zapatos de tacón rotos.

Lo abro y mi teléfono perdido reaparece, aunque, teniendo en cuenta que ya he transferido mi número y mis contactos a un iPhone nuevo, no me sirve de mucho.

Echo un vistazo a las viejas llamadas perdidas y los mensajes que me mandaron antes de que me comprara el nuevo. Se me para el corazón al ver uno de Rose. Me lo mandó más o menos cuando se fue de mi apartamento.

ROSE

Jonathan Hale viene a comer el domingo.
Díselo a Loren.

¡No, no, no! Quizá Loren habría podido quedarse hoy en casa. Podría haberme inventado una excusa, por barata que fuera, como que estaba enfermo. Dejar plantada a mi familia es una infracción menor. Dejar plantado a su padre es un suicidio.

Tiro el móvil sobre la cama y voy a su habitación a toda prisa. Tenemos menos de media hora para prepararnos. Vamos muy justos.

Llamo a la puerta y entro.

A diferencia de mi cuarto, las paredes y las estanterías de Lo están llenas de personalidad. Tiene cosas de la Universidad de Pensilvania por todas partes, como un reloj rojo y azul y un muñeco de los Quakers. Hay fotografías de los dos colgadas por todas partes, sobre todo para guardar las apariencias. En la cómoda tiene una enmarcada en la que me está dando un beso en la mejilla. A mí me parece forzada, y son estas pequeñas cosas las que me encogen el estómago, las que me recuerdan nuestra mentira más gorda.

Mis hermanas creen que guardo mi ropa en la habitación de invitados para tener más espacio. En realidad, me gusta dormir en ese cuarto tan minimalista, sin fotos, solo cuadros de París de Leonid Afremov, que están llenos de color, aunque a veces me mareen un poco.

Lo está totalmente vestido, tumbado encima de su edredón de color champán. Está hecho un ovillo, de lado, con el pelo castaño claro de punta y despeinado. En la mano derecha tiene una botella vacía de Macallan, un whisky de diez mil dólares.

En el suelo hay otras cinco botellas, algunas vacías y otras medio llenas, pero deben de ser de otras noches. Tiene una alta tolerancia al alcohol, pero no tan alta. Todo este alcohol tumbaría a un equipo de fútbol al completo, y a él probablemente lo mataría. Intento no darle muchas vueltas al asunto.

Voy al baño y humedezco una toalla de mano con agua caliente. Vuelvo a su habitación, me agacho junto a la cama y le presiono la toalla contra la frente.

—Lo, es hora de levantarse —le digo con gentileza. No se mueve. No es la primera vez que intento despertarle para algo importante.

Lo dejo en la cama y corro por la habitación, recogiendo las botellas vacías del suelo y guardando las llenas en el armario. Cuando todo el alcohol ha desaparecido, vuelvo mi atención hacia él.

—¡Loren Hale! —grito.

Nada. Sigue en otro mundo. En mi interior, lo maldigo por haber elegido este día para ponerse así. El tiempo se nos está agotando y cada vez tengo el pulso más acelerado. No puedo dejarlo en estas condiciones. Lo no me haría algo así. Si nos hundimos, nos hundimos juntos.

Me bajo la cremallera del vestido para quitármelo. Me quedo solo con unas bragas tipo *culotte* y un sujetador sencillo. Al menos sé por experiencias pasadas lo que debo hacer en estas situaciones. Espero que funcione.

Con la poca fuerza que tengo en los brazos, lo cojo por las axilas y lo bajo de la cama. Los dos nos caemos al suelo. Él suelta un suave gemido.

—¡¿Lo?!

Se vuelve a quedar inconsciente. Me pongo de pie a toda prisa y arrastro su pesado cuerpo hacia el baño.

—Me… debes… una… —le reprocho con cada tirón, aunque

no es verdad. Nos debemos tantos favores el uno al otro que ya no llevamos la cuenta.

Abro la mampara de la ducha de una patada y lo meto con un último tirón. Tiene la cabeza apoyada en mi regazo y, aunque llevo bragas de color beige, no me importa demasiado. ¿Cómo me va a dar vergüenza cuando él está tan vulnerable? Es posible que dentro de una hora ni siquiera se acuerde de esto. Prefiero mojarme la ropa interior que el vestido.

Me quedo de rodillas y, jadeante, alargo una mano hacia el termostato de la ducha. Pongo el agua lo más fría posible y abro el grifo.

Nos riega a los dos y, diez segundos después, Lo se despierta escupiendo agua como si lo estuviera ahogando. Subo un poco la temperatura del agua mientras él intenta incorporarse, levantando el cuerpo de mi regazo. Trata de apoyarse en la pared de azulejos, pero se resbala.

Abre y cierra los ojos, adormilado. Todavía no ha dicho ni una palabra.

—Tienes que ducharte —le digo desde mi esquina de la ducha—. Apestas a alcohol.

Pronuncia unos ruidos incoherentes y cierra los ojos con fuerza. No tenemos tiempo para esto. Me pongo de pie, cojo el champú y el jabón y vuelvo a su lado, mientras el agua nos ducha.

—Vamos —lo animo en voz baja al recordar lo mucho que odia que le hable con mi voz «normal» por las mañanas. Al parecer, suena como si estuviera matando osos panda bebés con un cuchillo. Son palabras suyas, no mías.

Deja que le quite la camiseta, aunque apenas me ayuda a sacar los brazos por los agujeros. El agua le cae en las líneas de los abdominales; tiene la complexión de un atleta, aunque casi siempre la esconda bajo la ropa. Nadie se ve venir que esté tan en forma, ni que de vez en cuando vaya al gimnasio. Es la mejor clase de belleza, la sorpresa de ver más bajo algo que ya es atractivo. Envidio a todas las chicas que puedan experimentar esa sensación en su primera vez con él. Sacudo la cabeza. «Concéntrate». Aparto la mirada de la curva de su bíceps y me concentro en los vaqueros. Dejo la mente en blanco, se los desabrocho y se los bajo.

Cuando la pesada tela vaquera empapada se le pega a los muslos, abre los párpados. Me pongo roja como un tomate, aunque esta no sea la primera vez que lo desvisto.

Me mira.

—Lil… —murmura, letárgico.

Vale, no tenemos tiempo para esto. Tiro con fuerza de los pantalones hasta que por fin se deslizan por sus piernas musculosas y le llegan a los tobillos, donde me resulta mucho más fácil maniobrar con ellos. Ahora que está empapado y no lleva nada más que el bóxer negro, necesito toda mi fuerza de voluntad para concentrarme en la tarea que tengo entre manos.

Cojo el jabón, lo pongo en la esponja y le lavo el torso, los abdominales y… Hum, mejor me salto esta parte. Bajo a los muslos y las piernas. No tengo tiempo de lavarle la espalda, pero no creo que sea un problema.

Lo peor es el olor. Supura aroma a bourbon por todos los poros. En su día, probamos varios jabones y colonias hasta que por fin encontramos algunos que conseguían enmascarar ese hedor tan repugnante.

A veces, su adicción me asusta. El alcoholismo puede destruir vidas y riñones; y un día, después de una noche de excesos, quizá no se vuelva a levantar. Pero ¿cómo le voy a pedir que pare? ¿Cómo voy a juzgarlo cuando yo no estoy más cerca que él de superar mi adicción? Por ahora, esto es lo más que puedo hacer.

Le enjabono el pelo mientras él mantiene los ojos abiertos, recurriendo a su propia fuerza para seguir mínimamente consciente. Está empezando a recuperar el sentido, aunque no creo que se haya dado cuenta de dónde estamos.

—¿Te diviertes? —le pregunto mientras le hago prácticamente un masaje en el cuero cabelludo.

Él asiente despacio. Su mirada baja hasta mi sujetador, que es beige y, mojado, prácticamente transparente. Vaya…

Le pellizco el brazo y levanta la vista. Le cambian los ojos; el color ámbar se intensifica bajo el vapor caliente. Me mira fijamente, con demasiada intensidad. Odio que me mire así y él lo sabe. Levanta una mano y me acaricia la nuca. ¿Qué? Aparto mi confusión y me alejo con el ceño fruncido. No tengo tiempo de lidiar con sus intentos delirantes y resacosos.

Esboza una sonrisilla.

—Solo estaba practicando.

—¿Sabes qué hora es?

Cojo un vaso de plástico, lo lleno de agua y se lo vierto en la cabeza. Me da igual que el champú le escueza en los ojos. Él los cierra y mascula un insulto, pero está demasiado cansado para frotárselos.

Cuando termino de enjuagarle el pelo, me echo su brazo sobre los hombros y lo arrastro hasta el dormitorio. Esta vez coopera.

Se tira sobre el edredón y paso los minutos siguientes secándolo con una toalla como si fuese mi mascota. Él se queda mirando el techo como en trance. Intento hablar con él; necesito que esté consciente para la comida.

—Nos quedamos despiertos hasta muy tarde porque fuimos al concierto de saxofón de Charlie en el Eight Ball —le recuerdo mientras busco un atuendo adecuado en su cómoda. Suelta una suave carcajada—. ¿De qué te ríes?

—Charlie —musita con amargura—. Mi mejor amigo.

Trago saliva y respiro hondo mientras intento no perder los nervios. Puedo hacerlo. Encuentro otros calzoncillos, unos pantalones de vestir y una camisa azul claro. Me vuelvo hacia él preguntándome si tendré que verle sus partes.

Los calzoncillos empapados que lleva puestos han mojado el edredón. No se puede poner los pantalones encima.

—¿Te puedes cambiar tú solo? Me gustaría limitar el número de veces que te veo el pene.

Intenta incorporarse y consigue, por fin, mantenerse recto sobre la cama. Estoy impresionada. Y también empiezo a arrepentirme de haber mencionado su pene, sobre todo por cómo me está mirando. Parpadea varias veces y dice:

—Déjala en la cama.

Dejo el montón de ropa junto a él y cojo mi vestido, que está encima de su silla.

Todavía noto el peso de la preocupación en el pecho. Entro en mi habitación y me cambio de ropa interior antes de volver a ponerme el vestido. ¿Estará lo bastante consciente para mantener una conversación?

Cuando íbamos al colegio, su padre solía castigarlo cuando llegaba a casa tambaleándose después de una noche bebiendo o cuando descubría que había asaltado el mueble-bar. Cuando sus notas empezaron a bajar, el señor Hale amenazó con mandarlo a una academia militar, convencido de que la disciplina sería lo más beneficioso para un adolescente descarriado. Ni siquiera sé si sumó dos y dos y entendió que el verdadero problema de Lo era el alcohol.

Echando la vista atrás, lo que necesitaba era ir a rehabilitación o a Alcohólicos Anónimos, no a un campamento militar. En lugar de eso, me ofrecí como chivo expiatorio para sus constantes excesos. Ese verano hicimos nuestro trato y en cuanto le anunció a Jonathan que había empezado a salir con la hija de Greg Calloway, hizo borrón y cuenta nueva. El señor Hale le dio una palmadita en la espalda, le dijo que yo le haría bien y que, si no era así, ya encontraría la forma de cambiar de actitud. Así que disfrazamos nuestros estilos de vida para continuar manteniéndolos.

Aunque Lo no se convirtió precisamente en un ciudadano modelo durante su adolescencia, mis padres dieron saltos de alegría con la noticia de nuestra relación. Una unión Calloway-Hale sonaba muy bien, tanto que sobrepasaba la calidad del hombre que yo llevara del brazo. Como si estuviéramos en 1794 y nuestro matrimonio les proporcionara poder militar y derechos sobre el territorio.

En fin… No sé si se han dado cuenta de que no formamos parte de la realeza.

Con nuestra nueva alianza, empezamos a mentir el uno por el otro y a esconder nuestras mentiras, representando los papeles de novio y novia enamorados. Cuanto más nos hundimos, más difícil es salir del pozo. Temo el día en el que ninguno de los dos pueda seguir respirando, el día en el que alguien descubra nuestros secretos. Todo podría desmoronarse de un momento a otro. Es un juego peligroso que me excita y me aterroriza a la vez.

Vuelvo a la habitación de Lo y me relajo al verlo completamente vestido, apoyado en la cama. Tiene la camisa desabrochada y por fuera del pantalón.

Al menos lleva pantalones.

—¿Me ayudas? —pregunta en tono despreocupado.

¡Y vocaliza!

Asiento y me acerco poco a poco a él. Cuando le aliso la camisa, su aliento caliente con aroma a alcohol me eriza la piel. Para evitar cualquier sensación indeseada, apunto mentalmente que cojamos un paquete de caramelos de menta antes de salir.

—Cuando lleguemos, ya estaré bien —me asegura.

—Lo sé. —Evito el contacto visual mientras le abotono la camisa a la altura de los abdominales.

—Lo siento —dice en voz baja y luego se ríe—. Al menos te he dado algo para llenar tu banco de imágenes.

Suspiro con fuerza. No fantaseo con Loren Hale a propósito para excitarme. Me sentiría demasiado incómoda cada vez que lo mirase a los ojos. Ya es bastante malo que me pase sin querer.

—No estás en mi banco de imágenes, Lo. —Espero a que se queje o se ría, pero solo adopta una expresión confundida y un poco herida. No tengo tiempo de obcecarme con lo que pueda significar.

—Pues lo siento —me dice alterado.

Se siente mal; de repente, desearía haberle seguido el juego. Pierde el equilibrio por culpa de su ebrio estupor y se cae en el colchón.

Me agarro a sus brazos para no caerme al suelo, pero solo consigo aterrizar encima de él. Cuando el tiempo empieza a ralentizarse, reparo en que tengo una mano firmemente contra su pecho y las piernas pegadas a las suyas. Lo único que nos separa es la tela de sus pantalones y la de mi vestido.

Él respira con dificultad; sus músculos se contraen bajo mi peso. Algo profundo palpita dentro de mí, algo malo. Tiene las manos en la parte baja de mi espalda, justo encima del culo. Se lame los labios y me observa recorrer su cuerpo con ojos dispuestos y deseosos, pero entonces encuentro la parte más sensata de mi cerebro.

—Tu padre viene a comer —murmuro.

Se queda en blanco. Me pone de pie como si no pesara nada.

—Tenemos que irnos —afirma, dejándose los últimos botones sin abrochar—. Ahora mismo.

La preocupación acaba con casi toda su resaca. Espero que se le haya pasado del todo cuando lleguemos a Villanova.

4

Llegamos diez minutos tarde, pero no somos los únicos. Mi padre ha perdido el vuelo de Nueva York a Filadelfia porque su piloto privado tiene la gripe y ha tenido que buscarse otro para que lleve su jet privado. No debería tardar tanto, pero mi padre pide comprobaciones de seguridad para todos sus pilotos. Seguramente, el nuevo tendrá que demostrar su competencia con al menos una hora de vuelo de prueba. Mi madre siempre va a buscarlo cuando aterriza, así que tampoco está presente en esta comida tan importante.

Pero no me quejo. Este tiempo extra le irá bien a Lo, para que vaya recuperándose. Estamos sentados en el patio con vistas a una piscina enorme y a los rosales amarillos. El sol de media mañana resplandece sobre las copas de champán, llenas de mimosas. Sobre el mantel blanco hay frutos del bosque, quesos, galletitas y pequeños sándwiches dispuestos con mimo. Todo está en el lugar que le corresponde, sobre fuentes o bandejas de varios pisos.

Me ruge el estómago. Por suerte, nadie ha esperado a que lleguen mis padres para empezar a comer. Jonathan Hale tampoco ha llegado. Dice que está en un atasco, pero yo sospecho que está esperando en el coche porque no quiere estar aquí sin que mi padre esté presente.

Lo ha puesto el brazo encima del respaldo de mi silla. La farsa está en marcha. Su cercanía me pone tensa, así que termino sentada en el borde de la silla, lo más lejos que puedo de esa mano. Espero que no sea demasiado obvio que estoy poniendo distancia. Anhelo que me toquen de forma más pecaminosa, pero sé que este no es el momento adecuado. Y también sé que debería estar más cerca de mi supuesto novio. Es todo tan complicado...

—Pasadme el *book* —dice Poppy tendiendo la mano. Como el resto de las chicas Calloway, mi hermana mayor destacaría en una multitud. Tiene un pequeño lunar en el labio superior tan sexy como el de Marilyn Monroe y la piel mucho más morena que la de las demás, como si la hubiera besado el sol. Cuando quedo con ella para ir de tiendas, todo el mundo se vuelve para mirarla. También me miran a mí, pero creo que es por mis piernas de gallina, tan flacas que podrían partirse como una ramita. No es un rasgo muy atractivo, lo sé. Mi madre me lo recuerda a menudo.

Daisy le pasa su *book* de modelo a Sam, que se lo pasa a su mujer. Poppy lo hojea y sonríe.

—Son preciosas, Dais.

Nuestra hermana pequeña ni se inmuta al oír el cumplido. Está demasiado ocupada comiendo sándwiches como si llevase un mes de ayuno.

—¿Cómo ha ido en la Semana de la Moda? ¿Has conocido a algún chico mono? —Hago aletear las pestañas para intentar ser graciosa, aunque seguramente parezca torpe y boba.

Daisy resopla.

—Creo que mamá se cargó todas mis opciones. —Se recoge el pelo castaño en una cola de caballo, lo que destaca su cara estrecha y su piel perfecta.

—¿Cómo? ¿Mamá fue contigo? —No debería sorprenderme. Nuestra madre fue a cada ensayo de ballet de Rose; incluso se saltaba comidas familiares para verla ensayar. Podría haber participado en ese programa de la tele en el que las madres bailan con sus hijas.

—Pues sí —contesta Daisy—. Tengo quince años, ¿recuerdas? El infierno se congelaría antes de que me dejara ir sola a la Semana de la Moda. ¿Cómo es posible que no lo supieras?

—Estoy un poco desconectada.

—Ese es el eufemismo del siglo —interviene Rose.

Poppy sonríe.

—Rose, no seas mala, o asustarás a Lily otros dos meses. —Todos sabemos quién es la hermana más amable, pero no puedo evitar querer más a Rose. No sé si es porque somos de una edad más cercana o porque intenta activamente formar parte de mi vida. La veo más a ella que a nadie.

Rose da un traguito de mimosa con los labios apretados. Daisy me señala con un dedo acusador.

—¿Llevabas dos meses sin venir a la comida de los domingos? —Me mira con atención, como si estuviera buscando alguna herida—. ¿Y sigues viva?

—Yo me pregunto lo mismo todo el tiempo —comenta Rose—. A mí me crucificarían si me perdiera una sola.

—Son las ventajas de salir con un Hale —añade Poppy, esta vez con cierta amargura.

Noto que Lo se agarra de la silla con fuerza al oír su nombre. A mí se me hace un nudo en la garganta. Poppy se pasó años intentando convencer a nuestros padres para que aceptaran a su novio y lo acogieran en la familia Calloway con los brazos abiertos. Sam tenía muy poco dinero y tenían miedo de que quisiera a Poppy solo por su herencia. Al final, mi padre lo contrató en Fizzle, aunque Sam solo tuviera el graduado de secundaria y, según su currículum, solo hubiera trabajado en Dairy Queen. Al cabo de un tiempo, mi padre comprendió que Sam tenía buenas intenciones y dio el visto bueno para la boda. Y, en consecuencia, mi madre también lo hizo.

Ahora, corretea por aquí una personita con el pelo oscuro y los ojos azules de Sam. Poppy sonríe a menudo y muestra más afecto maternal que nuestra madre, pero jamás olvidará cómo juzgaron a Sam ni todas las trabas que pusieron a su noviazgo, aunque lo hicieran de buena fe. Y su rencor acaba repercutiendo en mí, ya que mi relación con Lo la aceptaron de muy buen grado.

—Pues yo me cambiaría el nombre si pudiera —suelta Lo.

Un manto de tensión incómoda se extiende sobre nosotros.

—¿El nombre o el apellido? —pregunta Poppy, y los ánimos empiezan a cambiar. Las chicas se ríen a expensas de Lo, pero las risas son mejores que las miradas furtivas y los músculos tensos. A Lo nunca le ha gustado mucho su nombre de pila. Es una de las razones por las que Rose siempre lo llama Loren.

—¿Desde cuándo eres tan graciosa, Poppy? —pregunta Lo y le lanza una uva. Me sorprende que no contrataque con un insulto relacionado con las flores, teniendo en cuenta que mi madre nos puso a las cuatro nombres de plantas. Solo me avergüenza cuando estamos las cuatro juntas, así que no lo llevo mal.

—¿Tan pronto te rebajas a una guerra de comida, Loren? —interviene Rose—. El almuerzo ni siquiera ha empezado oficialmente.

—Ahora ya sabes por qué no venimos en meses y les da igual. Misterio resuelto.

—¿Puedo ver el *book* de Daisy? —le pregunto a Poppy.

Me lo pasa por encima de la mesa y vuelca mi copa de champán sin querer. Maldigo entre dientes y me levanto de un salto antes de mancharme el vestido de zumo de naranja. Lo se apresura a coger una servilleta y se pone de pie conmigo. Me apoya una mano en un brazo y me seca las gotas que me han salpicado en el pecho sin pensárselo dos veces. Supongo que nadie le dará muchas vueltas porque estamos juntos (aunque en realidad no), pero mi mente tiene otros planes. Entra un camarero con más servilletas, pero yo estoy tan acalorada que no puedo moverme.

—Lo siento. —¿Con quién me estoy disculpando? ¿Conmigo misma, por ser tan torpe?

—Mira, Lily se está convirtiendo en una rosa —me chincha Poppy.

Rose la fulmina con la mirada y yo me pongo todavía más roja. Lo deja la servilleta en la mesa y me susurra al oído:

—Tranquila, mi amor. Solo es un poco de mimosa. —Sonríe divertido y su aliento me hace cosquillas en la piel. Casi me derrito en sus brazos. Me besa en los labios tan suavemente que cuando su boca se despega de la mía lo único que puedo pensar es que quiero que vuelva a mí.

El personal entra y sale del patio, como un enjambre de abejas obreras, para limpiar el desastre que hemos causado. Cuando todo el mundo se calma y siento que he vuelto a pegarme la cabeza al resto del cuerpo, me siento de nuevo, incómoda, y abro el *book* de Daisy. Lo se acerca a mí para echar un vistazo a las fotos y su muslo se frota contra el mío. «Las fotos», me recuerdo. Sí. Parpadeo y me concentro. En la mayoría, sale Daisy sobre un fondo blanco sin una gota de maquillaje. Supongo que el objetivo es ensalzar su belleza natural. Giro la página y me quedo boquiabierta.

¡Está desnuda! O casi desnuda. Está de pie con unos tacones de doce centímetros y una americana de hombre. Nada más. El plano destaca sus largas piernas desnudas y la parte de sus pechos que queda al descubierto. Tiene el pelo peinado hacia atrás y recogido en una cola de caballo muy tirante y el maquillaje la hace parecer una mujer de veintisiete años, no una chica de quince. La postura extraña de sus caderas para la pose es el único indicador de que se trata de alta costura y no de una revista porno.

Lo silba. Parece tan impactado como yo.

—¿Qué pasa? —pregunta Daisy, ladeando la cabeza para ver la foto.

—¡No llevas nada! —Levanto el *book* para que vea a qué foto nos referimos.

Ella no se inmuta, ni siquiera se avergüenza un poco.

—Llevaba ropa interior de color carne.

—¿La ha visto mamá?

—Sí, fue ella quien me propuso que intentara conseguir sesiones de fotos más adultas. Así se incrementa mi valor.

Su valor, como si fuera un cerdo en una subasta.

—¿Te gusta trabajar como modelo?

—No está mal. Se me da bien.

En fin… No es la respuesta que quería oír, pero yo no soy su madre. Hay una razón por la que no vengo a estos eventos semanales. Meterme en este tipo de situaciones no me ayudará en mi propósito de alejarme sigilosamente del clan Calloway.

Lo se frota los labios mientras busca las palabras adecuadas.

—Tienes quince años, Daisy. No deberías desnudarte delante de las cámaras. —Me roza el hombro con los dedos y me susurra al oído—: Eso no lo hiciste ni tú.

Como si yo fuese la que ha establecido los estándares sexuales. Abro la boca y le doy un pellizco en el muslo. Él me coge la mano y entrelaza sus dedos con los míos y, aunque debería apartar la mano, no quiero hacerlo.

—No hagas de hermano mayor, Loren. Ni siquiera te acuerdas de su cumpleaños —le espeta Rose.

Lo aprieta los dientes, lo que resalta sus pómulos pronunciados. Coge su mimosa y luego mi bolso, para buscar la petaca. Cuando empieza a rebuscar, me quedo paralizada. Le doy un golpecito en el brazo para que mire al mismo sitio que yo y se queda de piedra.

Acaban de llegar.

Durante los últimos veinte minutos, Lo y yo hemos conseguido evitar la atención de nuestros padres. Mi madre está ocupada con la hija de Poppy, que se rompió un diente el miércoles pasado en la acera. Si tengo que oír las palabras «cirujano plástico» una vez más, tal vez necesite cuatro mimosas y un camarero atractivo.

Jonathan Hale y mi padre hablan en susurros a la cabeza de la mesa, disfrutando de su conversación privada. Si mi madre está molesta porque se hayan aislado, no lo demuestra. Se toquetea el collar de perlas que yace sobre su cuello desnudo y escucha a Poppy con atención.

—¿Cómo va en Penn?

Me pongo rígida al oír la pregunta, que me ha sacado de inmediato de mi estupor. Como Rose va a Princeton, doy por hecho que mi padre se ha dirigido a nosotros dos.

—Es duro. Tengo mucho que estudiar —responde Lo de forma sucinta. Me aprieta el brazo con el que me rodea la cintura, pero estoy demasiado nerviosa para dejar espacio a la lujuria.

—Yo igual —murmuro. Soy la más callada de la familia, así que suelo arreglármelas con respuestas monosilábicas.

Mi madre se anima al ver que empieza una nueva conversación.

—Lily, mi pequeña mariquita, ¿cómo estás?

Hago una mueca. Menos mal que no me llamó Mariquita. Todavía no puedo creerme que se lo planteara.

—Bien.

—¿Vais a alguna clase juntos este semestre? —Coge su copa de champán, que tiene el borde manchado de carmín.

—Solo a una. Teoría de los juegos y economía de gestión. —Como estudiamos los dos Economía, es inevitable que Lo y yo tengamos algunas clases juntos, pero intentamos que sean las menos posibles. Una dosis demasiado alta de Loren Hale tampoco es conveniente.

Jonathan deja su vaso de whisky sobre la mesa. La ironía del asunto no se me pasa por alto.

—¿Y qué tal? —Va al grano, con la mirada fija en su hijo. Tanto Jonathan como mi padre están muy elegantes con sus trajes de Armani, sus fuertes mandíbulas afeitadas y el pelo, que todavía no está gris. La diferencia entre ellos se halla en sus rasgos: Jonathan te mira como si fuese capaz de arrancarte el corazón, mientras que mi padre parece siempre dispuesto a darte un abrazo.

—He sacado sobresaliente —responde Lo. Enarco las cejas, sorprendida. ¿Sobresaliente? Yo a duras penas voy aprobando, pero Lo es inteligente y casi nunca necesita estudiar.

Jonathan me mira y me hundo de inmediato en mi silla, como si sus pupilas fuesen demasiado poderosas como para mantener el contacto visual.

—Pareces sorprendida —me dice—. ¿Me está mintiendo?

—¿Qué? No, yo… —balbuceo—. No hablamos sobre las notas…

—¿No me crees, papá? —Se lleva una mano al pecho—. Me hieres.

Jonathan se apoya en el respaldo de su silla.

—Hum…

¿Hum? ¿Qué se supone que significa eso?

Mi padre intenta aliviar la atmósfera sofocante.

—Seguro que Lily te está ayudando a concentrarte en lo que importa.

Lo sonríe.

—Sin duda.

—Qué asco —suelta Rose. Si supiera que se refiere al alcohol y no al sexo… Mi madre nos mira a todos con un gesto de desaprobación. Es la misma expresión gélida que heredó Rose.

—¿Tenéis planes para vuestra graduación? —pregunta mi padre.

Vuelvo a pensar en el futuro de Lo. Lo imagino con un traje entallado, trabajando para su padre, con el ceño perpetuamente fruncido.

—Todavía tenemos un año para decidir —responde él.

Planes… He estado pensando tanto en Lo que ni siquiera he empezado a imaginar mi vida después de la universidad. ¿Dónde estaré? ¿Qué seré? Hay un espacio en blanco en el fondo del abismo y no sé qué pintar en él.

—De momento queremos dedicar toda nuestra atención a la universidad. Las notas nos importan mucho. —Sí, claro. Un montón.

Mi padre dobla su servilleta sobre la mesa. Va a cambiar de tema.

—Jonathan y yo estábamos hablando sobre la gala benéfica de Navidad que organizan Fizzle y Hale Co. La prensa lleva semanas hablando del evento, así que es importante que asistamos todos para mostrar nuestro apoyo.

—Allí estaremos —anuncia Lo alzando su copa.

—¿Se sabe algo de algún anillo? —pregunta Poppy con una sonrisa provocadora.

—Solo tengo veinte años —le recuerdo, encogiéndome.

—¿Y no hay ninguna otra noticia? —pregunta Rose con una expresión dura.

Frunzo el ceño, confundida, y niego con la cabeza. ¿De qué va esto? Mi hermana aprieta los labios en una fina línea y le susurra algo a Poppy, que responde del mismo modo.

—Señoritas, no seáis maleducadas —las regaña mi madre.

Rose se pone recta y detiene su mirada gélida sobre mí.

—Me parece un poco raro que estéis bebiendo zumo de naranja y agua.

—Tengo que conducir —contesto. ¿Qué le pasa a todo el mundo con que haya decidido no beber? ¿Desde cuándo es anormal no beber alcohol en una comida?

Mi madre resopla.

—Para eso está Nola, Lily.

—Y Anderson —añade Jonathan.

Anderson el soplón. Jamás.

—Bueno, yo tengo razones para pensar que tu abstinencia no tiene nada que ver con conducir —replica Rose. ¿Cómo?

—¿Qué insinúas? —El corazón me late desbocado. Por favor, que no sea lo que pienso. Por favor, por favor, por favor. Lo me aprieta en la cadera para tranquilizarme, pero sé que lo que viene ahora es malo, sea lo que sea.

—Sí, Rose, ¿qué insinúas? —me defiende mi madre.

—Una amiga mía también va a Penn y me ha dicho que el mes pasado vio a Lily salir del centro de embarazos.

El mes pasado… Ay, madre. Me tapo la cara con una mano y me hundo tanto en mi asiento que los ojos me quedan prácticamente a la altura de la mesa. Mi padre se atraganta con su bebida y Jonathan se ha puesto muy muy pálido, un hito que no me parecía posible para su piel de irlandés.

—¿Es eso cierto? —pregunta mi madre.

Sí que lo es.

Abro la boca para contestar, pero no puedo. ¿Qué voy a decir? «Sí, sí que fui. Voy a la clínica de salud sexual cada dos días para hacerme pruebas para detectar enfermedades de transmisión sexual, ¿vale? Y me hago test de embarazo. Al menos sé que estoy bien, la mayoría de la gente no puede decir lo mismo.

O toda la verdad: «Una tarde el test de embarazo no me dio el resultado deseado y me mandaron al centro de embarazos a hacerme una ecografía. Falsa alarma, por suerte».

—Explícate, Lily —casi chilla mi madre.

Lo se me queda mirando un largo momento, hasta que se da cuenta de que soy incapaz de formar palabras, así que mucho menos mentiras.

—Solo fue un susto —dice, y luego se vuelve hacia Rose—. Qué gracioso que saques a relucir este asunto ahora, teniendo en cuenta que hace un mes que lo sabes.

—Estaba esperando a que Lily me lo contara. Pensaba que teníamos más confianza.

Me quedo sin aire.

—¿Y por qué no me lo has contado a mí? —pregunta mi madre.

Trago saliva.

—O a mí —añade Poppy.

Daisy levanta la mano y se señala a sí misma.

—¿Y yo qué?

Me aprieto los ojos con los dedos para evitar las lágrimas.

—No fue nada.

Mi madre arruga el gesto.

—¿Nada? Un embarazo no deseado no es nada.

—Tenéis vuestro futuro entero delante de vosotros; un niño cambiaría vuestra vida para siempre —interviene papá—. No tiene vuelta atrás.

Sí, soy consciente de que un niño entorpecería nuestros estilos de vida, esa es precisamente la razón por la que he tenido tanto cuidado hasta ahora. Pero no tengo las fuerzas ni el ánimo para contárselo todo. Que si el positivo no hubiese sido falso, ese niño ni siquiera habría sido de Lo. Me pongo de pie; siento que me da vueltas la cabeza. Siento que flota, como si la tuviera llena de helio. Por suerte, consigo formar las palabras de todos modos:

—Necesito un poco de aire fresco.

—Estamos en el patio —replica Rose.

Lo se pone de pie.

—Necesita aire fresco que no respires tú. —Me pone una mano en la espalda.

—¡Loren! —lo reprende Jonathan.

—¿Qué? —contesta él de malos modos. Baja la vista hacia el whisky de su padre; sus iris de color ámbar están nublados de envidia y amargura.

—Ha sido una tarde muy larga —interviene mi padre—. Lily está un poco pálida. Mejor llévala dentro, Loren.

Lo obedece antes de que nadie cambie de opinión. Cruzamos las puertas de vidrio y vamos al cuarto de baño más cercano. Me dejo caer en el inodoro.

—¿Por qué ha hecho eso? —Noto una opresión en el pecho cada vez que respiro. Me tiro de la tela apretada del vestido, que noto clavada en las costillas. ¿Y si la amiga de mi hermana me hubiese visto salir de la clínica de salud sexual? ¿Cómo explicaría que me hago pruebas para las ETS?

Lo se arrodilla frente a mí y me pone una compresa caliente en la frente. Me sobreviene un recuerdo en el que yo hago lo mismo por él. En cuestión de un par de horas hemos cambiado los papeles.

—Rose puede ser cruel a veces —me recuerda.

Niego con la cabeza.

—Estaba dolida. —Y así es como Rose Calloway responde a alguien que le ha hecho daño—. Quería que se lo contase a ella primero.

Me froto los ojos. Estoy temblando. Si Rose se enterara de que me acuesto con cualquiera, ¿cómo se lo tomaría? ¿Me odiaría? No tengo ni idea. He pasado noches en vela intentando predecir su reacción, así que decidí que lo más seguro era que nadie supiera de mis actividades nocturnas. Pensaba que así sería más fácil para todos.

—Respira, Lil —susurra.

Inhalo y exhalo de forma acompasada y él cambia la toalla por su petaca. Da un par de tragos, se seca la boca con el dorso de la mano y se apoya en los armarios del lavabo.

—Esto es cada vez más difícil. —Me quedo mirando mis manos, como si mis mentiras intangibles estuviesen ahí.

—Ya lo sé —responde en voz baja. Espero a que pronuncie las palabras: «Se acabó esta farsa».

Sin embargo, soportamos el silencio. El susurro de su alcohol y mis sollozos son lo único que pone música a nuestra desgracia.

Alguien llama a la puerta. Lo mete corriendo la petaca en mi bolso.

—¿Lily? ¿Puedo hablar contigo? —pregunta Poppy.

Lo me mira para preguntarme qué quiero hacer. Asiento. Se dirige al lavabo, acerca la boca al grifo y luego escupe el agua. Cuando termina, abre la puerta.

Mi hermana mayor le dedica una cálida sonrisa maternal.

—Tu padre quiere hablar contigo. Te está esperando en el salón.

Lo cierra casi dando un portazo.

Poppy se retuerce los dedos y yo me quedo con la cabeza gacha, mirando fijamente el suelo de mármol.

—No sabía que Rose fuese a decir nada. A mí me lo ha contado esta mañana. Pensábamos hablar contigo antes de anunciarles nada a mamá y a papá.

Me desabrocho los zapatos de tacón y apoyo los dedos de los pies en el mármol fresco. Aún no he aunado la fuerza necesaria para hablar.

Poppy rellena el silencio.

—Rose está pasando por una mala racha. Ve que Daisy tiene su carrera como modelo, que tú tienes a Loren y que yo estoy ocupada con mi hija. —Hace una pausa—. ¿Sabes que Saks ha dejado de vender la colección de Calloway Couture?

Frunzo el ceño. No lo sabía.

Rose construyó Calloway Couture con mi madre cuando tenía quince años, como un pequeño negocio al margen de los de la familia. Años después, se ha convertido en una marca que da beneficios y que mi hermana puede llamar suya. Nunca le pregunto por su vida y, aun así, ella siempre encuentra tiempo para preguntarme por la mía.

—He intentado hablar contigo —continúa Poppy—. Llevo dos meses llamándote y no contestas. Lo, tampoco. Si Rose no se pasara por tu casa de vez en cuando y asegurara que sigues viva… A veces me pregunto si… —Su voz se torna seria—. No puedo evitar pensar que nos has eliminado de tu vida.

No me atrevo a mirarla. Las lágrimas me escuecen en los ojos, pero las contengo. «Es mejor así —me recuerdo—. Es más fácil que no sepan nada. Es más fácil desaparecer».

—Yo también fui a la universidad —prosigue—. Sé que la vida social y los estudios pueden ser más importantes que la familia, pero no tienes por qué apartarnos del todo. —Hace otra pausa—. Maria tiene tres años y me encantaría que formases parte de su vida. Se te da bien estar con ella, cuando estás. —Da un paso adelante, insegura, y alarga una mano hacia mí—. Estoy aquí. Necesito que lo sepas.

Me levanto sobre mis piernas temblorosas y dejo que me rodee con sus brazos y me estreche con fuerza.

—Lo siento —murmuro. Ella solloza; le caen las lágrimas sobre mi espalda. Me separo de ella y respiro hondo—. Gracias, Poppy.

Sus palabras me han derrotado, han acabado con la poca resiliencia que me quedaba. No me queda nada por dar, no tengo consuelo que me sobre. Me siento como una cáscara vacía que espera a que la ermitaña vuelva a casa.

5

Los días pasan en una sucesión borrosa llena de cuerpos aleatorios y éxtasis carnales. Intento mantener mi palabra y responder a las llamadas de mis hermanas (aunque sigo pasando de mis padres), pero a veces mi teléfono escapista se comporta como un adolescente rabioso y se me pierde. Normalmente, estoy demasiado absorbida por mis propósitos carnales como para que me importe.

Además, tengo una excusa válida para tener el teléfono apagado: mis clases.

Las asignaturas de economía y negocios de la universidad se comen todo mi tiempo. Quizá tendría que haber elegido una carrera más fácil, pero mis talentos empiezan y terminan en mi capacidad para llevarme a chicos a la cama, un campo en el que la mayoría de las chicas también tienen éxito.

La vida tendría más sentido si hubiera sido un prodigio en el arte o en la música, si tuviera un propósito, un camino que seguir. Si fuera así, quizá mi futuro no estaría en blanco. Pero como mis talentos artísticos se limitan a dibujar monigotes y silbar, no me queda otra que dedicarme a la estadística. A mediodía, estoy sentada al lado de Lo en el fondo del auditorio. La asignatura de teoría de los juegos y economía de gestión existe de verdad. Y entiendo un 1,111 por ciento de la densa lección del profesor.

Lo da paladitas en la silla vacía de enfrente mientras yo tomo apuntes de forma febril con mi portátil, aporreando las teclas con los dedos. Tras unos segundos, me veo afectada por el hastío de los apuntes. Es una dolencia que existe de verdad. Abro otra ventana en el navegador y busco mis páginas preferidas.

Mis ojos se agrandan con alborozo. En kinkyme.net acaban de subir un vídeo de un jugador de fútbol profesional (una estrella del porno) y una fan (otra estrella del porno) en todo tipo de posturas. Ladeo la cabeza mientras él le acaricia el cuello y la hace suya en la ducha del gimnasio. Uf, qué sexy.

Lo tengo en silencio, por supuesto, pero mi respiración se hace más superficial cuando veo cómo el chico atrapa a la chica contra los azulejos mojados y calientes, rodeándola con sus músculos.

Estallan unas risas y levanto la cabeza del ordenador, roja como un tomate.

Nadie me está mirando.

De hecho, todas las miradas están sobre el profesor, que acaba de hacer otra broma sobre Kesha y la purpurina. Una digresión humorística. Trago saliva. Mi mente me está jugando malas pasadas. Minimizo el porno y vuelvo a poner mis apuntes en la pantalla.

Lo mordisquea la punta de su bolígrafo. No presta atención ni al profesor ni a los demás estudiantes. Está leyendo el último número de los X-Men en su iPad y acuna un termo en su otra mano.

—No te pienso prestar mis apuntes —le recuerdo en susurros.

—No los quiero. —Da un largo trago a su bebida alcohólica. Creo que esta mañana lo he visto prepararse un brebaje con whisky, naranja y limón. Qué asco.

Frunzo el ceño.

—¿Y cómo piensas estudiar?

—Ya me las arreglaré.

Es lo que dice siempre. Espero que suspenda. No, en realidad no. Bueno, sí. Un poco. Mientras a mí me reconcome la ansiedad, él está tan pancho.

—¿Qué quieres, que tu padre se cabree de verdad? —pregunto.

Daisy me ha contado que en la comida de la semana pasada Jonathan se llevó a Lo aparte y le soltó un discurso sobre las notas y sobre tener más cuidado conmigo. Me dijo que vio «que volaban los escupitajos», lo que podría ser cierto perfectamente. He visto a Jonathan Hale coger a Lo por la nuca como si fuese un perrito y apretarle hasta hacerle retorcerse de dolor antes de soltarlo. No creo que se diera cuenta de la fuerza que estaba usando ni del daño que le hacía a su hijo, aunque fuera evidente en sus ojos.

—Siempre va a encontrar algo por lo que cabrearse, Lil —susurra—. Si no es la universidad o tú, es mi futuro y Hale Co. Pero no me puede mandar a un puto campamento militar si suspendo, no ahora que soy adulto. Entonces ¿qué me va a hacer? ¿Quitarme el fondo fiduciario? ¿Y cómo mantendré a mi futura esposa?

Yo soy incapaz de ver ese futuro en el que nuestras mentiras llegan hasta el matrimonio. Y por la amargura que hay en su voz, dudo que él pueda imaginárselo. Me lamo los labios secos y vuelvo a prestar atención al profesor. Con esa breve conversación ya me he perdido buena parte de la información, y no tengo amigos a quienes pedirles los apuntes. Empiezo a teclear a toda prisa.

Tras un par de minutos, Lo suspira, aburrido, y me da un codazo.

—¿Te has acostado con alguien que esté en esta aula?

—¿Qué más te da? —Intento hacer varias cosas a la vez y seguir concentrada en la clase, pero esa pestañita en la parte baja de la pantalla también me distrae. Futbolista pro se folla a fan, ver vídeo completo Aquí.

—Me estoy durmiendo.

¿Qué? Me concentro en subrayar una frase de mis apuntes.

—Entonces ¿para qué has venido?

—La asistencia cuenta un diez por ciento. Esa parte sí que la puedo controlar. —Se inclina hacia mí y su calor penetra en mi espacio personal; su bíceps duro roza el mío, menos tonificado. Me quedo sin respiración—. No me has contestado.

Miro a mi alrededor, escudriñando el centenar de cuerpos embutidos en la sala diseñada como un auditorio. Detengo la mirada en un chico con un gorrito del que asoma el pelo castaño. Hace dos años, en su casa. Misionero. Encuentro otro con el pelo casi negro recogido en una colita. Hace cinco meses, en su coche desvencijado. Vaquera al revés. Los momentos se derriten en mi cerebro, reproduciéndose. Se me acelera el corazón, pero al pensar en la pregunta de Lo, se me cae el alma a los pies. En una clase de un centenar de personas me he acostado al menos con dos chicos. ¿Qué dice eso sobre mí? «Zorra. Puta». Oigo la condena con claridad.

Y, aun así, al mirar la pestañita de mi ordenador, noto un cosquilleo de excitación en el pecho.

—¿Y bien? —insiste Lo.

—No lo sé —contesto.

Enarca una ceja.

—¿No lo sabes? —Antes de que consiga descifrar su expresión, esboza esa sonrisa suya tan amarga—. Me parto.

—Necesitas echar un polvo —replico. «¿Por qué no piensas en tu vida sexual inexistente, para variar?».

—Y tú necesitas una copa.

—Ja, ja.

—Has empezado tú.

Aporreo las teclas y él se aparta de mi espacio; el peso de su brazo desaparece. El calor da paso al frío. Inhalo con fuerza e intento no pensar en la sensación de vacío que noto en la barriga ni en ese punto entre mis piernas.

Se me escapa un dedo y toco un botón sin querer.

«¡Oooh, sí, nena, ahí! ¡¡¡Ahí!!!».

La sala entera se queda en silencio. Las cabezas se vuelven hacia el fondo, hacia la fuente de los sonidos sexuales. Hacia mí.

Dios mío. El porno sigue escondido en la pestaña, pero el sonido se intensifica cuando el futbolista profesional alcanza el clímax. Los gemidos de ella, los quejidos de él... Aprieto botones tan rápido como me permite el dedo, pero mi ordenador se limita a expandir la ventana del porno y a informarme de que NO RESPONDE cada vez que intento salir.

Lo se presiona los nudillos contra los labios, intentando desesperadamente esconder su sonrisa.

«Por el culo. Por favor, ¡¡por favor!! ¡¡Aaah!!», grita la chica.

«¡¡¡Responde!!!», chillo para mis adentros. Pero no, mi ordenador ha decidido rebelarse contra la inteligencia humana. Lo cierro de golpe y cierro también los ojos, rezando para que sea este el momento en el que se active en mí el poder del teletransporte. Sé que existe.

—¡¡¡Aaaaaah!!!

Entierro la cabeza entre los brazos. Por fin, el sonido se apaga y en la sala se hace un silencio incómodo y atronador. Me asomo por el fuerte que he construido con mis propios brazos.

—Tengo un virus —murmuro y me estremezco. Estoy demasiado avergonzada para corregirme y decir que es mi ordenador el que tiene un virus.

Las cejas oscuras del profesor se han unido en una línea. No está precisamente contento.

—Ven a verme después de clase.

La gente me mira de vez en cuando. Sentirme tan expuesta hace que me broten las manchas rojas habituales en la piel. Lo se inclina hacia mí, pero su presencia masculina ya no me resulta tentadora. Me siento como si me acabaran de electrocutar.

—No sabía que vieras porno anal.

Está intentando animarme, pero soy incapaz de reírme. Es como si un ejército de hormigas rojas me estuviera recorriendo todo el cuerpo.

—Estoy acabada —murmuro. De repente me sobreviene un pensamiento aterrador—. ¿Y si se enteran mis padres?

—No estamos en el instituto, Lil.

Eso no me hace sentir mucho mejor. Me miro las palmas de las manos y me refugio en mi interior, con los hombros curvados hacia delante y la cabeza gacha.

—Eh. —Lo me alza la barbilla con suavidad para que lo mire a los ojos. Los suyos están colmados de comprensión y empatía. Empiezo a relajarme—. No va a llamar a tus padres. Eres adulta. —Me cuesta recordarlo, teniendo en cuenta la determinación y la insistencia con la que mis padres se aferran a mi futuro—. ¿Lo haces muy a menudo por el culo? —bromea con una sonrisa torcida.

Gimo y vuelvo a enterrar la cara entre los brazos, pero no puedo evitar que mis labios se curven en una pequeña sonrisa. Aunque también la escondo.

Tras otra media hora en la que, aterrada por mi propio ordenador, tomo apuntes en papel a la velocidad de una tortuga, la clase termina. La gente aprovecha para mirarme cuando se levanta para salir, como si quisieran una imagen mental de la chica que ve porno (en clase).

Me pongo de pie. Me tiemblan las manos. Lo me pasa mi mochila y me la echo al hombro. Me acaricia la cintura con la mano un segundo fugaz y me dice:

—Nos vemos luego. Si quieres, comemos juntos.

Asiento y se marcha mientras yo me pregunto si de verdad pretendía acariciarme la cadera o si ha sido un movimiento inconsciente, producto de tantos años de fingir.

Y lo que más me asusta es que casi deseo que haya sido una caricia auténtica.

Lo observo desaparecer con su vieja mochila casi vacía. No lleva libretas ni bolígrafos ni ordenador, solo un iPad, un teléfono y un termo. Camina despreocupadamente, sin prestar atención a lo que le rodea; al salir, da un golpecito en el umbral de la puerta. Hay algo en su naturaleza segura de sí misma, en su calma, que me fascina.

—¿Nombre? —Salgo de mi ensoñación. El profesor está en su tarima, esperándome—. ¿Tu nombre? —repite igual de seco. Se mete el portátil en el maletín. Los estudiantes de la clase siguiente van entrando y su profesor empieza a borrar la pizarra blanca, que está llena de problemas de economía.

Me acerco a la tarima.

—Lily Calloway.

—Lily —dice secamente mientras coge el maletín de la mesa—, si no puedes traer un ordenador limpio a clase, tendrás que tomar apuntes con papel y bolígrafo. La próxima vez que suceda lo de hoy, estableceré esta regla para toda la clase. No querrás ser la persona causante de algo así, ¿verdad?

No, la verdad es que no. Solo tengo un amigo, por aislado que esté, pero eso no significa que quiera tener enemigos.

—Lo siento —respondo.

Asiente y sale del aula sin decir nada más.

6

El reloj ya marca más de medianoche cuando llego al recibidor del Drake. Mis zapatos resuenan sobre los suelos de mármol de color crema. Me duelen los músculos después de haber estado apretujada en el armario de los abrigos del teatro. He pasado un total de diez minutos del recital de ballet sentada entre Rose y Poppy y luego he desaparecido para irme a buscar a un chico que me había hecho ojitos junto a las taquillas. Después de enrollarme con él, he vuelto a mi asiento y apenas se han dado cuenta de que las he dejado tiradas un buen rato en nuestra noche de hermanas. Me he pasado el resto del espectáculo imaginándome con los bailarines y llevándomelos a casa después del espectáculo. Cuando se ha bajado el telón, parte de mí me apremiaba a ir a buscar a uno, pero estaba con mis hermanas. Estaba sentada con ellas y pensando en sexo. He sido una idiota.

Entro en el ascensor dorado y presiono el botón con el número más alto. Me duele la espalda. ¿Era necesario que me empotrara contra las perchas?

Antes de que el ascensor se cierre, entra un hombre corriendo y desliza los dedos entre las puertas, que se abren de nuevo cuando las toca. Jadea, sin aliento, y yo lo observo mientras se pasa una mano por el grueso pelo castaño. Aprieta el botón de la planta anterior a la mía y el ascensor empieza a subir.

Le busco un anillo en el dedo. No lleva ninguno. El traje de color carbón parece caro y el reloj dorado confirma mis sospechas. Estará al final de la veintena o principio de la treintena. Adivino que es abogado, pero en realidad me importa poco. No cuando parece tener un cuerpo duro, tonificado y poderoso.

Esta es la parte fácil: no conocerlo. Dejar que mis pasiones me consuman un único instante. Es lo que hago mejor. Mi seguridad en mí misma se dispara, cierro los ojos e inhalo una bocanada de aire profunda y deliberada.

Con una mirada caliente, recorre el largo de mis piernas desnudas, que asoman bajo un elegante vestido blanco con escote en la espalda. Me quito despacio el abrigo negro y me muevo de forma sugerente, dejando que la parte baja de mi espalda quede a la vista, la parte desnuda, ansiosa porque la posean.

Apoyo una mano en la pared del ascensor; mi respiración es grave y entrecortada. Su cuerpo se desliza contra el mío, me pone las manazas en las caderas. Me bajo una hacia el muslo, hacia el punto clave entre mis piernas, y él ruge. Un sonido se me atora en la garganta; no quito las manos de la pared. Encuentra el camino hacia mi interior. Sí…

Me aprieta la cintura con los dedos, tirando de mi vestido. Me lo sube y me sujeta un hombro con una mano para llegar más adentro, y con una última embestida…

¡Ping!

Abro los ojos de golpe y me pongo como un tomate al recordar la fantasía que acabo de fabricar. Ese hombre no tiene ni idea de que lo acabo de imaginar conmigo en una situación comprometida. Me quedo junto a la pared, con las manos en los bolsillos del abrigo, y contengo mi respiración alterada.

El hombre no mira atrás, ni siquiera da muestras de haberse percatado de mi existencia. Sale del ascensor en cuanto se abren las puertas.

Mi fantasía ha construido la tensión, pero no la ha liberado. Cuando las puertas se cierran, me doy un golpe en la cabeza contra la pared. «Eres estúpida, Lily».

Llego a mi planta y recorro el pasillo. En este momento me gustaría poder volver a ser la que era en el instituto, cuando tenía relaciones sexuales tal vez una vez al mes. El porno y la imaginación me bastaban para llenar casi todas las horas. Ahora no me excita casi nada y, cuando encuentro algo que sí lo hace, pienso en ello sin descanso. Apenas puedo durar un día sin encontrar la gratificación en un par de manos y un cuerpo masculino que vibre contra el mío.

¿Qué me pasa?

Tiro las llaves en la cesta, cuelgo el abrigo y me quito los tacones de una patada mientras intento no seguir pensando en lo que acaba de pasar. El olor del whisky escocés flota en el aire. De camino hacia mi cuarto, paso junto al de Lo y me detengo.

—Oye… —Una chica suelta una risita—. No… —Gime. ¡Gime!

¿Qué le está haciendo? Esa idea tan espeluznante no me abandona. Me muerdo las uñas e imagino a Lo.

Sus manos en mis piernas, mis manos en su pecho, sus labios contra los míos y los míos contra los suyos. «Lily», dice sin aliento, y me atrae hacia él, agarrándome con fuerza. Me mira con esos ojos de color ámbar, entornados con pasión. Sabe exactamente lo que debe hacer para…

—Oh… ¡Dios! —La chica empieza a chillar cuando él encuentra el punto adecuado. Debe de ser bueno en la cama. Me descubro deseando que la chica se marche. Pero ¿qué más me da que esté con una chica? Yo misma le dije que necesitaba echar un polvo. Y eso es lo que está haciendo. Debería alegrarme que por fin haya ligado.

Pero la verdad es que no estoy muy contenta.

Me trago mis sentimientos, que están empezando a borbotear y a mezclarse, y entro en mi habitación para ducharme. Me suena el teléfono. Leo el mensaje que acabo de recibir.

POPPY

No te olvides de que mañana vamos de compras.

Gracias por haber venido esta noche. Te quiero.

¡De compras! Ah, sí. A por vestidos para la gala benéfica de Navidad. Aún faltan meses, pero las chicas quieren dar con el atuendo perfecto para la fiesta, joyas, tacones y bolsos incluidos. El calvario durará horas, pero iré.

Bum, bum, bum.

El cabezal de la cama de Lo. Contra mi pared. Se me hace un nudo en la garganta. Miro mi lista de contactos y me planteo llamar al servicio de gigolós. Desde que el último gigoló convirtió un día físico en uno emocional, he evitado todo contacto con hombres que cobren por follar.

Tiro el teléfono en el edredón lila.

Bum, bum.

«La ducha», intento recordarme. Sí. Me dirijo al baño.

Bum, bum, bum.

Por Dios.

Abro el agua caliente, me quito la ropa, entro en la ducha, cierro los ojos e intento pensar en algo que no sea sexo. Ni Loren Hale.

7

Estoy sentada en una silla victoriana en el vestíbulo de los probadores, rodeada por demasiados espejos y demasiados burros llenos de vestidos, algunos de los cuales cuestan más que vestidos de novias.

Mientras mis hermanas se prueban preciosidades largas y vaporosas en colores oscuros de invierno, yo protejo las docenas de bolsas de joyerías y zapaterías. Como he comprado el primer vestido que he encontrado, un modelo largo de color ciruela con mangas de encaje, ya no tengo que sufrir pensando qué ponerme para la gala benéfica, así que me siento fuera y miro de soslayo a un chico muy mono que espera en otro sillón. Juguetea con un anillo que lleva en el dedo y se mira el reloj. Su mujer está detrás de la cortina del probador, a la izquierda del de Rose.

No soy partidaria de poner los cuernos, de la infidelidad, del adulterio, como queráis llamarlo. Nunca me he liado con un hombre casado a propósito, y no tengo pensado hacerlo ahora, pero... mirar no va contra mis reglas. De todos modos, tampoco puedo evitarlo. Tiene barba de varios días, de esa que dan ganas de acariciar. Su mirada de un verde claro no se dirige a mí. Supongo que es mejor así, pero una parte de mí quiere que me mire. Que se ponga de pie, se acerque y...

—Es feísimo.

Doy un brinco cuando Daisy sale de su probador. Se dirige a los espejos del vestíbulo y da una vuelta. Hago una mueca. La verdad es que el lazo enorme que tiene en el culo no ayuda, y el color verde vómito tampoco.

—Es espantoso —opina Rose cuando abre su cortina y se une a nosotras.

—¡Oh! El tuyo sí que me gusta —exclama Daisy.

Rose se toma su tiempo comprobando en el espejo cómo le queda un vestido de terciopelo azul. La tela es entallada a la altura del pecho y abraza su esbelta figura a la perfección.

—¿Qué te parece, Lily?

Hemos hecho las paces y hemos dejado atrás la debacle del embarazo de la comida del domingo. Rose se disculpó una mañana en mi apartamento a la hora de desayunar. Trajo mis *bagels* preferidos a modo de disculpa, y yo, por mi parte, también le dije que sentía no haber estado más presente. Así es como funciona nuestra relación. Yo la decepciono, ella me perdona, aunque no olvida, y pasamos página.

—Te queda muy bien, pero los últimos quince también.

La voz de Poppy nos llega desde su probador.

—Pon el brazo aquí. Y deja de ser tan difícil. —Suspira exasperada. Tras un par de segundos, sale con una pequeña de pelo oscuro que no hace más que retorcerse.

—Oh, Maria, estás guapísima —dice Daisy mientras acaricia el vestido de encaje rosa, que combina con unas medias blancas.

Poppy por fin consigue que su hija se quede quieta.

—¿Qué se dice? —la regaña.

—Gracias, tía. —Se mete el pulgar en la boca y Poppy se lo saca de inmediato.

—Ya eres mayor para eso —la reprende.

Tiene tres años. En el clan Calloway, hacer pipí como los mayores, caminar, leer, deletrear y escribir son hitos que deben alcanzarse antes de la media de edad, no vaya a ser que nos convirtamos en personas normales.

Rose se acerca a mí, apartándose de Maria, que le pone los pelos de punta. En realidad, que odie tanto a los niños me resulta diverti-do. Sonrío ante su sufrimiento y, cuando ella se da cuenta, sospecho que me va a tocar encajar alguno de sus comentarios mordaces.

—¿Con quién vas a ir a la gala? —pregunta.

Bueno, ha sido mejor de lo que esperaba.

—Con Lo, claro. —Mi sonrisa se ensancha—. La pregunta es con quién vas a ir tú.

Rose lucha constantemente por su derecho a ir a estos eventos sola, ya que no hay ningún chico que esté a la altura imposible de sus estándares. Sin embargo, nuestra madre insiste en que vayamos con un acompañante, porque cree que si llegas sin un hombre al lado pa-reces una mujer de poca clase a la que nadie quiere. Algo con lo que yo no estoy de acuerdo y Rose tampoco, aunque ella manifiesta su de-saprobación de forma mucho más vehemente. Pelear con mi madre me agota. Para que Rose haya claudicado, debe de haber recurrido a la lagrimita. Rose odia las lágrimas casi tanto como a los niños.

—Estoy en ello.

Normalmente invita a Sebastian, su hombre florero preferido, pero me parece que este año la ha dejado plantada para irse con su novio. La semana pasada Rose despotricó un buen rato sobre el tema y me parece que está a punto de volver a hacerlo.

—Yo supongo que llevaré a Josh —interviene Daisy.

Frunzo el ceño.

—¿Y quién es Josh?

Se recoge el pelo en una cola de caballo.

—Mi novio desde hace seis meses —enfatiza, pero sigue hablan-do de forma desenfadada.

—Lo siento. Es que… —Nunca estoy en casa para verla. O para ver a su novio. Y tampoco se me da muy bien escuchar.

—No pasa nada.

Pero sé que sí pasa.

Se encoge de hombros y entra en su probador para quitarse esa monstruosidad de color verde. Rose me dirige una mirada gélida.

—¿A quién te crees que le ha estado mandando mensajes todo el día? ¿Ha estado mandando mensajes?

—¿A papá?

Rose pone los ojos en blanco con una gran dosis de dramatismo. En ese momento, Maria me lanza una de sus bailarinas. ¡Madre mía!

—¡Maria! —exclama Poppy.

Rose suelta una carcajada escandalosa. Creo que es la primera vez que un niño la hace reír, ¡y ha sido porque me ha tirado un zapato!

—¡Es tonta!

Me quedo boquiabierta. ¿Me ha llamado tonta! ¿De verdad que están todos tan enfadados conmigo? ¿Incluso una niña?

—No digas eso —la regaña Poppy—. Pídele perdón a Lily.

—¡Odio las zapatillas! —Ah, vale. Al menos queda una persona que todavía me quiere—. ¡Tontas, tontas, tontas!

—¿Y estas te gustan? —Señalo un par de bailarinas plateadas con purpurina con hebillas de color rosa. Maria pone unos ojos como platos y se calma. Sonrío—. ¿Seguro que la niña no es de Rose? Para callarla solo hace falta darle algo de Prada.

Rose deja de reírse.

—Qué graciosa.

—Voy a llevar a Maria al baño —anuncia Poppy. «Le va a pegar en el culo», pienso. Mamá solía amenazarnos con una cuchara de madera. Aquellos azotes dolían. Daban mucho miedo, y así aprendí a estarme callada en sitios públicos, por temor a la ira de mi madre y al dolor que me causaba la cuchara—. ¿Puedes vigilar mi probador, Lil? Tengo ahí el bolso.

—Sí, claro.

Cuando desaparece de nuestra vista, Rose mueve unas cuantas bolsas y se sienta a mi lado.

—¿Es por Loren?

Frunzo el ceño.

—¿Qué?

Sus ojos entre verdes y amarillos se encuentran con los míos.

—¿Es él quien no te deja vernos?

Se me pone el estómago del revés. ¿Que Lo no me deja verlas? Me entran ganas de reír, de llorar o de chillar, de cualquier cosa, incluso, quizá, solo quizá, de contarle la verdad a gritos. «No cabéis en mi horario porque está lleno de sexo y no lo entenderíais».

—No, no es por Lo. Solo estoy ocupada, a veces incluso demasiado para verlo a él.

—No me estás mintiendo, ¿verdad?

Me miro las manos, un gesto que me delata un poco, pero dudo que ella se dé cuenta. Niego con la cabeza.

—No.

Tras un largo silencio, confiesa:

—Avisé a mamá y a papá de que Penn sería demasiado dura para ti, pero, por supuesto, no me hicieron caso. En Dalton no eras una estudiante modelo.

Me echo a reír. Eso es quedarse corta.

—Mis notas eran un asco. —La Academia Dalton me resultó muy difícil en varios sentidos. De no ser por los méritos de mi familia, jamás me habrían aceptado en una universidad de la Ivy League. Eso está claro.

—Me acuerdo de cuando rellené las solicitudes por ti. —Rose tiene los labios apretados, pero un brillo en los ojos, como si fuese un momento que atesora con cariño. Yo casi no me acuerdo. Debía de estar navegando por internet, mirando porno y pensando en sexo.

—Hiciste un buen trabajo. Me aceptaron.

—¿Y de qué sirvió? Elegiste Penn y no Princeton. —Se pone de pie y finge admirar su reflejo, pero sé que está intentando ocultar sus sentimientos. Cuando decidí ir a la universidad con Lo y no con ella, discutimos mucho. Nunca habíamos hablado de compartir piso, pero luego Poppy me dijo que ya había empezado a elegir vajilla y muebles para un apartamento fuera del campus, con la esperanza de que viviéramos juntas allí.

En aquel tiempo, culpé a Lo de mi decisión. Les dije que no lo habían admitido en Princeton, aunque, por supuesto, sí lo habían hecho. Pero ¿cómo iba a disfrutar de mi libertad si vivía cerca de Rose? No era posible. Descubriría que me acostaba con decenas de chicos, sentiría repulsión por mí y me sacaría de su vida para siempre. No soporto el rechazo ni las críticas, no de ella. No de alguien que adoro de verdad.

—Lo siento —digo con un hilo de voz. Me da la sensación de que lo único que hago es disculparme.

Me mira con el rostro inexpresivo. Se ha cerrado en banda.

—No pasa nada. Voy a probarme ese vestido negro. —Se mete en el probador y me deja sola. Bueno, no del todo sola.

Miro la otra butaca.

Se me cae el alma a los pies. Está vacía. El chico se ha ido. Estupendo, ahora ya ni siquiera tengo a nadie a quien comerme con los ojos.

Me vibra el teléfono, que llevo en el bolsillo de los pantalones. Lo saco y frunzo el ceño al ver un número desconocido. Hum… Abro el mensaje.

215-555-0177
¿Te apetece quedar un rato?

Debe de ser algún tipo al que le di mi número después de liarme con él borracha. Normalmente, no revelo información personal. Lo único que consigo es apego y acosadores.

Mis labios forman una sonrisa. Me pregunto quién será. De hecho, me sorprende que me emocione. Si estaba borracha cuando lo conocí, lo más seguro es que no me acuerde de él. Un anónimo. Técnicamente, será como un primer encuentro.

Está decidido.

¿Dónde?

8

A la mañana siguiente, me despierto con un dolor de cabeza terrible y muy mareada. Resulta que apenas me acordaba del chico del mensaje, al menos no lo suficiente para tener una buena imagen mental. Le gustaba beber y me presionó para tomar chupitos de tequila. Sin embargo, lo que sí recuerdo es el martilleo en mi pecho, el pulso acelerado al llegar a su puerta, llamar y esperar a que me abriera para hacerlo de todas las maneras que su cuerpo nos permitiera. El sexo anónimo —no saber qué aspecto tendrá el chico que hay al otro lado de la puerta— me puso mucho, muchísimo.

Me quedo tumbada, quieta, mientras el subidón se disipa y me hundo en una resaca infernal. Pienso en Lo. No lo he visto desde que mi vídeo porno resonó por toda el aula. Ese día, me pasé la pausa para el almuerzo empollando para un examen y no pude quedar con él para comer, y el sábado estuvo lleno de vestidos, zapatos y hermanas. No sé ni siquiera qué hizo o dónde estuvo, lo que no es raro. Tampoco es que estemos juntos todo el tiempo; nos separamos de vez en cuando. Creo.

Saco mi propio cuerpo a rastras de la cama, me pongo una camiseta holgada y unos vaqueros cortos. Quiero preguntarle por la chica que trajo a casa. Quizá me cuente todo lo que le hizo. ¿Sería raro preguntárselo?

Salgo al pasillo y me detengo al oír unas risas en la distancia. Vienen de la cocina. Es una chica.

Frunzo el ceño. ¿Será la misma? No, no es posible. Tengo un nudo en el estómago. ¿Será ella? Me acerco con vacilación y me quedo junto a la puerta.

—Eres un buen cocinero —dice la chica. Su voz me resulta familiar.

No sé por qué he dado por hecho que sería un rollo de una noche, como lo que hago yo. ¿Por qué estaba tan segura? En fin, se ha quedado a pasar la noche. La del viernes y la del sábado.

Lo va de un lado a otro de la cocina. Está preparando un par de bloody marys y huevos revueltos. Examino a la chica, que está sentada con las piernas cruzadas en el taburete. Lleva puesta la camiseta de tirantes de The Clash de él y sus grandes pechos asoman por los lados. Por debajo de la camiseta gris carbón asoman unas bragas rojas.

Es rubia natural. Lleva el pelo mojado, como si acabara de ducharse. No va maquillada y parece maja y accesible, alguien a quien puedes follarte y luego presentar a tus padres.

Tengo ganas de vomitar.

Lo sirve los huevos en dos platos. Levanta la vista y por fin me descubre ahí, mirándolos como una acosadora.

—¡Hola, Lily! —Señala a la rubia—. Esta es Cassie.

La chica me saluda con la mano.

—Hola.

Le devuelvo la sonrisa, pero por dentro me encojo como una flor marchita. Encima es maja.

—¿Quieres desayunar? —pregunta Lo.

Se comporta como si esto fuese lo habitual. Ha traído a una chica a casa y parecen conocerse bien. Se sabe su nombre. ¿Desde cuándo sabemos los nombres de nuestros invitados? Nunca. Bueno, he de reconocer que esa norma es más bien mía, pero pensaba que Lo también la aplicaba. Al menos, así lo ha venido haciendo desde que empezamos la universidad, hasta ahora.

—No —mascullo y señalo el pasillo—. Voy a… —«A regodearme en la autocompasión»—. A ducharme.

Me pierdo en las profundidades del pasillo para retirarme a la seguridad de mi habitación. Qué incómodo. Me he portado de una forma muy rara, pero es que la situación en sí es rara. ¿Es así como se siente Lo cuando traigo a hombres a casa? Aparto ese pensamiento de mi mente. Por supuesto que no. Yo no exhibo a esos hombres ni los pongo a prueba para ver si me sirven como novios. Les doy la patada casi inmediatamente después.

Solo hay una cosa que puede ayudarme a dejar de pensar en Lo. Me pongo un vestido negro en un santiamén y me cepillo el pelo, que por suerte no está muy grasiento. Me rocío con perfume, me calzo unas cuñas, cojo el teléfono y dejo que tres mensajes, todos de números anónimos, me guíen.

Por desgracia, para llegar al vestíbulo y a la puerta principal tengo que pasar por la cocina. Intento ponerme una capa de invisibilidad al pasar, con la salida como objetivo. «¡Vamos, vamos, vamos!».

—¿Adónde vas? —pregunta Lo. Por su tono de voz, sé que tiene el ceño fruncido.

—A la calle. —Cojo un juego de llaves de la cesta y luego las vuelvo a dejar. Hoy no tengo que llevarlo a ningún sitio, ya que está pegado a Barbie Malibú… Así que voy a emborracharme. Puedo llamar a un taxi.

—¿He hecho algo malo? —el susurro de Cassie reverbera desde la cocina antes de que me marche.

Mientras espero al ascensor, Lo aparece por el pasillo. Sigo sin ser capaz de mirarlo a los ojos. Mi enfado es injustificado, lo que lo empeora todo.

—¿Qué coño te pasa?

Aprieto los botones encendidos otra vez.

—Lily, mírame. —Lo me coge del brazo y atrae mi cuerpo hacia él. Por fin lo miro a los ojos cálidos y ámbar, llenos de desdén y confusión—. ¿Qué te pasa? Te estás comportando de forma extraña.

—¿Estás saliendo con ella?

Frunce el ceño, contrariado. ¿Creerá que estoy celosa? ¿Lo estoy? Madre mía.

—¿De qué va todo esto? Hace dos putos días que la conozco —dice—. Eres tú quien me dijo que necesitaba echar un polvo, ¿o es que no te acuerdas?

Sí, ya. ¿Puedo arrancarle las cuerdas vocales?

—Sí me acuerdo, pero pensé que tendrías un rollo de una noche y luego te la quitarías de encima. —Uf, eso ha sonado mal.

—Yo no soy tú.

Siento una opresión en el pecho. Todo me duele más de lo que debería, y eso que me ha soltado verdades más dolorosas otras veces. Evito su mirada de nuevo, clavándola en mis zapatos.

Me pone una mano en el hombro.

—Oye, perdóname. ¿Puedes hablar conmigo, por favor?

—Tengo miedo. —Le he dicho lo primero que se me ha ocurrido. No sé muy bien qué tengo. Estoy confundida, enfadada y disgustada, pero empiezan a brotar excusas de entre mis labios, excusas que me he grabado en el cerebro como una máquina leyendo un código—. ¿Qué pasará cuando quiera conocer a tu padre? ¿Y si le empieza a contar a la gente que sale con Loren Hale y resulta que se entera algún amigo de Rose? —En realidad, no me importa nada de todo eso. Por lo que a mí respecta, esta farsa puede irse al infierno. Lo que no soporto es verlo pasar página sin mí.

—No estoy saliendo con ella —me asegura con vehemencia.

—¿Y ella lo sabe? Porque parece muy cómoda para haberte conocido hace dos días. —Lleva puesta una camiseta de él y está sentada medio desnuda en mi taburete, porque es mío. Quiero echarla de casa. De hecho, quiero que Rose la eche de casa, porque seguro que lo haría mucho mejor que yo.

Estoy siendo irracional. Y maleducada y muy muy hipócrita. Necesito salir de aquí.

—No se va a venir a vivir aquí, Lily. Solo se ha quedado a pasar la noche, eso es todo.

—¡Dos noches! —grito—. Y está desayunando contigo. ¡Le has hecho el desayuno! —Normalmente me lo hace a mí, no a chicas cualquiera.

—No todo el mundo se comporta como un ratoncillo asustado después del sexo —me espeta con crueldad. Cuando se me retuerce el rostro de dolor, hace una mueca—. Espera, no pretendía…

—Cállate, ¿vale? —le pido levantando una mano.

El ascensor emite un pitido al llegar, pero, cuando las puertas se abren, Lo me coge de la muñeca para que no me vaya.

Baja la voz y espera a que las puertas se cierren.

—Eres una constante en mi vida. No te vas a ningún sitio. —¿Por qué tiene que decirlo así? Como si yo estuviese aguantando la vela mientras él pone un anillo en el dedo de otra mujer.

Lo aparto de un empujón.

—Ya sé que no estamos juntos, ¿te enteras?

—Lil…

—¡Va a estropearlo todo! —Me duele verlo con ella jugando a las casitas. Eso es cosa nuestra. Aprieto el botón con fuerza. Tengo que salir de aquí.

—Al menos dime adónde vas.

—No lo sé.

—¿Qué quieres decir?

Entro en el ascensor y él pone una mano en el umbral para que las puertas no se cierren.

—Quiero decir que no lo sé. No voy a ir a una discoteca, me encontraré con alguien porque sí, supongo que en su casa o en un motel.

—¿Qué? —Se le hunden los hombros; un montón de arrugas le pueblan la frente—. ¿Desde cuándo haces eso?

—Desde ayer.

Aprieta los dientes con una expresión de reprobación.

—¿Te llevas el coche?

El ascensor empieza a pitar, iracundo, porque las puertas llevan demasiado tiempo abiertas. Le aparto el brazo y da un paso atrás.

—No, todo tuyo. Tengo pensado beber.

—Lily… No hagas esto. —Las puertas del ascensor empiezan a cerrarse—. ¡Lily! —Intenta meter la mano, pero no le da tiempo—. Mierda —lo oigo maldecir, lo que me deja una última imagen suya, inhalando con fuerza. Debería regodearme por estar asustándolo tanto como él a mí, pero no puedo.

9

Me he llevado el coche. Tal vez los ruegos de Lo se me hayan clavado en el cerebro y me hayan afectado inconscientemente. O tal vez en realidad no quería beber. Sea como sea, tengo el BMW aparcado junto a un edificio desvencijado. La habitación del chico está llena de un humo que me colma los pulmones. Besa con labios húmedos y bruscos; me succiona el cuello con la boca. Quiero sentirme embriagada por este momento; espero a dejarme llevar. No es feo, supongo que rondará el final de la veintena. No está en forma ni tonificado, pero tiene unos ojos muy monos y hoyuelos en las mejillas.

La moqueta setentera, las paredes de un naranja sucio y la lámpara de lava me distraen. Con las rodillas clavadas en su colchón, dejo la mirada perdida, dejo vagar mis pensamientos. Sus manos no cumplen su cometido y mi cabeza tampoco está mucho por la labor.

Pienso en Lo. Pienso en el pasado. Pienso en él con Cassie y en el dolor que esa imagen me ha causado. Y entonces, de repente, un recuerdo aparece flotando.

Lo me pasó una manta en el cuarto de estar de su padre y yo me envolví en la tela calentita mientras él ponía la primera temporada de *Battlestar Galactica* en el reproductor de DVD.

—¿Crees que nos dará tiempo a terminar la temporada antes del lunes? —le pregunté.

—Sí. Si tardamos mucho, puedes quedarte a dormir aquí. Tenemos que descubrir qué le pasa a Starbuck.

Yo tenía catorce años y mis padres todavía pensaban que adoraba a Lo con cierta admiración infantil. Estaba muy lejos de verlo así, pero me iba bien que ellos lo pensaran.

Y entonces llegó su padre. Asomó por la rendija de la puerta con un vaso de whisky en la mano y la atmósfera cambió por completo. La habitación se quedó sin aire; casi podía oír nuestros dos corazones latiendo al unísono, presas del pánico.

—Tengo que hablar contigo. —Jonathan Hale era parco en palabras. Se pasó la lengua por los dientes.

Lo, un larguirucho de catorce años, se puso de pie y se lo quedó mirando.

—¿Qué?

Su padre me miró; su mirada cortante hizo que mi cuerpo se estremeciera pese a estar abrazado por el enorme sofá de cuero.

—Fuera. —Puso una mano en el hombro de su hijo y se lo llevó a la oscuridad.

Pero sus tensas voces lograban abrirse paso hasta mis oídos.

—Estás suspendiendo álgebra.

No quiero acordarme de esto. Intento concentrarme en el chico que tengo delante. Ahora se tumba boca arriba y me pone encima de él. Empiezo a desabrocharle los pantalones con gestos mecánicos.

—Esas no son mis notas.

—Tú te has creído que soy tonto.

Quiero olvidarlo, pero Jonathan Hale tiene algo que me inquieta, algo turbio. Así que lo revivo. Lo recuerdo. En sus momentos de silencio, imaginé una competición de miradas entre ellos, de esas que solo pueden producirse entre padres e hijos con una relación tempestuosa, llenas de odio y de verdades mudas.

—Vale, pues sí, son las mías —reconoció Lo, perdiendo así su ventaja.

—¿Ah, sí? —repuso su padre con desdén. Oí cómo rascaba el suelo con los zapatos, un fuerte golpe contra la pared—. Eres un puto desagradecido, Loren. ¡Lo tienes todo!

La imagen es dolorosa para mí. Cierro los ojos y hago una pausa. Paro de bajarle los pantalones al chico.

—Di algo —gruñó Jonathan—. Es ahora o nunca.

—¿Qué más da? Nada es lo bastante bueno para ti.

—¿Sabes lo que quiero? Quiero poder hablar con mis socios sobre ti, presumir de hijo y decirles que el mío es mejor que esas mierdas que han traído ellos al mundo. Pero tengo que cerrar la puta boca cada vez que me restriegan por la cara los méritos en el colegio de sus hijos. Arréglatelas o tendré que buscar un sitio en el que te conviertan en el hombre que deberías ser.

El chico se incorpora.

—Oye, ¿estás bien? ¿Quieres que cambiemos de postura?

Niego con la cabeza.

—No, no. Estoy bien. —Me subo a horcajadas sobre él y le acaricio el pecho con los dedos. Luego le bajo los calzoncillos.

Los pasos de Jonathan Hale se alejaron, pero Lo tardó lo que me parecieron diez minutos más en volver al cuarto de estar. Cuando por fin entró, tenía los ojos rojos e hinchados. Me levanté para ir hacia él, dejándome guiar por mis emociones.

Me siento.

—Perdona —masculló, encogiéndome sobre mí misma. Cojo mi ropa, me la pongo lo más rápido posible y salgo escopeteada de esa casa. No es el chico adecuado. Necesito otro. Necesito algo más.

Me llama, pero no le hago caso. Cierro la puerta tras de mí y dejo que el aire fresco me llene el cuerpo y me despierte a la vez que me devuelve al recuerdo. He aparcado el coche al final del aparcamiento. Camino deprisa, pero no consigo dejar los recuerdos atrás. Se quedan conmigo.

—Pon la película. —Lo no me miraba.

Yo solo conocía una manera de hacer sentir bien a alguien, algo que consideraba lo mejor. De forma impulsiva, le cogí la mano. Él frunció el ceño y se me quedó mirando como si me hubieran salido cuernos, pero, al mismo tiempo, sus ojos enrojecidos parecían dispuestos a asirse a algo que no fuera el dolor que lo perseguía.

El aparcamiento. Abro la puerta de mi BMW y echo un vistazo al móvil, en busca de algunos números que todavía no haya agotado. Acuerdo varios puntos de encuentro. Sí. Sí. Sí. No.

Besé los suaves labios de Lo, con cuidado, con suavidad. Luego lo llevé al sofá, donde nuestras manos camparon por libre, con avidez, donde nuestros cuerpos se movieron con pasión, incitados por la necesidad de alimentar nuestras tentaciones, de aislarnos de todo lo demás.

Ese día lo hicimos por primera vez. La única vez.

Después, Lo bebió hasta perder el sentido y yo me quedé tirada en el sofá, donde me hice la promesa de no volver a acostarme con Loren Hale nunca más. Aquella era una línea que no volvería a cruzar. Con una vez era suficiente. Podría haber arruinado nuestra amistad, pero nos comportamos como si nada hubiera pasado, como si el momento hubiese sido producto de unos ánimos algo exaltados y unas mentes un poco confusas.

No pienso cometer un error que nos cueste lo que tenemos ahora, así que me meto el teléfono en el bolsillo, pongo marcha atrás y hago nuevos planes. Planes con gente sin rostro y lienzos en blanco. Planes en los que él no esté.

10

Los días siguientes se entremezclan. Consigo evitar a Lo cada vez que llego a casa y cada vez que me marcho. Las pocas veces que duermo en el Drake, me pongo auriculares para evitar los ruidos de Lo y Cassie cuando hacen el amor. La mayoría de noches duermo fuera, en cualquier sitio que me proporcione sexo anónimo y la sorpresa de un hombre misterioso.

Mi nuevo descubrimiento invade mis horas de vigilia. Si no estoy buscando entre montones de números desconocidos, busco en internet alguien que tenga ganas de follar. Todavía no he llegado a probar lo del sexo online, pero la idea me atrae, así que pienso en ello una y otra vez. Me gusta eso de disponer solo de los nombres de usuario, y me descubro imaginando a las personas que hay al otro lado. Qué aspecto tendrán, qué les haría en la cama...

Cuanto más se aleja Lo, más recurro al sexo. Es lo único que tengo a mi alcance. Me siento como si estuviese creando una distancia enorme entre los dos. No me ha pedido que lo lleve en toda la semana y hemos dejado de hablar de nuestros planes nocturnos. Antes me sabía sus horarios tan bien como los míos; ahora no sabría si anoche llegó a la cama antes de desmayarse.

Me quedo tumbada en mis sábanas lilas, reflexionando sobre mi irrelevante existencia y mirando al sol. Está en lo más alto del cielo y sus resplandecientes rayos se cuelan por las rendijas de mis persianas. Tengo un brazo sobre la espalda desnuda. No quiero despertar a su dueño. Espero que abra los ojos mientras yo finjo estar dormida. Llevo despierta desde las cinco de la mañana, pensando, observando el mismo punto. El sol. La ventana. Mi vida.

¡Pum! El golpe en la puerta me sobresalta.

—¡Lily! —Lo vuelve a llamar, estampando el puño en la madera blanca.

Tengo el corazón en la garganta. Me tapo la cabeza con la almohada; todo me da vueltas, estoy inmersa en la marejada que llega tras la borrachera. Oigo la puerta y maldigo a Lo por tener una llave.

Mi adormilado invitado se incorpora y, con un bostezo, pregunta:

—¿Y tú quién eres?

—No grites tanto —gruñe otra voz.

¿Qué? No es posible... ¿Lo es? ¡Hay dos chicos en mi cama? Pero... No es posible que me haya acostado con los dos. Busco en mis recuerdos, pero tras mi llegada al bar para mi cita anónima están en blanco. El alcohol perdona toda transgresión, pero no te ayuda el día siguiente.

Tengo los brazos y las piernas petrificados.

—Vosotros dos, largo de aquí —dice Lo con desdén—. ¡Ahora mismo!

Los dos chicos buscan su ropa a toda prisa y se la ponen mientras yo intento desintegrarme entre las sábanas y empequeñecerme debajo del edredón. Cuando por fin desaparecen, se hace un silencio.

Normalmente, a Lo no parece importarle echar a mis conquistas por las mañanas. A veces incluso le ofrece al pobre chico una taza de café antes de que se vaya. Lo de hoy no es normal.

Evito su mirada, pero él se pasea arriba y abajo. Oigo el crujido de un plástico y asomo por mi cueva hecha de sábanas.

¿Está limpiando?

Me tapo el pecho con la sábana y me incorporo.

—¿Qué haces? —Mi voz suena débil y entrecortada. Lo no contesta. Sigue concentrado en tirar las botellas de cerveza vacías en una bolsa de basura negra, junto con varias prendas de ropa. Ropa de hombre.

Por primera vez en días, echo un vistazo a mi habitación. Está llena de ropa interior, de botellas de alcohol derramadas. El tocador está lleno de polvos blancos. Da asco. El suelo de mi cuarto está escondido bajo capas y capas de pecado y desenfreno. La mitad de las sábanas están en un montón en el suelo y la alfombra está llena de condones usados. Me siento como si me hubiese despertado en la cama de otra persona.

—Para —le pido, con los ojos llenos de lágrimas de vergüenza—. No tienes por qué hacerlo.

Tira una caja vacía de condones en la bolsa y levanta la vista para mirarme. Luce una expresión inescrutable, lo que me asusta todavía más.

—Dúchate y vístete. Nos vamos.

—¿Adónde?

—A la calle. —Se vuelve y sigue tirando mis cosas. Yo he limpiado su habitación cientos de veces, pero él siempre estaba inconsciente.

Me envuelvo en la sábana y me dirijo al cuarto de baño. Después de haberme enjabonado el pelo y cada centímetro de piel, me aclaro, salgo y me pongo un albornoz y unas zapatillas. Vuelvo al cuarto. La bolsa de basura llena está junto a la puerta abierta, y oigo el grifo de la cocina.

Me cambio en el vestidor. Me pongo un vestido negro de algodón muy cómodo, ya que no sé qué es lo más adecuado para el sitio donde vamos, que tampoco se me ocurre cuál puede ser. Tengo la cabeza tan fría y entumecida como el cuerpo.

Cuando vuelvo a mi habitación, Lo está al lado de la puerta y la bolsa de basura ha desaparecido. Me mira de arriba abajo mientras me recojo el pelo en una coleta con dedos temblorosos.

—¿Lista? —pregunta.

Asiento, cojo las llaves y lo sigo. Al caminar, noto todos mis dolores. Tengo moratones amarillos y negros en los codos y los muslos; supongo que anoche me di varios golpes que no recuerdo. La espalda también me duele, como si me hubiese dado un golpe contra el pomo de la puerta. Se me llenan los ojos de lágrimas, pero me niego a dejarlas caer.

—¿Adónde vamos? —pregunto de nuevo mientras me siento en el asiento del conductor. Lo no puede conducir.

—A la clínica de salud sexual. Tienes que hacerte pruebas.

Se me hace un nudo en el estómago. Claro. Pruebas.

—No tienes por qué acompañarme.

Lo observo intentar dar con una respuesta adecuada, pero al final se limita a decir:

—Arranca.

Meto marcha atrás y luego empiezo a conducir por las calles conocidas.

—¿Cuándo fue la última vez que fuiste a clase, Lil? —pregunta en voz baja mientras observa los edificios por la ventanilla.

—El miércoles. —Creo.

—¿Ayer? —Me mira con el ceño fruncido.

—¿Hoy es jueves? —pregunto sobresaltada. ¿Por qué me pensaba que era sábado? Me empiezan a temblar las manos de nuevo. Me agarro con fuerza al volante de cuero. Lágrimas calientes me traicionan y empiezan a rodar por mis mejillas—. Bueno, me he pasado un poco. —¿Cómo he podido llegar a estos extremos?

—Ya lo sé.

Respiro con dificultad y doblo un par de esquinas más antes de llegar al sitio y aparcar en paralelo. Me inclino para abrir la puerta, pero Lo me lo impide poniéndome una mano en el hombro.

—¿Podemos hablar un momento?

Me pongo tensa. Tengo la mirada fija sobre el salpicadero apagado. ¿He tocado fondo? Creía que el momento más terrorífico de mi vida había sido cuando pensaba que me había quedado embarazada, pero despertarme en la cama con dos chicos que no recuerdo… Eso me va a perseguir para siempre. ¿Cómo es posible que tenga una laguna de días? Es como si el sexo y el alcohol me los hubiesen robado… Y quizá en el robo tuvieron algo que ver también otro tipo de drogas. Ni siquiera me acuerdo.

Me gustaría ser Lo. No es algo que piense a menudo, pero ahora mismo envidio su capacidad de ser un alcohólico «funcional» que no se pone agresivo ni pierde la memoria. Bebe día y noche, pero solo sufre las repercusiones cuando sobrepasa sus límites y se queda inconsciente.

Sin despegar sus ojos entornados de mí, exhala un fuerte suspiro.

—¿Te acuerdas de cuando fuimos a aquella fiesta de pijamas de los de primero, cuando acabábamos de llegar a Penn? —Sí, la Pijamada. Los dos fruncimos el ceño ante ese devastador recuerdo—. A la mañana siguiente, me encontraste inconsciente en el suelo.

Se queda corto. Tenía la mejilla cubierta de vómito. Lo cogí en brazos y pensé, por un momento aterrador, que mi mejor amigo había terminado por sucumbir ante su peor defecto.

Su voz se agrava.

—Lo único que recuerdo es que me desperté en el hospital y que me sentía como si me hubiese atropellado un camión de veinte toneladas.

—Te acababan de hacer un lavado de estómago —le recuerdo.

Él asiente.

—Te oí discutir con la enfermera que quería llamar a mi padre. Insististe en que no lo hiciera porque tenía dieciocho años.

Tuve que fingir que era su hermana para poder entrar en su habitación de hospital. Qué estúpido. Todo. Esa noche, el presente… Pero rectificar lo que ya está hecho, lo que hemos establecido, escapa a mis capacidades. Parte de mí siempre pensará que para nosotros es demasiado tarde para cambiar. Quizá ya hayamos aceptado que así es como viviremos y así es como llegaremos a morir.

Me escuecen los ojos al pensar en esos dos chicos que había en mi cama. Lo que sí sé es que no quiero que vuelva a pasar.

—Después de aquello hicimos un pacto, ¿te acuerdas? —prosigue, eligiendo con cuidado sus palabras—. Dijimos que, para que esto funcionara, para que tú y yo, Lo y Lily, pudiéramos hacer lo que quisiéramos y ser nosotros mismos, yo tendría que conocer mis límites y no sobrepasarlos jamás. La verdad es que nunca pensé... Nunca pensé que eso pudiera ser un problema también para ti. —Se pasa una mano temblorosa por el pelo y respira hondo—. No sabía que los adictos al sexo pudieran tener límites, Lily, pero... No sé ni dónde ni cuándo, pero has cruzado la línea. Y estoy cagado de miedo. He pasado días sin lograr contactar contigo. Cuando me quedo dormido de tanto beber, no estás en casa. Cuando me despierto, normalmente ya te has ido. Es la primera vez que te veo en días y... —Se frota los labios y aparta la vista.

El corazón me late a toda velocidad. No sé qué hacer ni qué decir. La tensión entre nosotros crece, y no en el buen sentido, y me duele.

Mientras yo me tapo los ojos con las manos para contener las lágrimas calientes, prosigue en voz baja:

—No tengo derecho a pedirte que pares. Eso no es lo que estoy tratando de decir. Pero para que esto funcione tienes que conocer tu límite. Esto de liarte con tíos en moteles, no contestar al teléfono y... —se tropieza con las palabras— ... follarte a dos tíos a la vez... Esto tiene que acabar. ¿Y si te hubieran hecho daño?

Cierro los ojos; las lágrimas escapan por las comisuras.

—No me acuerdo.

—Estabas borracha —comprende; se le ensombrece el rostro—. ¿Qué vendrá después de esto? ¿Orgías? ¿Humillaciones sexuales?

—Para. —Me froto los ojos; me estremezco al imaginarlo.

—¿Dónde tienes la cabeza? —murmura.

No puedo volver a hacer esto.

—Pararé. No con el sexo, pero sí con los moteles, los mensajes a desconocidos, las páginas de anuncios...

—¿Páginas de anuncios? —grita—. Pero ¿qué cojones haces, Lily? ¿Sabes quién busca sexo en ese tipo de páginas? Pederastas y pervertidos, por no hablar de que es ilegal.

—¡No las he llegado a usar! —contesto también a gritos. Me arden las mejillas—. Solo he estado mirando...

Alarga las manos, respira hondo, como si meditara, y luego las cierra en dos puños.

—¿Sentías que no podías hablar conmigo?

Nunca he tenido problemas en desahogarme con Lo. A los dos se nos da bien eso, pero recurrir al sexo anónimo ha sido como una progresión natural después de que la dinámica entre nosotros haya empezado a ser diferente.

—Las cosas estaban cambiando —murmuro en voz tan baja que creo que no me oye.

Sin embargo, cuando no me pide que repita lo que he dicho, empiezo a sospechar que sí me ha oído.

—Sé que puedo llegar a ser muy gilipollas, pero te quiero. Eres mi mejor amiga y la única persona a la que le he contado que tengo un problema. Me da igual que nuestra relación sea una puta farsa, se supone que tenemos que hablar. Tienes que hablar conmigo antes de caer al pozo, ¿lo entiendes?

Me seco las últimas lágrimas y me sorbo los mocos.

—¿Cómo está Cassie?

—Hace días que no pasa por casa, Lily —contesta, recordándome todo el tiempo que me he perdido en mi estado de confusión.

—¿Qué ha pasado? —Me siento más ligera, aunque odio que me complazca su soledad.

—Pues mira, una chica salió pitando de mi casa. —Hace una pausa—. Parecía un murciélago recién salido del infierno. Casi no se había ni peinado, lo que no es tan raro en ella, pero parecía cabreada y lo único que había cambiado en nuestra relación era una chica nueva y rubia que estaba sentada en un taburete. Así que rompí con esa chica. Me pareció que así resolvería algún que otro problema. —Me mira e inclina la cabeza, esperando a que procese lo que acaba de decir. Se me hincha el corazón—. ¿Ha resuelto algo?

Debería ser mejor persona y contestarle que no, permitirle tener una vida normal con un bellezón rubio, pero la integridad nunca ha sido lo mío.

—Es posible.

Me sonríe y me pone una mano en el cuello. Me da un beso en la frente antes de que me dé tiempo a aclararme las ideas, y al separarse me roza la oreja con los labios y dice:

—Puedes contar conmigo. Siempre.

Respiro hondo, sus palabras bastan para animarme a entrar en la clínica con la cabeza alta. Estaré bien. Pase lo que pase, al menos tendré a Lo a mi lado.

Cuando salimos de la clínica de salud sexual, Lo se prepara un trago en la cocina mientras yo planifico mis horas de estudio para el próximo examen. Saco el portátil y despliego los apuntes sobre la barra. Cuando encuentro dos semanas de problemas de prácticas de economía sin hacer, me doy cuenta de que voy muy atrasada.

Lo bueno es que estoy limpia. No tengo enfermedades ni decisiones complicadas que tomar, como rehabilitación o clínicas para abortar. Casi he estrangulado a Lo cuando me han dado los resultados. Lo he abrazado como si me fuera la vida en ello y he llorado de alivio. No sé qué haría si él no supiera mi secreto, si estuviese sola con mi problema.

Mucho antes de que iniciáramos nuestra relación falsa, yo ya lo ayudaba a esconder su adicción de vez en cuando. Lo metía a escondidas en una de mis habitaciones para invitados de la finca de Villanova para que durmiera hasta que se le pasara la resaca, o metía las botellas de Jim Beam o Maker's Mark debajo de su cama antes de que apareciera el servicio o que su padre viniera a inspeccionar la grandeza de las cosas de su hijo. En aquella época, él mentía a mis hermanas sobre mis planes para el fin de semana. La mayoría los pasábamos en fiestas que celebraban los chicos del instituto público. Si me follaba a chicos de institutos diferentes, en Dalton no circulaban tantos rumores sobre mí. Los seleccionaba con cuidado.

Una noche fría de octubre, me colé en la habitación de Lo por su ventana. Jonathan Hale estaba en una conferencia en Nueva York, así que podría haber usado la puerta principal, pero las series de la televisión me habían enseñado cómo protagonizar una entrada inolvidable.

Tenía diecisiete años y la cara llena de lágrimas. Acababa de tener relaciones sexuales. Lo estaba sentado en el suelo de parquet con el móvil en una mano y un vaso de whisky Glencairn en la otra. Se puso de pie en cuanto me vio el pelo alborotado y el rímel corrido.

—¿Quién ha sido? ¿Te ha hecho daño? —Me revisó el cuerpo de forma frenética, buscando las heridas.

—No —contesté con una mueca—. Él no… No ha sido él.

Ante un confundido Lo, me dirigí a su mesa y cogí la botella de Maker's Mark, pero me la quitó antes de que me diera tiempo a sacarle el tapón.

—Es mía.

—¿Ahora no compartes?

—Nunca comparto.

Me froté los brazos; tenía frío y me sentía vacía. Me observaba fijamente, como si su mirada inquisitiva fuese capaz de hacerme hablar. Y supongo que así fue.

—La fiesta era un rollo —murmuré entre dientes.

—Tan rollo que te ha hecho llorar —respondió él con amargura. Se estremeció al oír su propia voz y bebió de la botella. Entonces dio un paso adelante y, con la mirada más suave, se frotó la boca y añadió—: Lily, sabes que puedes contarme cualquier cosa. No me voy a ir a ningún sitio.

Para entonces, Lo conocía casi todos mis sucios secretitos. El sexo, el porno, el onanismo constante… Sin embargo, contarle lo de esa noche fue lo más duro de nuestra amistad hasta la fecha. Me sentí como si estuviera reconociendo algo antinatural.

Me senté en la cama, cabizbaja. Él esperó a que hablara, sujetando firmemente el cuello de la botella.

—Ha estado bien. El sexo ha estado bien.

Lo se frotó las sienes, nervioso.

—Lily, suéltalo de una puta vez. Me estás volviendo loco.

Me quedé mirando el suelo, incapaz de mirarlo a los ojos, y dije:

—Pensaba que después sería lo de siempre. Pero mientras estaba recogiendo mi ropa, me ha parado. —Levanté la vista y vi que los pómulos de Lo estaban tan marcados que habrían podido cortar como el cristal. Continué antes de que me interrumpiera con una ristra de vulgaridades—. No me ha hecho daño. Solo me ha preguntado una cosa.

Empecé a retorcerme la camiseta entre las manos mientras respiraba de forma entrecortada. Entonces abrí la boca y me esforcé al máximo para seguir hablando.

—¿Quieres que lo adivine? —preguntó Lo. El pecho le subía y le bajaba con preocupación. Empezó a pasearse por la habitación y a plantear preguntas. «¿Era tu primera vez? ¿Lo has hecho muchas veces? ¿Quieres hacerlo otra vez?». Luego se calló y se pasó una mano temblorosa por el pelo—. ¡¿Qué narices te ha preguntado?!

—¿Quieres follarte a mi amigo? —contesté, con la voz apenas más alta que un susurro.

Se le cayó la botella, que aterrizó sobre el parquet con un golpe sordo.

—Pensé que sería divertido. Él se fue y vino su amigo. Y eso ha sido… —Me temblaba el labio inferior; la vergüenza había abierto una grieta en mi corazón—. Lo… —Casi no pude ni pronunciar su nombre—. Lo, hay algo malo en mí.

Se acercó y se agachó delante de la cama para ponerse a mi altura. Me cogió de la nuca con cuidado, enredando los dedos en mis mechones castaños. Sus ojos ámbar llenaron los míos.

—No hay nada malo en ti —me aseguró. Me atrajo hacia su cuello y me abrazó con fuerza, y así se quedó un rato. Cuando se separó de mí, me puso el pelo detrás de las orejas y me preguntó—: ¿Tienes miedo de hacerte daño?

—A veces sí, pero eso no me detiene. —Parpadeé para evitar las lágrimas—. ¿Crees…? ¿Crees que soy como tú?

Nunca habíamos hablado abiertamente de su dependencia del alcohol, o de que abusaba de la bebida mucho más que los demás adolescentes. Me acarició las líneas de las palmas de las manos con los dedos y luego levantó la vista y me miró con una expresión torturada. Con voz tensa, dijo:

—El otro día encontré mi vieja edición de *Spider-Man*. Tendríamos que hacer un maratón de lectura. —Lo observé dirigirse a su cómoda de madera de cedro y abrirlo.

Esa noche, no me dio una respuesta *per se*.

Pero me respondió de todos modos.

Aquel día me di cuenta de que no era una chica promiscua más. No solo buscaba sexo por diversión o porque me hiciera sentir empoderada. Me gustaba el colocón, el subidón de adrenalina, que parecía llenar un vacío que no hacía más que crecer en mi interior.

11

Por la noche vuelvo a los bares y a las discotecas, mis guaridas habituales, y dejo de tener encuentros anónimos. Para mi sorpresa, Lo me acompaña casi todo el tiempo. Se queda bebiendo en la barra mientras yo me cuelo en las zonas de uso privado o los baños para enrollarme con tíos. Echo de menos el subidón de adrenalina y la emoción de la anonimidad en las horas del día. Creo que estas últimas semanas, llevando mi adicción a nuevos extremos, me he estropeado un poco más.

Intento dejar todo eso atrás. He borrado todos los números desconocidos de mi teléfono, y cada vez que siento la necesidad de meterme en las páginas de anuncios de contactos, pienso en aquella terrible mañana en la que me desperté en la cama con dos hombres sin rostro. Eso ayuda.

Mientras me subo la cremallera de un mono negro, me vibra el teléfono. Normalmente, lo pondría debajo de la almohada y lo dejaría sonar, pero ahora soy una nueva Lily, así que toco el botón verde.

—Hola, Daisy.

—¡Lily! —Que haya contestado parece sorprenderla tanto como a mí.

—¿Qué tal?

—Necesito un favor —contesta en tono dubitativo.

Supongo que no soy la hermana a la que pedir favores. Rose sería nuestra primera opción: siempre está dispuesta a dejar de lado todos sus planes si la necesitamos. Luego vendría Poppy, que es casi igual de altruista, pero ahora tiene una hija que se come todo su tiempo y hace su horario mucho menos flexible. Yo soy la hermana menos fiable, la menos disponible, la menos todo.

—Verás... —empieza—. Mamá y papá se están tirando los trastos a la cabeza. Se han estado gritando por el presupuesto para la decoración de la gala benéfica de Navidad. Sé que mamá va a subir en cualquier momento a contarme a mí la discusión, pero yo preferiría que no me metieran. —Hace una pausa—. ¿Puedo ir a tu casa y dormir en la habitación de invitados?

Frunzo el ceño. Me pregunto si ya se lo habrá pedido a Rose, o a Poppy y Sam, que tienen mucho sitio. ¿Sería de mala educación preguntárselo? Creo que sí, sobre todo porque me está pidiendo ayuda. Respiro hondo y contesto:

—Claro.

Daisy chilla de alegría.

—¡Gracias, gracias, gracias! Llego en una media hora.

¿Tan pronto? Cuelga el teléfono y echo un vistazo a mi habitación... La habitación de invitados. Donde va a dormir. ¡Mierda!

—¡Lo! ¡Lo! —grito hecha un manojo de nervios.

Diez segundos más tarde entra en la habitación. El susto lo ha dejado sobrio de repente.

—¿Qué pasa? —dice asustado.

—Viene Daisy.

Relaja un poco los músculos y se peina el pelo con dedos temblorosos.

—Joder, Lil. Pensaba que te había pasado algo. No grites así si no estás sangrando por lo menos.

—Pero ¿me has oído? Viene Daisy. ¡Y se va a quedar a dormir!

Se le ensombrece el rostro.

—¿Por qué no me lo has consultado?

Me arden las mejillas.

—Yo... No he caído. Me lo ha pedido y le he dicho que sí.

—Vaya, me he olvidado de Lo. Y también de que todo el mundo se piensa que duermo con él, lo que no es en absoluto cierto—. Lo he hecho sin pensar. No quería ser maleducada.

Suspira, se frota los ojos y echa un vistazo a la habitación.

—Quita las sábanas de la cama, mételas en la lavadora y esconde el porno. Yo voy a guardar el alcohol.

Nos separamos y nos concentramos cada uno en una tarea. Veinte minutos después, la habitación de invitados está limpia y presentable para Daisy. Lo que más tiempo me ha costado ha sido sacar todas las bragas que estaban debajo de la cama. Justo cuando suena el timbre, cierro la puerta de la lavadora y la pongo en marcha.

Cuando entro en la cocina, Lo y Daisy están charlando. Mi presencia los interrumpe.

—Hola, Dais. —Sonrío y le doy un abrazo.

—Muchas gracias por acogerme —dice mientras se quita el bolso de marca y lo deja en el taburete.

—No hay de qué.

—¿Quieres algo de beber? —le pregunta Lo con un brillo travieso en la mirada. Siempre ofrece un trago a los invitados, así, cuando él también se sirve uno, no resulta sospechoso. Me mira con una sonrisa torcida, a sabiendas de que conozco su secreto.

—Agua —contesta—. ¿No os resulta raro no tener personal?

—¿Quieres decir servirnos a nosotros mismos? —le pregunta Lo mientras busca en la nevera—. Es agotador. —Coge un termo del estante y le pasa a Daisy una botella de agua.

—No seas capullo —le regaño.

Lo me rodea la cintura con el brazo y me atrae hacia su pecho. Me hace cosquillas en la oreja con los labios.

—Nunca —dice en voz baja, comiéndome con los ojos.

Noto una opresión en el pecho. «Esto no es real. Está representando un papel; eso es todo».

—Así que esta es vuestra casa —comenta Daisy.

Me separo de Lo. Mi hermana empieza a pasearse y mira el salón, que está a la izquierda, y el pasillo, que está a la derecha. No hay mucho más. Mira las fotografías que hay en una librería del salón. Me había olvidado de que Daisy no había venido todavía. Es la hermana con la que menos hablo, sobre todo porque es la más joven y no está muy presente en mi vida. Supongo que el único modo de estarlo es empeñarte en entrar en mi mundo, porque yo no muevo un dedo por entrar en el de los demás. Es horrible, ¿verdad?

—Si tenéis hijos, esta la tendréis que quemar —comenta con una carcajada. Nos enseña una foto en la que Lo me está metiendo la lengua en la oreja y yo chillo asqueada. De entre todas las fotos, ha elegido una de las pocas que no es fingida. Teníamos dieciséis años y la farsa aún no había empezado.

—¿Es que no se lo has hecho nunca a nadie? —pregunta Lo y bebe un largo trago de su termo. Lo deja en la encimera, se acerca a Daisy y le quita la foto. Esboza una ancha sonrisa y su rostro se convierte en algo hermoso.

—Como mucho, te chupas el dedo y se lo metes en la oreja —protesta Daisy, la muy idiota—. Lo de la lengua es asqueroso.

—Estoy de acuerdo —contesto, aunque la verdad es que no es así. Se me calienta el cuerpo entero ante la imagen de Lo tan cerca de mí. Todo esto me parece más sexy de lo que doy a entender.

—¿Ah, sí? —pregunta él ladeando la cabeza. Enarca una ceja, incrédulo—. Pues si no recuerdo mal, ese día no te quejabas. —Se acerca a mí—. Te pusiste como un tomate.

—Yo siempre estoy como un tomate —replico, pero cuando se acerca a mí, con los labios curvados en esa sonrisa juguetona, me quedo sin respiración. Lo señalo con un dedo amenazador—. Ni se te ocurra.

Me choco de espaldas contra la encimera. Estoy atrapada en una esquina, preguntándome si esto es real o me he vuelto a perder en mis fantasías. No quiero encontrar el modo de escapar de entre sus brazos; incluso me olvido de mi hermana, que sigue en el salón, contemplando los años de nuestra historia —la falsa y la real— que descansan en las mesas y las estanterías.

—Retíralo —me ordena—. Te gustó.

—No me gustó —contesto sin aliento.

Pone las manos en la encimera, a los lados de mi cuerpo, encerrándome con su envergadura.

Parpadeo. Estoy soñando. Sé que estoy soñando. Esto no es real. Lo me mira de arriba abajo, desvistiéndome con su mirada penetrante, y cuando sus ojos se encuentran con los míos me siento como si él supiera que no sé cuáles son sus verdaderas intenciones. Y eso hace que este juego le resulte todavía más divertido. Al menos ahora parece estar disfrutándolo.

De repente me besa. Con fuerza, con pasión. Ay... No es posible que esto exista solo en mi cabeza.

Se me clava la espalda en la encimera, pero él me rodea con un brazo y me atrae hacia su pecho, apretujándome contra él. Su cuerpo se mezcla con mis piernas y mi torso; sucumbo a su lengua cuando encuentra la mía. Me acaricia el cuello con su manaza y me rindo a nuestro entusiasmo. Se acerca más a mí, al fuego que nos enciende a ambos.

Y entonces se separa y me mete la lengua en la oreja. Chillo, despertándome de repente, y lo aparto de un empujón.

Suelta una carcajada tras otra, se parte de risa. Me da la espalda para coger el termo. Tiene los labios rojos, y los míos están hinchados y doloridos por lo intenso que ha sido el beso. Y supongo que solo lo ha hecho para demostrar que no tengo razón.

—Eso no era necesario —protesto.

—¿Ahora me vas a decir que no te ha encantado que te meta la lengua en la boca? Y sé que te gustaría que te lamiera en otros sitios. Igual en el...

—¡Para! —lo interrumpo, con el cuerpo en tensión.

Echo un vistazo a Daisy, que está mirando un álbum de fotos en el salón. Cuando me vuelvo de nuevo hacia él, me quedo boquiabierta. Se está secando la frente sudada con el bajo de la camiseta negra a propósito para enseñarme las líneas marcadas de sus abdominales.

Mi respiración se hace más profunda, me siento caliente y excitada, pero me pondría así con cualquiera... Creo.

Se me acerca de nuevo, me coge de los pantalones con un dedo y tira de mí.

—Tranquila, mi amor —susurra, representando su papel—. Puedo ayudarte a terminar más tarde. —Me chupa el cuello con fuerza y un gemido se me queda atorado en la garganta.

Vale, esto es demasiado para mí. Lo aparto de un empujón. Estoy tan caliente que no puedo ni lanzarle una mirada de advertencia por haber llevado la farsa demasiado lejos, por haber vuelto a jugar conmigo. Se le da demasiado bien encontrar mis puntos débiles. Entonces recuerdo a Cassie y sus gemidos, como si Lo fuera más experto de lo que ha reconocido nunca. ¿Será tan bueno en la cama como parecía? «No pienses en eso, Lily. No habría vuelta atrás».

Todavía tiemblo de nervios. Él se lame el labio inferior de forma inconsciente. Se apoya en la encimera y me observa. Estoy cada vez más roja. Hasta eso basta para que note palpitaciones en ese punto entre mis piernas, para que anhele algo más. Algo más que unos besos y tocamientos. Dios mío.

Daisy vuelve del salón. Parece incómoda. Espero que no haya visto nada de lo que ha pasado. Soy una hermana horrible, espantosa de verdad.

—La verdad es que no quiero molestaros —confiesa—. Me quedaré en la habitación de invitados viendo la televisión, si os parece bien.

—Está bien, Dais.

La llevo al cuarto, apretándome los labios con un dedo para calmar el hormigueo. Ella entra y tira su mochila en la cama. Cierro la puerta al salir y veo a Lo allí mismo, en el pasillo, apoyado en la pared. Señala su habitación con la cabeza, la que se supone que compartimos cada noche.

Lo sigo y, una vez dentro, cierra con pestillo.

Me acerco a la cómoda, enchufo mi iPod y pongo el altavoz lo bastante fuerte para sentirme capaz de hablar con libertad. Estas paredes pueden ser muy finas. Recuerdo muy bien el «bum, bum, bum» de las aventuras sexuales de Lo y Cassie.

Hay una pared entera de armarios de cristal oscuro. Siete de los veinte tienen cerrojos secretos que solo se abren con una llave magnética. Diría que está paranoico, pero el invierno pasado tuve que explicarle a Rose por qué había una docena de botellas de tequila medio vacías debajo del fregadero. Fue una de las peores semanas de Lo y yo intenté limpiar su desaguisado de una forma un poco caótica. Al parecer, no lo hice lo bastante bien.

Rose no se cuestionó la historia que le conté, solo se quejó de que no la hubiese invitado a nuestra fiesta mexicana. Debería reírme de esa mentira tan absurda, que para ser cierta requeriría que tuviéramos amigos a los que llamar, pero me entristece pensar que Lo se bebió en una semana el alcohol suficiente para saciar a todos los asistentes de una fiesta.

Saca un vaso y una botella con un líquido de color ámbar.

Me subo a su cama; el corazón me sigue latiendo a toda velocidad. No debería pasarme eso. Se trata de Lo. Se supone que estamos juntos. Se supone que debemos mostrarnos afecto, pero, aun así, no puedo dejar de revivir lo que acaba de suceder. No puedo dejar de sonrojarme, ni de calentarme, ni de desear que me haga suya en este preciso instante. «No, no, no. No pienses en eso».

Me apoyo en el cabezal de roble.

—¿Me preparas una? —le pregunto con voz ronca. Carraspeo. Madre mía, ¿qué me pasa? Normalmente no me siento tan incómoda con Lo, pero esta situación multiplica mi ansiedad y mis deseos. Me cruzo de piernas y trago saliva.

Me dirige una mirada fugaz mientras intenta esconder una sonrisa cómplice. Saca otro vaso de cristal y los pone sobre la mesa. Lo observo abrir otro armarito, el que tiene una nevera escondida en su interior. Saca unos cubitos de hielo y vierte el licor con maestría, sin pausa y sin derramarlo. Cuando termina, se dirige a mi lado de la cama, pero no se sienta. Se queda frente a mí con los dos vasos en la mano.

—¿Seguro que quieres? —dice con voz ronca.

Me pregunto si se referirá a algo más allá de la bebida. «Sí, lo quiero todo». Parpadeo. No. Debe de referirse al alcohol. «Deja de fantasear, Lily».

—¿Por qué no iba a querer?

Se lame los labios. «Deja de hacer eso».

—Es fuerte —contesta, observándome de cerca. Demasiado cerca.

—Lo aguantaré.

Me tiende el vaso, aún de pie frente a mí. Esta actitud autoritaria es algo nuevo, algo a lo que no estoy acostumbrada. Me entran ganas de levantarme y tomar las riendas de la situación, pero Lo me impide poner los pies en el suelo.

Se bebe medio vaso de un solo trago; el líquido le baja por la garganta con facilidad. Aguarda a que yo pruebe el mío antes de terminarlo.

—¿A qué esperas?

«A que deje de martillearme el corazón». Doy un traguito y toso. Madre de Dios.

—Con cuidado —me dice—. ¿Quieres un poco de agua?

Niego con la cabeza y, estúpida de mí, doy otro sorbo con la esperanza de que deje de arderme la garganta. Sin embargo, es tan difícil de tragar como el anterior.

Me quita el vaso de la mano y lo deja en su mesita de noche.

—Ya es suficiente.

Sigo tosiendo en mi puño mientras me maldigo por intentar relajarme con alcohol. Debería haberme imaginado que Lo se inventaría algo casi tóxico, demasiado fuerte para un ser humano normal y cuerdo.

Cuando me calmo, respiro hondo y me relajo.

—¿No te piensas sentar?

—¿Qué más te da que esté sentado o de pie? —pregunta sin moverse ni una pizca.

—Me estás poniendo nerviosa.

—¿Te da miedo que me abalance sobre ti? —sugiere con una sonrisa ladina. Sigue bebiendo. Ya se ha terminado su bebida y ha empezado con la mía.

«Sí».

—No.

—Entonces no veo el problema en que me quede aquí de pie. —Vuelve a hacer eso con la mirada, recorrerme de arriba abajo, como si se imaginara qué aspecto tendré desnuda y llena de deseo.

Para distraerme, empiezo a observar todos los recuerdos que tiene pegados en las paredes y colocados sobre las estanterías. Solo entro en este cuarto para despertarlo o para asegurarme de que no se haya desmayado en un charco de su propio vómito. Apenas presto atención a la decoración. Además, gran parte de ella tiene como único propósito sostener nuestra montaña de mentiras.

La pared que tengo enfrente está llena de cómics enmarcados, colgados encima de la mesa. Son todos de Marvel: *Los Vengadores, Spider-Man, los X-Men, Cable* y *Thor*. Las esquinas están firmadas gracias a los numerosos viajes que hemos hecho a San Diego para asistir a la Comic-Con, la convención de cómics.

El año pasado dejamos de ir porque me acosté con Chewbacca, o con un fan vestido como el personaje de *La guerra de las galaxias*, una de mis conquistas más vergonzosas. Lo tampoco se lo pasó muy bien. Se bebió no sé qué que le dio el Capitán América, que resultó no ser un tipo muy noble: le había metido benzodiacepinas en la bebida. Los frikis también pueden ser perversos.

—¿Te acuerdas de cuando te acostaste con Chewbacca? —Debe de haber seguido mi mirada hacia el mismo póster. Se acerca a la mesa para prepararse otra copa.

Lo fulmino con la mirada.

—Al menos no acepté copas de todos los superhéroes enmascarados que se me acercaban.

—Bueno, al menos a mí no me va la zoofilia.

Cojo un cojín de la cama y se lo lanzo con todas mis fuerzas. Jamás me gustaría algo así. Qué asco, qué asco, ¡qué asco!

Esquiva el cojín, y este se estampa contra una botella de bourbon, que se vuelca como un bolo y se derrama por el suelo. A Lo se le ensombrece el rostro.

—Ten cuidado, Lily —me regaña enfadado. Recoge la botella, que por suerte no se ha roto. Ha reaccionado como si hubiese golpeado a su hijo.

No me disculpo. Solo es alcohol y tiene de sobra. Miro una estantería que hay junto a su cabeza y casi se me sale el corazón por la boca.

—¿Desde cuándo tienes ahí esa foto? —Me levanto de la cama de un salto. ¡Tendría que haberla quemado!

Guarda sus botellas en un lugar seguro con cuidado y se vuelve para ver por qué estoy montando tanto escándalo. La foto me da tanta vergüenza que lo aparto de la mesa de un empujón para intentar cogerla, aunque fracaso en mi empeño de impedir que la vea. La foto está por encima de mí y él es mucho más alto que yo.

Mi penosa intentona lo hace reír. Coge la foto de la estantería sin esfuerzo. Trato de quitársela, pero alarga un brazo para impedir que la alcance y seguir provocándome.

—¡Tírala! —exijo. Pongo los brazos en jarras para que vea que voy en serio.

—Queda bien con los pósters —murmura. Le brillan los ojos al recordar la experiencia que ha quedado capturada en ese marco.

—Lo… —gimoteo.

Tiene razón cuando dice que esta foto queda bien con los pósters. En ella, Lo y yo estamos en la convención, al lado de unas figuras de cartón de Cíclope y el Profesor X. La única ropa que llevo puesta son unos pantalones de licra, un sujetador negro y brillante y unas largas espadas de plástico que me salen de los nudillos. Parezco más segura de mí misma de lo que me sentía, en gran parte porque Lo me pidió que dejase de esconderme detrás de él. Si llevaba tan poca ropa encima fue por su culpa: insistió en que me disfrazara de la chica de su X-Men preferido, así que él se vistió de Hellion, el joven de *Los nuevos mutantes* con telequinesis, con un mono de licra rojo y negro, y yo, como la buena amiga que soy, representé el papel de X-23, la clon de Lobezno.

Odio que esa foto comparta habitación con docenas de recuerdos vacíos. Unas fotos más allá, estamos cogidos de la mano debajo de la torre Eiffel durante un viaje familiar a Francia. Falsa. En otra, me está dando un beso en un cenador. Falsa. En otra estoy sentada en sus piernas en un viaje en barco en Grecia. Aún más falsa. ¿Por qué mancillar los recuerdos verdaderos de nuestra amistad poniéndolos al lado de los falsos, los de nuestra relación de mentira?

—Por favor —le ruego.

—¿Qué prueba mejor hay de que somos pareja? —protesta. Se inclina hacia mí para hacer la situación todavía más incómoda. Retrocedo y choco contra la mesa mientras le pido a Dios que Lo no tenga pensado repetir la escenita de la cocina. Pero la verdad es que me gustaría.

—Técnicamente… —digo con los ojos clavados en su pecho—, esta también es mi habitación.

—¿Ah, sí? —Deja la foto en la estantería y, antes de que pueda darme la vuelta y hacerme con ella me coge las muñecas con fuerza y me pone los brazos detrás de la espalda. Dios mío.

—Lo… —le advierto.

—Si esta también es tu habitación, convénceme de ello.

—Cállate —le ordeno de inmediato, sin ni siquiera saber por qué le mando callar.

—Eso no es muy convincente.

¿Me está hablando en serio?

—Esta es mi habitación —repito con terquedad mientras me pregunto si eso será suficiente.

—¿Estás segura? —insiste, acercándose más a mí—. A mí no me lo parece.

Intento soltarme, pero me coge las manos con más fuerza y abre las piernas para dejarme atrapada contra la mesa. Sí, es lo mismo que ha pasado en la cocina, solo que peor (o mejor) porque sin los brazos no tengo el control. No tengo ningún control.

—Aparta. —Intento hablar con autoridad, pero mi voz suena demasiado ronca, demasiado llena de deseo.

—¿Por qué crees que esta es tu habitación? No duermes aquí. No follas aquí. No comes ni bebes aquí. ¿Qué es lo que la hace tan tuya como mía?

—Ya sabes el qué —contesto en voz baja. «Estamos fingiendo, ¿verdad?». Estoy muy confundida. ¿Quién es él ahora mismo? ¿Mi amigo, mi novio o algo completamente distinto?

—En cuanto has cruzado el umbral de la puerta, has entrado en mi territorio. —Su aliento caliente con aroma a bourbon me acaricia el cuello—. Todo lo que hay aquí me pertenece.

Todo me da vueltas; estoy mareada. Odio no haber tenido relaciones hoy. Odio que mi cuerpo desee a Loren Hale. Y quizá mi mente también.

Intento concentrarme. Debo hacerlo.

—Quítala —insisto.

—No. Esa foto me gusta y se va a quedar donde está.

«¿Por qué le importa tanto esa condenada foto?».

Antes de poder preguntárselo, me da la vuelta de forma que mi barriga queda contra la mesa, pero no me suelta las muñecas y me mantiene los brazos pegados a la espalda. Intento liberarme, pero aprieta su cuerpo contra el mío en una postura con la que he fantaseado cientos de veces. Justo así (aunque quizá sin la parte sumisa del asunto), pero con él detrás de mí, con su pelvis frotándose contra mi espalda.

Abro la boca; me estoy muriendo por dentro. Menos mal que ahora no puede ver la expresión de mi cara.

Respiro con dificultad.

—Te estás pasando —protesto.

Sabe que no he tenido relaciones todavía. Cuando teníamos dieciocho años, me preguntó cómo me sentía si pasaba un día entero sin llegar al clímax y le confesé que era como si alguien me enterrara la cabeza en la arena y tirara de mis brazos y mis piernas hasta convertirlos en gomas tensas, esperando a que las suelten y las liberen. Es una necesidad que me ahoga y me prende fuego al mismo tiempo.

Dijo que se sentía identificado con esa paradoja.

—Sé que estás disfrutando.

«Pues sí, mucho».

—Lo —le digo sin aliento—. Si no te vas a acostar conmigo, necesito que te apartes. Por favor.

Porque no me veo capaz de decir que no. Mi cuerpo lo desea tanto que tiembla bajo su peso, pero mi cabeza es mucho más fuerte. Solo me está provocando. Eso es todo. Y no quiero despertarme y sentirme avergonzada por no haber parado. A él no le gusto así. No puede desear a alguien como yo.

Me suelta y retrocede varios pasos. Me masajeo las muñecas y pongo las manos sobre la mesa. Todavía no me atrevo a volverme y mirarlo. Intento recomponerme, controlar esas partes de mi interior que ahora están al borde de la tentación. Cuando aúno el coraje suficiente, me doy la vuelta, lívida.

—¿Qué coño te pasa? —No puede usar el sexo contra mí. No así.

Aprieta los dientes y dedica una cantidad de tiempo excesiva a prepararse otra copa. Da dos largos tragos y se la vuelve a llenar antes de empezar siquiera a responderme.

—No te lo tomes tan en serio. Solo estaba jugando.

Sus palabras son como si me clavaran una flecha en el corazón. Me duelen, aunque sé que no debería ser así. Lo que quiero es que me diga que ha sido real, que lo ha hecho queriendo, que quiere estar conmigo. Ahora lo sé, aunque estar juntos nos traería un sinfín de nuevas complicaciones. Sin embargo, lo que ha hecho es reforzar que todo es pura fachada. Una mentira.

—¿Quieres jugar? —Me vibra el cuerpo de calor. Me dirijo a sus armarios llenos de licor, cojo la llave magnética y los abro.

—¡Eh, eh! —grita Lo.

No he sacado ni dos botellas y ya tiene de nuevo las manos en mis muñecas. Sabe que voy a tirarlas o a lanzarlas por la ventana, aunque todavía no he decidido cuál de las dos cosas quiero hacer.

—¡Lily! —gruñe mi nombre como si fuese la palabra más profana del diccionario.

Ambos estamos furiosos, pero siento que mi enfado es justificado. No aparto la vista. Su mirada se torna dura; casi puedo ver los engranajes de su cerebro.

—Hablemos, Lo —le digo sin moverme—. ¿En qué se diferencia lo que estoy haciendo yo de lo que acabas de hacer tú?

Inhala con fuerza y entorna los ojos. Como de costumbre, calcula cada palabra antes de hablar.

—Lo siento, ¿vale? ¿Es eso lo que quieres oír? Siento mucho que no soportes que te toque. Siento mucho que solo pensar en follar conmigo te dé asco. Siento mucho estar aquí cada vez que estás cachonda.

Y me quedo sin respiración. No entiendo qué está intentando decirme. ¿Me desea o le molesta que sea adicta al sexo? Dejo las botellas en la mesa y me suelto. Entro en su cuarto de baño, pero cierro con pestillo en cuanto se acerca.

—Lily —me llama.

Me tumbo en las baldosas frías y cierro los ojos, intentando aclarar mis ideas. Empiezo a preguntarme cuánto más podré aguantar así, sin saber cuál es la verdad bajo nuestros actos, la verdad sobre nuestra relación. Me está volviendo loca.

Estoy temblando; es el síndrome de abstinencia producto de la falta de estimulación de hoy. Mantengo los ojos cerrados e intento dormirme, pero el pomo de la puerta se mueve de un lado a otro hasta abrirse. Cuando se abre, veo que Lo se mete una llave en el bolsillo.

No me muevo de donde estoy. Dejo la mirada fija en el techo blanco.

Lo se sienta a mi lado y se apoya en el *jacuzzi*.

—No te preocupes por si Daisy nos ha oído. Las parejas normales discuten.

«Claro, la farsa». El silencio es denso. Me alegro de hacerlo sufrir un poco.

Flexiona las piernas y se rodea las rodillas con los brazos.

—Cuando tenía siete años, mi padre me llevó a su despacho y sacó su pequeña pistola plateada. —Hace una pausa, se frota los labios y suelta una carcajada corta y seca. Yo me mantengo inexpresiva, aunque la historia me interesa—. Me la puso en la palma de la mano y me preguntó cómo me hacía sentir. ¿Sabes qué le contesté? Que estaba asustado. Entonces me pegó en la cabeza y me dijo: «Tienes una puta pistola en la mano. Los únicos que deberían estar asustados son los que tengas enfrente». —Niega con la cabeza—. No sé por qué me he acordado de eso, pero no se me va de la cabeza. Recuerdo la sensación de tener la pistola pesada y fría en la mano, el terror que me provocaba el gatillo o que el arma se me cayera. Y él estaba… decepcionado.

Me incorporo y me apoyo en la otra pared para quedar frente a él. Parece muy disgustado, y eso es la única disculpa que necesito de Loren Hale.

—Nunca me lo habías contado.

—No es un recuerdo que me guste —admite—. Cuando era pequeño, lo admiraba muchísimo. Ahora, cuando lo pienso, me dan náuseas.

No sé qué decir, aunque tampoco creo que quiera una respuesta. Nos quedamos en silencio. De repente, me estremezco; no puedo evitarlo por mucho que lo intente.

—¿Tienes síndrome de abstinencia? —pregunta con los ojos llenos de preocupación—. ¿Necesitas algo? ¿Un vibrador o algo así?

Qué incómodo… Niego con la cabeza y cierro los ojos con fuerza. El dolor de mis extremidades se acucia; me ha excitado y no he conseguido la ansiada liberación. Es como si tiraran de ellas con fuerza. Soy como una goma elástica demasiado estirada.

—¿Puedes hablar conmigo? —me pide irritado.

—Un vibrador no me ayudará —digo abriendo los ojos.

—¿Por qué no? ¿No te quedan pilas?

Le devuelvo la sonrisa, aunque no esté de humor.

—Simplemente… No me basta. —Me mira extrañado—. Sería como beber cerveza de barril.

Arruga la nariz.

—Lo pillo.

Observa mi cuerpo y aparto la vista. Su mirada me calienta al instante.

—Lo aguantaré por esta noche y ya está.

—Podrías salir —sugiere—. Si Daisy se despierta y te busca, puedo decirle que tenías una… una sesión de estudio de emergencia porque estás suspendiendo economía.

—Eso no me lo creo ni yo. No pasa nada, Lo.

—He sido un capullo, quiero ayudarte —insiste—. Solo hay una solución posible. —Frunzo tanto el ceño que me duele la frente. ¿De verdad se refiere a eso? ¿Quiere acostarse conmigo? ¿De verdad?—. Te voy a emborrachar para que no te importe el sexo. Entonces te dormirás y, cuando te despiertes, Daisy ya se habrá ido.

La propuesta me coge desprevenida porque no es ni lo que me esperaba ni lo que quería oír. Me hubiera gustado oírle decir: «Acuéstate conmigo, quiero estar contigo de verdad». Habría contestado que sí sin pensármelo dos veces. Aunque no hay nada que me asuste más que la monogamia, por él lo intentaría. Solo por tener a Loren Hale. Creo que siempre he querido estar con él, pero no estoy segura de que él quiera lo mismo. Lo que me acaba de proponer es decepcionante, pero al menos es una solución.

—No es mala idea.

—¿No? —¿Le decepciona que haya aceptado tan rápido? No estoy segura—. Pues tengo una buena noticia: conozco a todo un experto en alcohol. Él se encargará de ti.

—Pero dile que no me emborrache tanto como para acabar vomitando.

—Echar la pota es inaceptable. Entendido.

Nos ponemos de pie y volvemos al dormitorio. La excitación ante la novedad me ayuda a dejar de temblar, sobre todo porque es algo nuevo con él. Normalmente no bebo por la noche. Lo nunca me lo ha dicho directamente, pero me doy cuenta de que le gusto más cuando estoy sobria. Puede que solo sea porque así puedo llevarlo en coche o ayudarlo a recuperar la conciencia, pero a veces pienso que hay alguna otra razón. Me siento en el borde de la cama y me cruzo de piernas.

—¿Me vas a preparar algo que sí sea capaz de beber?

—Creo que por aquí tengo algo de ron con sabores. Será más fácil de tragar. —Pasa varios minutos preparando una bebida enorme en una botella de agua gigantesca.

—Uf… —Cojo el brebaje y lo miro—. ¿Me voy a morir?

—Ahí dentro hay más Fizz light que ron, te lo prometo.

Doy un traguito para probar y, al ver que no me arde la garganta, doy otro mucho más largo. Él sonríe.

—¿Está bueno?

—Sabe a coco.

—Es por el ron. —Se sienta en la cama a mi lado. Él tiene en la mano un vaso de whisky mucho más pequeño del que va dando pequeños tragos. En cuestión de minutos me termino la bebida, pero apenas noto nada. Quizá todavía no me haya hecho efecto.

Miro a Lo. La forma en que me observa, como cautivado, hace que mi cuerpo arda en llamas. Lo quiero encima de mí. Dentro de mí. Santo Dios.

—Más —le pido—. Igual debería tomarme unos chupitos.

—No sé dónde están tus límites —repone poniéndose de pie—. Y se trata de que no vomites.

Prepara otra bebida suave. Casi no puedo ni mirarlo sin imaginarme su cuerpo sobre el mío. Me acerco a él y cojo un vaso de chupito.

—Necesito algo con más alcohol. —Me lleno un vasito sin darle tiempo a protestar.

—¿Un chupito de whisky? —pregunta con las cejas enarcadas—. ¿En serio? Te van a dar arcadas, Lily.

Entorno los ojos en un gesto desafiante y me bebo el chupito de golpe.

Me da una arcada, pero consigo tragármelo y no escupirlo. Él ladea la cabeza, como diciéndome: «Te lo he dicho».

Me acaricio el cuello.

—Estaba horrible. Creo que me arden las entrañas. —Intento aclararme la garganta.

—No seas dramática.

Me sirve otro chupito de un líquido claro y otro de otra cosa y me pasa los dos.

—Vodka y zumo de arándanos.

Asiento, me bebo el primero y luego el segundo. Ah, mucho mejor.

Me mira y niega con la cabeza.

—¿Ya?

Recorro sus abdominales con la mirada y el punto entre mis piernas se tensa. Ni hablar.

—Otro.

Lo oigo mascullar: «Esto es una estupidez». Ha sido idea suya, pero es evidente que se lo está pensando mejor. Una hora más tarde, después de otra copa y varios chupitos más, me dirijo a la cama y el mundo entero me da vueltas. ¡Vaya!

Creo que me está subiendo.

Me dejo caer boca arriba en el colchón. No me veo los pies. Todo me da vueltas y ya no me importa el sexo… Ni un poquito. Ni siquiera creo que mi cuerpo sea capaz de moverse por sí mismo.

Me quedo en la cama en posición supina y observo a Lo, que se pasea por la habitación limpiando manchas y guardando botellas.

—Lo… ren. —Pronuncio su nombre, que me suena raro—. Ren… lo. —Sonrío como una boba.

—Me encanta que mi nombre te parezca tan gracioso como a tus hermanas —protesta mientras cierra el último armario. Luego se sienta a mi lado y cierro los ojos—. ¿Cómo te sientes?

—Todo me da vueltas —murmuro.

—No lo pienses —me ordena—. ¿Te ves capaz de meterte debajo de las sábanas?

—¿Mmm?

Todo empieza a desvanecerse y caigo en la negrura.

No sé qué hora es. Lo único que sé es que hay un monstruo rugiendo en mi estómago y quiere salir. Estoy debajo del edredón de Lo. No recuerdo cómo he llegado hasta aquí ni el momento en el que he apoyado la cabeza en la almohada. Él está dormido al otro lado de la cama, de cara a mí, pero no me toca.

Intento discernir si tengo ganas de vomitar o no. El esfuerzo de llegar al baño se me antoja arduo y doloroso, demasiado costoso para mi cuerpo y mi mente. Pero la verdad es que tengo muchas náuseas y el contenido de mi estómago está empezando a subir.

Tengo que levantarme.

Corro al baño, levanto la tapa del váter y todo lo que bebí anoche aparece en el inodoro de repente, como si hubiera hecho un truco de magia.

—¿Lily? —Lo enciende las luces—. Mierda.

Mete una toalla debajo del grifo y se arrodilla detrás de mí. No puedo parar de vomitar, pero poco a poco me voy sintiendo mejor.

Él me frota la espalda y me quita el pelo de la cara. Tras unos minutos, aunque sigan sobreviniéndome las arcadas, ya no sale nada más. Tira de la cadena y me limpia la boca con el trapo.

—Lo siento —murmuro, a punto de apoyar la mejilla en el asiento del váter. Él me atrae hacia su pecho y me apoyo en él.

—No te disculpes —contesta y parece dolido.

—¿Lo?

—Dime.

—Por favor… No te muevas, ¿vale? —Pensar en ponerme de pie o cambiar de postura basta para que me entren ganas de vomitar otra vez.

—Vale.

Me abraza para ayudarme a mantener el calor sobre las baldosas frías y nos quedamos así un rato. Me pesan los párpados y, poco a poco, empiezo a quedarme dormida de nuevo. Y entonces oigo su voz, tan baja que creo que me la he inventado.

—Debería haberme acostado contigo.

12

La luz de la mañana me arde en los ojos. Los entorno y me incorporo, intentando que mi mundo se ponga recto. «¿Dónde estoy?» es lo primero que pienso, y me asusta. Miro el edredón de color champán, mis dos piernas debajo de él, el pelo recogido en una cola de caballo y entonces empiezo a recordar la noche de ayer en imágenes fragmentadas.

Lo me llevó del baño a la cama, me arropó y me ayudó a mantener el pelo sucio fuera de la boca. Creo que anoche le arranqué una botella de whisky de sus propias manos y, aunque protestó, engullí el licor como una idiota. Soy de esa clase de borrachas.

Suelto un gemido, cansada y mortificada. Cuando una voz contrariada no se burla del ruido que acabo de hacer, similar al de un oso, frunzo el ceño y miro al lado derecho de la cama. Está vacío, excepto por la inconfundible huella de un culo. «Tiene un buen culo», pienso. Hundo la cara en la almohada y gimo aún más fuerte. Odio pensar eso.

Intento no obcecarme con las estupideces que pude haber dicho o hecho anoche, cuando estaba ebria. Me froto los ojos y me incorporo, pero me distraigo con un pedazo de papel que llevo sujeto a la camiseta con un imperdible. Su camiseta, de hecho. ¿Me cambió de ropa? Debí de vomitarme la otra camiseta.

Me ruborizo, pero cojo el papel para leerlo. Lo ha escrito tan rápido que cuesta leerlo. Abro mucho los ojos, horrorizada.

—Pero ¿qué narices...?

«Nuestros padres están aquí, levántate».

¿Qué hacen mis padres aquí? ¿Saben que Lo y yo no estamos juntos en realidad? ¿Creen que Lo es alcohólico? ¿Lo van a mandar a rehabilitación?

Me pongo de pie sobre mis piernas temblorosas y veo que hay un vaso de agua y un par de aspirinas en la mesa. Me las tomo, agradecida, y empiezo a buscar algo de ropa que me pueda poner. No es que su armario ofrezca una amplia selección, pero guardé aquí algunos atuendos de emergencia, por si pasaba lo peor.

Me pongo un vestido de color lavanda que impresionará a mi madre, teniendo en cuenta que el pelo grasiento me hará perder algunos puntos. Me lavo los dientes cuatro veces, me pongo desodorante y me pellizco las mejillas para tener un poco de colorete natural. Después de eso, por fin aúno el coraje necesario para abandonar el santuario que supone el dormitorio de Lo.

Respiro hondo. Las voces que vienen del salón reverberan en las paredes del pasillo.

—¿Dónde está, Loren? Ya es casi mediodía —se queja mi madre. Ojalá pudiera recurrir a la excusa de «está enferma», pero para los Calloway, «enfermo» significa hacer una visita al hospital y quedarse allí varios días. De lo contrario, estás preparado para seguir en el mundo de los vivos.

—Voy a ver si viene —responde Lo con voz tensa.

Entro en el salón justo cuando él se levanta del sofá gris.

—¡Mírala! —exclama mi padre con una sonrisa luminosa.

Mi madre y Daisy están sentadas en el sofá, ambas con bonitos vestidos de flores. Todos se ponen de pie cuando entro, como si fuese una reina o algo así. Entonces descubro las maletas de Hermès apoyadas contra la pared. Son dos sets a juego: uno es de Lo y el otro mío.

¿Qué narices está pasando? Lo saben, ¿verdad? ¡Nos van a llevar a algún sitio! Quizá a centros de rehabilitación muy lejanos. Estaremos separados. Solos de verdad.

Justo cuando me llevo una mano temblorosa a la boca, a punto de vomitar otra vez, Lo acude corriendo a mi lado y anuncia:

—Este fin de semana es el cumpleaños de tu padre.

Intento respirar. Arqueo las cejas, sorprendida.

Mi madre se toquetea el collar de perlas que descansa sobre el cuello huesudo.

—Por el amor de Dios, Lily, llevo meses recordándotelo. Nos vamos a las Bahamas en el yate para celebrarlo.

Nunca se me han dado bien las fechas ni los horarios de los demás. Me vuelvo hacia Daisy, que parece mirar a cualquier parte menos a mí.

—¿Por qué no me lo recordaste?

Lo aprieta la mandíbula; el gesto le marca los pómulos. Entonces me doy cuenta de que se me ha pasado algo por alto. Daisy carraspea, pero no despega la mirada de la moqueta.

—Sabía que te inventarías alguna excusa… Todos estábamos de acuerdo… —se interrumpe.

Entonces caigo. Ayer me mintió. No quería dormir aquí anoche. No era la primera en su lista de hermanas a las que llamar para pedir un favor. Era una trampa.

—Sabíamos que te olvidarías —aclara mi madre—. Este viaje es muy importante para tu padre. Ha estado trabajando mucho y queremos que toda la familia esté presente; toda. Si era necesario que Daisy pasara aquí la noche para que no te escaparas por la mañana, que así fuera. Ahora que estás despierta, tenemos que irnos. Rose y Poppy nos están esperando en el avión. —Supongo que para coger el yate e ir a las Bahamas tendremos que volar hasta Florida.

Me da vueltas la cabeza. Tengo un montón de excusas en la punta de la lengua; diría cualquier cosa para librarme de un evento familiar. No deberían haberme tendido una trampa para obligarme a ir, por mucho que sea el cumpleaños de mi padre.

Lo me acaricia el brazo.

—¿Estás bien? —susurra para que solo pueda oírlo yo. Igual cree que voy a vomitar otra vez. Asiento, aunque la noticia ha sido como una bofetada—. Sonríe. Pareces horrorizada, Lil.

Hago lo que me pide y le dedico a mi madre una sonrisa tímida. Sigue tensa, pero también ella curva los labios, aceptándola. Será suficiente.

No caigo en la cuenta hasta que salimos de casa: hace más de veinticuatro horas que no tengo relaciones sexuales y Lo no ha consumido su cantidad de alcohol habitual porque ha tenido que pasarse la noche cuidándome. Y estamos a punto de ser secuestrados en un barco. Con toda mi familia.

Las cosas no podrían ir peor.

13

Antes de subir al yate, recurro a todo tipo de excusas: que Lo y yo teníamos una cita doble con Charlie y Stacey, que voy a suspender economía (cierto) y necesito empollar para el próximo examen (aún más cierto)… Ninguna funciona.

Después de vomitar por la borda, reconozco que tengo resaca y me acojo a la defensa de «anoche bebí demasiado vino». Mi madre no está muy contenta con mi comportamiento, pero al menos me permite poder beber abiertamente el brebaje para la resaca de Lo. No le pregunto qué lleva esa bebida marrón, no sea que vuelva a echar la pota.

Lo acuna un vaso de Fizz en su mano derecha. Antes lo he acompañado a pasarle al camarero quinientos dólares para que cada vez que pida un refresco se lo sirva con tres quintos de bourbon. Con ese dinero también ha cubierto las botellas que ha pedido que nos manden al camarote. Él es así de sigiloso.

Admiro su tenacidad, pero lo cierto es que no me parece bien. Estoy tumbada en la cubierta del yate con el estómago revuelto y una migraña espantosa. Me pongo una toalla en la cabeza para mantener el sol abrasador lejos de mis ojos cansados, pero la levanto por una esquina para ver un poco de lo que hay a mi alrededor. Los rayos golpean mi piel clara. Me he aplicado protección quince, pero sé que me voy a asar de todos modos. De hecho, deseo quemarme en secreto. Quizá eso me sirva para bajar de este condenado barco.

—¿Te encuentras mejor? —pregunta Poppy mientras coloca una tumbona al lado de la de Lo, que también está tomando el sol. Estoy haciendo un gran esfuerzo para no babear mirando sus abdominales y el resto de su cuerpo tonificado. No creo que se broncee mucho, porque se ha puesto protección noventa.

Mi hermana extiende su toalla de Ralph Lauren, se pone unas gafas de sol enormes que le tapan casi toda la cara y un sombrero de paja antes de sentarse.

—No —contesto—. ¿Dónde están los demás?

—Todavía están dentro, comiendo. ¿Estás segura de que no te apetece nada? Puedo traerte un bocadillo. —Pienso en olores fuertes y emito un gemido a modo de respuesta—. Supongo que eso es un no tajante.

Asiento.

—Es un no tajante.

Rose y Daisy se han ganado dos medallas oficiales de Brutas por haberme tendido una trampa cuando Rose anunció el secreto de mi «embarazo», y mi madre no hace más que dirigirme miradas penetrantes. Supongo que tendrá la esperanza de que me convierta en piedra.

—¿Crees que si salto por la borda se darán cuenta? —pregunto. Me incorporo, arrugo la nariz y doy un buen trago al brebaje contra la resaca. Contengo una arcada. Qué asco.

Lo no dice ni una palabra porque está dormido como un tronco, con su bourbon con Fizz todavía en la mano. Me pregunto si se habrá pasado la noche en vela cuidando de mí. Le quito el vaso con cuidado para que no se lo derrame encima.

—Aquí no se está tan mal —comenta Poppy mientras abre un libro. Se recuesta y se relaja. Si yo fuese ella, y fuera capaz de disfrutar del sol, de leer, de dejar la mente en blanco y divagar y soñar con cualquier cosa, este sitio también me parecería muy agradable. Pero cuando contemplo el ancho, vasto e interminable océano, me imagino mi cuerpo meciéndose sobre el de otra persona. Me recreo en la dichosa sensación de alcanzar la cumbre, aunque sea solo en mi mente. El ascensor, el hombre trajeado, las embestidas… Los ingredientes están ahí, y los combino para disfrutar de esa vieja sensación una y otra vez.

Pero no puedo. Aquí no. Así que me quedo ansiando algo que nunca llegará.

Las puertas se abren y aparece Rose con un tequila sunrise. Tarda una eternidad en traer la tumbona y ponerla delante de las de los demás, arrastrando las patas por el suelo. Cuando por fin la tiene donde quiere, extiende una toalla azul claro y se sienta de cara a mí.

—¿Quieres que te traiga uno? —pregunta alzando su cóctel.

—Qué graciosa —contesto. Se me ha puesto el estómago del revés; todavía no estoy recuperada.

Lo se podría haber pasado la noche bebiendo cócteles con sabor a fruta sin levantar sospechas, pero odia las bebidas dulces y, además, prefiere no llamar la atención. Se termina las copas tan rápido que la gente suele sospechar de él, o preocuparse de que retroceda hasta esos años llenos de borracheras y fiestas que vivió antes de estar conmigo. Años que nunca terminaron, por supuesto. Quizá dejó de ir a las típicas fiestas de instituto, pero no de beber. Aunque eso no lo sabe nadie.

—¿Fue ese el que te emborrachó? —pregunta Rose, mirando el cuerpo semidormido de Lo como si tuviese ganas de clavarle agujas para hacer vudú.

—No —miento—. En realidad, intentó que parase. —Una media verdad.

Rose no parece muy convencida. Para despertar a Lo de su siesta, le da una patada a su tumbona.

Él da un brinco, sobresaltado.

—¿Qué coño pasa?

—Rose, ¡estaba cansado! —la regaño negando con la cabeza.

—¿De verdad? No me había dado cuenta.

Lo se echa el pelo hacia atrás con una mano y masculla varios insultos entre dientes. Luego levanta la tumbona hasta dejarla en posición sentada.

—Mira lo que nos ha traído el viento.

—¿Qué? —le espeta Rose.

Él enarca las cejas, confundido.

—¿Qué de qué?

—¿Qué nos ha traído el viento? Acaba la frase si tienes huevos.

—Tienes razón, no tengo huevos. Tú ganas. —Lo mira a su alrededor, buscando su bebida. Se la paso y parece agradecido porque se la haya estado cuidando. Se bebe la mitad de golpe.

En realidad, no hace falta que termine la frase. Estoy casi segura de que la iba a llamar zorra, o al menos lo iba a dar a entender de la forma más ambigua posible.

—Lily, creo que te estás quemando —dice Poppy.

Ah, fantástico. Mi plan de quemarme a lo bonzo ha sido interrumpido por las tendencias maternales de mi hermana mayor, que me pasa un bote de crema solar.

—Estoy bien, de verdad. Primero me quemo, pero luego se queda bronceado. Y no me vendrá mal un poco de color. —Me subo las gafas de aviador.

Rose resopla.

—Eso es lo más tonto que he oído en mucho tiempo.

—No es verdad —protesto—. Maria dijo una vez no sé qué sobre que el cielo era naranja y tú estabas ahí.

—Los niños no cuentan.

Lo sonríe.

—Vaya, vaya, ¿Rose haciendo favoritismos con los niños? ¿Adónde vamos a llegar?

Mi hermana me fulmina con la mirada.

—Odio que te lo hayas traído. Al menos Poppy ha tenido el sentido común de dejarse al marido y a la niña en casa.

Lo se termina su bebida.

—Estoy aquí, por si no te habías dado cuenta.

Rose lo ignora y sigue esperando a que yo le conteste.

—No es que tengamos un niño y Lo tenga que quedarse a cuidarlo. De no ser por Maria, Sam habría venido, ¿a que sí, Poppy?

Poppy nos mira impasible.

—No me pienso meter. —A veces es supermolesto que siempre se mantenga neutral en las riñas familiares.

Lo deja el vaso en el suelo y coge la crema solar. Creo que piensa protegerse aún más la piel irlandesa, pero se pone de pie, me aparta las piernas y se sienta a horcajadas en el borde de mi tumbona, sin darse cuenta de que está haciendo que se me acelere el pecho, la respiración y el corazón. Solo llevo un bikini de tela fina, y tengo ganas de mucho más. El sol me empapa la piel, el calor es embriagador y desdibuja mis pensamientos; poco a poco, me abandono a la excitación. Enrosco los dedos de los pies mientras intento reprimir mis sensaciones, que tarde o temprano estallarán como un volcán. Lo necesito. Necesito liberarme, pero no sé cómo pedírselo. Esto es muy distinto a proporcionarle a él whisky y ron. Estoy planteándome pedirle que me preste su cuerpo, y eso no está bien.

—Ya lo hago yo —digo con la respiración entrecortada mientras él le quita el tapón a la crema.

—No me vas a caer mejor por esto, Loren —le espeta Rose, pronunciando su nombre con énfasis, porque sabe lo poco que le gusta.

—Ya lo sé. Y, francamente, me da igual, Rose —le contesta él dándole la espalda y poniendo también énfasis al decir su nombre, pero no tiene el mismo efecto.

Se echa crema en la mano y yo me encojo.

—Ya lo hago yo, en serio.

Me mira con los ojos muy abiertos, como recordándome que se supone que estamos juntos. Claro.

—Te la pongo por los hombros.

Se inclina hacia delante, me coge el brazo y me masajea la delicada piel con los dedos. Cierro los ojos mientras me pone la crema en los costados, levantándome un poco la parte superior del bikini, que es negra y en forma de bandana. Debe de notar que mi pecho sube y baja y que mi respiración es entrecortada y superficial.

Me da la vuelta, de forma que quedo boca abajo sobre la tumbona, se inclina hacia delante y empieza a extenderme la crema por los omóplatos y la parte baja de la espalda. Cuando me desabrocha el bikini, me deshago bajo sus manos. Madre mía...

Las puertas vuelven a abrirse.

—¿Necesitan algo más? —pregunta un camarero. Lleva camisa blanca y pantalones negros, el uniforme del servicio del yate. Estará al final de la veintena, tiene el cabello dorado y un rostro anguloso que le confiere un aspecto demasiado angelical, demasiado guapo, demasiado deseable para mi cuerpo palpitante.

—Yo sí quiero tomar algo —contesta Poppy. «¡No! ¡Dejad que se marche!»—. ¿Qué tenéis?

El camarero empieza a recitar la larga lista de opciones del menú mientras Lo comienza a masajearme la espalda. Uf... Qué bien.

Me agarro a la toalla; mi cuerpo está empezando a acumular tensión, a ir por el mal camino. Quiero pedirle a Lo que pare, pero no estoy segura de ser capaz de pronunciar las palabras sin jadear.

Aprieto los dientes a medida que me clava los dedos en la piel, para luego recorrerme con suavidad con las puntas de los dedos, jugando con mis necesidades. Ahora mismo lo odio. Odio lo mucho, lo muchísimo, que lo deseo.

Mi mirada se detiene sobre el atractivo camarero y justo entonces pierdo el control. Consigo evitar que se me arquee la espalda, que se me sacuda todo el cuerpo, y cierro los ojos con fuerza antes de que se me queden en blanco. Se me escapa un sonido amortiguado, pero creo que mis hermanas no se dan cuenta. Sin embargo, cuando empiezo a bajar de la cima y abro de nuevo los ojos, más avergonzada que nunca, el camarero me mira y luego me recorre el cuerpo de arriba abajo. Él sí se ha dado cuenta.

Entierro la cara en la toalla y rezo por desaparecer.

—Eh, tú —dice Lo.

Oigo los pasos del camarero, que viene hacia nosotros. ¡Dios mío! ¿Qué hace Lo?

—¿Qué desea?

—Que dejes de mirar a mi novia —contesta, poniendo la guinda en el pastel con una sonrisa amarga—. Eso estaría muy bien, gracias.

—¡Lo! —chilla Poppy.

Rose se parte de risa. El mundo se ha vuelto loco y me niego a ser testigo de ello. Me escondo en la toalla, sin la parte de arriba del bikini, con el pecho pegado a la tumbona.

—No estaba mirando —replica el camarero con voz tensa, escondiendo sus emociones—. Si desea algo, se lo traigo enseguida. Si no, me marcho.

—Fantástico. Quiero un Fizz.

—¿Quiere decir un bourbon con Fizz? —contrataca el camarero, desafiante. Ay, mierda.

—No, quiero decir un Fizz.

—Pero lleva usted todo el día bebiendo bourbon, señor Hale. ¿Seguro que no quiere otro?

—¿Llevas todo el día bebiendo alcohol? —pregunta Rose con voz inexpresiva.

—No —contesto, adelantándome a Lo. Asomo desde debajo de la toalla y fulmino al camarero con la mirada. Encuentro algo de seguridad en mí misma por el bien de Lo—. Debes de estar equivocado. Yo he probado lo que bebía y no llevaba alcohol.

El camarero me mira un largo momento, intentando leer mi expresión, e intento suavizar mi mirada, como diciéndole que haré que merezca la pena su complicidad. O algo así. Cualquier cosa. Vamos a ver, he gemido mientras lo observaba recitar el menú y él lo ha visto. No me queda otro remedio.

—Claro —contesta. Le dirige a Lo una mirada de satisfacción, convencido de que luego se acostará conmigo y dejará a ese capullo rico en evidencia. No quiero que eso pase, pero me temo que es lo que va a pasar—. Ahora le traigo su bebida.

—No hace falta —repone Lo mientras me abrocha el bikini—. No quiero escupitajos en mi refresco y todos sabemos que la cosa terminaría así. Vete.

—No hace falta que me traigas lo que he pedido. Creo que es mejor que te quedes dentro —añade Poppy.

El camarero asiente y se va, como le han pedido.

Me pongo de pie de inmediato.

—Voy al baño, y tal vez luego vaya a la piscina. —Sueno alterada y atropellada, pero a nadie le parece extraño, excepto a Lo, que recoge sus cosas y me sigue hasta nuestro camarote.

No lo miro. Me dirijo al baño diminuto y me meto en la ducha, en la que solo cabe una persona, y abro el grifo de agua fría.

Oigo un repiqueteo y me vuelvo para verlo beber whisky directamente de la botella. Se lame los labios y luego se seca la boca con el dorso de la mano. Está cabreado. Cuando su mirada se encuentra con la mía, me pregunta:

—¿Has tenido un orgasmo?

Me sonrojo de pies a cabeza.

—En realidad, no —murmuro.

Asiente, pero no despega la vista del suelo.

—¿Te has excitado con él o conmigo?

Frunzo el ceño.

—¿Importa? —Ya me siento lo bastante mal con lo sucedido—. No deberías haberme provocado así, Lo. Ya estoy lo bastante tensa.

—Estaba intentando ayudar.

—¿Haciendo que me entren ganas de follar en la cubierta del barco? —grito—. ¡Eso no me ayuda! ¡Has empeorado la situación!

Su rostro se retuerce de ira y dolor. Se deja caer en el borde de la cama de matrimonio y se lleva la botella a los labios. Luego sentencia:

—Si te acuestas con ese imbécil, se acabó.

—¿Qué? —pregunto con un hilo de voz. No sé por qué, pero creo que se refiere a nuestra amistad. Es lo que me dicen sus ojos vidriosos y enrojecidos. Deja que sus palabras floten en el aire mientras yo me vuelvo loca por dentro, imaginándome un mundo sin él. Sola por completo—. ¿Qué quieres decir, Lo? —El corazón me late desbocado.

—Que se acabó —repite—. ¿De verdad crees que tu familia aceptará que me pongas los cuernos con el personal? Tendremos que romper.

¡Se refiere a nuestra relación falsa! Exhalo aliviada.

—Iré con cuidado.

Me mira alterado, con los ojos entornados.

—Entonces ¿vas a acostarte con él?

Me encojo de hombros.

—No es que tenga muchas opciones.

Niega con la cabeza.

—No me lo puedo creer. —Se pone de pie y me da la espalda sin soltar la botella.

—No lo comprendes —me defiendo, intentando explicar lo que mi cuerpo ansía—. No puedo dejar de pensar en ello, Lo. Me tiemblan las piernas, me tiemblan las manos, me siento como si estuviera en una trituradora, necesito que alguien…

—Para. —Su voz está colmada de dolor—. Para, por favor.

Estoy muy confundida.

—¿Qué quieres que haga? No puedo pasar sin sexo. ¡Tú estás bebiendo! —Es muy injusto—. ¿Por qué tengo que estar yo sin sexo?

—¡Porque se supone que estamos juntos! —grita—. ¡Se supone que eres mi novia! —Antes de que pueda pedirle que se explique, se dirige a la puerta, evitando mis preguntas a propósito—. Me voy a la piscina.

14

Paso casi todo el día temblando bajo el agua de la ducha, intentando forzarme a olvidar a Lo, al camarero y a ciertas partes de mi cuerpo. El onanismo no sirve más que para frustrarme. Me siento en los azulejos fríos y lloro con la esperanza de borrar así el dolor.

Lo me confunde. ¿Quiere estar conmigo o solo tiene miedo de que arruine nuestra mentira? No logro encontrar el significado de sus palabras, por mucho que me las repita.

No voy a cenar con los demás, pero Rose irrumpe en mi habitación y llama a la puerta del baño.

—¿Qué haces ahí dentro?

Cierro el grifo y me envuelvo la piel arrugada y mojada con una toalla. Cuando salgo del baño, me observa para valorar mi estado.

—Nos hemos peleado —murmuro.

—¿Lo y tú? —Se le endurece la mirada—. ¿Qué ha hecho?

Niego con la cabeza.

—Ni siquiera lo sé. —Se me vuelven a llenar los ojos de lágrimas.

—Es un cabrón —dice mientras se dirige a mi maleta—. Ya me he dado cuenta en la cena de que algo no iba bien. —¿Se le notaría la borrachera? Se me cae el alma a los pies cuando imagino a Lo bebiendo hasta perder el sentido por mi culpa.

—¿Y eso?

Encuentra mi bañador de color carbón y me lo pasa.

—Estaba muy callado —contesta. Me sorprende que no haga

ningún comentario mordaz—. Se ha disculpado por irse pronto y luego lo he visto sentado en la cubierta, mirando el atardecer.

—Ah —contesto en voz baja. Toqueteo el bañador—. ¿Para qué es esto?

—Poppy, Daisy y yo vamos al *jacuzzi*. He pensado que podrías venir con nosotras.

—No me encuentro muy bien.

—Ya lo sé, pero estar con gente que te quiere te hará sentir mejor.

No quiero hablar de mi corazón roto. Me tiemblan las manos al sostener la prenda, y no sé cuánto tiempo más podré aguantar sin sexo. Necesito encontrar a ese camarero, pero la expresión de Lo me detiene. No quiero traicionarlo, y si hay algo entre nosotros, aunque solo sea la posibilidad de que exista, no quiero estropearlo. Por nada del mundo. Pero temo hacerlo.

No tengo fuerzas para discutir con Rose, así que suelto la toalla y empiezo a ponerme el bañador.

—¿Ha sido una discusión grave? —me pregunta mientras se sienta en la cama con las piernas cruzadas.

La fulmino con la mirada.

—Tampoco te alegres tanto.

—¿Qué? No me alegro de que estés triste, pero tampoco voy a fingir que me sabe mal que rompáis.

—¿Por qué lo odias tanto? —pregunto mientras me ato las tiras en el cuello.

—No lo odio. Me saca de quicio, pero no lo odio. Supongo que no me cae bien. —Acaricia el edredón con estampado náutico con los dedos—. No me parece lo bastante bueno para ti. ¿Tan malo es que crea que te mereces algo mejor?

—No —susurro, ya completamente vestida—. Pero Lo y yo…
—Intento dar con las palabras adecuadas—. Tal vez no seamos buenos el uno para el otro, pero a veces pienso que es el único chico capaz de amarme.

Es la pura verdad. ¿Quién podría amarme a mí? Una chica que se acuesta con cualquiera, una guarra, una puta. Un pedazo de basura. Eso es lo que todo el mundo ve.

—Tienes muy mal concepto de ti —dice Rose y se pone de pie—. Lily, si no te quieres a ti misma, ¿cómo te va a querer nadie? —Me rodea los hombros con un brazo—. Y no necesitas a ningún chico para sentirte plena. Me gustaría que no lo olvidaras.

Y a mí me gustaría que fuese cierto.

Las estrellas resplandecen en el cielo. Mis hermanas se relajan en el *jacuzzi* caliente y burbujeante situado en la proa del yate. En esta hora tan silenciosa, parecemos las únicas personas que existen en el mundo.

Solo llevo aquí treinta minutos y ya me he dado cuenta de que ha sido una mala idea. El chorro de agua que tengo en la espalda no hace más que llevar mis fantasías a lugares oscuros y sensuales, y mi mente vaga sin rumbo con tanta frecuencia que me sorprende no haberme quedado dormida, presa de un sueño erótico húmedo y caliente.

Lo único que me mantiene con los pies en la tierra son los juegos de mis hermanas, como el «Yo nunca», gracias al cual me he enterado de que tanto Rose como Daisy siguen siendo vírgenes. Bien por ellas. Por suerte, Rose desvía la conversación lejos de Lo y las relaciones de pareja. Escucho sobre todo a Daisy hablar sobre su Semana de la Moda en París y los modelos guapos, lo que tampoco me va muy bien para lo mío.

Luego oigo unos pasos por el suelo de madera. Miro atrás e intento no suspirar de forma audible ni gemir ni hacer nada al ver al atractivo camarero. Nos deja cuatro toallas y me mira a los ojos, una clara señal, antes de irse.

Pues ya está. Quiero negarme, pero me da miedo lo que pueda pasar si no me acuesto con alguien. Y Lo no se ha ofrecido, así que…

Allá vamos. Finjo un bostezo.

—Me voy a la cama, chicas —anuncio mientras salgo del *jacuzzi*.

Rose me observa con atención.

—¿Estás bien?

Asiento.

—Sí. De todos modos, tengo que hablar con Lo.

—Si necesitas ayuda, te presto mis garras de mil amores —se ofrece con una sonrisa.

No me cuesta nada devolvérsela.

—No te preocupes, si te necesito, te llamo.

No hace falta nada más. Entro en el yate y descubro al chico detrás de la barra, charlando con el otro camarero, que es mayor. Me mira de arriba abajo y luego me dirijo a la planta inferior. Me giro para asegurarme de que me sigue.

Lo hace.

Con cada escalón que bajo en dirección a los camarotes, siento la amenaza del destino. ¿Estoy a punto de cargarme mi relación falsa con Lo? Sus paranoias se filtran en mi cerebro. ¿Y si estropeo nuestra amistad por esto? ¿Y si arruino cualquier posibilidad de futuro, de tener algo más con él? Me lo quito de la cabeza. Este es un día como otro cualquiera. Lo se alegrará de que me encuentre mejor y también de que lo haya logrado sin que nadie me vea. Nada va a cambiar. «Nada va a cambiar», me repito.

Al llegar al final de la escalera, me quedo de piedra. Lo está sentado frente a la puerta de nuestra habitación con las manos vacías. Tiene la cabeza gacha, pero se pone de pie de un salto al verme. Me siento como fosilizada y noto el calor del cuerpo del camarero detrás de mí.

Lo ni lo mira. No despega su mirada dura de mí.

—Necesito hablar contigo.

Hablar. Yo no necesito hablar. Necesito otra cosa.

—Estoy ocupada.

«¡Dilo de una vez! Dile a Lo que lo deseas y acaba con todo esto».

Soy una cobarde.

—Por favor —insiste.

Miro al camarero, que parece estar intentando encajar las piezas, comprender qué clase de relación tenemos. Una muy poco convencional.

Me cuesta mucho decir que no, así que, aunque mi cuerpo protesta con todas sus fuerzas, asiento y entro en nuestro camarote. Lo cierra la puerta tras él, dejando fuera al camarero.

Una vez más, siento la necesidad de justificarme.

—Lo, lo necesito. Lo siento, lo siento mucho. —Inhalo con dificultad—. Es que no sé qué más hacer. —Sigo hablando, temerosa de lo que tenga que decirme. Mis palabras brotan sin control—. No puedo dejar de pensar en sexo, no pararé hasta que lo haga.

—¿Hasta que lo hagas o hasta que lo hagas con él? —Señala la puerta—. Si de verdad lo deseas a él, Lily, ve. Sírvete. Hazlo gritar, hazlo correrse; si eso es lo que necesitas para sentirte mejor, hazlo.

—Espera. —Me da vueltas la cabeza—. Espera, no es eso… No… —Trago saliva—. No se trata de él. Se trata del sexo. —Me retuerzo los dedos; nunca me había sentido tan nerviosa al lado de Lo. Ahora no estamos fingiendo. Esta conversación es muy real—. Si no encuentro el modo de saciarme, pronto empezaré a temblar. Es como… Es como si hubiese algo que no funciona en mi cabeza. No soy capaz de estar tranquila sin sexo. Lo entiendes, ¿verdad?

Se frota los labios.

—Sí, sí, lo entiendo.

Respiro hondo, convencida de que me va a dejar marchar sin que me sienta culpable.

—Entonces ¿estamos bien?

Parpadea, confundido.

—¿Qué? —Entonces comprende lo que le estoy preguntando—. Ni de coña, Lily. No estoy diciendo que me parezca bien que te acuestes con ese tío.

Se me llenan los ojos de lágrimas.

—¿Por qué me haces esto? —grito—. ¡Yo nunca te he quitado un

147

vaso de las manos! ¡Ni una sola vez! Siento mucho que odies a este tipo, pero no hay nadie más. ¿Quieres que me acueste con el otro camarero? ¡Tiene la edad de mi padre! —Aunque parezca que no, tengo mis estándares.

Frunce el ceño con una expresión sombría y se lleva la mano al pecho.

—Yo soy una opción, es evidente, pero sigues sin ser capaz de pedírmelo. No lo entiendo, joder. ¿Tanto te repugno? ¿Prefieres pasar por el síndrome de abstinencia o follarte a un gilipollas antes que a mí?

Me quedo boquiabierta; soy incapaz de contestar. ¿Quiere acostarse conmigo?

—No pienso usarte igual que uso a los demás —murmuro.

—¡Joder, Lily! —maldice—. Me tienes aquí delante diciéndote que quiero acostarme contigo, y sigues sin ser capaz de aceptarlo. ¿Tan horrible fue la primera vez? ¿Es eso?

—¿Qué? No… —La primera vez fue un error, un acto acelerado e impetuoso. Solo éramos dos críos intentando ayudarnos mutuamente a sentirnos mejor. Si tenemos una segunda vez, no quiero que sea así—. No deberías acostarte conmigo solo porque tenga síndrome de abstinencia. Somos amigos —insisto—. No quiero que seas un nombre más en mi lista de tíos de la semana, ¿vale?

Arruga la nariz; respira con dificultad. Entonces empieza a recorrer la distancia que nos separan.

—Lo… —le advierto.

—¿Alguna vez te lo has imaginado? —Veo cómo se acerca y se me acelera el corazón—. ¿Nunca me has imaginado dentro de ti? —Estoy a punto de retroceder, pero me agarra por la cintura—. ¿Nunca has pensado en la posibilidad de que estemos juntos?

Casi no puedo respirar.

—¿Juntos?

—Sin que tenga que compartirte con otros hombres.

«Lo pienso constantemente».

—Sí —contesto. Tengo miedo de despertarme de un momento a otro.

—Si tuvieras suficiente conmigo, ¿me lo permitirías?

Lo miro a los ojos.

—Sí.

—Entonces déjame intentarlo —me pide acariciándome la cara—. Déjame intentar ser suficiente para ti.

—Es una gran tarea —le digo; estoy a punto de estallar.

Rozándome los labios con los suyos, susurra:

—Tengo el tamaño adecuado para hacerla. —Oh…—. Déjame ayudarte. Pone la palma de mi mano sobre su bañador, justo en la entrepierna. ¡Por fin!

—No sabía que querías… Nunca me habías dicho nada —tartamudeo. Me falta el aire; tres años de tensión están a punto de estallar.

Me atrae hacia él y luego me guía hacia la cama.

—¿Cómo era posible que no te dieras cuenta?

—Estoy sucia. —Tengo los ojos llenos de lágrimas—. No me deseas.

Su rostro se retuerce de dolor.

—No pienso eso. Y tú tampoco deberías. —Me acaricia el cuello con los labios y luego se acerca a mi oído—. Lil, quiero que me lo pidas. Lo necesito.

Presiona la frente contra mi sien y me acerca cuidadosamente al colchón, con las manos firmemente plantadas en mis caderas. Sigo luchando por respirar. Ahora sé lo que quiere.

Quiere que esto sea real.

Y yo también.

—Ayúdame —le pido sin aliento.

Me coge de la nuca con fuerza y me mete la lengua en la boca. Mis piernas chocan contra el colchón y mi espalda se estrella contra la cama. Él me levanta sin despegar sus labios hambrientos de los míos.

Las botellas se caen al suelo, pero Lo no se aparta para recogerlas.

Me toca los pechos y me quita la camiseta. Me aferro a su espalda desnuda para sostenerme. Intento darme la vuelta para ponerme encima, pero se niega a ceder a mis exigencias y deja mi cuerpo atrapado bajo su peso.

Sucumbo a su dureza, al control que sus bruscos movimientos ejercen sobre mis huesos. Me levanta una pierna y se la pone alrededor de la cadera, pero deja la otra sobre la cama. Suelo ser yo quien toma el control, quien se abalanza sobre su presa, pero en este caso, las acciones de ambos tienen la misma intensidad. Le acaricio el pelo sedoso mientras su boca se cierra sobre mi pezón. Mueve la lengua velozmente mientras yo me retuerzo contra él. Oh…

—¡Lo! —gimo. No aguanto más. Está demasiado lejos; hay demasiada distancia entre los dos—. Más cerca.

Me pone los brazos por encima de la cabeza, estirándome, y yo grito mientras enrosco los dedos de los pies.

—Te necesito —insisto—. Por favor… Ah… —Estoy en el cielo.

Se quita el bañador e intento subirme de nuevo encima de él, pero vuelve a agarrarme los brazos y a inmovilizarlos. Me mira fijamente a los ojos; su cuerpo se amolda al mío a la perfección.

—No soy una de tus conquistas —dice con voz ronca—. Sé lo que quieres, así que no tienes por qué buscarlo. Te lo voy a dar yo.

Desliza los dedos debajo de la braguita del bikini y encuentra el lugar más sensible. Los mete y los saca rápido, muy rápido. Me estremezco, gimo e intento hablar, pero me he quedado muda. He olvidado el habla, como una mujer de las cavernas, y me comunico con gruñidos, gritos y gemidos.

—No te muevas —me ordena.

Se levanta de la cama, que se alza un poco sin su peso. Cruza el camarote completamente desnudo y saca unos cuantos condones de su maleta. Admiro todo su cuerpo, también su polla… Guau. Ha crecido desde la última vez que la vi, de eso no hay duda.

Abre uno de los condones mientras vuelve a la cama. Pasan unos segundos insoportables y me retuerzo, impaciente. Sonríe y me da otro beso, largo y lleno de pasión. Ah... Me estremezco. Y entonces me llena. Frota las caderas contra las mías, presiona con cada embestida, acercándose todo lo posible. Cierro los ojos y giro el cuello, una reacción natural cuando me escapo flotando con las abrumadoras sensaciones.

Pero él, sin dejar de moverse contra mí, me coge de la barbilla y me vuelve hacia él.

—Mírame.

Abro los ojos de golpe. Sus palabras me hacen caer en una vorágine.

—Lo... —grito, aferrándome a su espalda—. ¡Más!

Me penetra una y otra vez sin apartar sus ojos ámbar de los míos; entra y sale de mí, cada vez más profundo. Me pierdo en sus iris del color del whisky, en la forma en que me mira. Nunca nadie me había mirado así.

Y entonces todo estalla.

Estoy volando, perdida en la sensación más maravillosa del mundo.

No quiero volver a bajar jamás.

15

La mayoría de las noches, después del sexo me duermo enseguida para evitar tener que comunicarme con el chico que haya a mi lado. Pero esta vez, cuando la dicha empieza a desvanecerse, soy incapaz de cerrar los ojos. La cabeza me da vueltas, intentando comprender lo que acaba de ocurrir.

Lo se levanta de la cama en silencio y se pone unos calzoncillos negros. Rescata una botella de bourbon que se ha caído antes al suelo y coge un vaso de la encimera. Me aprieto las sábanas azul marino contra el pecho y lo miro mientras vuelve a la cama y se sienta a los pies, hundiendo el colchón bajo su peso.

Quiere hablar. Supongo que yo también. Creo que ahí es donde nos equivocamos la primera vez.

—Gracias —le digo.

Levanta la vista del líquido oscuro y la clava sobre mí.

—No lo he hecho solo por ti, ¿sabes?

—Lo sé.

Se lame los labios.

—¿En qué piensas?

—Estoy confundida —respondo con sinceridad—. Creo que llevo mucho tiempo confundida. No sabía si estabas representando el papel que requería nuestra mentira o si de verdad querías tocarme como lo hacías. —Confesarle eso me hace sentir mejor.

Me mira a los ojos.

—He querido acostarme contigo desde nuestra primera vez —admite—. Pero tenías todas esas reglas y no quería ser el típico salido que intenta abusar de tu adicción. Así que estaba esperando a que tú me lo pidieras.

Frunzo el ceño. ¿Por qué no lo hice?

—Pensaba que todo formaba parte de la mentira. Estaba convencida de que fingías. —¿Cómo iba yo a saber que quería algo más?

Aprieta los dientes y niega con la cabeza.

—No he fingido nunca, Lil. Estábamos juntos, aunque tú te pensaras que era una puta mentira. Simplemente, no nos acostábamos. —Tiene la mirada perdida en el vaso—. En los días malos, te tocaba más de lo que debía, lo admito. Como la otra noche, cuando Daisy se quedó a dormir. Pero tenía la esperanza de que abrieras los ojos de una vez y te dieras cuenta de que yo estaba ahí. De que no tenías por qué sufrir, ni irte a buscar a otro tipo que te satisficiera. Yo estaba delante de tus narices.

—Pensaba que solo querías provocarme.

Asiente.

—Ya lo sé. No salió como yo pensaba. —Mueve el vaso para remover el líquido sin levantar la vista—. Comprendo tu adicción. Los otros tíos solo me molestan cuando soy yo el que te tienta, el que te hace llegar hasta ese punto. Me culpo a mí mismo por excitarte, porque lo hago con la esperanza de que termines conmigo. Pero nunca lo haces, y al final es otro capullo con suerte el que consigue lo que yo quiero. Contigo lo he tenido todo, lo bueno y lo malo de una relación, excepto el sexo. —Respira hondo—. Y yo quería tenerlo, pero con tus condiciones.

—Llevas seis años esperando —comprendo con la mirada perdida. Seis años sin comunicarnos. Uno de los dos se podría haber abierto, pero, en lugar de eso, dejamos que la tensión creciera entre los dos, construimos una mentira.

—Lo peor de todo era oírte. —Niega con la cabeza—. Me quedaba despierto escuchándote, ¿sabes? Preguntándome si los gritos de placer se convertirían en gritos de terror, preocupado por si alguno de esos tipos se aprovechaba de ti o te hacía daño. Pero no puedo…

—Se interrumpe.

Sé lo que va a decir.

—No puedes pedirme que pare. —Porque sería una hipocresía. Él no va a dejar la bebida, ni por mí ni por nada en el mundo.

—Exacto. —Me inspecciona desde la distancia, analizando mi lenguaje corporal después del sexo—. ¿Qué te ha parecido?

Increíble.

—¿Quieres que te ponga nota? —bromeo para aligerar la tensión en el ambiente.

Se le ensombrece el rostro; todos sus rasgos son líneas duras, gélidas, propias de Loren Hale.

—Estoy abierto a las críticas. —Se termina la bebida.

No puedo ponerle nota. No soy capaz de cuantificarlo. Nunca había confiado en nadie tanto, nunca había dejado que tomaran el control, y además con tanta pasión.

—Eres suficiente —le aseguro con un hilo de voz—. Pero a ti no puedo mentirte. Me preocupa que en el futuro no lo seas. Y entonces ¿qué? Nunca me he comprometido con nadie, Lo. Por ti estoy dispuesta a intentarlo, pero… ¿y si fracaso?

—No vas a renunciar al sexo. Pero solo lo tendrás conmigo, unos polvos increíbles, de los que te hacen perder el sentido. Cada día. Tú pones las condiciones. Y si la cagas, no pasa nada.

—No —me niego de inmediato—. Sí que pasa. Si estamos juntos de verdad, no puedo ponerte los cuernos. Eso no está bien. —Soy consciente de que debo intentarlo. Pase lo que pase, he de intentar que esto funcione, he de lograr encontrar en Lo todo lo que necesito. Me parece posible, aunque vaya a ser duro en algunas ocasiones—. Pero te necesitaré. ¿Lo entiendes?

Asiente.

—Pues claro, Lil.

—Entonces, dime…, ¿qué se supone que tengo que hacer los días

154

que te quedes dormido, totalmente borracho, antes de las ocho de la tarde?

—Estás cediendo en esto, así que lo justo es que yo haga lo mismo. Tendremos un horario. —Me apoya la mano en el tobillo y me estremezco de pies a cabeza—. Quiero amarte más a ti que a esto. —Levanta la botella—. Y no sé cómo hacerlo si no tengo nada que perder.

Ahora nos jugamos mucho. Si fracaso, querrá decir que le he puesto los cuernos. Si fracasa él, me impulsará a hacerlo. En cualquiera de los dos casos, nos quedaremos solos y vacíos. Si nunca habíamos considerado la posibilidad de estar juntos de verdad, es en parte porque no estábamos preparados para hacer pequeños sacrificios, como beber menos o renunciar a los rollos de una noche. Tendré que buscar las emociones en otra parte.

—Bueno, pues ya está. —Analizo sus rasgos, la firmeza de su pecho, la oscuridad de su expresión y el deseo en sus ojos—. Mañana, cuando nos levantemos, seremos una pareja de verdad. Sin teatro. Yo seré monógama por ti y tu empezarás a beber menos para ayudarme. ¿Estás seguro de esto? No hay vuelta atrás. Si rompemos…

Si rompemos, todo cambiará.

—Lily. —Deja el vaso en un lado, se acerca a mí y me coge la cara con ambas manos. Tenerlo tan cerca me provoca un hormigueo en el corazón, como si fuera la primera vez que me toca. Es una buena señal—. Hay muchas cosas que se nos dan fatal: recordar fechas señaladas, la universidad, hacer amigos… Lo único que hemos hecho más o menos bien en nuestra vida es estar juntos. Tenemos que intentarlo. Nos lo debemos.

—Está bien —acepto en voz baja.

Esboza una sonrisa de oreja a oreja y me besa con fuerza, sellando así nuestro nuevo pacto, o el fin del anterior. Me empuja contra el edredón y lo rodeo con mis brazos, feliz. Lo estrecho con fuerza para no volver a soltarlo jamás.

16

Durante el resto del viaje, cuando Lo me da la mano o me abraza por la cintura, ya no cuestiono la validez de sus actos. Es afecto verdadero al cien por cien y puedo disfrutar de él sin estar permanentemente confundida.

Cuando volvemos a Filadelfia, las nubes reemplazan al sol. Allí, lo más tropical que tenemos son los parasoles diminutos con los que se decoran los cócteles de frutas. La realidad se instala junto al otoño, lo que significa que los exámenes y la gala benéfica de Navidad están a la vuelta de la esquina. Ahora que he vuelto a la tierra de los cuerpos masculinos, intento pensar en Lo y en nadie más. Ni el vendedor de perritos calientes de la esquina ni los abogados que entran y salen del complejo de apartamentos.

No puedo engañar a Lo, pero a veces los «no puedo» se convierten en «quizá», que a su vez se transforman en «vale». Y no tengo ni idea de cómo controlar una caída en picado de esa clase una vez que empiece. Menos mal que la asignatura de economía requiere de toda mi atención y no me queda espacio para pensar ni en Lo ni en el sexo.

Doy un cabezazo contra el grueso libro de texto.

—Qué asco de números.

Oigo el repiqueteo de las botellas en la cocina, un sonido familiar que ahora mismo me vuelve loca. La culpa es de la universidad.

—¡Lo! —lo llamo desde el salón—. ¿Has hecho ya estos ejercicios? ¿Puedes ayudarme? —Debo de estar desesperada para pedirle ayuda.

Se echa a reír y no se molesta ni en contestar. Maravilloso. Voy a suspender. Como si necesitara una razón más para tener a mis padres encima. Se dice que cuando cumples los dieciocho años te conviertes en una criatura independiente y autosuficiente y que rompes los lazos familiares al entrar en la sociedad universitaria, pero, con este sistema económico, nueve de cada diez veces sigues siendo económicamente dependiente de tus padres hasta que entras a formar parte de las fuerzas del trabajo. Incluso yo, que soy la hija de un magnate multimillonario, necesito el apoyo de mi familia. En este sistema hay algo esencial que no funciona, y no hace falta ser bueno en economía para saberlo.

Me muerdo las uñas hasta las cutículas y cierro el libro de golpe. Lo apoya las manos en la encimera y mira su ordenador con los ojos entornados. La camiseta se le ha subido un poco. Aprieta varias teclas y mira una página web con atención.

Empiezo a imaginármelo caminando hacia mí, mirándome como lo hacía cuando estábamos en alta mar. Me conoce lo bastante bien como para tomar las riendas, lo que hace de buena gana: me abre las piernas y…

Se endereza y cierra el portátil de golpe, movimiento que me despierta de mi fantasía. En fin, no me puedo concentrar en márgenes de beneficio cuando lo único que tengo en mente es un poco más perverso.

Me acerco en silencio a la cocina, donde Lo se está preparando algo de beber. Ha recortado las cantidades, pero no la calidad. Hay un aluvión de bourbon y de whisky, sus licores de color oscuro preferidos, esparcidos por las encimeras de la cocina. Me inclino sobre el frutero y hago como que examino las manzanas. Ya hace dos semanas que hemos vuelto a la ciudad, pero todavía no he descubierto cómo acercarme a Lo sin sentirme rara. No soy de ese tipo de personas que llegan y dicen: «Oye, Lo, ¿te importa acostarte conmigo?».

Me salen manchas rojas solo de pensar en pronunciar esas palabras. Con los desconocidos es diferente. No tengo que volver a verlos y casi nunca he de recurrir a las palabras. Me limito a dirigirles una mirada sensual y penetrante y me siguen dondequiera que vaya. Usar esa técnica en plan venus atrapamoscas con Lo me parece indigno y me estresa, así que me limito a quedarme aquí plantada, incómoda.

No quiero pedirle sexo como si estuviese pidiendo algo en un bar. ¿Por qué no puede ser más fácil?

Intento evitar la desagradable conversación con una pregunta.

—¿Eres consciente de que tenemos un examen dentro de una semana? ¿No piensas estudiar?

—Ya me las arreglaré. —Está tan tranquilo. Da un trago a su bebida y apoya los codos en la encimera. Ladea la cabeza y me observa de cerca.

Tal vez no haya sido la pregunta más adecuada. Ahora estoy nerviosa por los dos.

A esta hora, estaría saliendo en dirección a la discoteca vestida con un top brillante, aunque todavía no sea de noche. Pero ahora que soy monógama solo tengo una opción, y resulta que, en estos momentos, está alimentando su propia obsesión con una botella de bourbon.

¿Debería intentar alejarlo del alcohol? ¿Me convertiría eso en la persona egoísta y dependiente de esta relación?

—Lily. —Su voz interrumpe mis pensamientos. Dejo de pasearme. Madre mía, pero ¿cuándo he empezado a pasearme?—. ¿Estás bien?

—Sí. —Vuelvo al lado de la fruta.

—Sí que te resultan fascinantes esas manzanas, ¿no?

—Pues sí.

—Vale, ya basta. —Deja el vaso sobre la mesa y se acerca a mí—. Desde que volvimos de las Bahamas, cada vez que es evidente que necesitas sexo te pones nerviosa y alterada. ¿Te das cuenta de que antes me contabas cuándo y dónde tendrías relaciones cada noche?

—¡Eso era antes de que fuese contigo! —me defiendo.

—Entonces debería ser más fácil ahora —contesta perplejo.

—No lo es. No me gusta pedirlo. Los chicos con los que me acuesto quieren acostarse conmigo… —Hago una mueca. Eso no ha sonado nada bien—. Lo que quiero decir —añado a toda prisa, mientras veo cómo se me ponen rojos los brazos— es que ellos también están buscando un rollo activamente, no están tirados en el sofá o navegando por internet. No quiero que esto se convierta en una obligación para ti, ni que mis problemas invadan tu vida personal.

—Te aseguro que el sexo no es una obligación, y menos aún si es contigo. Y, por lo que respecta a tus problemas, bueno, en eso consiste tener una relación, Lil. Ahora tu problema también es mi problema. De hecho, casi siempre lo ha sido. Además, ahora soy yo quien disfruta de la recompensa, en lugar de ver cómo se la queda cualquier gilipollas.

—Pero tú no necesitas que yo beba. No tienes que pedirme que me haga un whisky sour. Tu adicción no penetra en mi vida del mismo modo que la mía en la tuya.

—Sí que lo hace, solo que de otra forma. Además, ¿te crees que me he metido en esto a ciegas? —Se enrolla un mechón de mi pelo en el dedo—. Ya sé cuánto sexo tienes y también que, cuando no, estás mirando porno. No soy idiota, Lil. Hace años que soy tu mejor amigo, y ahora que soy tu novio no he perdido los conocimientos que ya tenía.

No le falta razón.

—Vale, pero me sigo sintiendo rara si te lo tengo que pedir.

Lo mete un par de dedos en la cintura de mis vaqueros, observando la franja de piel desnuda que asoma bajo la blusa.

—Pues no me lo pidas —contesta, deslizando una mano en la parte baja de mi espalda—. Si quieres que decida yo el momento, lo puedo hacer. Pero no quería quitarte ese privilegio.

Sube la mano por mi espalda y me desabrocha el sujetador con maestría. Retrocedo tambaleándome, sorprendida, el calor ha estallado en todas las partes de mi ser. Me rodea con el brazo para retenerme, para que no pueda escaparme. Nuestros cuerpos están en contacto de arriba abajo; su pecho firme roza el mío. Casi no puedo respirar.

Presiona los labios contra mi sien y susurra:

—¿Confías en mí?

Trago saliva con fuerza, intentando no perder la concentración. ¿Confío en él?

—Sí. Pero no puedes esperar mucho tiempo. —Las palabras salen precipitadamente, con más desesperación de lo que anticipaba—. Tiene que ser más de dos veces, y espaciadas. Es posible que si me estreso necesite más y...

Sus labios se encuentran con los míos y me acallan. Relajo los hombros, me derrito casi al instante. Afloja un poco su abrazo para que pueda llevar las manos detrás de su nuca. Estamos danzando sin mover los pies; me siento más ligera que el aire, suspendida por encima de las nubes, como si bailase un vals al estilo de *La bella y la bestia*.

Poco a poco, interrumpe el beso y presiona su frente contra la mía. Me balanceo, notando todavía el efecto de mis labios en los suyos. La sorpresa que ha supuesto todo.

—No vas a perder nada —me asegura—. Estás ganando espontaneidad. ¿Cómo te has sentido? —Abro la boca, pero soy incapaz de formar palabras. Él esboza una ancha sonrisa, satisfecho—. ¿Tan bien?

—Ajá... —Es lo único que consigo decir.

—Mientras friegas los platos en la cocina —susurra, haciéndome cosquillas en la oreja—, yo podría acercarme de repente y...

Baja la mano y me la mete por los vaqueros, entre los muslos.

Se lo compro.

Me quito la camiseta; el sujetador ya está desabrochado. Me

coge en brazos y me sube en la encimera. Veo algo en sus ojos, un deseo en el que nunca antes había reparado. Está lleno de determinación, como si quisiera convencerme de que tendré suficiente con él.

Espero que así sea, rezo para que así sea. Solo el tiempo lo dirá.

17

El olor del pan de ajo y la salsa de tomate me despierta el hambre. Me remuevo en la silla y tiro del dobladillo del vestido de cóctel negro, que me llega a los muslos. Desde que empecé la universidad, el sitio más elegante en el que he cenado es un pub que sirve pistachos y quesos caros. Solo leo menús degustación de un mínimo de cien dólares cuando voy a cenar con mi familia y mi madre me obliga a ponerme tacones y me pellizca el brazo para que sonría.

Las miradas de incredulidad no me ayudan a sentirme más bienvenida. Aristócratas mayores y de mediana edad nos juzgan constantemente con la mirada, esperando a que hagamos un «sinpa» en cualquier momento. Lo debe de darse cuenta de esas poco amables especulaciones relacionadas con nuestra edad, porque tiene la frente arrugada desde hace rato.

Hizo la reserva hace una semana, argumentando que ya era hora de que tuviéramos nuestra primera cita «seria». Bebo despacio de mi copa de vino. He tenido que disimular la sorpresa cuando ha pedido el merlot de la casa. Hacía meses que no bebía vino, lo que él llama «alcohol de segunda». Además, aunque ha sido Nola quien nos ha traído a La Rosetta, casi nunca pide alcohol para mí. De ningún tipo.

Creía que, ahora que somos pareja oficialmente, dejaría de sobreanalizar sus gestos, pero le estoy dando demasiadas vueltas a todo, sobre todo a las diferencias que hay en nuestra relación. A veces desearía tener un mando a distancia para poner mi cerebro en pausa, para disfrutar al fin de un instante de paz.

El camarero vuelve con un cesto de «pan prémium». Esas han sido sus palabras cuando se ha referido a él, y además nos ha hablado con bastante arrogancia. Quizá esperaba que pusiéramos unos ojos como platos al darnos cuenta de repente de que estábamos en un restaurante caro, con «pan prémium» y raviolis costosos, un lugar poco adecuado para jóvenes adultos con una edad que empiece por uno o por dos.

—¿Ya saben lo que quieren? —pregunta con un gesto altivo. Me recuerda demasiado a mi madre.

Me debato entre los *capellini alla checca* y el *filetto di branzino*. ¿Pasta o lubina? Lo se da cuenta de que estoy indecisa y contesta:

—Necesitamos un minuto más.

El camarero cambia el peso de un pie a otro. Oh, oh… Conozco esa mirada. Se va a poner desagradable.

—Esto no es un restaurante mexicano donde podéis comer patatas fritas gratis y luego iros. El pan cuesta dinero. —Oh, ¡vaya! ¡El «pan prémium» cuesta dinero! ¿Quién lo iba a decir?—. Tarde o temprano tendréis que pedir.

Lo cierra su menú de golpe y se agarra de los bordes de la mesa. Parece estar a punto de volcarla. «Su padre lo haría», caigo en la cuenta de repente. Me quedo sin respiración. No quiero compararlos. Jamás.

—He dicho que necesitamos otro minuto. ¿Te he dado entender de algún modo que no tenga intención de pagar?

—Lo… —le advierto. Se le han puesto los nudillos blancos. Por favor, que no vuelque la mesa.

El camarero le mira las manos y, de repente, el encargado se acerca a nuestra mesa. La gente que hay en los otros reservados y mesas con manteles blancos y velas ha empezado a mirarnos. No quieren perderse el espectáculo.

—¿Hay algún problema? —pregunta el encargado, que es un poco mayor que el camarero. Ambos van vestidos de negro.

—No —responde Lo soltando la mesa. Saca su cartera—. Querríamos una botella de su champán más caro para llevar. Después nos iremos. —Le tiende al encargado su American Express negra.

El camarero, que se ha quedado boquiabierto, se pone recto y contesta:

—Sería un Pernod-Ricard Perrier Jouet. Vale más de cuatro mil dólares.

—¿Solo? —responde Lo ladeando la cabeza y fingiendo sorpresa.

El encargado pone una mano sobre el hombro del camarero.

—Enseguida se lo traigo, señor Hale.

Vaya, incluso ha utilizado el nombre de la tarjeta de crédito. Un punto para él. Se lleva al camarero fuera de nuestra vista. Lo parece a punto de partir un tronco en dos, o el cuello del hombre que se acaba de ir corriendo con el rabo entre las piernas.

—Entonces ¿no vamos a cenar aquí? —digo, analizando lo que acaba de pasar.

—¿Quieres cenar aquí? —casi grita mientras se desabrocha el último botón de la camisa negra.

—La verdad es que no. —Cuanto más nos miran, más me ruborizo. Las mejillas se me tornan de un feo color rojo.

Se arremanga.

—No tenía ni idea de que tuvieras que ganarte el respeto de los demás en un puto restaurante.

—¿Puedes dejarte la camisa en paz?

—¿Por qué? —pregunta, pero se calma al fijarse en mi lenguaje corporal—. ¿Te está excitando?

Lo fulmino con la mirada.

—No. Parece que estés a punto de ir corriendo a la cocina y darle una paliza a nuestro camarero. —Sería bastante cómico. Lo evita pelear en la medida de lo posible. Es más probable que te grite en la cara y te ataque verbalmente antes que darte un puñetazo.

Pone los ojos en blanco, pero hace lo que le he pedido y deja de toquetearse las mangas.

No ha pasado ni un minuto cuando el camarero vuelve con una botella dorada y la American Express. Lo se pone de pie, me hace un gesto para que lo imite y coge la botella y la tarjeta. De camino a la salida, fulmina a todo el mundo con la mirada, incluso al encargado, que no ha hecho más que disculparse y darnos las gracias con sinceridad.

Me pongo el largo abrigo de lana.

—Nola aún tardará una hora en venir a buscarnos —le recuerdo.

—Podemos dar un paseo. El puesto de tacos está a diez manzanas de aquí. ¿Te ves capaz?

Asiento. Los tacones no son altos, pero se van clavando en las hendiduras de la acera agrietada. Intento no darle importancia.

—¿Estás bien? —le pregunto. Lleva la botella en una mano, pero con la otra coge la mía y me la aprieta con fuerza, dándome calor en la palma fría.

—Es que me da mucha rabia —admite mientras se seca el sudor de la frente—. Odio que nos traten como a niños cuando ya hemos cumplido los veinte. Y odio tener que sacar la cartera para comprar el respeto de los demás. —Nos detenemos en un cruce, delante de una manaza roja que parpadea y nos pide que esperemos—. Me siento como mi padre.

Su confesión me coge desprevenida. Aprieta la mandíbula y se le marcan más los pómulos. El corazón me da un vuelco. Se parece más a Jonathan Hale de lo que admitiré jamás.

—No eres como él —susurro—. Tu padre habría volcado esa mesa y se habría largado. Le habría dado igual que el personal tuviera que limpiar el desastre.

Se echa a reír.

—¿Tú crees?

El semáforo se pone verde y cruzamos. Hay mucho tráfico; la carretera está llena de coches con faros resplandecientes que iluminan su camino hacia delante y hacia atrás. Y así, sin más, la mención a su padre se queda suspendida en el aire, perdida tras nuestros pasos.

Atisbo el puesto de tacos en la distancia, iluminado por una hilera de lucecitas multicolores. Es una calle bulliciosa, pero enfrente hay un parque con una fuente donde varios universitarios engullen sus burritos. Supongo que encajamos más con este tipo de gente, aunque yo siempre me siento una marginada dondequiera que vayamos. Hay cosas que no cambian, aunque hayamos dejado el instituto atrás.

—¿Tienes frío? —pregunta Lo.

—¿Qué? No, estoy bien. Mi abrigo tiene pelo por dentro.

—Me gusta.

Intento disimular una sonrisa.

—Mira la etiqueta.

Se detiene con el ceño fruncido y echa un vistazo.

—¿Calloway Couture? Ah, lo ha diseñado Rose. He cambiado de opinión. Es feo.

Me echo a reír.

—Puedo pedirle que te diseñe un chaleco.

—Calla.

—O una camiseta con un monograma. Pondrá tu nombre justo encima del corazón: L-O-R-E-N…

Me pellizca las caderas y chillo y me río al mismo tiempo. Me lleva hasta el puesto de tacos sin despegar los labios de mi oído, susurrando algunas cosas solo aptas para adultos que querría hacerme por ser tan mala.

—¿Podemos saltarnos los tacos? —le pregunto. Estoy acalorada.

Una sonrisa le ilumina el rostro. Se vuelve hacia el vendedor; no piensa ceder a mis deseos. Todavía.

—Tres tacos de pollo para mí y, para ella, de ternera con extra de lechuga. —Se sabe de memoria lo que suelo pedir. No me sorprende. Comemos aquí a menudo, pero ahora que estamos juntos me resulta más sexy.

—Quieres salsa picante con el pollo, ¿no?

—No, hoy no.

Frunzo el ceño.

—Pero siempre los pides con salsa.

—Tú no soportas el picante.

¿Qué…? ¡Aaah! Ya lo pillo. Piensa besarme dentro de poco. Eso sí que me gusta. Recogemos nuestra comida, pagamos y nos sentamos al otro lado de la calle, en el bordillo de la fuente. Él descorcha la botella de champán con cuidado y suspira al conseguirlo. Luego nos llena dos vasos de poliestireno. Mientras lo hace, doy un buen bocado a mi taco. La salsa que gotea me mancha la barbilla. Cojo a toda prisa las servilletas que el viento no se ha llevado volando, pero me temo que Lo ha sido testigo de mi vergüenza.

Reprime una sonrisa.

—Me acuerdo de ti el día de tu puesta de largo. ¿O lo soñé?

Resoplo, lo que no ayuda mucho a mi causa.

—Qué va. Tuve que bailar toda la noche con Jeremy Adams, a quien le sacaba una cabeza. Y todo porque alguien decidió ir al baile con Juliana Bancroft. —Da un enorme mordisco a su taco de pollo para reprimir una carcajada—. Sigo sin entender por qué me hiciste eso. ¡Esa chica era horrible!

Bebo un buen trago de champán. Las burbujitas me hacen cosquillas en la nariz. Ya me siento más relajada. Coraje en forma líquida, algo de lo que Lo sabe bastante, aunque me da la impresión de que sería igual de descarado aunque no bebiera.

—No era tan horrible —contesta mientras mete en su tortilla unos pedazos de pollo que se le han caído en la bandeja.

—Me llenó la taquilla de condones.

—No sabes si fue ella.

—Me acosté con su novio. Aunque, si hubiera sabido que estaba saliendo con un tipo de un instituto público que estaba a más de treinta kilómetros, no lo habría tocado ni con un palo.

En aquella época, evitaba acostarme con chicos de la Academia Dalton. No quería ganarme una reputación de guarra, así que seleccionaba mis conquistas con sumo cuidado. Aunque no con mucha sabiduría, es evidente; de lo contrario, me habría dado cuenta de que ese tío mentía cuando me aseguró que estaba soltero. De todos modos, la buena fortuna no me abandonó del todo. Juliana no se lo contó a nadie porque no quería que la gente supiera que estaba saliendo con un chico de una clase más baja. Aquel horrible asunto tuvo ese lado bueno, por pequeño que fuera.

—Podría haber sido cualquier otra chica —insiste Lo, aunque creo que es para provocarme. Coge su vaso de champán.

—Los condones tenían pegatinas de purpurina. ¿Qué otra persona del instituto estaba tan obsesionada con la purpurina? Hasta llevaba un unicornio multicolor en la carpeta, y eso que tenía catorce años. Además de cruel, fue tan vanidosa como para firmar el crimen. —Hago una pausa—. ¿Quieres saber la parte más triste de la historia? Luego usé esos condones. —Resopla mientras bebe champán y se atraganta. Le doy unas palmaditas en la espalda—. Cuidado, hombre. Igual deberías beber algo que te siente mejor. Hazme caso, soy bastante aficionada al alcohol. —Le sonrío.

—¿Ah, sí? —contesta, rojo de tanto toser. Da otro trago para aclararse la garganta.

—Bueno, ¿por qué fuiste con Juliana? No me has contestado.

Se encoge de hombros.

—No me acuerdo.

—Y yo no te creo, Loren Hale.

—Me da igual que uses mi nombre completo, Lily Calloway, ya no me molesta. —Me dedica una sonrisa engreída.

—Habías ido a muchos bailes conmigo —le recuerdo—. ¿Qué cambió? —No debería insistir, pero la curiosidad es más fuerte que el sentido común.

Deja la bandeja vacía a un lado y sujeta la botella de champán entre las piernas. Espero a que encuentre las palabras adecuadas, a que piense el modo de plantear su respuesta. Arranca los pedacitos dorados de la etiqueta.

—La noche antes de que Juliana me pidiera que fuese con ella, llegué a casa borracho como una cuba. Le había pedido a un tipo que me comprase una botella de Jim Beam y me había pasado la tarde bebiendo en el patio de atrás de nuestra escuela primaria. —Pone los ojos en blanco—. Seguro que parecía un delincuente. Estaba aburrido, aunque supongo que no es una buena excusa. Mi padre me vio entrar dando traspiés y me soltó un rollo sobre lo desagradecido que era. —Se queda con la mirada fija en la pared de ladrillo y entorna los ojos—. Aún recuerdo lo que me dijo: «Ni te imaginas lo mucho que te he dado, Loren, hostia. ¿Y así me lo pagas?».

Me da miedo tocarlo. Está inmerso en una especie de trance y, cuando está tan huraño y taciturno, podría apartarme de golpe si lo rodeo con el brazo.

Con el ceño fruncido, prosigue:

—Lo escuché gritar durante una hora. Y luego empezó a hablar de ti.

—¿De mí? —Me llevo una mano al pecho, sorprendida por haber formado parte de una conversación como esa.

Asiente.

—Sí. Me dijo que eras demasiado buena para mí, que era imposible que cuando me hiciera mayor pudiera estar con una chica como tú. Yo era joven y rebelde, y cuando él decía «adelante», yo decía «para». Así que, cuando él dijo «Lily», yo grité «Juliana».

—Oh… —murmuro. No me había dado cuenta de lo profunda que puede llegar a ser la verdad.

Con voz menos grave, añade:

—Pero, para que lo sepas, pasé una noche horrible escuchándola hablar de sus caballos. Y si no recuerdo mal, tú te las arreglaste para usar la corta altura de Jeremy en tu beneficio.

Me arden las orejas al recordarlo. Me tapo la cara con las manos.

—No tendrías que reírte de mis conquistas pasadas —replico, medio susurrando medio gritando, todavía sin asomar la cara por entre las manos.

Sonríe.

—Lo amo todo de ti. —Me alza la barbilla con la mano y me

besa con tanta delicadeza que me pregunto quién es este hombre que tengo delante. La ternura me atrae hacia él y me quedo sin aliento, perdida en el momento.

Soy la primera en separarse; no sé si puedo seguir besándolo sin la promesa de un sexo salvaje y apasionado. Él enarca las cejas y, con una sonrisa, se lleva el vaso a los labios. Sí, sabe exactamente lo que siento ahora mismo. Soy tan transparente…

Cambio de tema para no derretirme en la fuente.

—Poppy no hace más que preguntarme por tu cumpleaños. Quiere conocer a todos nuestros amigos en la fiesta que se supone que van a organizar para nosotros. Sobre todo a Charlie y a Stacey.

Él no pierde la calma.

—¿Qué le has contestado?

—Le he dicho que odiaría una fiesta como esa, que estaría llena de universitarios borrachos y que es mejor que los conozca en otro momento. Se lo creyó enseguida. Además, no tiene ninguna razón para pensar que nos hemos inventado dos amigos ficticios.

—Ojalá hubieras elegido un nombre mejor que Stacey. No conozco a ninguna Stacey de la que quiera ser amigo.

—Eso son prejuicios de nombre y es inmaduro.

—Los «prejuicios de nombre» no existen, aunque sí que es un poco inmaduro. Tengo muchos defectos.

—Y ya que hablamos de tu cumpleaños… Como no vas a estar inconsciente a mediodía, ¿puedo llevarte a algún sitio para celebrarlo?

Acaba de arrancar la etiqueta de la botella de champán.

—Mejor no.

—Vamos… Podemos ponernos un disfraz e ir a una fiesta.

—¿Es que no podemos quedarnos en casa, beber y follar?

—Eso lo hacemos todos los días, Lo —contesto molesta. Desde que estamos juntos, mis salidas nocturnas a discotecas se han esfumado. A diferencia de Lo, yo no estoy acostumbrada a vivir enjaulada en mi casa—. Cumplir años en Halloween ha de tener alguna ventaja.

Da un trago de la botella, pensativo. Se seca la boca con el dorso de la mano y dice:

—Bueno, como ya tenemos los disfraces perfectos…

Sonrío, pero frunzo el ceño de inmediato.

—Espera, ¿qué disfraces? —Se me cae el alma a los pies. Cuando mi vergüenza empieza a asentarse, se le ilumina el rostro. ¡Lo odio!—. No, no te referirás a los que nos pusimos para ir a la Comic-Con.

Mi provocativo disfraz de X-23 y su traje de Hellion, ajustado e igual de provocativo. Los que llevamos en la foto que tiene colgada en la pared.

—Si tantas ganas tienes de salir, esa es mi condición.

Está intentando comprobar cuántas ganas tengo de salir. Respiro hondo. Me pondré una capa o alguna otra tontería para taparme.

—Vale. Trato hecho.

—Mira que nos gusta hacer tratos, ¿eh?

Sí, supongo que sí.

18

—Los números que has de tener en cuenta son estos, no estos.
—Mi profesor particular me mira preocupado—. ¿Me sigues?

Pongo unos ojos como platos.

—Voy a suspender otra vez.

Da unos golpecitos en el libro de economía con la goma del lápiz y estudia los números. Aprieta los labios en una fina línea, intentando dar con la manera de enseñar a la chica más tonta de toda la Universidad de Pensilvania. Soy un caso perdido. Tardé tres días de tortura en solitario en tragarme mi orgullo y enviarle un correo electrónico a Connor para pedirle que me diera clases particulares.

Ahora ya no estoy sola en este infierno.

—Prueba con este, Lily. —Me acerca el libro y señala un párrafo enorme. Palabras. Demasiadas palabras para algo que tiene que ver con números. ¿Es que la economía no puede decidirse? Ver letras y números en una misma ecuación me provoca una migraña terrible.

Me esfuerzo cinco minutos más antes de soltar el lápiz con un resoplido.

—Te juro que no lo hago a propósito —me apresuro a excusarme—. Y ya sé que debes de estar deseando que hubiese elegido a otro profesor.

Se apoya en el respaldo de la vieja silla desvencijada de la biblioteca. Estamos encerrados en una pequeña sala de estudio en la que hay una pizarra blanca, una mesa, una lámpara y una pared de vidrio que nos recuerda la existencia del resto del mundo. La ventaja es que puedo chillar de frustración y el único que oirá mis gritos será Connor.

El tiempo pasa; el sol ya nos ha dejado solos. Debo de estar privando a mi profesor de sus planes para cenar o para lo que sea. De vez en cuando, echo un vistazo a su pelo castaño ondulado y a sus profundos ojos azules. Está muy alto en la lista de chicos a los que me gustaría follarme, o, al menos, a la que tenía antes de meterme en una relación monógama.

Tiene el cuello del abrigo azul marino subido, una señal de su estatus de pijo. La verdad es que tenía la esperanza de que fuera un empollón con gafas y acné, alguien que no me atrajera tanto.

—Por cierto, ¿cómo supiste de mi existencia? —pregunta intrigado—. ¿Te pasaron alguna referencia?

—Estabas en la lista de profesores particulares en la página del Departamento de Economía. Elegí el nombre más guay y ya está, la verdad. Estaba entre tú y Henry Everclear. —No había chicas, de lo contrario, habría elegido a alguna.

—Así que elegiste a Connor Cobalt. —Sonríe divertido—. En realidad, Connor es mi segundo nombre. Me llamo Richard.

—Oh. —Noto calor en los brazos—. Supongo que entonces no es tan guay. —Me pegaría a mí misma por esa respuesta. Estaba buscando algo ingenioso y lo que se me ha ocurrido es una bobada.

—¿Cuál es tu nombre completo?

—Echo un vistazo al reloj de su teléfono, que tiene sobre la mesa, al lado de mi libro. Él se da cuenta.

—No te voy a cobrar más.

Me sonrojo todavía más. No es la primera vez que oigo esa frase.

—Seguro que tienes planes.

—Qué va —contesta con una carcajada mientras deja sobre la mesa su café de Starbucks—. No tengo planes. En realidad, me alegro de que seas un poco lenta. Llevo unos meses dando clases a novatos con personalidad de tipo A y se ventilan mis problemas en menos de veinte minutos. Necesito las horas de clase para mi currículum. Quiero hacer un programa MBA en Wharton en el que es muy difícil que te acepten y cualquier actividad extracurricular ayuda.

Debería ofenderme, pero tampoco puedo discutirle la verdad. Me está costando mucho aprender.

—Bueno, puede que yo sea un caso perdido.

—Soy el mejor profesor particular de Penn. Te apuesto mil dólares a que consigo que seas capaz de, al menos, aprobar el próximo examen.

Lo miro boquiabierta. Me cuesta creerlo.

—Pero es dentro de dos días.

Él ni parpadea.

—Entonces nos tendremos que pasar las próximas cuarenta y ocho horas estudiando. —Se mira el reloj y al mismo tiempo coge su café para dar un trago—. Por cierto, no me has dicho cuál es tu nombre completo. No puede ser peor que Connor Cobalt. —Me dedica una sonrisa de dientes blanquísimos, igual que los que me rodeaban cuando iba al colegio privado.

—Lily Calloway.

Levanta la vista sorprendido.

—¿No serás familia de Rose Calloway?

—Es mi hermana.

Sonríe de nuevo. Me gustaría poder decirle que parara. Tras años de fingir y contar mentiras, no hay nada que me parezca más falso que las sonrisas demasiado entusiastas.

—Participa en los torneos académicos de Princeton, ¿no? Competimos todo el tiempo. Es muy inteligente. ¿Cómo es que no le has pedido a ella que te dé clases?

Me río amargamente.

—Creo que tendrías que llevar armadura para aprender algo de Rose. Es una profesora muy dura.

Enarca las cejas y se termina el café.

—¿De verdad?

Tiene demasiado interés, y la curiosidad mató al gato. Decido salvarlo volviendo a los libros.

—¿Estás preparado para perder mil dólares? —Por mucho que a él le interese acumular horas de clase para el currículum, a mí no me queda otro remedio que aprenderme todo esto.

—Me estoy jugando el orgullo. Eso vale mucho más de mil dólares. —Mira la hora en su Rolex—. ¿Tienes Red Bull en casa? —¿Qué? ¿Se está autoinvitando a mi casa para darme clases? Al ver mi expresión confundida, empieza a recoger los libros—. La biblioteca cierra en diez minutos. Lo de pasar las próximas cuarenta y ocho horas estudiando no era broma. O tu casa o la mía, pero te aviso de que mi gata odia a las chicas y hace unas semanas que no le corto las uñas. Así que, si quieres evitar los ataques de celos de Sadie, te recomiendo que vayamos a la tuya.

De todos modos, prefiero estar en el Drake. Si Lo está por allí, es menos probable que cometa alguna estupidez, como escuchar a mi cerebro inferior.

—Sí, podemos ir a mi casa. —Me echo la mochila al hombro mientras salimos—. Pero vivo con mi novio, así que no podemos hacer mucho ruido.

Silba.

—Vaya, ¿estás en tercero y ya vives con tu novio? Eso explica muchas cosas.

Me abre la puerta de cristal, pero yo me quedo paralizada.

—¿Qué quieres decir? —¿Es que lo llevo todo escrito en la frente? ¿O Connor Cobalt es tan arrogante que se cree que con una corta sesión de estudio ya lo sabe todo de mí?

—Muchas de las chicas de esta universidad vienen de familias ricas...

—Un momento —lo interrumpo—. ¿Cómo sabes que mi familia tiene dinero? —Miro la ropa que llevo puesta y nada es propio de ricachonas horteras. Llevo zapatillas Nike, unos pantalones de chándal y una sudadera de la universidad. Si me viera Rose, le daría un ataque al corazón.

—Calloway —contesta con una carcajada—. Tu papaíto es un magnate de los refrescos.

—Sí, pero la mayoría de la gente…

—Yo no soy como la mayoría de la gente. Me preocupo de saber quién es quién, sobre todo quién es la gente que importa.

Uf. No tengo ni idea de cómo contestar a alguien tan engreído. Me hace un gesto para que salga. Es de noche y hace fresco.

—Como decía, casi todas las chicas ricas hacen lo mismo. Buscan a un chico de una universidad de la Ivy League que vaya a tener éxito, se casan pronto y tienen el futuro resuelto sin tener que hacer el trabajo duro: sacar sobresalientes, tener un expediente estelar, un buen currículum… No te lo reprocho. Si fuera una chica, seguro que haría lo mismo. Es más, seguramente me acabaré casando con una de esas.

Qué generalización más espantosa. No todas las mujeres tirarían su carrera a la basura solo para que las mantuviera un hombre. No sé si tengo más ganas de vomitar o de darle un puñetazo, aunque las dos me parecen reacciones apropiadas. Seguro que también piensa que las mujeres solo deberían dedicarse a tener bebés. Por Dios, Rose le sacaría los ojos si lo oyera.

Pero yo no soy tan atrevida como mi hermana y es demasiado tarde para buscarme otro profesor, así que aparto mis pensamientos y sigo a este gilipollas.

—¡Lo! —grito cuando entro en casa seguida de Connor—. ¡Lo!

Cuando a la tercera vez tampoco ha contestado, doy por hecho que no está. Le mando un mensaje con la esperanza de que la borrachera no le impida notar la vibración del móvil.

Nos instalamos en la barra de la cocina. Voy revisando los tres libros diferentes y avanzo un poco, pero no lo bastante como para considerarlo un éxito. Hago bien el veinticinco por ciento de los problemas que me plantea Connor. Ese porcentaje tiene que crecer.

Varios Red Bull y una pizza de *pepperoni* después, son las once de la noche y Lo todavía no ha vuelto a casa. Mi teléfono espera en la encimera con tristeza. Lo miro para ver si tengo alguna llamada perdida. Le había contado que tenía una clase particular y esta tarde nos hemos puesto bastante salvajes, así que tal vez haya pensado que ya estaba saciada por hoy y haya decidido pasar de mí e ir a lo suyo.

Me muerdo el labio. Unos minutos después, empiezo a preocuparme y concentrarme en los problemas me resulta casi imposible.

—Igual ha perdido la noción del tiempo —sugiere Connor al ver que no hago más que mirar el teléfono—. Creo que hoy celebraban una fiesta fluorescente en el campus. Se lo he oído decir a muchos estudiantes de los primeros cursos.

—¿Los de tu curso no van?

—Normalmente no. Estamos más centrados.

Intento no poner los ojos en blanco. Ya está generalizando otra vez. A Lo le caería fatal.

Me debe de notar nerviosa, porque cierra los libros.

—Lo siento —me disculpo—. Podemos olvidar lo de la apuesta. Mi falta de concentración no tiene por qué costarte dinero.

—Siempre he cumplido lo que prometo como profesor particular. La apuesta sigue en pie. Aprobarás ese examen, Lily. Estoy seguro. —Bueno, al menos alguien está seguro—. Pero es evidente que estás muy preocupada por tu novio. Hasta que no lo encontremos, no creo que memorices nada. ¿Dónde crees que puede estar?

¿Cómo? ¿Se está ofreciendo a ayudarme a buscarlo? Parpadeo, perpleja. Connor es muy extraño, pero ahora no puedo pensar en eso. He de concentrarme en Lo. ¿Dónde estará? Es una buena pregunta. Durante los dos primeros años fue a fiestas suficientes para lo que le quedaba de carrera, así que últimamente prefiere quedarse en un bar. Por lo general, llega a casa a una hora razonable para poder beber alcohol más fuerte y quedarse dormido.

Si no lo he llevado yo en coche, tiene que estar en el campus.

—La fiesta fluorescente era en el campus, ¿no? —pregunto.

—Es en uno de los patios interiores.

—Empecemos por ahí.

Las luces estroboscópicas parpadean sobre el campo de césped lleno de cuerpos que se mueven al ritmo hipnótico de la música house. Nos acercamos. La mayoría de los asistentes llevan ropa blanca con rayas de pintura y subrayador que brillan bajo las luces negras. Corren de un lado a otro y se frotan entre ellos en la fría noche, casi como animales.

¿Cómo voy a encontrar a Lo en este lío de gente?

Antes de mezclarnos con esa muchedumbre agitada y sudorosa, una chica pelirroja y menuda me coge del codo.

—Oye, te va a hacer falta esto. —Saca una camiseta blanca de una caja de cartón que tiene a los pies. Miro con el ceño fruncido cómo le pasa a Connor otra mucho más grande. Sin inmutarse, se desabrocha la camisa, se la da a la chica y se pone la camiseta.

—No la recuperaré nunca, ¿verdad? —le pregunta con una sonrisa seductora, o tal vez solo esté siendo amable. Cuesta discernirlo con un tipo de la alta sociedad como él.

Ella le dedica una mirada pícara, lo coge de la muñeca y, con un permanente negro, le escribe un número en la palma de la mano.

—Yo te la guardo. —Se la pone como si fuera una chaqueta.

Vaya, vaya. Eso ha sido sexy, se lo tengo que reconocer.

Connor se limita a sonreír, tranquilo y sereno, como si ir a buscar al novio de su alumna a una fiesta y que le tire la caña una guapa pelirroja fuese lo más normal del mundo.

Me pongo la camiseta blanca encima de la ropa y me saco el pelo por fuera. Luego nos adentramos en esa locura.

Un tipo con una peluca verde neón se me acerca corriendo y chillando como un loco. Blande un subrayador rosa gigante y me pinta encima de las tetas. Encantador.

Connor me coge de la mano y tira de mí en otra dirección.

—¿Cómo es tu novio? —grita por encima de la música ensorde-cedora, que vibra bajo mis pies. Esquivo un subrayador lila que se dirige a mi brazo desnudo y le enseño una foto de Lo en el teléfo-no—. ¡Lo conozco! —exclama señalando la pantalla—. Está en mi clase de Relaciones Internacionales.

Supongo que no es una gran coincidencia. Hay asignaturas co-munes a todos los estudiantes de economía.

—¡Perfecto! ¿Nos separamos? —Una chica chilla a mi lado y me dibuja una línea amarilla en el culo. ¿En serio? Ni siquiera llevo pan-talones blancos. El subrayador queda de un feo color marrón sobre los vaqueros.

Connor mira a su alrededor y asiente.

—Estaré por ese lado, el del lienzo y la pintura. —¿Hay pintura? Pues sí, mejor que para ese lado vaya él—. Tú ve a la zona de los ba-rriles de cerveza.

Perfecto, me ha mandado a la zona en la que Lo estaría si hubiese venido a esta locura de fiesta, aunque crea que la cerveza de barril es equivalente al meado de gato. Alrededor del barril no hay mucha gente con subrayadores, lo que deja a los universitarios que solo han venido a por cerveza gratis.

Un chico larguirucho cubierto de pintura azul hace el pino de-lante del barril para beber directamente de él. La camiseta le cae por encima de la cabeza y revela el vello rizado de su pecho mientras en-gulle el líquido amargo. Solo tardo un par de minutos en deducir que Lo no anda por aquí. Tendría que habérmelo imaginado. El al-cohol barato y la música que te revienta los tímpanos dejaron de formar parte de su ritual cuando tenía diecinueve años. Puede que él no haya madurado del todo, pero sus gustos, sí.

Intento llamarlo de nuevo, pero la llamada va directa al buzón de voz.

—¿Lily?

Frunzo el ceño y me vuelvo para ver al dueño de esa voz masculi-na. No lo reconozco hasta que no me fijo en su camiseta de la frater-

nidad, también pintada con subrayador: Kappa Phi Delta. La fraternidad a la que vino a recogerme Lo. El pelo rubio le ondea al viento,
pero yo no noto el frío porque el calor me ha invadido todo el cuerpo,
como un abrazo incómodo. Supongo que la capulla en esta situación
soy yo, que soy la que lo dejó tirado después de acostarme con él.

Se da cuenta de que estoy confundida. Se señala el pecho y dice:

—Kevin. —Señala el barril—. ¿Te puedo invitar a algo? —Traducción: «¿Quieres hacerlo otra vez?».

Connor aparece antes de que lo rechace, con las mejillas sonrosadas después de abrirse paso entre los cuerpos enredados. Lleva un
sinfín de machas de pintura de color neón y de rayas de subrayador.
Alguien no apuntó del todo bien, por lo que lleva los codos pintados
de rosa chillón.

—No lo he encontrado —me informa.

—¡Connor Cobalt! —exclama Kevin.

Dios mío. No puede ser que se conozcan. Pero ¿dónde estoy?

Connor se vuelve y esboza una ancha sonrisa al ver a Kevin.

—¡Qué pasa, tío! —Se dan el típico abrazo de universitario orangután: un apretón de manos, un golpe de hombro y una palmadita
en la espalda. No lo entenderé jamás.

—Me sorprende verte por aquí, tío —dice Kevin con una sonrisa—. Pensaba que estas fiestas no estaban a la altura de Connor Cobalt. —Me alegra saber que no soy la única que encuentra su nombre
completo fascinante.

—En realidad, estoy currando.

—¿A esto llamas currar? —Kevin mira el número de teléfono escrito en la mano de Connor—. Joder, debería aplicar tus métodos.
Lo único que saco de mis clases son dolores de cabeza. —Me mira,
recordando mi presencia—. Ah, esta es Lily. —Es evidente que Kevin estaba mirando a las musarañas cuando Connor me ha hablado
hace un momento.

Connor frunce el ceño y ladea la cabeza. Me entran ganas de sonreír. «¿Has visto? No lo sabes todo sobre mí».

—Sí, ya lo sé —responde—. Le doy clases particulares de economía.

Kevin se lleva un par de dedos a los labios, intentando reprimir una carcajada.

—Sí, claro, «clases particulares». —El muy gilipollas hasta dibuja las comillas en el aire. Luego le da un codazo a Connor con un aire sugerente.

Arrugo la nariz; me vuelve a arder la cara. ¡Estoy aquí al lado!

Para mi sorpresa, el rostro de Connor se deforma del asco. Se aparta de Kevin como si lo hubiese infectado.

—Pues sí, Kevin, clases particulares. Hemos venido a buscar a su novio. No le contesta al teléfono. —Se vuelve ligeramente, dándole la espalda a su... ¿amigo? No estoy segura. Connor es un enigma. Dice cosas ofensivas y luego se enfada cuando otra persona lo hace, aunque sea con menos sutileza.

Kevin no lo pilla.

—Sí, mis colegas de la fraternidad me hablaron de él. Vino a buscarla la mañana siguiente a casa.

Veo que Connor abre la boca, pero no le dejo hablar.

—Entonces estaba soltera —me defiendo, aunque mi vergüenza empieza a brotar en forma de sarpullido. Al lado de los colores neón, me debe de hacer parecer un fenómeno de la naturaleza—. Y, para que lo sepas, eres lamentable en la cama. —Me vuelvo para largarme, pero me lo pienso mejor, retrocedo y le tiro el vaso de la mano. La cerveza espumosa se empieza a filtrar en la hierba y Kevin pone los ojos en blanco, como si no fuese la primera vez que una chica se vuelve contra su cerveza.

Respiro hondo, aunque de forma temblorosa, y me largo, abriéndome paso entre la gente, sin inmutarme siquiera cuando alguien me pinta la mejilla de verde.

Me da igual. No hay nada que pueda empeorar la noche de hoy.

Connor me alcanza y, juntos, buscamos un espacio entre los cuerpos. Sigo hacia el aparcamiento sin disminuir la velocidad.

—Estaba a punto de llamarlo imbécil, pero creo que tu método ha sido mucho más efectivo.

Me echo a reír y me seco unas lágrimas que, de algún modo, se han escapado durante el trayecto. ¿Cuándo he empezado a llorar? Lo que ha pasado me ha afectado mucho y, encima, no he encontrado a Lo. ¿Y si está inconsciente, tirado en algún bar? ¿Y si está dando tumbos por la calle o le están haciendo un lavado de estómago en el hospital?

—No sé dónde puede estar —confieso con un hilo de voz.

—Seguro que está bien, Lily.

Niego con la cabeza. Se me llenan los ojos de lágrimas de preocupación.

—No lo conoces. —Me muerdo el labio inferior para que deje de temblarme.

Connor sonríe con empatía.

—¿Qué te parece si volvemos a tu casa y esperamos a que vuelva?

—No tienes por qué hacer eso —contesto mientras me sorbo la nariz—. Ya te he hecho perder bastante tiempo. Un profesor particular no tiene por qué hacer tanto.

—No, no tiene por qué, pero esto es lo más interesante que me ha pasado en seis meses, que fue la última vez que Sadie arañó a una chica con la que salía. Y… —Baja la vista—. Supongo que comprendo por qué te preocupas tanto por un chico como Lo. Apesta a alcohol casi cada vez que se digna a aparecer por clase.

Frunzo el ceño. ¿No va a clase a menudo? Sé que no es precisamente un estudiante modelo, pero, por lo que acaba de decir Connor, parece que Lo falta más de la cuenta. Por lo que respecta al olor, sé que se preocupa más de ocultarlo cuando vamos a ver a nuestras familias: caramelos de menta, duchas, colonia… Para ir a clase, se toma menos molestias.

Nadie me había hablado nunca sobre el problema de Lo de forma directa. Balbuceo antes de encontrar unas palabras que me parecen mínimamente apropiadas.

—Suele contestar al teléfono. —Me hace sentir bien no negar la verdad por una vez, aunque sea a alguien al que apenas conozco.

Nos dirigimos a mi BMW.

—Estarás deseando que hubiera elegido a Henry Everclear.

—En realidad, no. —Subimos al coche y cojo el volante—. Me gustan los desafíos. Estoy entre los mejores de mi clase, y soy casi el mejor de toda la carrera. Lo único que necesito son unos puntos extras. Wharton no podrá resistirse.

Pongo marcha atrás y salgo del aparcamiento.

—A ver si lo adivino. Esos puntos extras los vas a conseguir reformando a la chica que está suspendiendo economía, ¿no?

—No lo habría dicho con tanta crudeza, pero sí.

Intento no reírme. Connor no tiene ni idea de lo brusco que puede llegar a ser. Cambio de carril.

—Sobre lo de Kevin… —Siento la necesidad de seguir defendiéndome, no sé muy bien por qué.

—No tienes por qué explicarte. La gente se divierte. Lo entiendo. —Tamborilea sobre la puerta al ritmo de la música rock—. Madre mía, sí que vives lejos.

Me paro delante de un semáforo en rojo.

—Solo lo parece cuando hay tráfico.

Tras varias paradas más, llegamos al Drake. Me dirijo al ascensor a paso ligero, seguida de cerca por Connor. Me cruzo de brazos para intentar disimular los nervios. Mientras subimos, contemplo los distintos números parpadear en la parte superior. Miro a Connor.

—Tienes un poco de… —Me señalo una oreja. Tiene la punta de la suya cubierta de pintura naranja.

No se molesta en quitársela. Se limita a sonreír.

—Voy lleno de pintura. No te preocupes por mi oreja.

—¿Alguna vez habías ido a una fiesta fluorescente? —¿Qué otra cosa podría explicar su serenidad ante esa clase de locura? Cuando las chicas han empezado a sobarle el culo, ni ha pestañeado. Y sé muy bien que eso ha ocurrido: tiene dos pares de huellas de manos en las nalgas que lo demuestran.

—Qué va. Pero sabía de su existencia. Ha sido interesante.

Suena la campanilla del ascensor justo cuando intento imaginar qué podría perturbar la estoica fachada que Connor presenta al mundo. Tal vez, que no lo aceptaran en Wharton. Sí, me imagino que eso no le sentaría muy bien.

Busco la llave correcta y abro.

—¡Lo! —grito.

Connor cierra la puerta mientras yo busco en toda la casa, con la esperanza de encontrarlo en la cocina, preparándose una copa.

Pero está vacía.

Voy a su dormitorio y no me molesto siquiera en llamar a la puerta por educación. La abro de golpe. El corazón me da un vuelco.

—Gracias a Dios.

Lo está tirado boca abajo en la cama, completamente vestido y acompañado de tres botellas de licor. No sé cuándo ha vuelto a casa, ni me importa. El hecho de que esté aquí y no muerto en una cuneta es un alivio.

Me acerco a él y pronuncio su nombre un par de veces para ver si está consciente. Lo zarandeo un poco, por culpa de toda la frustración contenida, pero no reacciona. Lo pongo de lado con mimo y le toco la frente sudada con la mano. Está caliente, pero no tiene fiebre. La intoxicación por exceso de alcohol es otro de mis grandes miedos.

—¿Está bien?

Me sobresalto al oír la voz de Connor. Me había olvidado de él. Está apoyado en el marco de la puerta, observándome cuidar de Lo con una expresión inescrutable.

—Sobrevivirá. Gracias por tu ayuda.

Se encoge de hombros de forma despreocupada.

—No me ha venido mal. He pasado los últimos cuatro años encerrado en la biblioteca. Me había olvidado de cómo son los problemas de verdad.

Claro. Ignoro el enésimo comentario ofensivo de la noche.

—¿Nos vemos mañana, entonces? Si todavía quieres ser mi profesor particular.

—Por decimoquinta vez, sí. Tienes que aprender a escuchar. Nos vemos a las seis.

Frunzo el ceño.

—¿No es un poco tarde?

Me dedica otra de sus sonrisas de niño pijo.

—A las seis de la mañana.

Ah… Echo un vistazo al reloj digital que Lo tiene en su mesa.

—Eso es dentro de cinco horas.

—Pues mejor será que te vayas a la cama.

Es indescifrable. Mira a Lo de reojo una última vez y se marcha.

Lo está como muerto, así que decido dormir en la habitación de invitados. Me acurruco en mis sábanas lilas y me doy cuenta de que estaba tan preocupada por mi novio que no me he acordado del sexo en toda la noche.

19

Connor llega puntual, a las seis, con café caliente y una caja de crua-
sanes. A diferencia de mí, no tiene ojeras y está de buen humor: entra
en casa a paso ligero. Supongo que le basta con cinco horas de sueño.

—¿Tomas alguna droga? —le pregunto—. ¿Anfetaminas? —
Muchos universitarios abusan de los estimulantes para estudiar. Bási-
camente, son potenciadores del rendimiento para la élite intelectual.

—Pues claro que no. No se puede contaminar el genio natural.
¿Los has probado? A ti te podrían ir bien.

—¿Te das cuenta de que me acabas de insultar? —Por fin me decido a afearle la mala educación.

Parte un cruasán en dos y sonríe.

—Te pido disculpas —dice con un tono de voz que no muestra
arrepentimiento alguno—. Solo intentaba ayudar. Hay gente que se
concentra mejor con anfetaminas. No son para mí, pero igual a ti te
funcionan. —Increíble, diciéndolo de otro modo parece haber sua-
vizado un poco el insulto. Puede que sea una de las idiosincrasias de
Connor Cobalt. O, simplemente, un don.

—Nada de drogas —contesto. Nunca me han gustado los estimulantes, los relajantes ni los narcóticos. Ya tengo bastante con una
adicción, no necesito otra—. Quiero hacerlo como es debido, aunque no tenga ningún genio natural.

—En ese caso, saca los libros.

Estudiamos durante unas horas y esta vez sí retengo la información. Resuelvo problemas mientras Connor me prepara unas fichas con la información que me tengo que aprender. Su letra es mejor que la mía, algo de lo que seguro que él ya se ha dado cuenta y se ha congratulado por ello.

Cuando termina con el último montón de fichas, echa un vistazo al reloj del horno. Estudiar se come mucho tiempo, así que no me sorprende que ya sea mediodía.

—¿Sigue durmiendo? —pregunta Connor. Parece sorprendido.

Tardo un instante en comprender que se refiere a Lo. No hemos tocado el tema porque él se ha presentado con bollería y café con aroma dulce, me ha preguntado si Lo estaba bien y eso ha sido todo.

—Inconsciente —le corrijo—. Supongo que se despertará en una hora.

—¿Hace esto a menudo?

Me encojo de hombros para no seguir con el tema. No tengo ganas de hablar de Lo. Por suerte, lo pilla y abre mi libreta para revisar mis problemas. Veinte minutos más tarde, pedimos comida china para almorzar. En cuanto cuelgo, oigo la cadena del váter en la otra habitación. Me concentro en el sonido de sus pasos que se arrastran, pesados. No tengo ningún interés en hablar con Lo si lo único que voy a obtener son respuestas vagas y comentarios mordaces.

Vuelvo con los libros, fingiendo que no se ha levantado, y le pido a Connor que me explique otra vez la unidad cuatro. Lo debe de oír la voz de otro chico, porque al cabo de unos segundos se decide a enfrentarse a la luz de sol que penetra por las ventanas de la cocina.

Connor se interrumpe al verlo entrar. Tiene el pelo apelmazado y alborotado, está sudado y macilento y lo acompaña un penetrante hedor a whisky. Si fuese un dibujo animado, sería Pepe Le Pew con una nube de humo alrededor del cuerpo. Anoche tendría que haberlo ayudado a ducharse, o al menos intentar cambiarle de ropa. Es lo que él habría hecho por mí.

Se echa el pelo hacia atrás con la mano y va directo a la cafetera. Mira de reojo la barra de la cocina, donde estamos sentados.

—A ti te conozco —dice mientras se sirve una taza.

—De Relaciones Internacionales. Tú te sientas en el fondo. Yo, en primera fila.

Lo se vuelve ligeramente para mirarme a los ojos con las cejas enarcadas, como diciendo: «Pero ¿este tío de qué va?». Sí, Lo, sé a qué te refieres.

—Ya —contesta mientras abre un armario y saca una botella de Baileys para el café—. Eres el ejemplo a seguir.

No lo dice como algo positivo, pero a Connor se le ilumina la cara. Lo ni se entera.

—Le estoy dando clases particulares a Lily para su examen de Economía de mañana.

Lo cierra el armario. Se le ha puesto el cuello rojo. Se apoya en el fregadero y vacila antes de volverse hacia nosotros.

—Te acuerdas del examen, ¿no? —le pregunto. Me parece que se le había olvidado.

—Sí —contesta sin levantar la vista de la taza. Le da un buen trago.

—¿Estáis en la misma clase? —Connor parece entusiasmado—. También doy clases a grupos.

—Yo ya estoy saturado de estudiar. Ayuda a Lily.

Se termina el café demasiado rápido. Luego abre la nevera y coge un cartón de huevos para prepararse su remedio contra la resaca.

Connor me da un golpecito en el hombro.

—Sigamos. Estás en un seis como mínimo. Necesito que en estos problemas llegues a una media de ocho.

—Pero pensaba que el objetivo era solo aprobar.

—Siempre resto un punto por los nervios.

Lo pone en marcha la licuadora. Está encorvado; usa un brazo para sostener la tapa y el otro para apoyarse en la encimera. Parece a punto de desplomarse en el suelo o de quedarse dormido otra vez.

No me hace ni caso. Tal vez piense que le he puesto los cuernos. No sé si confía en mí cuando estoy con otros chicos. Casi nunca salimos de casa para poner a prueba esos límites. O quizá lo que le pasa es que se siente culpable por haberse emborrachado tanto que no podía ni contestarme al teléfono. Supongo que eso tiene más sentido.

Cuando termina de prepararse su brebaje, vuelve a su habitación. Yo intento concentrarme en el estudio hasta que llega la comida china. Suspiro al pensar en hacer una pausa para comer.

—¿Cuánto tiempo lleváis juntos? —pregunta Connor mientras coge fideos del contenedor. Agarra los palillos a la perfección. No me sorprendería que también hablase siete idiomas diferentes.

Clavo un cuchillo en el pollo a la naranja para ganar tiempo mientras decido qué respuesta darle, si la falsa (tres años) o la verdadera (tres semanas). Pero a Connor todavía no le he mentido, y preferiría no empezar ahora.

—Somos amigos desde que éramos niños y empezamos a vivir juntos el primer año de universidad, pero hemos comenzado a salir hace solo unas semanas.

—Vaya, tus padres deben de ser muy modernos para dejarte vivir con un chico. Los míos tienen una política de «solo relaciones serias» muy estricta. Serias en plan matrimonio. No quieren que ninguna chica se aproveche de mí hasta que no le haya puesto un anillo en el dedo, así que Sadie es mi única compañera.

—Entonces ¿estás soltero? —Doy un trago de Fizz light.

—Felizmente soltero.

Intento imaginarme a qué clase de chica aspiraría Connor, pero se me antoja inconcebible, como una fotografía borrosa en la que lo único que se ve es el cerebro. En cualquier caso, tiene muchas opciones. En la fiesta de los colores neón, vi a muchas chicas atractivas y extrovertidas intentando manosearlo. Supongo que ser guapo, simpático, accesible y bien vestido resulta de gran ayuda. De todos modos, él no les seguía el rollo, aunque se daba cuenta de que intentaban ligar.

—¿Eres gay? —le suelto sin pensar. Pero ¿qué me pasa? Intento usar un enorme bocado de pollo a la naranja como distracción. Con la boca llena, disimulo mejor lo incómoda que me siento.

Él niega con la cabeza. No se siente insultado. No parece haber nada que le afecte.

—Me gustan las chicas, no tengo dudas. Pero tú no eres mi tipo. Me gusta alguien que pueda enfrentarse a mí intelectualmente.

Voy a inventarme un juego para beber. Cada vez que Connor encuentre otra forma creativa de llamarme tonta, chupito. Bueno, mejor no. Acabaría muriéndome de un coma etílico.

Cuando terminamos la comida china y recojo, Connor me dice que escriba y reescriba los apuntes hasta que me los haya aprendido. Estar en el ordenador es un peligro. Con el paso silencioso de los minutos, a veces me olvido de que Connor me está vigilando. El impulso inconsciente de entrar en páginas porno se refleja en el movimiento de mis dedos.

Cuando era mucho más joven, mi espiral hacia los infiernos empezó con pequeñas compulsiones, como ser lo bastante atrevida para entrar en una página para adultos. Poco a poco, fui subiendo de nivel. Las páginas porno se convirtieron en chats eróticos, cinco minutos se alargaron a una hora y empecé a obsesionarme sobre cuándo tendría otra oportunidad para navegar por internet, como la fijación que tienen los niños por juegos como el *Halo* o el *Call of Duty*.

El porno ocupa gran parte de mi tiempo: me arrebata días, me obliga a llegar tarde a clase y a eventos familiares. Y, aunque temo que mis hermanas —o, Dios me libre, mi madre— me descubran, recurro a él sin descanso.

Duermo poco por culpa de mi afición al porno, pero, de todos modos, no puedo parar.

—No te oigo teclear —me regaña Connor con voz desenfadada.

Aporreo las teclas con fuerza con la esperanza de contentarlo. Vuelve a corregir alegremente mis problemas, lo que significa que está llenando el papel de marcas rojas.

En el último vídeo que he visto, los protagonistas eran mi pareja preferida: Evan Evernight y Lana Love. Él hacía de policía y ella de conductora que se saltaba los límites de velocidad. Él salía de su coche vestido con su uniforme azul de policía, agarrándose el cinturón con las manos. Luego ponía una mano carnosa en el Lexus plateado de ella y se inclinaba hacia delante, invadiendo su espacio personal cuando ella bajaba la ventanilla.

—Lily —me llama Connor.

Doy un brinco.

—Dime —contesto con voz aguda, evitando mirarlo a los ojos. No me puede leer la mente. No puede ver en qué estaba pensando. Me encorvo en el taburete.

—Has dejado de teclear otra vez y estabas respirando de forma extraña. ¿Estás bien?

No. El sexo ha invadido mi mente como si fueran las tropas del enemigo. Me pongo de pie a toda prisa.

—Tengo… Tengo que hablar con Lo. ¿Me das diez minutos?

Espero que se enfade, pero asiente como si nada.

—Tómate tu tiempo. Si no te puedes concentrar, eres inútil.

Mi cerebro apenas repara en el insulto. Voy directa al cuarto de Lo. Me olvido de llamar; entro y cierro la puerta tras de mí. Dejo la mano en el pomo de latón; sigo indecisa sobre si debo estar aquí o no. Mi lado más cobarde me dice que vuelva a la cocina y espere a que sea él quien quiera hablar, disculparse, lo que sea, antes de encararme a él con este calor humeante en las pupilas.

Pero aquí estoy, incapaz de seguir hacia delante, incapaz de irme. Lo me mira a los ojos mientras se frota una toalla por el pelo mojado. Por fin tiene aspecto de pertenecer al mundo de los vivos, vestido con unos vaqueros limpios y una camiseta negra de cuello redondo. El color le está volviendo a las mejillas y ya no tiene los ojos tan vidriosos.

Sus iris ambarinos me aprisionan; me olvido del motivo que me ha llevado a irrumpir en su cuarto. ¿Era por sexo? No; no antes de que hablemos de la bomba de humo que hizo anoche.

—¿Ya has terminado de estudiar? —pregunta y tira la toalla en la silla. Tiene los músculos tensos.

—No. Estoy en un descanso. —Soy incapaz de separarme de su mirada e irme, pero también de plantearle lo que me reconcome.

Él se limita a mirarme. Aprieta los dientes y se le marcan las venas del cuello, un gesto no del todo desprovisto de ira. Me doy cuenta de que se está conteniendo, de que está intentando no estallar, no vomitar una retahíla de palabras sin filtro. Traga saliva y mira la pared de armarios, donde esconde su alijo. Casi lo veo contar mentalmente antes de volver su atención de nuevo hacia mí.

—Di algo —me pide en voz baja.

—No me he acostado con él —suelto de repente—. Ni con nadie.

Se le descompone el rostro en mil pedazos y se le hincha el pecho. Apoya una mano en la silla para sostenerse después del golpe. No he acertado: no era eso lo que le preocupaba.

Hace una mueca y se rasca la nariz:

—¿Pensabas que era eso lo que me tenía obsesionado? ¿El miedo a que te hayas follado a tu profesor particular?

—No estaba segura. —Me muerdo las uñas—. Entonces ¿no pensabas que me hubiera acostado con él?

Agacha la cabeza y, en voz muy baja, contesta:

—Si lo hubieras hecho, no te lo habría reprochado. —Siento que me asfixio bajo un peso invisible. Noto el escozor de las lágrimas. ¿Le daría igual que me acostara con otra persona? Es lo que espera—. Tendría que haber estado aquí —explica, más para sí mismo que para mí. No hace más que negar con la cabeza, supongo que deseando volver atrás en el tiempo y estrangular al chico que se emborrachó demasiado y demasiado pronto y no contestó al teléfono—. Si hubiera pasado algo, habría sido culpa mía, no tuya.

—No hagas eso, por favor —le pido, apoyándome en la puerta. Me ayuda a mantenerme en pie, igual que le pasa a él con la silla—. No me des carta blanca para ponerte los cuernos. Si te engaño, es real. Si no estás aquí, es real. ¿Qué quieres, ahorrarme la culpa que sentiré si me acuesto con otra persona? Pues no puedes.

Se le enrojecen los ojos.

—Esto no se me da bien.

¿El qué? ¿Mantener una relación? ¿Estar conmigo? ¿Intentar beber menos? No explica a qué se refiere, así que no me queda más remedio que adivinar. Encuentra una cerveza en un cajón y le quita el tapón; una elección sorprendente, teniendo en cuenta el bajo contenido en alcohol. Por extraño que parezca, es casi una ofrenda de paz, un «lo siento» en el idioma de Loren Hale. Solo él se disculparía con alcohol.

—¿Por qué no contestabas al teléfono?

—Me quedé sin batería. No me he dado cuenta hasta que no me he despertado. —Señala la mesa, donde tiene el móvil cargando. Luego se acerca a mí, me quita la mano del pomo de la puerta y entrelaza los dedos con los míos. Se pasa un largo rato contemplando cómo se unen.

—¿Dónde estabas? —murmuro.

Se lame la cerveza de los labios.

—En un bar a un par de manzanas de aquí. Volví caminando. —Me lleva al centro de la habitación, deslizando mis pies con los suyos. Algo no va bien. Veo el dolor frío y agudo que hay en sus ojos, tan profundo, tan cortante, que no puede ser solo culpa de no haberme contestado.

Pone una balada pop y me atrae hacia él. Me pone los brazos sobre sus hombros, me coloca las manos en las caderas y empieza a mecerse al ritmo de la música, a la deriva. Sin embargo, yo me quedo plantada en la realidad, por mucho que él intente olvidar.

—¿Qué pasó?

Me mira a los ojos y contesta:

—Nada.

Casi me lo creo. Frunce un poco el ceño; parece confundido.

—Quizá si me lo cuentas te sientas mejor.

Deja de moverse; se le nubla la mirada. Mira al techo unos instantes y niega con la cabeza antes de dejar que las palabras se le deslicen entre los labios.

—Llamé a mi madre. —Antes de que pueda preguntarle por qué, añade—: No sé por qué lo hice, no lo sé… —Hace una mueca, conteniendo una avalancha de emociones.

Espero a que continúe, aunque noto un peso sobre los hombros y mi aliento se ha perdido en el pasado. Sabe lo que quiero preguntarle.

En voz baja, confiesa:

—Estabas en la biblioteca y mi mente empezó a divagar… No lo sé. Busqué a Sara Hale en internet y encontré su número de teléfono.

Después de su discreto divorcio, Sara mantuvo el apellido de Jonathan para retener parte de su fortuna. Él se queja de ello constantemente, pero ya no hay nada que pueda hacer. Se largó con mil millones de dólares en activos y un buen pedazo de la empresa como accionista.

—¿Estás seguro de que era el número correcto? —A juzgar por su respiración entrecortada, no creo que la llamada fuese bien.

Asiente y mira a su alrededor. Se le ve perdido. No le suelto la mano, pero parece estar en un lugar lejos, muy lejos de aquí.

—No sé qué pensaba decirle —admite—. Quizá debería haber empezado con un «Oye, gracias por quedarte preñada solo para casarte con mi padre y quedarte con su dinero», o con un «Oye, gracias por nada».

—Lo…

—Pero ¿sabes lo que le dije? —Se echa a reír; está al borde de las lágrimas—. «Hola, mamá». Como si significase algo para mí. —Se frota los labios, pensativo, y suelta otra carcajada—. Tras años satisfecho con no saber nada sobre ella, voy y la llamo. Y ella contesta: «¿Quién es? ¿Loren? No llames a este número nunca más». Y me colgó.

Me quedo boquiabierta.

—Lo… —¿Qué le digo? ¿Que lo siento? ¿Por qué? ¿Porque su madre sea una cazafortunas y una gorrona que no tuvo problemas en entregar a su hijo a cambio de mil millones de dólares?—. Todo irá bien. No te estás perdiendo nada bueno. Es una persona horrible.

Asiente.

—Ya… Ya, tienes razón. —Respira hondo—. No debería haberla llamado. Así no me habría emborrachado tanto. Solo quería dejar de pensar en ella.

Le aprieto la mano.

—Lo sé.

—Ven aquí… —Me atrae hacia su pecho y me da un beso en la frente—. Lo haré mejor. Lo intentaré con más ganas, por ti. —Me acaricia la espalda y me mantiene un rato en su cálido abrazo. Quiero quedarme a vivir aquí, en sus brazos, donde sé que estoy a salvo—. ¿Estamos bien? —me pregunta en voz baja.

—Diría que sí. —Echo un vistazo al reloj. Connor me estará esperando y contando los segundos. Cada tictac del reloj, un punto menos en mi futuro examen.

Lo me pone las manos en el cuello y me observa de cerca.

—Estás temblando.

—Estoy bien. —Miro la puerta dubitativa. Quiero hacer cosas con Lo, pero no tengo tiempo. No con mi profesor particular esperándome en la cocina.

De repente, Lo comprende mis reservas.

—Puedo ir a distraerlo veinte minutos y tú puedes quedarte aquí y ver algo. Te traeré un vídeo de tu habitación.

—¿De verdad? —Se me ilumina la cara.

Esboza una tímida sonrisa por primera vez en todo el día. Es feliz ayudándome.

—Claro. ¿Alguna preferencia? ¿Oral, BDSM? —Se dirige a la puerta, dispuesto a buscar entre mi colección de porno.

—Sorpréndeme.

Sonríe aún con más ganas. Unos instantes después, vuelve con tres DVD. Me los tiende con un brillo travieso en la mirada. Cuando leo los títulos, descubro qué le divierte tanto.

—¿Anal? —Le golpeo en el brazo con las cajas de plástico.

Me da un beso en la mejilla y una palmada en el culo.

—No te diviertas mucho sin mí. —Se detiene junto a la puerta—. ¿Hay algo que deba saber sobre el profesor particular antes de comerle la oreja?

No puedo evitar echarme a reír.

—Dice cosas un poco ofensivas. Se cree más listo que el resto del mundo, y no es una exageración. Y conoce a Rose.

Enarca las cejas.

—¿De qué la conoce?

—Al parecer, se conocieron en un torneo académico. No creo que tengan relación, así que estamos a salvo.

—Bueno es saberlo.

Sale de la habitación y me deja con lo que tengo entre manos.

Y yo dejo que mis preocupaciones se desvanezcan, incluso la historia de Lo, los acontecimientos de anoche y mi inminente suspenso. En este instante, me siento bien.

Veinte minutos después, una vez el clímax ha quedado atrás, me siento estúpida por haber necesitado una pausa para el porno durante una sesión de estudio con mi profesor particular. La única justificación para mis actos, para no ponerme roja con un tomate, es recordar que no sería capaz de memorizar nada sin calmar antes mis compulsiones.

Me lavo las manos, cojo un Fizz light de la nevera de Lo y cierro la puerta con suavidad. En el pasillo, me llegan las voces de mi novio y de Connor. Me detengo junto a la pared.

—La B, sin duda —dice Lo—. La A, la C y la D no tienen sentido. —¿Está estudiando o habla de tallas de sujetador?

—Correcto. —Connor parece orgulloso, una reacción que yo no

he logrado obtener de él. Están estudiando, no hay duda—. Buen trabajo. No se te da tan mal. Si no fueras tan vago, podrías estar al nivel de la media. —¿Al nivel de la media? Lo casi nunca habla de sus notas, pero pensaba que eran mejores.

—¿Crees que soy tan tonto que no me he dado cuenta de que me acabas de llamar idiota o es que simplemente te da igual? —pregunta Lo.

—La verdad es que me da igual.

—Ya… —mascula Lo. Me lo imagino con la frente arrugada, intentando comprender a Connor Cobalt y su honestidad brutal (y a veces inapropiada).

—Anoche, Lily estaba bastante preocupada. Malgastamos un montón de horas de estudio para buscarte. ¿Dónde estabas?

—Un momento —contesta incrédulo—. ¿La ayudaste a buscarme?

Yo reaccioné igual cuando se ofreció. Connor no parece consciente de que acompañar a alguien que apenas conoce a buscar a un novio borracho no es nada corriente.

—Sí. Te buscamos en la fiesta de colores fluorescentes del campus, pero no estabas. Me costó un par de pantalones. Las chicas siempre van a por el culo. No lo entiendo.

—Lily no intentó ligar con nadie, ¿no?

Debería herirme que no confíe del todo en mí, pero me alegro de que le preocupe mi fidelidad. Eso significa que le importa, y me animará a intentar ser fiel con más empeño.

—¿Por qué iba a hacer eso? Estáis juntos, ¿no?

—Sí, pero no hace mucho que empezamos. Estamos intentando superar algunas cosas. —Vaya, Lo no miente. ¿Es que Connor Cobalt tiene un polvo mágico de la verdad que espolvorea sobre la gente? O tal vez sea demasiado difícil mentir ante su honestidad brutal.

—Entonces ¿adónde fuiste? —insiste Connor.

—A un bar en esta misma calle.

Me gustaría pasarme otros veinte minutos con la antena puesta, pero necesito aprobar la asignatura. Recorro el resto del pasillo y entro en la cocina.

Lo se da la vuelta en el taburete. Tiene una cerveza en la mano. Cuando Connor se vuelve, veo que tiene una idéntica. ¿Puede beber mientras estudia? ¿Es un superhéroe o algo así?

—¿Te encuentras mejor? —pregunta Lo preocupado. Debe de haberle contado a Connor una mentirijilla.

—Puede que te sentara mal la cafeína —dice Connor—. Ocurre si no estás acostumbrada a mezclar café con Red Bull. Tendría que haber traído antiácidos.

Noto que se me encienden las orejas. Deben de estar como dos tomates. Jamás habría deseado oír a nadie hablar sobre mi indigestión, falsa o no. Y que los métodos de enseñanza de Connor incluyan ciclos de cafeína y antiácidos me desconcierta un poco.

—Te sonrojas de forma extraña. ¿Tienes fiebre? —me pregunta. Como a él no hay nada que le dé vergüenza, tal vez piense que los demás también somos inmunes a ese sentimiento. No es mi caso. Encorvo los hombros, como una tortuga que se esconde en su caparazón.

—Le pasa mucho. La has avergonzado —le explica Lo con una media sonrisa. Que presten atención a mi humillación solo hace que me ponga aún más roja.

—¿Podemos volver al estudio? —Abro mi lata de Fizz y me siento en el taburete que hay al lado de Connor.

—Buen plan —acepta él. Se vuelve hacia Lo y le pregunta—: ¿Quieres quedarte? No te iría mal. Podrías pasar del seis. Y, pases o no, un suspenso es un suspenso.

¿Pasar del seis? Frunzo el ceño. Tendría que haberme imaginado que a Lo no le iba bien en clase y que se la salta a menudo. Todas las señales están ahí, pero estaba demasiado ensimismada con mis asuntos para darme cuenta. Ahora que lo veo claro, no sé cómo ayudarle. No sé ni si le sentaría bien que me metiera.

—Supongo que no tengo nada mejor que hacer.

Disimulo mi sorpresa, aunque pronto se transforma en orgullo. No hay nada que desee más que el éxito de Lo, y eso significa que tiene que intentarlo, aunque sea a su ritmo. Pasito a pasito.

Cuando cae la noche, mis conocimientos me aseguran un aprobado sólido, y Lo se acerca al notable. Connor parece complacido y ahora, cuando me corrige los problemas, sonríe. Lo le quita el tapón a su duodécima cerveza. No se molesta en esconder que consume alcohol con demasiada frecuencia. Luego se pasa al bourbon, pero no recurre a su termo, sino que se lo sirve en un vaso de cristal transparente. Pensaba que Connor haría algún comentario sobre sus hábitos, pero no dice ni mu. La única vez que menciona el alcohol es para pedir otra cerveza.

Veinte minutos después, Connor coge los libros y hace equilibrios con ellos y una calculadora gráfica.

—¿Cuánto te debo? —le pregunto mientras busco mi talonario en el cestito de la entrada.

—Guárdate ese dinero. Prefiero contar estas horas como trabajo voluntario. Así tengo más créditos por servicio a la comunidad.

Lo da un traguito de bourbon con una sonrisa, más divertido que molesto. De hecho, se ha tomado bastante bien los comentarios maleducados de Connor. Quizá le despierte más ternura que a mí, con todo lo enternecedor que pueda resultar un estudiante pretencioso de matrícula de honor.

—Mañana es Halloween —le dice Lo—. ¿Sabes si hay alguna buena fiesta de disfraces? Lily quiere salir.

¿Se está planteando salir? Casi me pongo a dar saltos de emoción.

—Es el cumpleaños de Lo —añado, demasiado entusiasmada para contenerme.

Mi novio me fulmina con la mirada, pero yo le sonrío. No hay nada que me pueda poner de mal humor, no si por fin vamos a ir a una fiesta como pareja.

Connor nos enseña sus dientes blanquísimos.

—¿Tu cumpleaños es en Halloween? Qué pasada. Sobre las fiestas, conozco a unas cinco personas que organizan una. —No me sorprende. Nos ha dejado bastante claro que tiene muchos contactos. Allá donde va, se mete a la gente en el bolsillo—. No pensaba ir a ninguna, porque casi todos los anfitriones son capullos ricos, pero puedo hacer una excepción y llevaros a la menos mierda de las cinco.

—¿Por qué harías una excepción por nosotros? —pregunto. De repente, se me ilumina el rostro—. ¿Soy tu alumna preferida?

Él niega con la cabeza.

—Ni de coña. Pero me has ido bien para el currículum, así que ni se te ocurra buscarte otro profesor. Y la verdad es que… —Nos mira primero a Lo y luego a mí mientras esboza una ancha sonrisa—. Fizzle y Hale Co., todavía no os habéis enterado de quién soy yo. Aunque me da la sensación de que, si lo supierais, no os importaría un pimiento. —Se dirige hacia la puerta con los libros en la mano—. Buena suerte mañana. Lily, te llamaré para lo de la fiesta.

Lo se vuelve hacia mí y, con la cabeza inclinada, pregunta:

—¿Quién coño es Connor Cobalt?

Me parece que debería saberlo.

20

Con una búsqueda en Google encontramos algo de información sobre nuestro nuevo amigo.

Richard Connor Cobalt es el hijo del dueño de una empresa billonaria que posee empresas más pequeñas que se dedican a pinturas, tintas e imanes. A diferencia de Hale Co., Cobalt Inc. prefiere que sus productos conserven las marcas de pequeñas empresas subsidiarias, como MagNetic o Pinturas Smith & Keller, así que me siento un poco menos tonta por no haberme dado cuenta de que viene de una familia de prestigio.

Y Connor tiene razón: saber que es rico no ha cambiado mi percepción de él. Puede que nos esté utilizando para asegurarse una plaza en Wharton, pero lo hace dándome clases particulares, no persiguiéndole para que mi padre le escriba una recomendación. En todo caso, tengo mejor concepto de él que antes. Podría valerse de su nombre para llegar hasta la cima y estoy segura de que saca provecho de sus contactos, pero trabaja con esfuerzo y tesón para ser el mejor.

Además, que Connor esté dispuesto a pasarse cuarenta y ocho horas empollando por una chica cualquiera sin recibir ninguna compensación monetaria me hace preguntarme cuántos amigos íntimos tendrá. Puede que ninguno.

Después del examen, me siento en una de las butacas viejas y cómodas de la sala de estudio en la que hablar está permitido y marco el número de Rose.

Contesta después del primer tono.

—¿Qué pasa? —Se oye un ruido a su alrededor—. ¡Eh! ¡Cuidado! —le grita a alguien. Se vuelve a poner el teléfono en la oreja y su voz se oye más presente—. Perdona. Estoy caminando por el campus y un imbécil me ha tirado un frisbi. Llevo tacones y un abrigo de pieles. No tengo pinta de querer jugar.

—Le habrás parecido guapa —contesto con una sonrisa.

—Ya, bueno, no soy un perro. No voy a brincar porque me tiren un juguete. —Suspira con fuerza—. ¿Para qué me llamas? Debe de ser importante.

—Qué va.

—Pues lo había dado por hecho, como la que ha llamado eres tú... —Parece un poco distraída.

—Si es un mal momento, puedo telefonearte más tarde.

—No, no. Solo estaba cruzando la calle. Los coches te atropellan, aunque vayas por el paso de peatones. Ya sabes de qué va.
—Eso sí lo sé. Los conductores imprudentes y un exceso de gente intentando cruzar la calle no es una buena combinación. Es un peligro.

—Bueno, he decidido contratar a un profesor particular de economía.

—¡Qué bien! ¿Cómo te ha ido el examen?

—Eh... No lo sé. Espero haber aprobado. —Pongo los pies en el cojín del sillón—. Lo conoces.

—¿Qué? ¿A quién?

—Connor Cobalt.

Suelta tal chillido que me tengo que apartar el móvil de la oreja.

—Ese hijo de... —prosigue con una retahíla de insultos que terminan con—: ¿Te está dando clases, el muy gilipollas?

—Pues sí.

—Que sepas que mi equipo ganó al suyo en el último torneo académico, pero estaba obsesionado porque conocía a un filósofo británico del siglo dieciocho que influenció a Freud. No había manera de que dejara el tema. —Creo que le debe de estar saliendo espuma por la boca—. Es insoportable, aunque supongo que ya te habrás dado cuenta.

—Ajá… —Prefiero no elegir bando.

—Deberías mandarlo al cuerno y buscarte a otro. —Hace una pausa—. A su ego le vendría de maravilla. Yo estoy disponible, lo sabes, ¿no?

De repente, recibo otra llamada que interrumpe mi charla con Rose. Miro la pantalla y leo «CONNOR COBALT» en letras mayúsculas. Oh…

—Oye, Rose, tendré que llamarte luego. Y podemos charlar otro rato. Es que me están llamando.

—¿Lo? ¿De verdad me vas a colgar para hablar con él?

—No, en realidad es…

Ahoga un grito.

—No. Ni se te ocurra colgarme para hablar con Richard.

Me echo a reír. Me hace gracia que use su verdadero nombre.

—Te llamo luego. Seguramente solo quiera saber cómo me ha ido el examen.

—¡Lily!

—Hasta luego, Rose. —Cuelgo y acepto la llamada—. Hola, Connor.

—¿Qué nota dirías?

Suspiro. El examen era difícil y no tengo ni idea de si he aprobado o no.

—Un sobresaliente —bromeo.

Me da la sensación de que está caminando a toda prisa por el campus; tendrá sitios donde estar, gente a la que ver… Mira, como Rose. Sonrío para mis adentros.

—Sacarás un sobresaliente en economía cuando yo mee purpurina, pero lo importante es que te sientas tan segura de haber aprobado.

—Gracias, Connor.

—Sobre lo de esta noche… Me pasaré por tu casa alrededor de las diez. Mi chófer nos llevará a la fiesta desde allí… —Se interrumpe, distraído—. Oye, Lily, me está llamando tu hermana.

Dios mío, Rose. Ya le vale.

—Le he colgado para hablar contigo —contesto a toda prisa—. ¿Cómo es que tiene tu número?

—Supongo que se lo habrá pedido a alguien que lo tenga —contesta. No parece sorprendido—. Tengo que cogerlo.

—Buena suerte.

—No le tengo miedo. —Se ríe—. Hasta esta noche, Lily.

Se oye un pitido y el móvil se queda en silencio.

Lo sale del aula que hay al otro lado del pasillo y me saluda con la mano. Me pongo de pie y salimos juntos del edificio. Ambos hacemos un esfuerzo consciente para no hablar de las notas ni del examen, para no estropear los ánimos ni el día de su cumpleaños. Cuando llegamos al Drake, me escondo en la habitación de invitados y me pongo con torpeza mi traje de superhéroe. Evito todos los espejos. El cuero me aprieta más de lo que recordaba y me queda toda la barriga al aire.

Me siento en la cama, encorvada, para esconder la piel expuesta.

La puerta se abre una rendija y Lo asoma la cabeza.

—Hola. —Entra luciendo con orgullo el traje de licra roja con los lados negros, un enorme cinturón y una X sobre el pecho. Está increíble, sobre todo por la forma en que las mangas se cortan a la altura de los bíceps, mostrando sus fuertes músculos—. Pareces una flor marchita. —Antes de que pueda protestar, me levanta de la cama cogiéndome de las caderas y luego me sujeta las muñecas para que no me tape la barriga—. Estás buenísima, Lil —me susurra al oído antes de darme un beso en la sien.

—¿Dónde está mi capa? —No puedo pensar en nada que no sea mi atuendo, pese a los suaves besos que me da en la nuca.

—X-23 no lleva capa. —Me succiona el lóbulo de la oreja y baja la mano por el cuero, primero por el muslo y luego…

Ahogo un grito.

—Lo... —Lo cojo con fuerza de los brazos y me muerdo el labio.

Me da la vuelta y me pone frente a mi espejo de cuerpo entero. Qué listo.

—Si no estás cómoda, cámbiate. No te voy a obligar a llevarlo, pero estás guapísima, ¿no lo ves?

Me quedo mirando las «cuchillas» de plástico que asoman entre mis dedos. No me veo las costillas, lo que es una ventaja. Como es Halloween, no quiero que acaben haciéndome bromas sobre que parezco un esqueleto. Y supongo que, con este traje, mis tetas parecen más grandes de lo normal, aunque sigue sin gustarme cómo el cuero se me pega a la entrepierna. Pero ahora no puedo hacer nada al respecto y quiero sentirme cómoda en mi propia piel. Por Lo. Al fin y al cabo, es su cumpleaños.

—Supongo que una capa sería un sacrilegio —concedo.

Me da la vuelta y me besa con avidez. Con los dedos, me deja un rastro de fuego en la piel de la barriga. Cuando me los mete por los pantalones, me aparto.

—Lo... —le digo con la respiración entrecortada—. Has tardado una hora en ponerte ese disfraz. —Lo ha ganado masa muscular durante los últimos años. Mientras yo miraba de mala gana mi disfraz cuando todavía estaba colgado en la percha, me ha preguntado si tenía algún aceite corporal para poder deslizar el traje con más facilidad por su piel. Ha tenido que frotarse aceite de bebé Hale Co. por todo el cuerpo, pero al final ha conseguido ponerse el disfraz.

Ha habido otro cambio desde la última vez: las partes bajas parecen más prominentes. O quizá la última vez no me fijé en cómo le quedaba el traje en esa zona. Intento apartar la vista, pero a veces se me van los ojos.

Como ahora.

Él esboza una sonrisa traviesa.

—¿Te da miedo que desaparezca?

Se me ponen los brazos rojos.

—Esto… No —murmuro—. En realidad, me estaba preguntando si se te romperá el traje si te… esto…

—¿Si me empalmo?

Dios mío.

Aparto la mirada y él sonríe todavía más. Trato desesperadamente de mantener bajo control el deseo que palpita en mi interior. Quiero abalanzarme sobre él ahora mismo. En serio. Nada me gustaría más que arrancarle el traje, pero Connor llegará en menos de una hora y no tengo tiempo de volver a embutir el cuerpo de Lo dentro de esa tela indomable.

—Intentaré contenerme —me asegura sin que se le borre la sonrisa—. Pero hay una cosa que puedo hacer sin quitarme el traje.

¿Qué? Se arrodilla y me acaricia las caderas.

Madre mía.

Levanta la vista y me mira con ojos seductores. Se lame el labio inferior y solo eso basta para que note una descarga eléctrica en todo el cuerpo. Con una mano, me toca el culo y luego me baja los pantalones de látex… hasta el suelo. Ay, Dios…

Me empuja para que caiga sobre el colchón y me abre las piernas. Sigue arrodillado a los pies de la cama. Lo agarro del pelo y le echo la cabeza hacia atrás; él me agarra firmemente de las rodillas. Ninguno de los dos se mueve todavía.

Sé lo que va a hacer. Se niega a apartar la mirada de la mía, casi desafiándome a que lo haga yo primero. Pero no cedo. Esto es lo que más disfruto de mis relaciones sexuales con Lo, las miradas, los ojos enlazados, sentir que estamos conectados más allá de los brazos y las piernas enredados. Es algo nuevo para mí.

Algo que solo he tenido con él.

—Respira —me pide.

Mientras me concentro en inhalar y exhalar, me acaricia los muslos y las caderas. Me estremezco bajo su tacto.

—Lo… —tiemblo, y entonces deja de mirarme para besarme en el punto más vibrante.

Me aferro a su pelo con fuerza; las sensaciones me dejan sin aire.

Creo que nunca me cansaré de esto.

21

El chófer de Connor, Gilligan, es calvo y de huesos anchos; parece más un guardaespaldas que un chófer personal. Nos lleva por Filadelfia con pasividad, sin decir gran cosa.

Connor descorcha la segunda botella de champán y me rellena la copa. Cada vez que doy un trago, me golpeo la nariz con una de las hojas de plástico. Para Lo es más fácil gracias a su petaca, que está llena de un licor menos burbujeante.

Mi regalo de cumpleaños no queda muy bien con su disfraz de Hellion, pero aun así se lo ha puesto. Es una cadena que parece casi un rosario, solo que, en lugar de una cruz, el colgante tiene forma de punta de flecha. Lo encontré durante nuestro viaje a Irlanda, cuando teníamos solo doce años.

Lo acaricia la cadena de forma inconsciente mientras el vehículo se desplaza por la calle. Sonrío, contenta de que para él tenga tanto significado como para mí.

Miro a Connor:

—¿Siempre vas por ahí en limusina? —Acaricio el asiento de cuero negro.

—¿Tú no?

Lo me coge de la cintura y me acaricia la cadera desnuda antes de atraerme hacia él.

—Sí, claro —interviene—. Nos gusta ir al aparcamiento del supermercado en limusina para que la gente normal vea cómo es la vida de los ricos. ¿A que sí, cariño? Es algo que hacemos a menudo.

Abro mucho los ojos ante tanto sarcasmo.

—Tenemos Escalades. —Intento recomponerme y me quito su mano de la cadera, aunque me mate. Es muy sexy que sea tan juguetón, pero no me cabe duda de que Connor se sentirá incómodo. Es nuestro primer amigo de verdad y por culpa de Lo vamos a acabar en la calle.

Connor apoya un brazo en la parte superior del asiento. Lleva una capa, un antifaz y una espada de plástico. Va del Zorro.

—A la mayoría de la gente no le parece bien lo de la limo, pero no es esa la gente a la que quiero impresionar. ¿Has visto cuántas personas caben aquí dentro? Además, así nos podemos sentar el uno frente al otro. Ni siquiera tengo que estirar el cuello para hablar con vosotros. Todo eso es importante para mí.

—A mí no me parece mal. —Lo posa su mirada traviesa sobre mí—. ¿Tú qué piensas, mi amor?

Pensaba que, una vez establecida nuestra relación, dejaría de provocarme. Estos juegos me gustan demasiado, y él lo sabe. Desliza la mano por mi rodilla y me la sube por la pierna de forma demasiado despreocupada como para que parezca algo sexual. Pero, para mí, es como si se hubiese puesto de rodillas otra vez.

Le pido que pare solo moviendo los labios y él me contesta, también moviendo los labios, con un «¿Por qué?», para luego esbozar una sonrisa preciosa. Lo mira a Connor mientras me agarra con más fuerza del muslo.

—¿Quieres que te cuente una historia? —¿Qué va a hacer?

Connor alza su copa.

—Soy todo oídos.

Lo me dirige una mirada fugaz, demasiado fugaz para que pueda adivinar sus intenciones.

—Fizzle organiza visitas a la fábrica. Ya sabes, de esas en las que te cuentan la historia del refresco y te dan a probar todos los sabores de importación.

—Claro. Fui a una de esas visitas con el instituto.

—Pues ese sitio no es real. No es la fábrica donde hacen la bebida.

Connor asiente.

—Lo sospechaba.

—Pues bien, cuando Lily y yo teníamos doce años, su padre nos dejó en la parte del museo.

El recuerdo sale a la superficie. Sonrío y añade:

—Pensaba que nos entretendríamos probando todos los refrescos.

Lo mira a Connor.

—Pero Lily tuvo una idea mejor. Me confesó que la verdadera fábrica estaba en la otra calle.

Connor enarca las cejas.

—¿Fuisteis solos a la fábrica? ¿Cómo entrasteis?

Lo ladea la cabeza y me mira.

—¿Quieres seguir tú, mi amor? —Su mano se desliza hacia la cara interna de mi muslo. Me quedo sin respiración; soy incapaz de formar palabras—. ¿No? —Sonríe y prosigue, mirando a Connor—. Les dijo cuál era su apellido y que su padre quería que visitara la fábrica. Pero, cuando entramos, nos fuimos corriendo en la otra dirección.

Lo corría muy rápido. Siempre lo hace. A mí me costaba seguirle el ritmo, y entonces él bajaba la velocidad o corría en círculos a mi alrededor. Cuando los de seguridad empezaron a acortar distancias, me cogió a caballito. Yo me aferré con fuerza a su cuello y él corrió hacia una tina gigante de líquido oscuro. Nos escondimos por allí un rato y, cuando los pasos se perdieron en la distancia, él trazó un plan maestro.

—¿Os metisteis en un lío?

Lo niega con la cabeza.

—No, su padre tiene un corazón de oro. De hecho, se sintió halagado por que quisiéramos ver la fábrica. Aunque, si se hubiera enterado de lo que hice, no sé si habría sido tan amable. Encontré un poco de alcohol por allí. —Corrección: sacó su petaca—. Y lo vertí en el sirope.

—¡No fastidies! —exclama Connor—. ¿Pusiste alcohol en el refresco?

—No creo que pudieran distinguirlo. Comparado con la cantidad de líquido, era muy poco, pero me enorgullece que un puñado de gente se llevase un regalito gracias a nosotros.

Se vuelve hacia mí y creo que, tal vez, vaya a besarme. Tiene esa mirada suya, esa que recorre mis labios gruesos, esa que podría hacerme caer del asiento y entregarme a él. Y entonces le suena el teléfono y la conexión entre ambos se interrumpe.

Suspiro, un poco decepcionada. No es una coincidencia que le haya sonado de repente. Mis padres y mis hermanas están intentando desearle un feliz cumpleaños desde esta mañana, pero Lo prefiere escuchar el sonido incesante del móvil a enfrentarse a ellos… O a tener una conversación con Rose.

—Contesta de una vez —lo apremio.

Mira la pantalla y echo un vistazo por encima de su hombro. Es su padre.

Se le ensombrece el rostro. A diferencia de lo que hace con mi familia, nunca rechaza las llamadas de su padre. A veces pienso que no es solo por temor a la ira de Jonathan Hale, sino que hay algo más. Sé que, en el fondo, lo quiere. Simplemente, no sabe de qué clase de amor se trata ni cómo gestionarlo. Al final, se acerca el móvil al oído.

—Hola.

En el silencio que reina en la limusina, oigo la voz ronca de Jonathan Hale.

—Feliz cumpleaños. ¿Has recibido mi regalo? Anderson me ha dicho que se lo ha dejado al personal en el recibidor.

—Sí, te iba a llamar. —Lo me mira de reojo con recelo y me quita la mano de la pierna—. Recuerdo verte beberlo cuando era pequeño. Me ha encantado.

Su padre le ha regalado una botella de un whisky de cincuenta años, Decanter, Dalmore o algo así. Lo me ha intentado explicar su valor, pero me ha entrado por una oreja y me ha salido por la otra. No podía dejar de pensar que el regalo era perfecto y horrible a la vez y de preguntarme si su padre sería consciente de ello.

—La próxima vez que nos veamos, lo abrimos —dice el hombre—. También tengo un par de puros.

—Suena bien. —Lo cambia de postura, dándome la espalda.

—¿Cómo te ha ido el día hasta ahora?

—Bien. He bordado un examen de economía.

Connor enarca una ceja con una expresión de incredulidad.

—Ah, ¿sí? —Su padre tampoco parece muy convencido. Supongo que la única que confiaba en las posibilidades de Lo era yo.

—Ahora mismo no puedo hablar —responde—. Estoy con Lily de camino a una fiesta de Halloween.

—Vale. Cuidaos… —Hace una pausa, como si tuviera algo más que decir. Tras un largo momento, añade—: Que tengas un buen vigésimo primer cumpleaños, hijo.

—Gracias.

Su padre cuelga y Lo se mete el teléfono en el bolsillo sin inmutarse. Me acerca más a él, rodeándome el hombro con más fuerza, pero no relaja los músculos, una diferencia sutil que también se filtra en su voz, menos divertida que antes.

—Igual puedes decirles a tus hermanas que gracias y ya está. Manda un mensaje en grupo o algo así.

—¿Por qué no puedes hacerlo tú mismo?

—Porque me contestarán y entonces tendré que contestar yo otra vez, y me parece agotador.

—No le falta razón —opina Connor.

¿No debería estar de mi lado? Es mi profesor particular.

—No me digas que las charlas triviales te resultan agotadoras. Son lo tuyo.

—Me parecen agotadoras para él. A mí me gustaría charlar con tus hermanas.

—Por cierto, ¿qué tal tu conversación con Rose? Sigues de una pieza, así que supongo que te fue bien.

Lo se atraganta con lo que sea que contiene su petaca y le doy unos golpecitos en la espalda.

—¿Cómo? ¿Has hablado con Rose? En plan… ¿una conversación normal?

Connor asiente.

—Incluso la he invitado a que venga a la fiesta esta noche.

Lo gime.

—No me digas que has invitado a la reina del hielo…

—Oye —protesto—. Estás hablando de mi hermana. Tiene buen corazón. —Hago una pausa—. Solo necesitas caerle bien para verlo.

—O ser de su familia —apunta Lo. Es cierto.

—Entonces ¿va a venir? —pregunto un poco nerviosa. Preferiría no tener que explicarle por qué Lo está borracho, sobre todo porque se supone que se ha reformado desde sus días de fiestas y alcohol. Es su cumpleaños, y no dudará en añadirlo a la lista de razones y atributos negativos por los que no es lo bastante bueno para mí.

—No, no viene —responde Connor. ¿Está decepcionado?—. Me ha dicho que se divertiría más despellejando a mi gata. —Sonríe. Sonríe después de decir eso. Dios mío, ¿estaban tonteando por teléfono?

Lo se relaja y masculla:

—Gracias a Dios.

Connor me señala con la cabeza.

—Por cierto, ¿de qué vas vestida?

¿Me van a preguntar eso toda la noche? Supongo que debería mentalizarme. Le enseño las garras de plástico.

—Soy X-23.

Entorna los ojos, confundido.

—La versión femenina de Lobezno, técnicamente, su clon.

—Ah. Vale, guay. Aunque pareces una puta con cuchillos.

—¿Qué? Eso no me infunde precisamente seguridad en mí misma—. Lo, tienes que prepararte para esa fiesta. Le van a tirar la caña muchísimos chicos.

Justo cuando pensaba que había cubierto el cupo de inseguridades.

Lo me aprieta un hombro para animarme. Antes, la perspectiva de que hubiera chicos por todas partes me parecía emocionante. Era como un parque de atracciones para mis compulsiones. Sin embargo, ahora no hay nada que me asuste más. Quizá ir a una fiesta no haya sido buena idea.

—Mejor —contesta él—. Así practica diciendo que no.

¡Qué malo! Lo aparto de un empujón y desenredo sus brazos de los míos. Se concentra en llenar con cuidado la petaca de bourbon. Le da igual. Antes de la llamada de su padre, no habría sido así. Me habría provocado otra vez y me habría susurrado algo sucio al oído. Ahora tiene la cabeza en otra parte.

—Ya sé decir que no —me defiendo con un murmullo poco convincente. No he puesto a prueba esa teoría desde que empecé a salir con él.

Lo le pone el tapón a la petaca y mira a Connor.

—Si la ves tonteando con alguien, llévatela al instante.

—¡Lo! —lo regaño con los ojos fuera de las órbitas. ¿Qué narices va a pensar Connor? ¿Que soy una zorra con garras de verdad? Noto calor en todo el cuerpo y necesito de toda mi fuerza de voluntad para no taparme la cara con las manos.

—Mira que sois raros —comenta Connor.

Que Connor me llame rara es como si un unicornio llamara mágico a un caballo. No tiene ningún sentido, por lo que Lo y yo sonreímos, aunque su estado de ánimo haya cambiado desde la llamada de teléfono.

La limusina se detiene de forma abrupta, Gilligan masculla «Ya estamos» y abre las puertas. Aprieto la nariz contra la ventanilla. Estamos en un barrio elegante de las afueras. Una mansión resplandeciente se erige sobre una empinada colina, iluminando el cielo oscuro. Connor ha dicho que, de todas las fiestas, elegiría la que tuviera la mejor comida. Y, de paso, ha comentado que no me iría mal un plato caliente.

Aparecen más coches en la entrada circular, así que bajamos y vamos al lío. Hay una fuente de piedra en el centro de la que borbotea agua roja y sangrienta. El césped está lleno de zombis tan realistas que parece que los brazos y las piernas gangrenados y las bocas babosas formen parte de modelos reales. Cuando los inspecciono más de cerca, me doy cuenta de que son de silicona, prostéticos y pintura.

Seguimos a Connor por los escalones de piedra y él llama con la aldaba de bronce. Más gente se reúne tras nosotros mientras esperamos a que respondan.

La puerta se abre enseguida; de dentro sale una música ensordecedora. En el umbral está George Washington, o tal vez Mozart, con una copa de champán en la mano. Una pastilla azul sisea en el fondo del líquido dorado.

—¡Connor Cobalt! —Sonríe y se mece sobre sus pies. Tiene la peluca blanca un poco torcida.

—Hola. —Se dan un abrazo—. ¿Quién se supone que eres?

—¡El puto Thomas Jefferson!

—Por supuesto —repone Connor con una sonrisa sarcástica.

Thomas Jefferson no se da cuenta. Me pregunto si, antes de hacerme amiga de Connor, me habría dado cuenta yo. Connor nos hace un gesto para que lo sigamos y yo me cojo de las caderas de Lo, escondiendo mi barriga descubierta detrás de su cuerpo.

—Estos son mis amigos, Lily y Lo.

Thomas Jefferson mira a Lo con los ojos entornados mientras yo me encojo aún más detrás de él.

—¿Y tú quién eres? ¿El señor de la licra?

—Qué ingenioso —contesta Lo fulminándolo con la mirada.

—Son los X-Men —aclara Connor.

215

Lo me coge de la mano y me saca de detrás de él para que Thomas Jefferson me vea, mientras mantiene la otra mano firmemente sobre mi cintura, como si este tipo conociera a la pareja de *Los nuevos mutantes*.

Thomas Jefferson se queda mirando mis garras de plástico.

—¡Ah, claro! —Aplaude al reconocerme—. La chica lobezna.

—Eso no existe —lo corrijo.

Me mira extrañado y Connor suspira; la impaciencia empieza a despuntar por su fachada impasible.

—¿Solo nos vas a invitar a entrar si entiendes nuestros disfraces? —pregunta. Alarga el cuello para ver qué hay detrás del anfitrión—. Porque me parece que acabo de ver a Sweeney Todd y sé a ciencia cierta que nunca has oído hablar de él.

—En fin… Connor Cobalt. Siempre ha de tener la razón.

Thomas Jefferson termina de abrir la puerta y nos hace un gesto burlón para que entremos. Supongo que el personal habrá sido evacuado para la celebración de esta fiesta universitaria, al no querer verse arrastrado por un huracán de vómito y maíz de caramelo.

Connor ni se inmuta ante el insulto y entra en el enorme recibidor, donde unos candelabros de cristal parpadean desde el techo. Los fiesteros suben y bajan por las escaleras y entran en las habitaciones resplandecientes, cuyas puertas están llenas de telarañas. La gente se mueve y se balancea al ritmo hipnótico de la música.

Cuando entro, Thomas Jefferson bloquea la puerta para que no pase nadie más.

—A ti no te conozco —le dice a alguien que hay detrás—. Y a ti tampoco. —Cierra de un portazo. Nos alcanza y pasa por delante de Connor—. Gorrones… —lo oigo decir, como si Connor fuese a estar de acuerdo. Este ni siquiera asiente; se limita a coger una taza humeante en forma de calabaza de una bandeja que lleva un duende. Esos seres peludos tienen que ser modelos, por mucho que pululen por aquí con los rostros llenos de verrugas.

A diferencia de la fiesta de los colores fluorescentes, no hay vasos de plástico, sino copas de champán y tazas en forma de calabaza. La gente se pasa de mano en mano, aunque de forma clandestina, bolsitas llenas de pastillas o de polvo. Yo crecí en este tipo de fiestas, en las que los adolescentes ricos necesitan drogas para saciar un tiempo infinito, como si hubieran salido de las páginas de *Menos que cero* de Bret Easton Ellis.

Mi problema nunca han sido las drogas. Quizá debería sentirme agradecida por que mi compulsión sea menos peligrosa que meterme fuego líquido por las venas. El sexo es una parte de la vida de todo el mundo, adictos o no.

Las drogas no lo son. Y el alcohol, tampoco.

Puedes pasar años sin ni lo uno ni lo otro, pero la mayoría de gente nunca es célibe de por vida. Aun así, cada vez que veo a una chica meterse una bolsita en el sujetador, con los ojos vidriosos y la mirada perdida, siento una punzada de envidia. ¿Por qué no puedo tener yo una adicción que la gente sepa comprender? Es un pensamiento ruin, desear una adicción que lleva a tantos a la muerte. Preferiría no tener ninguna, pero, por alguna razón, esa es una opción que nunca me permito tomar en consideración.

Antes de que comprendiera mis propias compulsiones, me pasaba horas tirada en la cama, emocionalmente agotada por mis pensamientos contradictorios. Podía empezar defendiendo mis acciones con vehemencia: era mi cuerpo. El sexo me hacía sentir mejor y dejarlo me causaría más problemas que salirme de ese camino destructivo. Al minuto siguiente, empezaba a llorar y seguía así durante horas, convenciéndome a mí misma de que tenía que parar. Me decía que no tenía ningún problema, que solo era una zorra buscando el modo de justificar mis constantes pensamientos sexuales. A veces intentaba parar. Tiraba el porno a la basura y le negaba a mi cuerpo el lujo de alcanzar el clímax.

Pero no soportaba el síndrome de abstinencia y esos propósitos infructuosos no tardaban en llegar a su fin. Siempre encontraba una razón para empezar de nuevo. Quizá ese sea mi mayor miedo: encontrar una excusa para pasar página, para dejar a Lo atrás. Y sentirme obligada a aceptarla.

Lo avanza a toda prisa, así que me esfuerzo por seguirle el ritmo y esconderme tras su espalda. Una manada de hippies con minivestidos de flores está rodeando a Connor, que asiente y sonríe con indiferencia, lo que provoca una oleada de risitas.

Tendrá que arreglárselas solo. Sigo a Lo hacia la cocina, que está llena de gente reunida alrededor de los fogones plateados. Los usan para encenderse cigarrillos. A un lado hay una puerta de cristal entreabierta por la que el humo sale hacia la fría noche. Un par de chicas en bikini entran chillando y riendo en la casa, con la piel mojada y de gallina.

Lo mueve el pomo de un armarito de cristal en el que hay unos siete estantes llenos de botellas de cristal, todas ellas llenas de un líquido ámbar. Toda fiesta fastuosa como esta empieza igual. Lo va directo al alcohol más caro de la casa, anhelando de forma impulsiva probar las distintas marcas.

—Está cerrado —le digo—. ¿No te puedes conformar con tu propio bourbon por esta noche? —Lleva la petaca en el cinturón que combina con el traje rojo y negro.

—Un momento. —Se va y dobla la esquina mientras yo finjo interés por un bodegón que cuelga de la pared. Es mejor que piensen que este puñado de manzanas y peras me fascinan que parecer una perdedora solitaria.

Vuelve al cabo de unos instantes con un imperdible.

—Lo… —le advierto cuando empieza a intentar forzar la cerradura—. Acabamos de llegar. No quiero que nos echen.

—No me distraigas.

Me vienen a la mente imágenes de las fiestas del instituto. Recuerdo a Lo bajando al sótano de la casa de un chico que había invitado a toda la clase. Esas fiestas se celebraban con demasiada frecuencia. Lo se bebía los vinos añejos y los whiskies de importación y el anfitrión acababa agarrándolo de la camiseta para sacarlo a rastras de su casa. A él le costaba mantenerse derecho. Poco después, yo salía del baño con las mejillas sonrosadas y me iba corriendo detrás de mi único amigo.

No me gusta repetir errores, pero a veces me da la sensación de que los dos estamos atrapados para siempre en un bucle eterno.

Oigo el clic de la cerradura al ceder, a pesar de la cháchara de los fumadores. Las puertas de vidrio se abren y a Lo se le iluminan los ojos. Verlo acariciar las botellas con delicadeza, y a la vez con avidez, me recuerda a mis propios deseos.

Y eso es lo que me lleva a decir:

—¿Quieres hacerlo en el baño? —Mi voz suena baja y tímida, no como la de la chica sexy y segura de sí misma que vive en los sueños de Lo. Me cuesta ser como ella, al no ser Lo una conquista con la que me acuesto para luego desecharla sin más.

—¿Qué? —Distraído, coge las mejores botellas de licor y las deja a mi lado, sobre la encimera de granito.

—Cuando hayas bebido, ¿quieres ir al baño a…? —Me interrumpo, temerosa del duro golpe del rechazo.

Saca el tapón de vidrio de una de las botellas y vierte el líquido en un vaso.

—Pensaba que lo de antes te había flipado —dice—. Tú misma lo has dicho… A no ser que me lo haya imaginado. Gritabas un montón, así que no estoy muy seguro.

Se me ponen los codos rojos al recordar los actos escandalosos que hemos cometido antes de salir de casa.

—No me habrás oído bien. No creo que fuese capaz de formar palabras. —Sonríe y luego bebe lánguidamente de su vaso—. Pero… —continúo—. Solo lo hemos hecho en casa y en el yate.

Contempla las profundidades de su bebida.

—¿Es algo necesario para ti? No pensaba que los sitios te importasen tanto, joder. —Hace una mueca al darse cuenta de su brusquedad y engulle el resto de la bebida. Se apresura a rellenarse el vaso.

Abro la boca para contestar, pero acabo pareciendo un pez intentando respirar aire. El lugar donde nos acostemos no debería importarme, pero hacerlo en un sitio anormal tiene su atractivo. Siempre lo ha tenido.

—Vale —digo, aunque esa palabra no conteste ni a su pregunta ni a su brusquedad.

Aprieta los dientes y agarra el vaso con más fuerza.

—De todos modos, no puedo quitarme el traje. Así que como no quieras hacerme un agujero en…

—¡No! —Levanto las manos—. Tienes razón.

—Además, por si te habías olvidado, Laura —dice enfatizando el verdadero nombre de X-23—, es mi puto cumpleaños. —Alza el vaso—. Lo que significa que esto gana a eso. —Me mira la entrepierna.

—Te pareces tanto a Julian que me da miedo. —Yo también he usado el nombre de pila de su superhéroe. Los dos son a veces idiotas irritables y con cambios de humor, para luego dar un giro de ciento ochenta grados y ser los chicos más dulces del mundo. Solo tienes que pillarlos en el momento adecuado, el momento exacto.

—Te equivocas. Yo tengo dos brazos. —Hellion perdió los brazos luchando contra los Centinelas en *X-Men: Segunda venida*. Madison Jeffries creó unas manos de metal para Hellion. Ahora son una pieza clave de su armario, pero Lo prefiere no llevarlos porque sería menos hábil con la petaca.

Miro a mi alrededor, nerviosa. Temo que aparezca Thomas Jefferson y regañe a Lo.

—Si no quieres estar aquí, vete con Connor.

—¿Confías en mí?

—La verdad es que creo que Connor es asexual. Como una esponja. Me parece que si le tiraras la caña ni siquiera se daría cuenta.

Estoy a punto de contarle mi teoría de que le gusta Rose, pero seguro que Lo haría algún comentario desdeñoso sobre ella. Prefiero no empezar una pelea por defender a mi hermana cuando no está aquí.

—¿Y los demás? ¿Sigues confiando en mí?

Me mira con dureza.

—No lo sé. Ahora me haces pensar que debería preocuparme, joder. —Está de un humor de perros y no estoy segura de por qué. Quizá el ambiente le traiga malos recuerdos y se haya arrepentido de venir, o quizá preferiría estar con su padre bebiendo y fumándose un puro en lugar de estar aquí, celebrando su cumpleaños en una casa desconocida con gente desconocida que no significa nada para él.

—Me estoy poniendo muy nerviosa sin motivos. Y tú estás siendo un gilipollas sin motivos.

Se lleva el vaso a la boca y se bebe todo el alcohol de un trago. Luego se limpia la boca con el dorso de la mano. Oculta todo rastro de expresión y me hace un gesto con los dedos para que me acerque. Vacilo, pero al final me pongo a su lado. Antes de que lo alcance del todo, me da un beso en la nariz. Luego en la mejilla. Después, en el cuello. Sonrío ante las muestras de ternura. De repente, me envuelve entre sus brazos y me estrecha contra su cuerpo. Sus movimientos son más ligeros que el aire; nos balanceamos de un lado al otro, como si el equilibrio no existiera. Sus labios por fin encuentran los míos y el beso dura más y es muy dulce. Tras un largo y embriagador momento, se aparta y me pone el pulgar en el labio inferior.

—A ver qué te parece esto… —Su voz baja y seductora me deja sin respiración—. Cada vez que te entren ganas de tirarte a otro tío, repite esta frase: —Su boca me roza la oreja—. Loren Hale folla mejor. —Me quedo boquiabierta—. Te gusta, ¿eh?

Me guiña un ojo y da un paso atrás. Me entran ganas de atraerlo hacia mí de nuevo de inmediato, de cogerle la mano y apretarlo con fuerza contra mi pecho. Pero él coge su vaso. No me puedo creer que esté celosa de un vaso. Me aclaro la garganta e intento ordenar mis pensamientos.

—Funcionaría, pero se me ha ocurrido un mantra diferente.

—¿Cuál? —Sonríe a medias, pero las botellas requieren su atención. Dirige su mirada hacia ellas.

221

—No le pondré los cuernos a Loren Hale.

Lo inspecciona el armarito.

—El mío me gusta más —contesta con aire distante. Saca una botella de forma triangular de un estante y, pese a lo mucho que lo deseo y lo que me preocupa su estado mental, decido dejarlo en paz y permitirle que se atraque.

Poco a poco, me enfrento al salón abarrotado, con las luces tenues y el efecto estroboscópico de los colores de Halloween. Descubro a Connor junto al fuego que crepita, rodeado de un grupo grande de gente que charla a su alrededor, como si fuese el centro de la fiesta. Él interviene un par de veces, pero la gente parece necesitar más hablarle a él que sus respuestas. Todos mis planes se desvanecen; incluso la idea de competir por la atención de alguien me resulta terrorífica y agotadora.

Pero, antes de que me dé tiempo a apartar la vista, Connor me ve y me hace un gesto para que me acerque. Contemplo a los hippies que se tambalean, aunque vayan descalzos, y niego con la cabeza. Mi lugar está entre las sombras y las telarañas. Es evidente que Connor vive bajo los focos.

Arruga la frente y murmura algo a sus amigos antes de, para mi sorpresa, separarse de la manada y dirigirse a mí. La capa ondea tras él, pero se ha subido la máscara y la lleva sobre el pelo grueso, castaño y ondulado.

—No muerden, ¿sabes? —me dice—. Son una compañía terrible, pero bastante inofensiva.

—Ya lo sé. Es que los grupos grandes de gente no me gustan. Normalmente, cuando voy a fiestas solo… bailo. —Vaya mentira más gorda, pero preferiría no añadir «y me acuesto con alguien» a esa afirmación.

—Nunca se sabe. Uno de esos piratas podría ser un futuro inversor que necesitas meterte en el bolsillo.

—Pues no desaproveches la oportunidad por mí. —Señalo a los grupos de parlanchines—. Ve a buscar a tu futuro millonario.

Sigue mirándome con rostro de acero.

—¿Dónde está Lo? ¿Lo has vuelto a perder?

—Está en la cocina y probablemente va a hacer que nos echen. Había pensado en ir a ver la casa antes. —Espero transmitir toda la amargura que siento.

—¿Cómo que va a hacer que nos echen?

Niego con la cabeza; de repente, tengo la cabeza más clara.

—Nada. Todo va bien.

Un bombero sin camiseta pasa brincando junto a nosotros. Tiene el pecho desnudo lleno de sudor, como si acabara de salvar a alguien de un incendio. «No le pondré los cuernos a Loren Hale». No pienso hacerlo, ni siquiera con un bombero sexy.

—Hola, Connor. —Batman se nos acerca con una cerveza, una elección poco común en este sitio—. No contaba con que te pasaras por aquí. Se dice que en la fiesta de Darren Greenberg hay vuelos en helicóptero gratis.

—Volar entre el vómito no me parece muy atractivo, y daba por hecho que aquí habría comida.

—Ya, Michael no se ha estirado mucho este año. Yo pensaba que iba a recrear una escena de *Posesión infernal* en el jardín delantero, pero al final ha puesto unos zombis de poca monta. —Me mira—. Me suenas de algo. ¿Nos conocemos?

Lo miro con atención, pero no se me ocurre nada. Normalmente, las únicas personas que reconozco, pero no sé de qué, son aquellas con las que me he acostado.

—No, creo que no —contesto.

—Esta es Lily —me presenta Connor—. Es una amiga.

Batman le da una palmadita en el hombro.

—Toma ya. —¿Qué significa eso? Mira mi barriga desnuda con los ojos llenos de avidez. Ay. Me cruzo de brazos. Entonces reconoce el disfraz—. ¡Eh! ¡Lobezno! —Ni me molesto en contestarle—. Deberíamos ir a buscar a todos los superhéroes de la fiesta e ir a luchar juntos contra el puto mal.

—Su novio está por aquí. También es un X-Men.

Batman se muestra un poco decaído.

—Novio, ¿eh? —Entorna los ojos—. Pero… Me parece que sí te conozco. ¿Has ido alguna vez a The Cloud? Es una discoteca que hay en el centro.

Lo veo hallar la respuesta antes de que le diga una palabra. Veo la diversión en sus rasgos. Reacciono de forma visceral y me voy a toda prisa, con la esperanza de que Connor me siga. Que un chico me vea y afirme que nos hemos acostado ya es una coincidencia extraña. Que sean dos… Connor pensará que tengo un problema.

Me detengo en el recibidor, donde me impide el paso un montón de gente que está mirando a Fred Picapiedra deslizarse por el pasamanos.

Connor me toca el hombro y me doy la vuelta para mirarlo. Me alegra ver que Batman no va con él.

—Adoptaría tus métodos para evitar a imbéciles, pero supongo que huir tampoco te procura muchos amigos.

Me relajo. Se cree que huyo para evitar a idiotas como Kevin y Batman. Aunque, la verdad sea dicha, en esta situación no estoy muy segura de que los capullos sean ellos. Me acosté con él y me comporté tal y como me perciben: como una basura de persona.

—No estoy muy interesada en hacer amigos.

—Ya me lo figuraba. ¿Vamos a buscar a tu novio? No sea que le vomite encima a alguien.

—Casi nunca vomita.

—Eso está bien. ¿Te deja tirada a menudo en las fiestas?

—No me ha dejado tirada. Estaba en la cocina.

Levanta las manos en señal de paz. Luego encabezo el camino, pero, cuando llegamos al armarito de cristal, en el lugar de Lo hay un chico que viste solo con una camisa blanca y unos calcetines. Está recolocando las botellas con el ceño fruncido, enfadado.

Ay…

—¿Qué ha pasado? —pregunta Connor, aunque seguro que habrá sumado dos y dos.

Tom Cruise en *Risky Business* saca una llave maestra.

—He encontrado a un gilipollas bebiéndose los licores de mi tío. Esta mierda vale más que un coche. —Su tío… Debe de ser el primo de Thomas Jefferson.

—¿Lo has echado? —Connor mantiene la calma, pero a mí se me acelera el pulso. ¿Y si se han llevado a Lo fuera para darle una paliza o humillarle o… algo peor?

—Qué va. Mis colegas querían sacarle antes cómo se llama. Están ahí atrás. —Tom Cruise levanta una botella con lo poco que queda de líquido color ámbar—. Me sorprende que esté tan entero. Si yo hubiera bebido tanto como ese tío, ya estaría inconsciente.

No espero más. Echo a correr hacia la puerta trasera, rezando para que Lo no haya abierto la boca. Tiene un don para decir lo más inoportuno posible y provocar una pelea, y casi siempre lo hace a propósito. No debería haber insistido en ir a una fiesta. Cuando me he dado cuenta del cambio en su estado de ánimo, debería haberle propuesto volver a casa. No quería estar aquí.

Las botas se me hunden en la tierra húmeda. Paso junto a la piscina, que emite un fuerte resplandor naranja. Unas chicas medio desnudas entran y salen del agua. Lo no está entre la gente que se reúne en pequeños grupos con bebidas en las manos.

Connor me toca el hombro y señala un lado de la casa.

—Por allí.

¿Lo habrá visto? ¿O sabe adónde llevan a los invitados rebeldes para interrogarlos? Aparto telarañas y serpentinas negras y me acerco al lado este de la mansión.

Aquí hay menos gente; el cielo nocturno parece silbar y los gritos se superponen al suave zumbido de la música.

—¡El armario estaba abierto! ¡Os lo he dicho cien veces! ¡Igual deberíais comprobar las cerraduras antes de organizar una fiesta! — Es Lo, pero sus palabras incitan una pelea y me llenan el corazón de terror.

—¡Nos importan una mierda tus excusas!

—¿Quién coño eres y quién es el cabrón que te ha traído?

—Ese cabrón soy yo —dice Connor mientras se acerca a ellos.

Tengo un nudo en la garganta del tamaño de una roca. Lo está acorralado contra la fachada de piedra de la mansión y cuatro tipos vestidos con camisetas térmicas de manga larga verde oscuro debajo de camisetas anchas de color verde claro lo miran con gesto indignado. También llevan caparazones a la espalda: son las Tortugas Ninja.

Aunque solo haya una tenue luz naranja, veo la marca roja que Lo tiene en la mejilla.

Le han pegado.

Corro hacia él; toda sensatez se ha esfumado de mi cerebro.

Uno de los primos Tortuga Ninja de Thomas Jefferson me agarra por la cintura antes de que alcance a mi novio.

—¡Eh! —gritan Connor y Lo al unísono.

—¿Por qué coño has traído a esta basura a casa de nuestro tío? —pregunta el que va vestido de Donatello, con una cinta lila, mientras yo intento zafarme de él. Pateo al aire, pero él me coge con fuerza, como si fuese un saco de huesos.

Connor da un paso al frente.

—¿Qué sois? ¿Matones? Suéltala, Matt. Y entonces hablaremos.

Los otros grupitos que están en el patio empiezan a mirar. Mientras me resisto, veo a una Campanilla, un Peter Pan, un superhéroe vestido de verde y a Dobby, el elfo doméstico. El superhéroe viene hacia aquí y, justo cuando pienso que tiene la intención de rescatarme, Matt me suelta y me acerco a Lo.

Él me pone las manos en las mejillas y me mira de arriba abajo.

—Estoy bien —le digo, más preocupada por su estado que por el mío—. No los provoques más.

Se le endurecen la mirada y los pómulos; aprieta los labios.

—Ponte detrás de mí.

—Lo… —Estoy aterrorizada noto una opresión en el pecho.

—Si pasa algo, vete corriendo a la limusina de Connor —me

pide en voz baja mientras me empuja detrás de él—. No me esperes, ¿vale?

—No. —Tengo unos ojos como platos—. Lo, por favor...

—Este tío nos debe cuarenta mil dólares —dice Matt con desdén, volviendo la atención de todos hacia Lo. ¿Por qué nos ayuda Connor? Esto podría causar un daño irreparable a su reputación.

—No te pienso dar ni un centavo —le espeta Lo—. ¿Cómo iba yo a saber que ese licor no se podía tocar? No había ningún cartel.

—¡Estaba cerrado con llave! —contesta el primo de la cinta azul.

Lo abre la boca otra vez, pero le pellizco el brazo y lo fulmino con la mirada. Tenemos que irnos de aquí, y juntos, a poder ser. Él aprieta los dientes, pero, por suerte, se calla.

Matt vuelve a mirar a Connor con los ojos encendidos.

—¿Crees que vamos a pasarlo por alto solo porque eres Connor Cobalt? Cualquier otro iría directo a la lista negra por algo así. —Vaya, la lista negra. Lo y yo debemos de estar en todas las listas del círculo pudiente de Filadelfia. De no ser por Connor, no habríamos podido pasar de la puerta.

—Pues ponme en la lista negra —repone Connor—. Esta fiesta es horrible. Ni siquiera os habéis molestado en servir comida.

Matt levanta la cabeza, anonadado.

—¿Vas a elegirlos a ellos antes que a nosotros?

Connor asiente y tensa los músculos.

—Pues sí. Veamos qué tenemos por aquí. Un valor neto de... —Echa un vistazo a la mansión—. Unos veinticinco millones. —Nos señala a Lo y a mí—. Calloway y Hale. Eso significa todos los putos refrescos que hay en tu casa y todos los pañales de tus sobrinitos y tus sobrinitas. Miles de millones. Así que sí, me pongo del lado de las dos personas que hacen que vuestras herencias parezcan calderilla.

Me quedo boquiabierta. No me esperaba esa respuesta, aunque es verdad que Connor es amigo nuestro desde hace solo unos pocos días. Colecciona gente, y Lo y yo somos como moneditas de oro en un tarro. De todas formas, hace tanto tiempo que nadie daba la cara por nosotros que paso por alto la superficialidad de sus motivos. Es bonito tener un aliado. Es desesperado por mi parte, sí, pero nadie dijo que Lo y yo fuéramos perfectos.

Matt y las otras Tortugas Ninja están estupefactos, intentando comprender nuestros nombres y nuestra riqueza, pero el primero no tarda en echarse a reír con crueldad.

—Bueno, entonces, con esos recursos, no tendrás ningún problema en dejar de lloriquear y pagarnos lo que te has bebido.

A mi novio se le ensombrece el rostro. Lo cojo de la mano con la esperanza de que no se ponga beligerante y discutidor. Confío en él mientras yo esté aquí a su lado, pero si me voy puede pasar cualquier cosa.

—Que te den —le dice Lo.

Connor interviene antes de que una de las tortugas alce un puño para hacérselo pagar.

—¿Tanto le importará a tu tío? Cuarenta mil dólares no es nada.

—Se ha bebido lo que vale un coche, Connor —repite Matt con incredulidad—. ¡Es más de lo que mucha gente gana en un año! Sí, se cabreará, y mi amigo el de los pañales se lo puede permitir. Paga, o encontraremos una forma colateral de cobrártelo hasta que cojas tu puto talonario. —Me mira y retrocedo hasta dar con la fría piedra. Lo mira atrás, con las líneas del rostro duras y marcadas, y cuando siente que estoy a salvo, da un paso al frente.

¡No! Lo cojo de la muñeca de inmediato.

—Lily…

—No puede pagarlo —lo defiendo.

—¡Lily! Para.

Cierro la boca; no pienso contarles a unos desconocidos la vida privada de Lo. Su padre le puso una asignación muy estricta; le bloqueó la cuenta bancaria y le va dando algo de dinero cada mes. Supervisa cada transacción y llama a Lo siempre que hay un desembolso grande. Con los cuatro mil dólares de la botella de champán en el restaurante italiano y sus otros gastos, este mes está a cero.

Y si gasta más de la cuenta, Jonathan montará un numerito.

—¿De verdad esperas que me lo crea, cariño? —dice Matt.

No, no se lo va a creer.

Connor se muestra preocupado por primera vez. Mira hacia atrás de vez en cuando, buscando refuerzos por si la cosa se pone fea.

—Puedo… Puedo pagar. Pero tengo el talonario en el coche, en mi bolso —digo.

Si tengo que hacerme cargo yo de los cuarenta mil dólares, lo haré. Puedo justificarlo diciendo que me los he gastado en un vestido para la gala benéfica de Navidad porque el que me compré se me manchó. El único problema es que no he traído dinero. Al no llevar bolsillos y con mi tendencia a perder bolsos, salí de casa solo con las cuchillas de plástico y las botas de cuero hasta la rodilla.

—¡Matt! —Un chico alto y bronceado se nos acerca corriendo. Lleva una chaqueta de cuero verde y un arco y unas flechas colgados a la espalda. Lo reconozco: es el superhéroe vestido de verde que andaba por aquí. Lleva unas rayas de un verde oscuro pintadas en los ojos, como una máscara, y el pelo castaño alborotado le remarca las líneas duras de la mandíbula. Tiene un aspecto varonil y poderoso, y parece cabreado. Supongo que el disfraz ayuda, pero me da la sensación de que desborda seguridad en sí mismo.

Se detiene a un par de metros de nosotros y mira al primo con la cinta lila. Espero que se enfrente a Matt y lo amenace con los puños y su complexión robusta, algo que Lo ha evitado hasta ahora.

El superhéroe vestido de verde dice:

—Oye, acabo de hablar con una chica y dice que Michael os necesita en casa. Tenéis que encargaros de unos que se están peleando en el sótano. Están tirando cosas.

Me quedo boquiabierta. No ha venido a ayudarnos. Soy idiota.

Matt se frota la nuca y nos mira antes de hacerle un gesto con la cabeza a las otras tortugas.

—Id. Yo me encargo de esto. —Los primos echan a correr hacia la piscina.

—La chica me ha dicho que Michael os necesita a los cuatro.

Matt resopla.

—¿Puedes hacerme un favor, Ryke? Estos dos le deben cuarenta mil dólares a mi tío. —Me señala—. La chica dice que tiene el talonario en el coche. Síguelos y que te dé el dinero.

—Claro, no hay problema.

Se me cae el alma a los pies. Ahora nos va a perseguir el amigo superhéroe de Matt, que está tan cachas que podría derribarme y dejarme clavada en el suelo. Quizá no a Lo, pero a mí… Y puede que a Connor también. Fantástico.

La tortuga malvada dobla la esquina y Ryke nos mira.

—¿Dónde está el coche? —Ahora que se vuelve, me fijo en sus rasgos. Va sin afeitar, tiene la nariz fina y unos ojos marrones que se disuelven en miel. Alguien que me intentaría ligar sin pensármelo dos veces. Aparto ese pensamiento, sobre todo porque es amiguito de los primos de Thomas Jefferson.

—Por aquí. —Connor nos guía hacia la limusina.

Lo me rodea la cintura con el brazo y me atrae hacia él. Ryke camina delante de nosotros con Connor, y mi novio le taladra el traje con los ojos. Me pregunto si lo odia solo por ser el chico de los recados de Matt o porque se siente amenazado por él. ¿Me habrá visto mirarlo? Encima, Ryke es un par de centímetros más alto que Lo, medirá probablemente más de un metro noventa, camina con gran seguridad en sí mismo y exuda virilidad. Lo también, pero hay una pequeña diferencia. No sé muy bien cuál es. Este chico es todo dureza, mientras que Lo es más afilado. Son como la piedra al lado del hielo.

Parpadeo, intentando no concentrarme en la belleza de Ryke. No en un momento como este.

Tras dar varios pasos, Lo se saca la petaca del cinturón y vuelve a beber.

—¿Ese alcohol es tuyo? —pregunto, molesta porque esté ahogando otra situación complicada en alcohol. Aunque a mí también se me ha ido la cabeza un segundo, imaginando los abdominales de Ryke, así que tampoco puedo ser muy crítica.

Se seca la boca con la mano.

—Es posible.

Ryke va mirándonos de vez en cuando. Nos mira a uno y luego al otro con una expresión enigmática que no comprendo. Si Matt confía en él, no será mucho mejor que las Tortugas Ninja.

Quizá pueda echarme a llorar en lugar de pagarle. Los chicos se sienten muy incómodos cuando una chica llora, ¿no?

—¿Quién se supone que eres? —pregunta Connor—. ¿Robin Hood?

—Flecha Verde —lo corrijo antes que Ryke.

Este mira atrás y observa mi disfraz. Su mirada intensa me calienta.

—¿Conoces a Flecha Verde? —pregunta, mirándome a los ojos.

—Un poco —murmuro—. Los cómics de DC no son lo mío.

A mí me gustan las historias con héroes inesperados, en las que cualquier persona puede convertirse en un superhéroe. Como Peter Parker o los mutantes.

—Solo los perdedores leen DC —añade Lo.

Bueno, yo no iría tan lejos.

—Yo no leo cómics —confiesa Ryke—. Solo he visto *Smallville* en la tele. ¿En qué me convierte eso?

—En un capullo.

Ryke enarca las cejas, sorprendido ante su hostilidad.

—Ya veo.

—Yo no estoy de acuerdo con Lo, que quede claro —intervengo—. No soy elitista con los cómics. —Cualquiera puede leer cómics, y si no lo haces, me parece perfecto disfrutar de los personajes en otros medios.

Lo me mira y pone los ojos en blanco.

Ryke ignora mi comentario y se vuelve hacia Connor, que se ha quedado en silencio.

—¿Qué haces tú con estos dos? ¿No vas siempre con una horda de gente que intenta lamerte el culo?

—Estoy ampliando mi círculo.

Cuando estamos llegando al coche, me doy cuenta de que he de trazar un plan, pero mi cerebro cortocircuita y respiro con dificultad. Llegamos a la calle y el viento sopla con fuerza, despeinándome. La limusina de Connor está en la curva.

—¿Dónde coño está tu coche? —pregunta Ryke, mirando hacia la casa con cautela.

—Justo aquí. —Connor llama a la ventana y Gilligan, su chófer, quita el seguro.

Le hago un gesto a Lo para que entre antes que yo. Él se balancea sobre sus pies; está muy ebrio. Cuando está a salvo en el asiento de cuero, me empiezo a relajar. Un poco.

—¿Dónde está tu bolso? —pregunta Connor, e inmediatamente después empieza a abrir mucho los ojos—. No has traído ningún bolso, ¿no?

—Yo... —Evito a Ryke. ¿Me amenazará? ¿Me pegará? Veo que tensa los fuertes músculos y me encojo atemorizada.

—¿Qué has hecho? —pregunta Connor horrorizado.

Abro la boca para responder, pero cuando levanto la vista, veo que no se dirigía a mí. Está mirando a Ryke y luego al patio, donde las Tortugas Ninja corren como locas, esquivando zombis inmóviles, directas hacia nosotros.

22

—¡Entrad al coche! —grita Ryke.

Entro demasiado rápido y me golpeo la cabeza contra la parte de arriba de la puerta. Maldigo entre dientes y me froto el chichón mientras me agacho más para entrar. Lo está tumbado en el asiento más largo con los ojos cerrados, acunando la petaca como si fuera un osito de peluche. Me siento a su lado y le apoyo la mano en los tobillos.

Connor entra y, para mi sorpresa, Ryke lo sigue. Cierra la puerta con el seguro.

—¡Arranca! —grita.

Gilligan recorre a toda prisa la calle del barrio rico mientras las Tortugas Ninja corren detrás de nosotros; sus siluetas contrastan con las luces de los faros traseros. Les ganamos cada vez más y más distancia, hasta que se detienen y quedan ocultas en la oscuridad.

Me vuelvo hacia Connor y Ryke.

—Déjame adivinar —dice el primero—. No había ninguna pelea en la casa.

Ryke observa a Lo, que resopla en un sueño inconsciente.

—Me lo he inventado —admite con tono distante—. ¿Está bien?

—Un momento. ¿Qué está pasando? —pregunto—. ¿Por qué nos has ayudado?

Estaba totalmente al margen, observando todo el drama. Se podría haber quedado allí y no mover un dedo, pero ha intervenido, ha fabricado una mentira bien elaborada para que las Tortugas Ninja se fueran y nosotros pudiéramos ponernos a salvo. En mi mundo, no existen los actos de bondad desinteresados. La única respuesta que tiene sentido es que quiera ser amigo nuestro, que haya elegido un valor neto de mil millones de dólares antes que uno de veinticinco millones, como ha dicho Connor.

Por primera vez, Ryke aparta la vista de Lo y dice:

—¿Crees que me iba a quedar ahí plantado mientras Matt, borracho como una cuba, se aprovechaba de una chica?

—Pues es lo que haría mucha gente —mascullo.

Frunce el ceño y adopta una expresión dura y sombría, que hace que aumenten mi cautela y mis reservas.

—Ah, ¿sí? Pues entonces la gente es un puto asco. —Vuelve a mirar a Lo, que está abrazado a su petaca. De repente, se inclina hacia delante y se la quita. La destapa y baja la ventanilla.

—¿Qué haces? —le pregunto alterada. Salto al otro asiento e intento quitársela—. ¡Eso no es tuyo!

Trato de alcanzar la petaca para que no tire el alcohol a las calles sucias, pero Ryke aparta mi brazo sin esfuerzo. Me coloco junto a la ventana abierta, tapando cualquier salida posible, y él me mira como si acabase de mutar en un lagarto.

—¿Cuál es tu problema?

—¡No es tuyo! ¡No eres nadie para tirarlo!

—Ah, ¿no? ¿Y de quién es? ¿De tu novio?

Lo fulmino con la mirada, pero no le contesto. Connor nos observa con curiosidad, pero no interviene.

Ryke menea el líquido en el interior de la petaca.

—Esto es lo que ha causado todo el drama de hoy. Así que tirándolo le estoy haciendo un favor a él, a ti y a todo el que está en esta puta limusina.

Se acerca de nuevo a la ventana y yo trepo por la puerta como una araña, estirando los brazos para detenerle. Pone una mano sobre la mía; su cuerpo está tan cerca que noto el sube y baja de sus costillas contra mi pecho. Dios mío… Intenta alargar un brazo hacia la ventana, pero lo aparto de un manotazo y el líquido de color ámbar nos acaba salpicando a los dos. Trato de quitarle la petaca, pero solo consigo tirar todavía más alcohol. Él termina con la pelea inmovilizándome los brazos contra el asiento.

—¡Para!

Le lanzo una mirada asesina.

—¿En qué se diferencia esto de lo que ha hecho Matt?

Su mandíbula se endurece, como si estuviera hecha de piedra.

—Estoy intentando ayudar a tu novio.

Dicho eso, me suelta y se apoya en el respaldo. Tengo la barriga llena de alcohol y, al recordar mis acciones, me sube el calor al rostro. Recojo la petaca vacía de Lo y la pongo en mi asiento, sin dejar de mirar a Ryke con desconfianza.

—¿Quién eres?

Connor enarca las cejas.

—¿No lo conoces?

—¿Debería?

—Es Ryke Meadows, el capitán del equipo de atletismo. Michael y Matt también forman parte de él.

Inhalo; me cuesta respirar.

—Entonces ¿esos eran tus colegas del equipo? —pregunto, mirándolo con mala cara.

—Sí —responde. Mira otra vez a Lo y se cambia de sitio para ponerse a su lado.

—Está bien —insisto casi a gritos.

Ya sé cómo cuidar de Lo. He estado en esta situación muchas veces y sé cuándo necesita un hospital y cuándo su cama y un vaso de agua, pero Ryke no confía en mi palabra. Le pone dos dedos en el cuello para medirle el pulso.

Connor me hace un gesto con la cabeza y pregunta:

—Sabías que se estaba bebiendo el alcohol caro desde el principio, ¿verdad?

Ryke frunce el ceño y, entre eso y la pintura que lleva en la cara, su expresión parece aún más sombría e iracunda que antes.

—¿No se lo has impedido? —Niega con la cabeza, contrariado.

Me sobreviene una oleada de culpa que odio. Y también lo odio a él, por hacerme sentir así. He hecho todo lo posible por proteger a Lo sin caer en la hipocresía.

—Lo he intentado. —Le advertí que no lo hiciera, pero no podía hacer nada más. No cuando yo deseaba el sexo tanto como él el alcohol.

—¿Y siempre bebe así?

¿A qué viene este interrogatorio? Me muerdo el labio; no soy capaz de formar las palabras que hierven en mi interior.

—Hoy cumple veintiún años. —La mayoría de la gente se emborracha como una cuba cuando cumple veintiún años, pero a Ryke siguen sin convencerle mis explicaciones. Ve lo que hay debajo de mi fachada, igual que el gigoló.

—Eso no te lo crees ni tú —interviene Connor—. Lo ni siquiera ha intentado esconderme que tiene un problema. No lo he visto nunca sin beber.

Aparto la vista y cojo el tobillo de mi novio con más fuerza. No quiero que me juzguen más.

—Solo necesito llevarlo a casa. —«¡Despierta!», quiero gritarle. Me ha dejado aquí tirada y ahora me toca a mí arreglar este desaguisado. Otra vez.

Connor deja el tema, así que, a partir de entonces, la limusina recorre en silencio las calles de la ciudad. Percibo las emociones abrumadoras de Ryke, que respira pesadamente mientras intenta comprender la situación. Cada vez que lo miro de reojo, tiene pinta de estar a punto de darle un puñetazo al coche. O de salir corriendo.

Cuando la limusina se detiene delante del Drake, me arrastro junto a Lo y lo cojo de los brazos para levantarlo.

—Lo —susurro. «¡Despierta!». Si casi no puedo llevarlo hasta la ducha, ¿cómo narices lo voy a llevar hasta el ascensor? Ni me planteo pedir ayuda, así que paso los siguientes minutos intentando ponerlo recto y llegar con él a la puerta.

Connor y Ryke bajan del vehículo y abren mi puerta. Connor asoma y dice:

—Aparta, Lily. Ya lo llevamos nosotros.

—No, Lo no querría que lo hicierais.

Ryke agacha la cabeza y me mira.

—La mayoría de los tíos tampoco querrían que los llevase en brazos su novia. —Me lo tomo como un insulto personal, aunque es posible que no lo haya dicho con esa intención.

—Ni siquiera está consciente, ¿qué más da? —insiste Connor, como si no hubiera más que hablar.

Es evidente que esta vez no voy a ganar.

Me aparto, enfrentándome al aire frío de Filadelfia, y Connor entra en la limusina.

—Cógelo de los pies.

Ryke se posiciona junto a la puerta y se van dando instrucciones hasta que este consigue coger a Lo en brazos. Lo carga con bastante facilidad, pero preferiría que lo hiciera Connor. Hay algo en Ryke que me pone de los nervios.

Sin embargo, es él quien lo lleva en brazos. La imagen es bastante cómica, porque, como Lo lleva un traje de licra rojo y negro, parece un X-Men herido. Sin embargo, me lo imagino despertándose y viéndose en brazos de Flecha Verde. Se pondría como una moto, y no precisamente en plan fan.

—Cuidado con la cabeza —les aviso al llegar a las puertas giratorias.

—No te preocupes. —Ryke entra en el vestíbulo sin inmutarse.

Sigo observando a Lo incluso cuando estamos en el ascensor, disgustada por cómo se han desarrollado los acontecimientos. Nunca le había permitido a nadie que lo llevara en brazos o que lo ayudara. Hasta donde puedo recordar, ese siempre había sido mi trabajo. Y quizá se me haya dado fatal, pero al menos sigue vivo, al menos todavía respira. Y está aquí conmigo.

Al llegar a la puerta, saco las llaves y los dejo entrar en casa. Cuando me doy cuenta de que nunca había cruzado el umbral de mi hogar tanta testosterona junta, se me vuelven a poner los nervios de punta. Aunque también dejé entrar mucha hormona masculina la vez en la que me llevé a dos chicos a casa.

—Puedes dejarlo en la cama.

Guío a Ryke hasta la habitación de Lo y señalo el edredón de color champán. Lo deja encima. Mientras le desato las botas, empieza a mirar la decoración, los pósters de la Comic-Con, las fotografías y los armaritos de vidrio tintado. La forma en que lo mira todo me parece extraña, es como si nunca hubiese visto la habitación de un chico.

—¿Vivís juntos? —Coge una fotografía de la mesa.

—Ella es una Calloway. —Connor apoya una cadera en el marco de la puerta y se cruza de brazos.

—No entiendo qué significa eso —contesta Ryke.

—Mi padre creó Fizzle.

—Ya lo sé, eso explica por qué Connor va con vosotros, pero no tiene nada que ver con que tú y Lo estéis juntos. —Deja el marco de fotos en su sitio.

Connor levanta una mano.

—Que quede claro que estos dos me caen bien. No hay quien se aburra con ellos.

Ryke se quita la chaqueta de cuero, que está empapada de alcohol.

—Entonces ¿Lo y tú tenéis una relación seria?

—¿Y a ti qué te importa?

El rostro se le deforma de irritación.

—¿Siempre estás a la defensiva con la gente que te salva el culo?

Pues sí. En lugar de admitir mis errores, respondo a su pregunta.

—Somos amigos desde niños. Hace poco que empezamos a sa-

238

lir, pero vivimos juntos desde que comenzamos la universidad. ¿Satisfecho?

—Con eso me basta, joder —contesta mientras coge otra foto.

—¿A qué hora crees que se despertará? —pregunta Connor—. Me ha prometido que mañana iríamos juntos al gimnasio.

Suspiro.

—Las promesas de Lo son como los bares después de las tres de la madrugada: están vacías.

Abro el cajón de la mesa y veo tres botes de ibuprofeno. Tiro el que está vacío a la papelera y saco un par de pastillas del segundo. Lleno un vaso de agua en el baño y se lo pongo en la mesita de noche junto a las pastillas.

—Me parece que haces esto a menudo —comenta Ryke.

Apago la luz y les hago un gesto para que salgan al salón sin mirarlos a los ojos. Me abrigo con una manta de algodón de color crema y escondo las manos, que me han empezado a temblar. Se sientan en el sofá y yo escojo el sillón reclinable de ante rojo. Ryke se empapa del ambiente, observa los cojines, inspecciona los enchufes, la chimenea sin usar y los cuadros de osos polares inspirados en Andy Warhol. Es como si estuviese construyendo a una persona a partir de sus cosas. No me gusta.

—Deberíais iros. Estoy bastante cansada —les pido en voz baja.

Connor se pone de pie.

—Vale, pero vendré mañana por la tarde a recoger a Lo para ir al gimnasio. Puede que él no cumpla sus promesas, pero yo hago cumplir todas las que me hacen.

Ryke se pone de pie justo cuando Connor sale. Sigue mirando a su alrededor; la cocina, los taburetes, las estanterías…

—¿Tienes pensado robar algo? —le pregunto—. La verdad es que no tenemos muchas cosas de valor. Deberías probar en casa de mis padres.

Se le vuelve a deformar el rostro.

—Eres lo más, ¿eh? —Entorna los ojos—. Que esté mirando tu puta lámpara no quiere decir que me la vaya a llevar.

—Si no estás tomando fotografías mentales para volver luego, ¿qué narices haces?

Inclina la cabeza y me mira como si fuera idiota.

—Estoy intentado comprender quiénes sois. —Señala la repisa de la chimenea, donde hay un jarrón de cristal. Nos lo regaló Poppy cuando nos mudamos—. Ricos. —Señala las botellas de alcohol que hay desperdigadas por las encimeras de la cocina—. Alcohólicos.

¿Cómo es posible que llegue a esa conclusión solo por unas cuantas botellas? Arrugo la nariz.

—Lárgate.

Él sigue mirándome con los ojos entornados.

—¿Te duele? ¿Te duele oír la verdad? ¿Nadie te la había dicho antes?

Casi nunca me enfado así, pero siento que se me está hinchando el pecho de una furia que desconocía hasta ahora.

—¡No puedes entendernos mirando nuestras cosas!

—¿No? Pues me parece que he metido el dedo en la llaga. Y me da en la nariz que es porque tengo razón.

—¿Qué problema tienes? —le espeto—. No te hemos pedido ayuda. Si hubiera sabido que ibas a ser tan… —gruño. No soy ni capaz de acabar la frase.

—¿Gorila? —bromea—. ¿Orangután?

Da un paso hacia mí. Tengo ganas de darle un puñetazo. Nunca, jamás en mi vida, había sentido tanta hostilidad contra alguien.

—¡Déjame en paz! —chillo, casi lloriqueando. También odio mi tono de voz.

—No —contesta con testarudez.

Aprieto los dientes y reprimo el impulso de patalear en el suelo como una niñata.

—¿Por qué no?

—Porque me parece que si Lo estuviera metido en problemas

serios no harías nada por él. Y eso me saca de mis putas casillas. —Me mira de arriba abajo—. Así que vas a tener que aguantarme.

Se dirige a la puerta. En parte, estoy de acuerdo con él. No sé cómo ayudar a Lo sin hacerme daño a mí misma, y soy demasiado egoísta para encontrar una solución a sus problemas.

—No quiero verte nunca más —le digo. Es la verdad.

—Pues lo siento por ti —contesta mientras gira el pomo—, porque te va a costar librarte de mí.

Y se va. Tengo ganas de chillar. ¿Tanto le preocupa el bienestar de Lo que quiere vernos por segunda vez?

Cuando la puerta se cierra, intento no pensar más en él. Quizá eran amenazas vacías para hacerme sentir culpable. Nadie se mete en los asuntos de los demás de esta manera.

Pero ha puesto fin a una pelea que no le incumbía. Es evidente que es de la clase de tíos que meten las narices en lo que no les importa.

23

Ryke no se me va de la cabeza. Malgasto el resto de la noche con porno y juguetes, sumergiéndome en sudor y en colocones naturales. Deberíamos haber celebrado su cumpleaños en casa, tal como él quería. Ojalá lo hubiéramos hecho. El año que viene no pienso cometer el mismo error.

Cada vez que me acurruco entre las sábanas, intentando dormir, se me llenan los ojos de lágrimas y acabo llorando sin consuelo. Se supone que con una relación real íbamos a solucionar las dificultades de nuestras vidas. Ahora tendría que ser todo más fácil. Ya no tenemos que fingir, podemos ser nosotros mismos. Nos hemos liberado de una de las mentiras. ¿No debería ser este el momento en el que el amor vence a las adicciones? ¿En que nuestros problemas se resuelven con un beso y una promesa, como por arte de magia?

En lugar de eso, todo se ha ido al cuerno. Lo bebe, yo follo, y nuestros horarios se solapan y dejan de coincidir demasiado a menudo, convirtiéndose en algo más destructivo que sano.

Nadie me había contado que podías amar a alguien y seguir siendo desgraciada. ¿Cómo es eso posible? Y, aun así, solo pensar en alejarme de Loren Hale me oprime el pecho y me deja sin respiración. Hace tanto tiempo que somos amigos, aliados, que no sé quién soy sin él. Nuestras vidas están entrelazadas en cualquiera de sus puntos y separarlas se me antoja una fractura fatal e irreparable.

Pero hay algo que no va nada bien.

A media mañana me duele la muñeca, pero, aun así, pongo otro DVD. El timbre suena en cuanto me dejo caer en el colchón. No... No estoy de humor para charlar con Connor. Además, es posible que me abalance sobre él. Tengo el cuerpo encendido y necesito a Lo desesperadamente, pero sus actos de anoche no merecen ninguna recompensa. Aunque contenerme me duela a mí más que a él, se va a quedar sin sexo durante una buena temporada.

El timbre protesta de nuevo. Fantástico. Lo todavía está frito.

Salgo a rastras de la cama, me pongo una camiseta y unos pantalones de chándal y aprieto el botón del interfono.

—¿Sí?

—Señorita Calloway, un tal señor Cobalt pregunta por usted.

—Que suba.

Preparo café con la esperanza de que la cafeína le confiera a Connor aspecto de un *hobbit* tan horroroso que no lo quiera ni tocar. Aunque Frodo es bastante mono.

—¿Ha sido eso el timbre?

Casi se me cae la leche.

Lo se frota los ojos, se acerca con aire cansado a los armarios y busca galletitas saladas y los ingredientes para prepararse un bloody mary. Tiene el pelo mojado de la ducha y solo lleva un par de pantalones de chándal que le caen bastante bajos, a la altura de las caderas.

Se me tensa todo el cuerpo. Le doy la espalda justo cuando levanta la vista para mirarme.

—Oye. —Me pone una mano en el cuello desnudo y me aparta el pelo.

—Para —le pido con voz entrecortada. Aumento la distancia entre los dos.

Veo cómo los viejos remordimientos le nublan el rostro. Me mira de arriba abajo, pasando por las piernas sudadas, por la ropa que se me pega al cuerpo y el pelo húmedo y enredado.

Tengo aspecto de haber estado follando.

Apoya una mano en la encimera para mantenerse erguido, como si se hubiera quedado sin aire.

—Lily…

Alguien aporrea la puerta.

—¡Loren Hale! —grita Connor—. Más te vale estar despierto. Me prometiste que iríamos al gimnasio y quiero ir al gimnasio.

Lo abandona mi lado a regañadientes para dejarlo entrar.

—Llegas puntual —dice de forma inexpresiva mientras vuelve a la cocina.

—Siempre soy puntual. —Observa a Lo, que saca una botella de vodka del congelador—. No es ni mediodía, ¿sabes? Las neuronas no responden muy bien al alcohol cuando es tan temprano. El Gatorade es una opción mejor.

—Se está haciendo un bloody mary para la resaca. —Se me escapa la defensa antes de que pueda contenerla.

—Eso mismo —añade Lo, lo que no me hace sentir mejor por intentar tapar su problema. «No lo pienses». Saca el zumo de tomate y empieza a prepararse el cóctel mientras Connor dice no sé qué sobre los electrolitos.

Me quedo con la mirada perdida, imaginando unas manos que me encierran contra las encimeras, un chico sin cara y sin nombre que me acaricia el cuello con los labios cálidos. Unos dedos que se deslizan bajo mi camiseta y luego se dirigen a la cintura de los pantalones de chándal, acercándose, provocándome…

—Lily, ¿qué te parece el plan? —pregunta Lo con el ceño fruncido de preocupación.

Parpadeo.

—¿Qué? —Me froto la nuca e intento que se me pase el calentón, pero es como si mis pensamientos me hubieran prendido fuego.

Lo tiene un Gatorade azul en la mano. ¿Qué ha pasado con su bloody mary? ¿De verdad Connor ha logrado convencerlo? Lo deja sobre la mesa y viene hacia mí, reparando en mis manos temblorosas.

—¿Estás bien? —Alarga un brazo para tocarme la cara, pero se la aparto y me separo de él. Se le tensa todo el cuerpo ante el rechazo.

—Sí —contesto—. Voy a ducharme.

—¿Vas a venir al gimnasio con nosotros? —Parece preocupado.

—No lo tenía pensado. —Mi cuerpo palpita con cada paso que doy para alejarme de él; mi fuerza de voluntad empieza a agotarse. Lo necesito. Lo deseo. Estoy a segundos de desmoronarme y llevármelo conmigo.

Me coge rápidamente de los costados con las dos manos, se agacha y me dice al oído:

—Vente, por favor. —Su voz sensual me lleva adonde no debería ir. Contengo un gemido—. Allí te lo compensaré todo. —Susurra exactamente lo que quiere hacerme en el gimnasio. No soy capaz de negarme. Casi no soy capaz de negarme a nada. Se está comprando un perdón con mis debilidades. Es como si yo la cagara y le mandara una cesta de regalo llena de botellas de whisky caro.

Asiento y murmuro que antes he de ducharme. Los pies me llevan hasta el baño, donde me lavo el pelo y el sudor.

Lo llama a la puerta.

—¿Me necesitas?

Sí, pero creo que puedo esperar hasta llegar al gimnasio. Al menos, eso espero.

—No.

Presiento que se queda junto a la puerta. No se va a disculpar por lo que pasó anoche, aunque debe de saber que la cagó. Espero a que me pregunte si me he acostado con algún otro tipo, pero no lo hace. Y luego oigo sus pasos, que se alejan. Después de ducharme, me pongo unos pantalones de nailon y una camiseta ancha.

Cuando llegamos al gimnasio, Connor decide ir a las máquinas para el tren inferior, que están junto a una serie de televisores de pantalla plana. Mueve el peso hacia abajo con los pies, empleando la fuerza de los músculos de los muslos.

Yo me siento en el suelo al otro lado de la sala, junto a la máquina de los pectorales. Lo coge las asas unidas a las pesas, se las lleva hacia el pecho y luego hacia atrás.

Estoy harta de intentar evitar que Lo me toque. Me he pasado todo el trayecto pegada a la puerta para mantenerme en mis trece, y eso que los baches de la calle casi hacían vibrar los asientos. Estaba perdiendo la cabeza.

—¿Podemos hacerlo ya? —pregunto mientras me bajo los calcetines, que me llegan por encima de los tobillos.

—¿No decías que la expectación es parte de la diversión?

—A veces. —Me llevo las rodillas al pecho y miro a Connor, que ha parado de entrenar para discutir con un tipo por el mando a distancia de la televisión—. Deberíamos pasar de él. —Es la solución más fácil. Él es el intruso, el tío que nos está obligando a enfrentarnos a nuestros problemas, a mirarlos cara a cara y reconocerlos. Y no quiero pensar en nada de eso. También culpo a Ryke, por haber sembrado en mi cabeza la semilla de la culpa.

—No está tan mal —contesta Lo llevándose las asas al pecho de nuevo. Exhala con fuerza y las suelta—. Creo que es el tío más capullo que he conocido nunca, pero no es tan perfecto como se cree.

—Y es asexual.

—También.

Cojo un par de mancuernas para que dos chicas que están en las máquinas de subir escaleras dejen de mirarme mal. Supongo que acompañar a tu novio al gimnasio solo para verlo entrenar es lamentable. Empiezo a hacer ejercicios con los brazos, mis extremidades más débiles. Tras unos minutos, las suelto y me vuelvo a sentar.

—¿Vamos a hablar de lo que pasó anoche en algún momento?

Él hace una mueca al llevarse el peso al pecho de nuevo. Luego suelta las asas y se seca la frente con una toalla. Sé que le está dando vueltas al asunto.

—¿De qué hay que hablar?

—Te bebiste el alcohol de ese chico.

Pone los ojos en blanco con un gesto dramático y se levanta del asiento para ponerle más peso a la máquina.

—No es la primera vez que lo hago. ¿Por qué es diferente ahora, Lil?

—Ya no vas al instituto —contesto—. Y… y estás conmigo.

Coloca el peso con un repiqueteo y se vuelve a sentar.

—¿Quieres que deje de beber? —pregunta con el semblante serio. Sí, eso es lo que quiero. ¿Cómo voy a querer que siga descendiendo hacia ese horror? Podría morir por culpa del alcohol. Podría quedarse inconsciente y no despertarse jamás. Pero no me da tiempo a aunar el coraje necesario para decirle todo eso, porque añade—: ¿Quieres dejar el sexo?

No. ¿Por qué tiene que ser eso una condición? Bueno, supongo que porque no es justo que yo dedique mis energías, mi tiempo y mi pensamiento al sexo mientras él tiene que abstenerse de beber.

—Mira —prosigue al ver que no sé qué contestar—. Bebí mucho. Tú te pasaste la noche masturbándote, porque doy por hecho que no me pusiste los cuernos. —Espera a que se lo confirme y niego con la cabeza para hacerlo. Asiente aliviado—. Fue una mala noche. Hemos tenido muchas así, ¿vale? —Vuelve a la máquina.

Me quedo mirando el suelo, aturdida.

—A veces pienso que éramos mejores como pareja falsa.

Se pone rígido.

—¿Por qué piensas eso? ¿El sexo es malo?

—No… Solo creo que era más fácil. —Deberíamos volver a lo de antes. No discutíamos tanto. Permitíamos que nuestros horarios fueran distintos y que se cruzaran de vez en cuando. Manteníamos nuestras adicciones separadas la mayoría del tiempo; ahora se entrecruzan y son más difíciles de gestionar.

—Nadie dijo que tener una relación fuese fácil. —No vuelve a la máquina.

Me duele el cuerpo. Me gustaría tener suficiente fuego en el corazón para levantarme y dirigirme a él, para ponerle las manos en el

pecho, enrollarle una pierna en la cintura y subirme a horcajadas sobre él en el asiento de la máquina. Él se queda sin aliento y pregunta:
«¿Lily?», pero no me para, deja que me incline hacia él, que clave mis
caderas contra las suyas. Le beso en el cuello y sus defensas fallan, y
gime. Se excita bajo mi cuerpo y me pide con voz ronca que me encuentre con él en los vestuarios.

Una toalla húmeda me golpea en la cara y vuelvo al mundo de los
vivos. Lo me mira con las cejas levantadas y un aire acusador.

—¿Soñabas conmigo?

Se me ponen los brazos rojos.

—Puede. —Espero ser tan transparente solo para Lo.

—Se supone que tienes que contestar que sí. —Le brillan los
ojos; la situación le divierte.

—Pues sí —me corrijo con una sonrisa—. ¿Podemos hacerlo ya?

Baja de la máquina y coge el Gatorade. La excitación se extiende por mi cuerpo, pero se extingue cuando se vuelve a sentar.

—Es mejor que sea espontáneo, Lil.

Frunzo el ceño.

—¿Te da miedo hacerlo en público? No nos pillarán, yo me encargo de eso y…

—No me da miedo —me asegura y, para demostrármelo, me
pone la mano en la nuca, cogiéndome del pelo, y me besa con agresi-
vidad, con ganas, con la promesa de algo más. Me desliza la lengua
en el interior de la boca y se me escapa un pequeño gemido.

Se aparta y me mira con una sonrisa de satisfacción.

—Dentro de poco. —¡Sí!

Se dirige a las máquinas de tren inferior, donde está Connor,
pero se detiene al ver que me he quedado pegada al suelo. Ese beso
me ha dejado de piedra.

—¿No te vienes? —«Dentro de poco, según has dicho».

—¿No debería dejaros un rato para vosotros?

Soy la intrusa, la novia dependiente que está todo el rato con ellos. Siempre habíamos sido el único amigo del otro, así que es difícil saber cuál es el protocolo apropiado. Lo se lo piensa un par de segundos y hace una mueca.

—Qué va. Vamos. —Me indica que lo siga con los dedos. No creo que sea muy sexual, pero por Dios, no me puede hacer ese gesto ahora.

Levanto la vista justo cuando da media vuelta y atisbo un fragmento de sonrisa. Se pone en una máquina al lado de la de Connor y yo cojo una esterilla de yoga y la coloco en el suelo, cerca de ellos, pero lo bastante lejos para que no parezca que estoy encima de Lo.

No soy una completa idiota. Me he dado cuenta de que está posponiendo el sexo conmigo. Me pregunto si es para alimentar la tensión o para ponerme límites, para intentar ver si puedo hacerlo menos veces a lo largo del día y ayudarme a luchar contra mi adicción.

No tengo ni idea de cuál es la razón, pero me inclino a pensar que es la segunda.

Los chicos del gimnasio están fascinados con el partido de fútbol que emiten por las pantallas planas. Yo apenas le presto atención y poco a poco empiezo a aburrirme. Mi mirada se desplaza hacia un hombre de piel dorada que está en una máquina para entrenar las piernas. Sostiene una barra sobre su cabeza y las flexiona.

Me tumbo en la esterilla boca arriba y cierro los ojos. Apoya una mano junto a mi cabeza, avecinándose sobre mí. Su cuerpo queda suspendido sobre el mío. Me baja los pantalones y las bragas a la vez y se arrodilla entre mis piernas. Me acaricia el muslo con la mano y luego la pone entre…

Me estremezco y abro los ojos de golpe. Dios mío.

—¡Síííííí! —Los vítores y silbidos hacen que me arda la cara, aunque sea porque un equipo de fútbol acaba de marcar un gol.

Connor mira con atención el canal de negocios. Al menos no me ha visto perderme en mis pensamientos como una friki. Sin embargo, Lo no me quita la vista de encima. ¿Cuánto tiempo llevará mirándome? ¿Sabrá que ya no estaba soñando con él?

Me pongo de pie de golpe. No puedo esperar más. Tendrá que seguirme a los vestuarios o encontraré el modo de calmarme yo sola; eso sí, sin ponerle los cuernos.

—Ahora vuelvo —le dice a Connor, y viene corriendo detrás de mí.

Me relajo. Quizá no sea fácil, pero tendremos que hacer que funcione.

24

Es inhumano que haya que aprobar créditos de ciencias en todas las carreras. De todos modos, dentro de un par de años habré olvidado todo lo que he aprendido, y no tengo pensado trabajar para ninguna empresa farmacéutica. ¿De qué me sirve saber qué es la mitosis? Y si tengo que leer otro estudio de caso sobre las *drosophilas* —la palabra científica para designar las moscas de la fruta—, puede que me plantee seriamente apuntarme a Hongos, ¿Amigos o Enemigos?

Pero esa asignatura de nombre tan ingenioso tenía una puntuación horrible en la página en la que ponen notas a los profesores. En una de las reseñas, un estudiante dijo que el profesor era un hueso porque obligaba a memorizar los nombres científicos de todos los hongos de los que se hablaba en la asignatura. De todos. Y mi cerebro apenas puede retener los nombres de mis vecinos. Ahora estoy atrapada en otro círculo del infierno: Biología General para los estudiantes que no estudian la carrera, es decir, los que no son buenos en ciencias. La clase no es más fácil por eso, simplemente, significa que la desgracia es compartida entre más gente.

A medida que pasa el tiempo, las luces de la biblioteca se van atenuando. Cada vez me pesan más los párpados. Bostezo; estoy a punto de recurrir a la técnica de estudio de Connor y comprarme un Red Bull. Quizá tendría que preparar algunas fichas.

Hasta ahora, solo me he distraído una vez, y ni siquiera ha sido para fantasear con ese chico con gafas tan mono que hay a dos mesas de la mía. Un estudiante ha pateado una máquina de Fizzle hasta romperla porque no le ha dado su Fizz de cereza. Se ha rendido al ver que esa caja enorme de plástico es indestructible, al menos si solo cuentas con un par de Vans.

Lo me ha escrito dos veces. La primera, para preguntarme si estaré en casa para llevarlo a la tienda de licores; la segunda, para pedirme que compre condones. Casi me atraganto con mi Fizz light con ese comentario. Nunca me habría imaginado que llegaríamos a hablar de este tema tan íntimo con tanta confianza.

Al final de la mesa en la que estoy instalada, una chica con una sudadera azul marino de la universidad le susurra a su amiga:

—¿Lo has visto? Dios mío, viene hacia aquí.

La rubia, que es menuda y musculosa y lleva una sudadera del equipo de gimnasia rítmica, estira el cuello para intentar ver más allá de las estanterías de dos metros y medio de altura.

—¡Sé un poco más discreta, Katie! —La chica está hiperventilado.

¿Quién será tan guapo para suscitar una reacción tan dramática? Ahora tengo curiosidad. Muerdo la punta del lápiz y miro a mi alrededor, pero no veo lo mismo que ellas. Tendré que ser menos sutil. Levanto el culo de la incómoda silla de madera y me inclino para mirar detrás de la estantería. O ese tío es un fantasma o tiene mi superpoder preferido y literalmente se ha desvanecido en el aire.

—¿A quién buscas?

Doy un brinco y me golpeo contra la madera. Vaya… Me apoyo en el respaldo y miro hacia arriba. No puede ser que estuvieran hablando de él.

Ryke, también conocido como Flecha Verde, tiene una mano sobre mi mesa y una expresión arrogante. Debe de saber que estaba espiándolo, pero eso era antes de que supiera que el tío bueno misterioso era el mismo que había llevado a mi novio en brazos hasta casa.

Las chicas deportistas esconden las narices en sus libretas, pero lo miran de soslayo con poca discreción. Él sigue mi mirada y se acerca a mi silla, dándoles la espalda. Me dirigen las miradas más fulminantes imaginables.

—Creo que tus amigas te buscan —le digo mirando mi libro de texto.

Él mira atrás.

—Hola, Katie, Heather.

Katie se hace la sorprendida.

—¿Qué? Ah, ¡Ryke! No te había visto.

—¿Hoy no tenéis entreno?

—Sí, haremos ejercicio físico. ¿Irás al gimnasio?

Claro, se conocen por el equipo de atletismo, ahora tiene sentido. Como yo no formo parte de ningún grupo, sobre todo de uno que requiera pasarse pelotas o hacer piruetas por los aires, no entiendo mucho el atractivo de Ryke. Quizá las deslumbre cuando estira los cuádriceps.

Echo un vistazo a sus gemelos, pero por desgracia están escondidos bajo los vaqueros. «No le pondré los cuernos a Loren Hale, sobre todo no con él». Tengo que dejar de pensar en otros chicos. No es que Lo no sea suficiente. De momento lo es, pero cuando hay alguien por los alrededores, mi mente empieza a divagar hacia lugares pecaminosos.

—Hoy corro en exteriores.

—Qué pena. Bueno, si te apetece que entrenemos juntos, ya sabes dónde estamos.

Él asiente y se vuelve hacia mí. «No. Vete». Se pone al otro lado de la mesa y, por alguna razón, me parece que quizá obedezca a la orden que le he dado mentalmente. Sin embargo, coge una silla y se sienta. Se inclina hacia delante y apoya los codos en la madera. Yo levanto mi libro de texto para no verlo. Tras unos segundos, lo baja con una mano y dice:

—Necesito hablar contigo.

—Pero es que a mí no me interesa hablar contigo para nada.

—Entonces cojo el libro y lo intento levantar de nuevo, como si fuese una persiana, pero él lo desliza hacia sí, cogiéndolo como si se tratara de un rehén.

—Tengo que estudiar —le digo en el mismo tono cortante.

—¿Siempre eres tan quejica?

Lo fulmino con la mirada.

—¿Siempre insultas a la gente cuando quieres algo de ella? —Ojalá Lo estuviera aquí. Él se desharía del tipo este sin problemas. ¿Por qué mis palabras no tienen el mismo efecto?

—Solo a ti —murmura, hojea mi libro y luego lo cierra—. ¿Biología? ¿Estás en primero?

Me sonrojo.

—Pospuse algunos de mis créditos obligatorios. —Alargo una mano para quitarle el libro, pero lo aparta de nuevo.

—Te lo devuelvo cuando me escuches.

—¿Es sobre el alcohol?

—No.

—¿Es sobre Lo?

—No del todo.

—¿Vas a ser desagradable?

Se inclina hacia atrás y, con el crujir de la silla, suelta una risita.

—No lo sé. Según cómo vaya la conversación. ¿Te vale?

Me vale.

—Está bien. —Le hago un gesto para que continúe y me cruzo de brazos.

El movimiento altivo no se le pasa por alto, pero se las arregla para no hacer ningún comentario mordaz y va al grano.

—Cuando estuve en vuestro piso, vi los pósters de la Comic-Con. Escribo para *La Crónica de Filadelfia* y me pagan para ir a la convención. El problema es que no sé ni de qué va, ni qué voy a ver ni qué hacer.

Me imagino lo demás.

—¿Y crees que nosotros sí? —No esperaba que me preguntase eso.

—Esperaba poder hablar con Lo sobre ello.

Enarco las cejas.

—¿Quieres hablar con mi novio? ¿Sobre la Comic-Con? —No me parece raro—. ¿Seguro que te interesan los cómics, Ryke?

—¿Crees que es mentira?

—La verdad es que sí.

Pone los ojos en blanco.

—Mira, estudio periodismo. Prefiero hablar con una fuente primaria sobre esto que citar blogs y la Wikipedia.

—Pensaba que necesitabas ayuda para entender de qué va la Comic-Con, no una cita. —¡Ja! Lo he pillado.

Ryke ni se inmuta.

—Sí, eso también. —Se frota la barbilla con aire pensativo—. Mira, igual al menos puedo pedirle prestados unos cómics y él me puede contar lo más destacado sobre los personajes y los conflictos.

Me lo quedo mirando con escepticismo.

—Has dicho que esto no iba del problema de Lo, ¿verdad?

—Su adicción al alcohol, querrás decir.

Le lanzo una mirada asesina. Se está pasando. Me dispongo a levantarme e irme; que le den al libro de biología. Que se lo quede. Pero Ryke me detiene enseguida.

—Perdona. A veces soy un poco insensible. —Me quedo en la silla y espero—. No tiene que ver con el alcohol.

—¿Te gusta o algo así?

Ryke retrocede y hace una mueca, sorprendido.

—¿Qué? ¿Por qué coño piensas eso?

—No sé. —Finjo confusión—. Solo preguntas por sus cómics, dices que quieres sus consejos sobre la Comic-Con... Sabes que yo también leo cómics y que fui a la convención con él, ¿no?

—¿Por qué me lo pones tan difícil? Estoy pidiendo ayuda. A ti, a Lo, a cualquiera que sepa la diferencia entre el disfraz que llevabas tú y Lobezno.

—Hay mucha gente que puede ayudarte. —No confío en Ryke. Sus respuestas me ponen los nervios de punta. Es imposible sentirme atraída por alguien que me hace reaccionar así.

—Pero no quiero su ayuda, quiero la vuestra.

Antes de que pueda entender el porqué, me vibra el teléfono. Ryke mira el nombre que aparece en pantalla.

—Lo —dice—. Puedes preguntarle si le parece bien.

—Dirá que no.

—Eso no lo sabes.

—Tú no conoces a Lo —replico mientras abro el mensaje.

Lo

¿Puedo ver porno contigo esta noche?
Pasas más tiempo con el mando a distancia
que conmigo. Estoy celoso.

Me acerco el móvil al pecho; espero que Ryke no haya visto el mensaje. De todos modos, se me ponen los codos rojos.

—Te estás poniendo roja.

—Hace calor —mascullo y carraspeo—. No sé qué más decirte.

—Dime: «Sí, Ryke, te ayudaré, ya que tu evitaste que Matt le diese una paliza a mi novio».

Entorno los ojos.

—¿Cuánto tiempo me lo vas a echar en cara?

—Siempre.

Suspiro con fuerza. Me parece que esto no va a terminar como yo quiero.

—Es posible que Lo te grite y te insulte hasta que te vayas.

Ryke suelta otra carcajada.

—Bueno, creo que sé qué hacer con él. —Ladea la cabeza—. ¿Crees que él sabrá qué hacer conmigo?

—¿Eres consciente de que eso ha sonado bastante sexual? —le suelto, pero enseguida pongo unos ojos como platos, arrepentida. ¿Por qué he dicho eso?

—Me parece que tienes la mente un poco sucia.

Eso no se lo puedo discutir, y encima me he puesto de un tono rojo desconocido hasta la fecha. Para ignorar mi vergüenza, vuelvo al tema que nos ocupa.

—No puedes mencionar el alcohol. Si lo haces, te largas.

Asiente.

—Me parece bien.

Quizá Lo encuentre el modo de disuadir a Ryke. Si hay alguien que pueda echar a alguien de casa con maestría, es él.

Miro el calendario de mi móvil.

—¿Qué día tenías pensado?

Se pone de pie y mete mi libro de biología en su mochila.

—Ahora mismo.

Me quedo boquiabierta.

—Estoy estudiando, Ryke.

—¿De verdad? ¿Eso hacías? —Se rasca la nariz—. Porque juraría que estabas mirando a la gente y mordiendo la punta del lápiz.

Lo fulmino con la mirada.

—¿Me estabas espiando?

Se echa la mochila a la espalda.

—Te estaba observando, tampoco te pongas así. Solo necesitaba asegurarme de que estuvieras de buen humor para aceptar mi petición. —Señala la salida con la cabeza—. ¿Vamos?

Me pongo de pie a toda prisa, recojo mis libretas y las meto en la mochila.

—No entiendo por qué lo tenemos que hacer ahora.

Acerca la silla a la mesa.

—Porque tú, Lily Calloway, pareces del tipo de chicas que nunca contesta al teléfono. —Me hace un gesto para que lo siga, como si fuera su perrito—. Vamos.

Inhalo con fuerza y le tiro dardos con la mirada. Ryke Meadows. Esa seguridad en sí mismo con la que se pavonea no me gusta nada. De hecho, no hay nada que me guste de él. Al menos Lo sabrá qué hacer con él. O eso espero.

25

Quedamos en el vestíbulo del Drake, ya que vamos en coches separados. Cuando entro, no me sorprendo al ver que ya me está esperando junto a los ascensores dorados. Lleva mi libro de biología bajo el brazo y, por primera vez, me permito mirarlo bien. Sin el disfraz de Flecha Verde parece un poco mayor, sobre todo por la mandíbula sin afeitar y la piel morena. Estoy segura de que debajo de la camiseta blanca se esconden músculos tonificados y fuertes, y tiene una cara que haría que las chicas se arrodillaran delante de él. Pero Lo también tiene una igual.

No me imagino a estos dos enfrentados. Hielo contra piedra. Puntas afiladas contra aristas duras. Frío contra calor. Son diferentes, pero, de algún modo, se parecen.

Ryke aprieta el botón cuando ve que me acerco.

—Tienes pinta de estar a punto de vomitar.

—Pues no lo estoy —mascullo. Ha sido una respuesta estúpida. Me alegro de que justo en ese momento se abran las puertas del ascensor y pongan fin a mi incomodidad. Entro y aprieto el botón de la última planta. Cuando las puertas se cierran, Ryke se da la vuelta, me mira y se pone frente a ellas, como si quisiera evitar que salga corriendo en cuanto lleguemos a mi planta.

—Te he mentido —me suelta.

Me quedo de piedra.

—¿Qué...? —Esto ha sido una mala idea.

—En realidad no tengo que ir a la Comic-Con.

—¡Lo sabía! —Tendría que haberle hecho caso a mi intuición—. ¡Lárgate!

Ladea la cabeza y frunce el ceño ante mi orden estúpida.

—Estamos en un puto ascensor. De hecho… —Aprieta el botón de emergencia y lo detiene. Dios mío. ¡Me va a asesinar! Trato de apretar todos los botones para volver a ponerlo en marcha, pero me lo impide extendiendo los brazos y empujándome ligeramente hacia atrás.

—¡Déjame salir!

—Necesito que me escuches. Estudio periodismo. Es verdad que escribo para *La Crónica de Filadelfia*. Pero no tengo ninguna intención de ir a la Comic-Con.

—Entonces ¿por qué…?

—Porque quiero ayudar a tu novio y necesitaba llegar al menos hasta aquí para poderte explicar lo demás.

Mis barreras defensivas empiezan a erigirse.

—¡No necesitamos tu ayuda! Yo puedo cuidar de él. —Me señalo el pecho—. He cuidado de él toda la vida.

—Ah, ¿sí? —Ryke entorna los ojos, molesto—. ¿Cuántas veces lo has visto quedarse inconsciente? Darle un par de aspirinas no le ayuda, Lily. Tiene un puto problema.

Me arden las mejillas. Me tomo sus palabras muy en serio; me duele ver a Lo beber de forma tan excesiva. Me duele ver que depende de una bebida tras otra y vivo con el miedo constante a que un día sea demasiado. Sin embargo, siempre entierro esas preocupaciones en placeres carnales, en un subidón natural.

—¿Por qué tienes tantas ganas de ayudarlo? —le pregunto con un hilo de voz.

Ryke me mira con más empatía de la que lo creía capaz.

—Mi padre es alcohólico y no quiero que Lo sea como él. No se lo deseo a nadie.

Le hago una pregunta que hace tiempo que me persigue.

—¿Cómo sabes que Lo es alcohólico? No lo conoces. Lo viste una sola vez, en su veintiún cumpleaños, y pasó más tiempo dormido que despierto.

Ryke se encoge de hombros.

—Simplemente lo sé, sobre todo por lo posesiva que te mostraste con su petaca. Se habría cabreado un montón si hubiera desperdiciado alcohol del caro, ¿verdad?

Pues sí. Me muerdo las uñas.

—No sé qué quieres que haga.

Da un paso al frente.

—Deja que intente ayudarlo.

Niego con la cabeza.

—No te lo permitirá.

—Eso ya me lo imaginaba, y por eso puedo empezar pasando tiempo con vosotros, conociéndolo.

Comienzo a encajar las piezas.

—Con lo de la Comic-Con. Quieres usar esa mentira para acercarte a él e intentar influenciarle. ¿Quieres que yo le mienta? —No sé si esto va a funcionar. Ya hemos permitido que Connor entre en nuestras vidas. Otra persona podría acabar con lo que ya es un desequilibrio.

—Pues sí. Quiero que le mientas a tu novio para que tenga la oportunidad de mejorar. ¿Te ves capaz de hacerlo, Lily? ¿O vas a ser una egoísta y dejar que siga en este puto camino hacia la destrucción? Es posible que un día ya no se levante más. Que su cuerpo se apague. Y entonces recordarás este momento y te preguntarás por qué no accediste a esta propuesta. Por qué no intentaste hacer más por ayudar a tu novio.

Me tambaleo hacia atrás. Es como si me hubiera dado un puñetazo en el estómago.

—No quiero que se muera —murmuro.

—Entonces haz algo.

Asiento por impulso, pero no he asimilado lo que esto significa a largo plazo. Que tendré que mentirle a Lo. ¿Podré hacerlo? Frunzo el ceño, pensativa. Creo que sí puedo. Si no lo intento, Lo tiene mucho que perder. Sobrevivir a otra debacle como la de Halloween me parece cada vez menos probable, y yo sola no consigo ayudarlo porque estamos juntos y por mi propio vicio. Nunca me había ofrecido ayuda alguien externo. Si a Lo le dieran la misma oportunidad, ¿la aprovecharía?

Sé que sí.

Miro a Ryke.

—Sigues sin gustarme un pelo.

—Tú tampoco me caes muy bien —admite mientras me devuelve el libro de biología.

—¿Qué te he hecho yo? —Frunzo el ceño. ¿Por qué no le caigo bien?

Aprieta un botón y el ascensor empieza a subir de nuevo.

—Estás demasiado flaca. Eres una quejica. Y ayudas a un alcohólico a seguir con su adicción.

Aprieto los labios.

—Ya me estoy arrepintiendo.

Sin embargo, estoy dispuesta a aguantar los comentarios hirientes de Ryke si así le doy a Lo una oportunidad de mejorar.

—Te advertí de que no era fácil librarse de mí.

Pensaba que exageraba. Las puertas del ascensor se abren y lo guio hacia mi piso, aunque ya conoce el camino. Mis pensamientos me perturban tanto como la situación que se avecina. La última vez que estuvo aquí, Lo estaba inconsciente. Hace solo unos instantes, tenía la esperanza de que encontrara el modo de echarlo, pero ahora tengo que defender a este tipo, que se ha convertido en una fuerza muy molesta en mi vida.

Abro la puerta y tiro las llaves en el cestito.

Lo me llama desde le dormitorio.

—Lil, vamos a ver *Mamada hasta el fin* y te voy a follar mejor que... —Se interrumpe para leer el texto del dorso del DVD mientras yo pongo unos ojos como platos. No me atrevo a mirar a Ryke, que está a mi lado— un grupo de matones llenos de *piercings*. Vaya…

—¡Lo! —grito.

—Ya, a mí tampoco me gusta —contesta. Oigo el repiqueteo de las cajas de los DVD.

Ryke carraspea y lo miro de soslayo una fracción de segundo. Me está mirando con las cejas enarcadas. Qué situación más incómoda.

—¿Preferirías que te chupara entera, mi amor?

Dios mío.

Si Ryke se siente incómodo, no lo demuestra. Yo soy la que se ha empequeñecido de los dos. Tras solo un segundo, Lo aparece. Solo lleva unos vaqueros y la cintura de los calzoncillos asoma por encima. En un día normal, admiraría las líneas de sus abdominales y la curva de sus músculos, que parecen guiarme hacia un lugar más bajo y mucho más pecaminoso. Él me miraría con sus ojos más sensuales y se pasaría treinta minutos provocándome. Luego me cogería en brazos y me llevaría a la cama. Alargaría cada movimiento, cada mirada, cada todo, para excitar mi cuerpo y electrificar mis nervios.

Sin embargo, se queda paralizado entre el pasillo y la cocina. Se le ensombrece el rostro y se le afilan las líneas de los músculos.

Abro la boca para presentarle a Ryke, pero Lo me ignora y le dedica una mirada gélida.

—¿Quién coño eres tú?

Ryke no se lo toma mal.

—Flecha Verde.

Lo muestra una expresión confundida. No se acuerda de lo que pasó. Doy un paso al frente y me pongo a su lado.

—Lo conocimos en la fiesta de Halloween —le explico—. Nos ayudó a escapar de la pelea. —Y te trajo a casa en brazos.

Lo asiente.

—Pues gracias. —Se vuelve hacia mí y le da la espalda. En voz baja, para que Ryke no lo oiga, me dice—: Tenemos un horario que cumplir, Lil. No tendrías que haberlo traído a casa.

Frunzo el ceño.

—¿No me vas a preguntar para qué ha venido?

Mira a Ryke con gesto vacilante y susurra:

—Ahora mismo me preocupa más satisfacerte.

—Estoy bien. Esta mañana he tenido suficiente.

—¿Seguro? —Frunce el ceño—. Solo me he corrido dentro de ti dos veces.

Trago saliva, mis puntos más sensibles empiezan a palpitar. Ahora ya no estoy tan segura de que estoy bien, pero tendré que tratar de esperar.

—Puedo aguantar un rato.

Me pone dos dedos debajo de la barbilla y me levanta la cabeza.

—No sé si te creo. —Da un paso al frente y yo doy uno hacia atrás. Repetimos el movimiento hasta que me doy contra uno de los taburetes. Me agarro a él y Lo apoya dos manos en la encimera y me clava contra ella.

—Tenemos compañía —le recuerdo.

—Me importa una mierda —susurra. Me besa con fuerza, deján-dome sin aliento, y arqueo la espalda para encontrarme con su pelvis. Me mete una mano en el bolsillo de los vaqueros.

—Lily —me avisa Ryke.

Separo mis labios de los de Lo de inmediato y me inclino contra el taburete para evitar tocarlo. Lo aprieta los dientes y se vuelve hacia Ryke.

—¿No ves que estoy intentando follarme a mi novia? Lárgate.

—Mira, luego puedes hacer lo que quieras. —Me mira con dure-za, buscando refuerzos. Aquí es donde yo debería mostrarme de acuerdo con él y apartarme de Lo, pero me mete los dedos por la parte de atrás de los tejanos y por debajo de las bragas. Tiene la mano en mi culo.

—Lo, nos ha pedido ayuda y le debemos un favor…

Me aprieta la nalga y casi me fallan las piernas. Si me mantengo en pie, es porque tiene clavado su cuerpo contra el mío.

—¿De verdad quieres que le haga caso a este tío?

Evidentemente, no, pero es lo correcto. Antes le habríamos dado puerta sin pensárnoslo dos veces para seguir distanciándonos de todo el que se acerque. Estar juntos, solos, es lo que mejor se nos da. Todavía no sabemos muy bien cómo añadir a una persona nueva a nuestras vidas.

Me desabrocha los vaqueros con la otra mano.

—¡Lo! —chillo.

Está intentando que Ryke se sienta lo bastante incómodo para irse, pero a mí me da la sensación de que no habrá ofensa que lo perturbe. Logro desenredarme de Lo, me abrocho los pantalones y me aparto de él. Me arde el cuello.

Me pongo entre Lo, que está en la cocina, y Ryke, que sigue en el recibidor. ¿Qué narices se supone que debo hacer ahora?

Lo se vuelve para mirar a Ryke.

—Vaya, sigues aquí.

El recién llegado lo mira con atención, intentando comprenderlo desde la distancia.

—Lily me ha dicho que me ayudaréis con mi investigación sobre la Comic-Con.

—¿Ha accedido a eso? —Me mira—. Eso no es propio de ti.

—Se lo debo.

Lo aprieta la mandíbula y mira a Ryke.

—¿Y no puedes venir luego?

—Ya estoy aquí. ¿Cuál es el problema?

Mi novio lo mira como si fuese idiota.

—Que me estás jodiendo el polvo, ese es el puto problema.

Quiero que se me trague la tierra ahora mismo.

Ryke me mira y luego ladea la cabeza con una sombra de inseguridad.

—Puedes acostarte con ella dentro de un rato, no te lo voy a impedir. —Se acerca a mí—. Lily, ¿me enseñas tus cómics o voy a buscarlos yo?

—Eh, no te conozco de nada —interviene Lo—. Ni de coña te vas a quedar a solas con ella.

—No pasa nada, Lo —le aseguro. La verdad es que no tengo ningún deseo de hacer nada sexual con Ryke y estoy convencida de que el sentimiento es mutuo.

Ryke inspecciona a Lo una vez más y asiente.

—Si yo fuera tú, creo que me comportaría igual. Si llegase un desconocido con mi novia… Lo pillo. Es raro.

—Eso es quedarse corto —replica Lo—. Me estaba enrollando con ella y te quedas ahí plantado. Le meto la mano en los pantalones y te quedas ahí plantado. Te digo que me la voy a follar y sigues ahí plantado. ¿Qué tengo que pensar?

El corazón me late desbocado. He perdido la capacidad de respirar. Debo de estar soñando. Sí, esto es un sueño. Dentro de poco me despertaré, pero no lo bastante pronto, es evidente.

—Que soy un tío seguro de mí mismo al que le gusta conseguir lo que quiere, y ahora mismo lo que quiero es información sobre la Comic-Con. Es bastante simple, ¿no?

Lo lo escucha y, para empujarlo hacia la dirección correcta, digo:

—Voy a por unos cuantos cómics de los Nuevos X-Men. Quedaos aquí. —No le doy a Lo la opción de echarse atrás. Entro en su cuarto y busco varios números a toda prisa. Luego vuelvo corriendo.

Lo ha entrado en la cocina y ha abierto un armario para sacar un vaso. Cuando paso junto a Ryke, que está al lado del fregadero, este me pide ayuda con la mirada.

«Lo estoy intentando», digo solo moviendo los labios.

«Hazlo mejor», responde.

Le hago una peineta de forma impulsiva y él pone los ojos en blanco. Pongo los cómics sobre la encimera y luego me coloco entre él y Lo. Este último cierra la nevera y se pone un cubito de hielo en el whisky. Apoya un codo sobre la mesa y me mira como diciendo «ven aquí». Seguramente, me rodearía la cintura con el brazo y dejaría que mi cuerpo se recostara en el suyo.

«No, Lily». Niego con la cabeza y me quedo en el centro, insegura e incómoda. Se le endurece la mirada ante el rechazo y dirige su odio contra Ryke.

—¿Qué necesitas saber?

Él se encoge de hombros.

—Cualquier cosa.

—¿Has oído hablar de Google?

—¿Te refieres a ese motor de búsqueda que está en esa cosa llamada internet? No, no sé qué es. ¿Me lo explicarías también? —Le dedica una sonrisa sardónica.

Lo aprieta los dientes y me mira.

—¿Para qué has dicho que ha venido?

—Está escribiendo un artículo sobre la Comic-Con y le debemos un favor.

Lo inhala con fuerza.

—Vale. —Empieza a parlotear sobre los personajes de X-Men, los poderes mutantes y cómo encajan en Tierra-616 tan rápido que nadie sería capaz de entenderlo.

—Espera, espera —lo interrumpe Ryke—. ¿Qué narices es Tierra-616?

Lo ya parece exasperado. Se bebe medio vaso de golpe y Ryke se pone tenso, como si cada trago que da Lo fuese como una bala que se le clava en el pecho. Su reacción me impulsa a acercarme a Lo e intentar algo distinto.

Me pongo de puntillas y le susurro al oído:

—Abrázame.

Lo deja el vaso sobre la mesa y, obediente, me rodea las caderas con los dos brazos y me apoya en su pecho. Normalmente, esa muestra de afecto delante de otra persona me avergonzaría, pero Ryke nos ignora, como si no estuviésemos haciendo nada.

—Tierra-616 pertenece al universo Marvel —apunto.

—No es muy difícil de entender —replica Ryke.

Lo desliza una mano debajo de mi camiseta y la deja sobre mi barriga. Soy una persona horrible, espantosa. Debería apartarlo y concentrarme en la conversación, pero si esto lo aleja de la bebida tal vez esté bien.

—Pero no todos los cómics de Marvel están ambientados en Tierra-616 —añade Lo.

—Ahora estoy confundido —repone Ryke ladeando la cabeza.

—Se utiliza para la continuidad primaria de Marvel —intento explicarle—. Hay una serie de cómics que encajan en un tiempo secuencial… —Noto algo frío en la parte baja de la espalda y ahogo un grito.

Lo me está deslizando un cubito de hielo sobre la piel, provocándome… Y supongo que esperando que Ryke lo pille y se marche. «Concéntrate, Lily».

Me aclaro la garganta.

—Hay otros cómics en los que cogen a los personajes y hacen que les pasen cosas. Esos cómics no encajan en Tierra-616. —Me sube el cubito por la espalda; tengo un hormigueo en la piel fría. Dios mío—. Como en Ultimate X-Men… Ahí… —El cubito se derrite y Lo recorre el rastro húmedo con los dedos. Me pongo un mechón de pelo detrás de la oreja—. No encaja con ninguno de los otros cómics de los X-Men, igual que The Ultimates no encaja en la línea de Los Vengadores, aunque vaya sobre los Vengadores.

Lo da un traguito a su bebida y, al principio, creo que mis esfuerzos son en vano, pero se saca otro cubito de la boca, sin molestarse en disimular delante de Ryke. Una mano me cubre los ojos, creando una barrera contra toda incomodidad y todo juicio.

—Son universos alternativos —aclara Lo.

—¿Y qué es mejor?, ¿la línea principal o los universos alternativos?

—Simplemente son distintos.

El hielo empieza a afectarme, así que me separo de Lo. Me doy media vuelta y le pongo las manos en el pecho. «Para», le digo. Él lleva los labios a mi oído y tengo la sensación de que fulmina a Ryke con la mirada mientras me susurra:

—Te la voy a meter tan fuerte que te vas a correr con cada embestida. Y cuando estés hinchada y húmeda, lo único que necesitarás será que esté dentro de ti. No tendré ni que moverme para que chilles.

«Sí».

¡No! Intento concentrarme, aunque me tiemblan las piernas de deseo. Mantengo las palmas de las manos en su pecho y lo empujo hacia la encimera para alejarlo de mí. Sin embargo, él me agarra de las muñecas y me devora con la mirada. A estas alturas, ya le habría puesto una mano en el hombro y lo habría obligado a arrodillarse, y él se habría agarrado a mis muslos con gusto y me habría abierto las piernas. «Concéntrate».

Ryke se acerca a la nevera.

—¿Cuáles leéis vosotros?

«Pasa de él», me pide Lo solo moviendo los labios.

Niego con la cabeza y me suelto.

—Los de Tierra-616.

Justo cuando Ryke vuelve con un Fizz light, Lo coge de nuevo su vaso. Supongo que ahora que he abandonado sus brazos es libre de usarlos para beber. Fantástico. Si le pidiera que parase, me lanzaría una de esas miradas en plan «para tú con el sexo» y, ahora mismo, eso me parece una tortura.

—Puedes llevarte esos cómics y pasarte por aquí a devolvérnoslos cuando los hayas leído —le digo, pensando rápidamente en otra solución.

Ryke parece impresionado: he fabricado una mentira decente para que vuelva. Lo me fulmina con la mirada mientras se agarra a su vaso con fuerza.

—No me parece necesario que se lleve nuestros cómics. Puede buscar una suscripción online.

El plan maestro de Ryke consiste en hacerse amigo de Lo. Según él, esa relación ayudará a que Lo deje de beber. No lo acabo de entender, pero si sabe de qué va el alcoholismo, confío en que sepa más que yo sobre cómo solucionarlo.

—No seas maleducado, Lo —digo.

Se termina la bebida. «No, no, no». Lo cojo de las muñecas antes de que se prepare otra y él frunce el ceño.

—Lily… —Nunca le he dicho cómo me hace sentir su adicción y me doy cuenta de que empieza a darle vueltas, de que está comenzando a preguntarse si voy a joder los engranajes tan bien engrasados que tenemos en funcionamiento.

Pero no lo pienso hacer. Le pongo las manos sobre mis pechos y él esboza una sonrisa torcida. Mueve ambas manos para meterme una bajo la camiseta y con la otra rodearme los hombros y atraerme hacia él. Le doy la espalda a Ryke mientras él me acaricia el pecho y mi fuerza de voluntad se esfuma.

—Os los traigo mañana —dice Ryke—. Que os lo paséis bien follando. —Oh, Dios mío.

—Quédatelos. Tómatelo como un regalo por habernos ayudado en la fiesta. —Traducción: «Estamos en paz».

—Me sentiré mejor si os los devuelvo. Gracias por invitarme, Lily. —«Vaya manera de dejarme vendida», pienso. La puerta se cierra. Ya no está.

Durante un segundo, pienso que tal vez Lo solo me haya provocado delante de él para conseguir que se vaya y que, ahora que ya se ha ido, quizá vuelva a su vicio y deje de alimentar el mío. Sin embargo, mis miedos duran solo un instante. Lo empieza a cumplir su promesa y me estampa contra la nevera. Me la va a meter con fuerza.

Me pone las muñecas por encima de la cabeza. Intento moverme para encontrarme con su cuerpo, pero él mantiene una distancia considerable entre los dos.

—Lo… —gimoteo, jadeante.

—¿Quieres que te folle?

—Sí —gimo, intentando recuperar mis manos. «¡Tócame!». Se acerca a mí y su cuerpo encaja con el mío, pero me estira todavía más los brazos—. Lo… —repito. Quiero desabrocharle los pantalones, que me arranque la camiseta, pero él se limita a seguir provocándome así, sin dejar que me mueva.

—Entiendo que sintieras que le debías una a ese tipo, pero después de lo de hoy ya no le debemos nada, ¿de acuerdo?

Intento encontrar palabras para negarme, como que Ryke es majo, pero no lo es. Que está solo, pero no lo está.

—No tiene malas intenciones. —Es la verdad; me retuerzo bajo él—. Lo, por favor. —Lo necesito ya.

—¿Has fantaseado con él?

Me estremezco.

—¿Qué? ¡No! —¿Le preocupa que me guste?—. Creo que con cada palabra que decía me secaba más. —Espero que con eso le quede claro.

—Entonces ¿de qué va esto, Lily? —Con una mano me sujeta las muñecas y con la otra empieza a desabrocharme los vaqueros.

—Esto… yo… —¡No puedo concentrarme!—. Me preguntó por los cómics… y…

Lo me baja los pantalones y yo termino de quitármelos. Noto el frío en la carne, que me duele por lo mucho que ansío su calor.

—¿De verdad va esto sobre cómics? —pregunta incrédulo.

—Eh… Me he olvidado los condones —contesto, incapaz de dejar de pensar en el sexo.

—Si tomas la píldora y no te has follado a nadie más, no debería haber problema.

Asiento.

—¿Me devuelves las manos?

—No. —Me frota con los dedos por encima de las bragas, sin introducírmelos, y yo tiemblo bajo su tacto—. Entonces, cuando vuelva, ¿lo echarás?

—¿Qué? —Deja de acariciarme entre las piernas. «No, no, no...»—. Lo...

—Quiero saber si de verdad ha venido por lo de los cómics, Lily. ¿Es la última vez que lo vamos a ver? —Me muerdo el labio. Ve detrás de la fachada—. ¿Qué harás? —pregunta en voz baja, cogiéndome las muñecas con más fuerza. La presión me gusta más de lo debido.

Contarle la verdad sería una derrota para la que todavía no estoy preparada, así que pienso con la cabeza.

—Quiere escribir un artículo sobre nosotros... Sobre cómo es ser hijos de grandes empresarios. Y he aceptado porque se lo debíamos y sabía... sabía que no estarías de acuerdo porque nos tendrá que seguir por todas partes. Así que se me ocurrió que la mentira de los cómics iría bien para presentártelo...

Lo me mira con frialdad y los ojos entornados. Me suelta las manos y retrocede varios pasos.

—¿Tendrá que seguirnos por todas partes?

Asiento.

—Lo siento. Te lo habría consultado, pero...

—¿Sabes por qué habría dicho que no? —Se señala el pecho—. Odio tener que esconder el alcohol. No lo entiendes porque el sexo es algo que hacemos en privado.

Frunzo el ceño.

—¿Como cuando me has manoseado delante de él? ¿Eso era privado?

Lo niega con la cabeza.

—Como mucho, pensará que soy un salido, Lily. No se le ocurrirá que eres adicta al sexo. Y no necesito que escriba sobre nuestros putos problemas en un artículo que mi padre puede leer.

—Es para una clase —miento. ¡Ese reportaje ni siquiera existe! Pero es la mejor excusa para justificar que Ryke empiece a pasar tiempo con nosotros—. No se va a publicar.

—¿Y te lo has creído? Y una mierda.

—¡Es verdad! —Se me llenan los ojos de lágrimas. Nunca había intentado con tantas ganas empujarlo en una mejor dirección, y se me parte el alma—. ¡Lo siento, lo siento! —exclamo con voz pastosa.

Se le descompone el rostro y recorre el espacio que nos separa.

—Oye… —suaviza el tono. Me acaricia las mejillas y me enjuga las lágrimas con el pulgar—. Podemos decirle que ya no nos interesa y ya está.

Niego con la cabeza y reprimo un sollozo.

—No… —¿Por qué no puede ser más fácil? Quiero ser capaz de pedirle que deje de beber, pero no lo hará. Seguirá bebiendo por mucho que yo diga. Siento que esta es mi única opción.

—¿Por qué no?

—Se lo he prometido —digo—. Por favor. Deja… deja que mantenga mi promesa. —Estas emociones tienen que acabarse. He empezado a asfixiarme con ellas, así que me concentro en cosas que siempre me hacen sentir mejor y le doy un suave beso en los labios.

Él me lo devuelve, pero sus labios no tardan en abandonar los míos. Tiene una mano sobre mi nuca y me mira con una expresión que me dice que cree que deberíamos seguir discutiéndolo, pero yo prefiero hacer otras cosas.

Le desabrocho el pantalón.

—Lily… —dice con un hilo de voz.

Le bajo la cremallera.

—No hables. —Estoy a punto de arrodillarme, pero él me coge del codo.

—Lily…

Se le han puesto vidriosos los ojos de color ámbar. ¿Me va a pedir que pare? Frunzo el ceño, confundida.

—¿Qué?

Tras un largo momento, susurra:

—Nada.

Me suelta y veo cómo sus pómulos se afilan como el hielo. Mis rodillas dan contra el suelo de parquet; le bajo los pantalones y los calzoncillos, una rutina sistemática. Él mantiene la mano sobre mi nuca y yo intento olvidar la tristeza que veo en sus ojos, esa tristeza capaz de invocar lágrimas silenciosas.

Intento recordar la pasión, el fuego, y, por un instante, me aseguro de colmarlo de placer.

26

Nuestra relación cuelga de un hilo que amenaza con romperse. Lo noto y estoy segura de que él también. Su mayor preocupación era ser capaz de satisfacerme, pero no se puede decir que eso sea un problema. Nuestro egoísmo se ha alojado entre los dos. Ninguno está dispuesto a renunciar a lo que ama por el otro, no todavía. Y no estoy segura de qué hará falta para que superemos nuestras adicciones.

El domingo, una tormenta nos confina en casa y Connor aparece sin avisar y sin razón aparente, más allá de tomarse una birra con Lo. Empiezo a pensar que le gusta pasar tiempo con nosotros. Tras discutir sobre quién ganaría una partida de ajedrez, Lo y Connor sacan el tablero y juegan una partida entre cháchara y sorbos de cerveza.

Yo hojeo un número de *Cosmopolitan* en la silla y leo sobre nuevas posturas sexuales. Según veo, lo que es importante para mí tal vez no lo sea para otras chicas, y me parece bien. Amo el sexo con sinceridad. Puede que demasiado.

La lluvia golpetea contra las ventanas mientras ignoro los mensajes que me han mandado mis hermanas porque he faltado a la comida. Encuentro a Ryke en Facebook y le mando un mensaje para informarle sobre nuestra nueva mentira. Enseguida me llega su respuesta.

RYKE

¿Y se lo ha creído?

Contesto de inmediato.

> Sí, creo que sí.

—No tendrías que haber hecho esa jugada —le dice Connor a Lo señalando su torre—. Es evidente que hay otra mucho mejor.

Lo suelta la torre y estudia el tablero, que está sobre la mesa de café. Me llega otro mensaje.

Ryke
¿Está bebiendo ahora?

> Cerveza.

Connor se inclina hacia delante en la silla que está frente al sofá y observa las piezas. Señala el alfil.

—La mejor jugada es esa.

—Preocúpate de tus jugadas, que ya me preocupo yo de las mías. —Lo mueve la torre.

Miro la pantalla, en la que me aparece un nuevo mensaje.

Ryke
Voy para allá.

Se me encoge el estómago. La verdad es que Lo no ha aceptado que Ryke nos siga por todas partes, pero como rompí a llorar tampoco se negó, aunque fuese solo por mí. La situación me resulta forzada y caótica.

> ¿Ahora?

Ryke
Nos vemos enseguida.

Gimo para mis adentros.

Connor mueve un miserable peón.

—Jaque.

—¿Qué? —Lo se queda boquiabierto—. Pero… Oh. —Pone los ojos en blanco—. No tengo forma de ganar, ¿verdad?

Connor sonríe y coge su cerveza.

—Te diría que puedes ganar la próxima, pero no lo harás.

Lo se rinde y vuelca su rey. Justo entonces suena el timbre. Me pongo rígida. ¿Cómo es posible que haya llegado ya? Ha dicho enseguida, no ha dicho ahora mismo, ¿no? Echo un vistazo a los mensajes y veo que, claro, tampoco ha especificado lo que significaba «enseguida». Madre mía, no estoy preparada para esto.

Me sacudo los nervios de encima y voy al vestíbulo. Noto la mirada de Lo sobre mí.

—¿Quieres otra cerveza? —le pregunta a Connor.

—Vale.

Lo se pone de pie de forma despreocupada y abre la nevera de la cocina. Aprieto el botón del interfono.

—¿Sí?

—Señorita Calloway, su hermana Rose está aquí.

Me relajo y aprieto el botón.

—Que suba.

—¿Rose? —Connor ha oído al portero.

Pongo unos ojos como platos. Me había olvidado de que a Rose no le cae bien Connor.

—Esto… Sí.

Veo una chispa divertida en sus ojos azules.

—No se va a alegrar de verme.

Lo le pasa la cerveza y se sienta en el sofá.

—Bienvenido al club. A mí no me puede ni ver y aun así se tortura apareciendo por aquí.

—No seáis maleducados —les advierto. Al fin y al cabo, es mi hermana y la quiero por mucho que digan ellos.

Lo murmura algo mirando su vaso de… whisky. Ha cambiado de bebida. Me preocupa no estar poniéndole suficientes ganas a cambiar la situación, como dice Ryke, pero la única forma que veo de evitar que beba es convertirme en una novia dependiente y hacer que se centre en mi adicción y, hasta ahora, lo único que he logrado con eso es poner presión a nuestra relación.

Tengo miedo de que empiece a guardarme rencor por impedirle que se dedique a lo que le gusta. Así que dejo que se beba su whisky hasta que alguien llama a la puerta con aspereza. Respiro hondo un par de veces para mentalizarme y abro.

—Hola.

Rose está en el umbral con un paraguas empapado. Se quita el abrigo de pieles, mostrando un vestido blanco y negro de cuello alto que se ajusta a su figura esbelta. El pelo, normalmente liso, se le eriza por los lados y se ve un poco extraño, con algunos mechones de punta.

—Está diluviando —comenta enfadada.

—¿De verdad? Yo pensaba que llovía, sin más.

—Eso era hasta que yo he salido del coche. —Entra, deja el paraguas en la esquina y cuelga su abrigo en el perchero. Me pregunto cuánto tiempo podré entretenerla en el vestíbulo para posponer lo inevitable: que vea a Connor.

Se pasa los dedos por el pelo.

—¿Tienes café?

—Sí, ahora te traigo una taza. —La guio hacia la cocina, pero se detiene a medio camino y se vuelve de golpe hacia el salón adyacente.

—¿Qué? —chilla—. Lily Calloway, ¡no me digas que lo has invitado a venir sin consultármelo!

—Según tengo entendido, Rose, tu nombre no está en el contrato de alquiler —interviene Lo—. No tienes voz para decidir quién viene a nuestro apartamento.

Mi hermana da la espalda a los chicos.

—¿Qué hace aquí Richard? —pregunta entre dientes.

—Acaba de venir. —Le paso una taza de café caliente y le pongo una mano sobre la espalda para guiarla hacia el salón.

Lo le dedica una sonrisa áspera.

—¿Te recuerda a alguien?

—¡Cállate! —salta Rose—. No me compares con él.

Connor se levanta del sofá, como un niño bien de colegio pijo, y Rose se mantiene donde está mientras yo cojo mi revista y me acurruco junto a Lo. He rodeado algunas de las posturas que quiero probar con un rotulador rojo, como «azótame si quieres», «misión de control» y «viaje salvaje». Él señala la más sumisa de las tres, una foto de un chico tirando de la cola de caballo de una chica mientras la monta por atrás, y susurra:

—Luego.

Ojalá Ryke no viniera hoy.

Lo da un trago de whisky.

Mejor pensado, quizá sea bueno que se pase por aquí.

Echo un vistazo a Connor y a Rose, que están más o menos en silencio. Se limitan a mirarse a los ojos durante un largo rato, como si estuvieran hablando a través de sus miradas.

—¿Es esto lo que hace la gente inteligente? —le susurro a Lo.

—Deben de tener algún tipo de poder sobrenatural telepático que nosotros no tenemos. —Me mueve para que apoye la cabeza en su pecho firme, envolviéndome con su calor. La verdad es que quiero que se marchen para que Lo me haga suya por sorpresa.

—¿Todavía estás con lo del año pasado? —pregunta Connor esbozando poco a poco una sonrisa—. Que no supieras que Williams escribió *La ética y los límites de la filosofía* y *Problemas del yo* no te convierte en una persona tonta. Hay mucha gente que no lo sabe.

A mi hermana se le hincha el pecho, parece más alterada que cuando Lo se mete con ella.

—Conozco a Freud, Connor. Sabía que Williams lo influenció. Si mi compañero no hubiese estornudado, no habría estado tan distraída.

—¿Un estornudo? ¿Vas a culpar a un problema de alergia de tu derrota?

Rose levanta una mano, como si quisiera hacer una pausa en la discusión, y detiene su mirada gélida sobre nosotros.

—No es posible que seáis amigos de este capullo. Bueno, en realidad, no me extraña que tú lo seas —señala a Lo—, pero ¿tú, Lily? ¿En serio?

Mi novio esboza una sonrisilla.

—Sigue, Rose. Solo consigues que me caiga aún mejor.

Madre mía. Y para complicar todavía más las cosas, me parece que a Connor le divierte que toda esta locura vaya a más. Se mete las manos en los bolsillos con un gesto despreocupado.

—¿Qué ha sido de Charlie y Stacey? —pregunta. «Pues que nunca existieron».

—Se han mudado —miente Lo—. Se trasladaron a la Universidad de Brown hace un mes. Les haría saber que te querías despedir de ellos, pero no les importaría. No les caías bien. —Y adiós a nuestro chivo expiatorio con esa puyita.

Rose lo fulmina con la mirada.

—Qué majo, Lo, sobre todo teniendo en cuenta que no me conocen.

—Espera, ¿qué Charlie? —pregunta Connor.

—No creo que los conozcas —contesto.

Parece ofendido. ¿En serio?

—Yo conozco a todo el mundo.

Abro la boca, pero no sé cómo contestar a eso. Rose resopla.

—Sigues siendo el mismo, Connor, creyéndote a un nivel prodigioso. Seguro que tu mayor sueño es lamerle el culo a Bill Gates.

Justo cuando pensaba que el comentario de mi hermana conseguiría penetrar la fachada serena, imperturbable y sabelotodo de Connor, su sonrisa radiante se ensancha todavía más. Da un paso al frente, amenazando con invadir el espacio de seguridad de Rose.

—Cuidado con las pelotas, Connor —susurra Lo entre dientes.

Estaría de acuerdo con él, pero hasta ahora Connor ha demostrado que se las puede arreglar él solito. Ladea la cabeza y replica:

—Dijo la chica cuya marca de ropa ha dejado de venderse en Saks. —Contempla su vestido a medida—. ¿Se ha extinguido ya esa prenda? ¿O todavía pueden comprarla en tiendas de segunda mano los dos clientes que tienes?

Lo estalla en carcajadas y yo me hundo más entre sus brazos. Esto no va bien. No va nada bien. Rose tiene unas garras más largas y afiladas que yo y es muy capaz de defenderse.

—Cállate, Loren —ordena. Luego pone los brazos en jarras y añade—: Así que lees los periódicos, Connor. Felicidades. Eres un ciudadano bien informado de Pensilvania. Ahora lanzaremos confeti y organizaremos un desfile para celebrarlo.

—O podrías salir conmigo esta noche.

¡¿Qué?! Lo se atraganta con el whisky y yo me quedo boquiabierta, y creo que por siempre jamás. Rose. Le ha pedido una cita a Rose, mi hermana. Ya me lo veía venir.

—¡Ja! —le digo a Lo, dándole un codazo.

Él me muerde el hombro y susurra:

—Todavía no ha aceptado.

Ya. Me gustaría que Rose le diera a Connor una oportunidad. Si alguien puede estar a su nivel dialéctico, es él, pero ella se esfuerza tanto en alejar a los hombres como yo antes en atraerlos hacia mí.

Su lenguaje corporal sigue diciendo que ni lo sueñe; su expresión es tan gélida como antes.

—Qué gracioso. Un muy buen chiste. —«No, Rose, no está de broma». Quiero decirle que esto no es un truco cruel para mofarse de ella. Mi hermana se protege para que no le hagan daño. Es más fácil ser fría que sentir el dolor punzante de la decepción.

—No es ningún chiste —insiste él, dando otro paso al frente. Ella está como clavada en el suelo. Es buena señal—. Tengo entradas para *La tempestad*.

—¡Rose! —intervengo—. A ti te encanta Shakespeare.

Me lanza una mirada con la que me avisa de que no me meta. Aprieto los labios, pero veo que se lo está pensando. Estudia a Connor con atención.

—¿Tienes dos entradas justo para esta noche? Es evidente que me invitas por pena.

—¿Cómo puedes pensar eso? —replica él—. No siento ninguna pena por ti. Te invito porque resulta que tengo dos entradas que nadie aprovechará si no me acompañas. Las compré para mi madre, pero le ha salido algo de trabajo y no puede ir.

—¿Y por qué me invitas a mí? Conoces a todo el mundo. Seguro que puedes encontrar a algún ricachón al que pelotear.

—Cierto, pero esta noche no me apetece ese tipo de compañía. Prefiero ir con una chica guapa e inteligente de Princeton.

Rose lo mira detenidamente con ojos pequeños y brillantes.

—¿Y no me invitas por pena?

—Ya te he dicho que no. Quizá deberías revisarte el oído. No quiero que mi victoria en el próximo torneo académico sea injusta.

Ella pone los ojos en blanco.

—Por favor… No ganaríais a Princeton ni con una hoja de respuestas.

—Dijo la chica que se distrajo con la sensibilidad nasal de otra persona.

—Qué raro eres —replica ella. Baja los brazos y, por fin, relaja su postura.

¡Sí!

Él da un paso al frente y se queda a unos centímetros de ella. Hacía mucho mucho tiempo que no la veía tan cerca de un hombre (o de un niño).

—¿Estamos en un universo alternativo? —me susurra Lo.

Asiento.

—Sí, hemos dejado Tierra-616 atrás, sin duda. —Y me encanta.

—Pues vaya situación —continúa Connor—. A punto de malgastar dos asientos de platea, justo delante de todo…

—Un momento, en la primera fila no se ve nada. El escenario te tapa la vista. Todo el mundo lo sabe.

—¿He dicho primera fila? Creo que no. —Ladea la cabeza—. Tiene usted que revisarse el oído, señorita Calloway.

Uf, eso ha sido sexy, soy la primera en admitirlo. Saca la cartera y le enseña las entradas, que supongo que serán para la tercera o cuarta fila, no la primera.

Rose apenas las mira; Connor ha penetrado en su espacio de seguridad. Ella respira con dificultad y sus mejillas han empezado a sonrosarse. Ay, a mi hermana este chico no le es indiferente. Es como si dos personas asexuales estuviesen creando un vínculo, algo que solo sucede una vez en la vida.

Ella le devuelve una entrada.

—Recógeme a las siete. No llegues tarde.

—Nunca llego tarde.

Rose pone los ojos en blanco y se vuelve hacia mí.

—Tengo que pasar por casa de Poppy, pero quería ver cómo estabas.

—Estoy bien —contesto—. Pero todavía no sé la nota de mi examen de Economía, así que no sé cómo me está yendo en clase.

Bebe un poco de café y deja la taza sobre la mesa.

—Si te ayudo, el próximo te irá mejor.

—Todavía soy su profesor particular —le recuerda Connor.

—Ni hablar —replica Rose—. Con esta tengo derechos de sangre. —Señala a Lo—. Tú puedes quedarte con ese roedor.

Lo le hace una peineta.

—Muy maduro por tu parte —contesta de forma inexpresiva y se mira el reloj de color perla—. Tengo que irme. A mamá y a papá les diré que los echas de menos, pero sería mejor que vinieras a comer el domingo que viene. Han empezado a hacer preguntas que no sé cómo contestar. —Me da un beso en la mejilla y, para mi sorpresa, mira a Lo a los ojos—. Y tú ven también.

Dicho eso, se marcha a su manera digna habitual.

Hay que quererla.

—Estás loco —le dice Lo a Connor—. Pensaba que te faltaba un tornillo por querer ser amigo nuestro, pero ahora lo tengo claro.

Suena el timbre.

Se hace un silencio denso e insoportable. Si Rose se ha ido, solo hay una persona que pueda estar esperando en el vestíbulo.

—¿Se le habrá olvidado algo? —pregunta Connor.

Lo dudo mucho. Voy al interfono para abrir a Ryke, dejo la puerta abierta y le mando un mensaje para decirle que entre sin más. Cuando me siento de nuevo al lado de mi novio, noto que hay algo que nos separa, algo inidentificable e intangible. Lo percibe que estoy abierta a esta situación, a aceptar a Ryke y su reportaje. Por primera vez, no estamos en la misma onda.

Sé que dejar entrar a ese chico en nuestras vidas complicará las cosas. Sé que me resultará más difícil desaparecer sin que me hagan preguntas y que para Lo será más difícil beber sin que lo regañen como a un niño, pero ahora es demasiado tarde para echarme atrás, y, además, tampoco es lo que quiero.

—¿Quién es? —pregunta Connor.

—Ryke. —Le explico lo del reportaje con el menor número de detalles posible, pero me callo en cuanto oigo que la puerta se abre.

Ryke entra y nos mira. Ha metido los cómics en una de esas bolsas de plástico con cierre zip para que no se mojen, pero parece que el que más necesitaba protegerse de la tormenta era él. Gotea encima de la moqueta como un perro mojado, con la camiseta pegada a los músculos del pecho y los vaqueros pegados a los muslos. Se pasa una mano por el pelo mojado para apartarse los mechones castaños.

—¿Puedo usar la secadora? —pregunta mientras se quita la camiseta.

Dios mío. Aparto la vista y Lo cierra la revista *Cosmopolitan* y me la tira a la cara para que deje de mirarlo babeando. Se pone de pie.

—Ven, que te digo dónde está.

Mientras Lo entra en el lavadero, Ryke me mira con las cejas enarcadas, en plan «¿Ves? Está siendo amable, estamos avanzando». Yo no soy tan optimista. Ryke saluda a Connor con la cabeza.

—¿Qué tal?

—Bien —contesta.

Ryke va tras Lo. Connor se pone a mirar algo en su móvil y yo recuerdo lo que acaba de pasar con mi hermana.

—Sobre lo de Rose…

—Dime.

—Me caes bien, Connor, de verdad, pero también sé que quieres ascender socialmente. Tal vez parezco poca cosa y no me defiendo muy bien con la dialéctica, pero si le haces daño a mi hermana, encontraré el modo de devolvértela. Para un chico, ella debería ser más importante que un apellido y un buen sueldo.

Connor se guarda el móvil en el bolsillo.

—Lily, si quisiera salir con alguien por su apellido, tendría una chica del brazo todos los días. No estaría soltero nunca. —Se inclina hacia delante—. Te prometo que mis intenciones son puras. Me parece adorable que cuides de Rose, pero ella es más que capaz de cuidar de sí misma, y esa es una de las razones por las que me gusta.

—¿Cuáles son las otras? —pregunto para ponerlo a prueba.

Sonríe.

—No tendré que traducirle el menú en un restaurante francés de verdad. —¿Sabe que lo habla con fluidez?—. No tendré que explicarle estados financieros ni dividendos. Podré hablar de cualquier cosa que exista y tendrá una respuesta.

—¿Y qué hay de tu filosofía sobre las chicas ricas? ¿Es que no somos todas iguales? ¿No buscamos cazar a un chico de la Ivy League para no hacer nada con nuestras vidas?

Connor aprieta los labios para reprimir una sonrisa.

—También dije que probablemente me casaría con una chica de ese tipo.

No sé adónde va con esta conversación.

—Rose no es de esa clase de chicas. Tiene talento, constancia, determinación…

—Dije que probablemente me casaría con una chica de ese tipo, no que quisiera hacerlo.

Oh. Me acabo de dar cuenta de que Connor Cobalt va a superar con creces cualquier prueba que le ponga. Es lo malo de hacerle un examen a un estudiante de matrícula de honor.

Ryke y Lo vuelven y, para mi sorpresa, el primero lleva una camiseta negra del segundo que le queda perfecta. También se ha puesto unos vaqueros de Lo. Le aprietan un poco, pero tampoco le quedan mal. Ninguno de ellos dice nada, pero de sus posturas rígidas emana tensión. Lo se vuelve a sentar a mi lado y Connor le ofrece su silla a Ryke, que hace un gesto con la cabeza a modo de agradecimiento y se sienta. Connor acerca la silla reclinable roja a nosotros mientras el murmullo de la secadora llena este repentino vacío.

Connor se vuelve hacia Ryke y dice:

—Así que estás escribiendo un reportaje sobre hijos de magnates. Supongo que te habías olvidado de entrevistarme a mí.

Ryke se balancea sobre las dos patas traseras de la silla.

—Se me habrá pasado. —Le dedica una sonrisa áspera, evitando mi mirada.

—En ese caso, acepto.

Ryke enarca las cejas.

—¿Que aceptas?

—Mira qué bien —interviene Lo—. Escribe sobre Connor y ya está. Él tiene ganas de participar y tu historia tendrá un final feliz. Así todos salimos ganando. —Me aprieta el hombro y me pongo rígida. No sé cómo Ryke va a salir de esta.

—No, no me gusta.

¿Esa es la excusa que se le ha ocurrido? Pongo los ojos en blanco. He hecho mal en esperarme algo mejor.

Lo se frota los labios.

—Entonces ¿no vas a perseguir también a Connor?

Ryke mira a Connor, que está sentado con el tobillo apoyado en la rodilla, en una pose tan pija que se le podría hacer una foto y publicarla en un catálogo de una marca de ropa de marca.

—Sin ánimo de ofender, Connor, pero no me apetece pasarme el puto día al lado de un lameculos. Si estás con Lo y Lily, escribiré sobre ti. Es lo único que puedo ofrecerte.

—Ya he aceptado —repone él.

Pero Lo no. Entrelaza sus dedos con los míos.

—¿Me harás preguntas?

—¿Tienes algo en contra de eso? —replica Ryke—. ¿Fobia a las preguntas?

Mi novio lo fulmina con la mirada.

—Simplemente, la gente que se mete donde no le llaman no me cae bien.

—Ah, ¿no? Pues eso va en contra de mi profesión. —Se señala en el pecho—. Estudio periodismo. Hacer preguntas incómodas es mi fuerte. —Eso no me cuesta nada creerlo.

Lo mira el techo.

—Entonces yo tengo manga ancha para hacerte cualquier pregunta personal. ¿Qué te parece como condición?

—Me parece justo.

No hace falta que Lo me diga que odia esta situación; su postura lo dice todo. Entiendo sus dudas. Comprendo lo que subyace en la idea de rodearnos de otras personas. Hace tanto tiempo que dejamos atrás las miraditas y las palabras de odio como «zorra», «borracho» o «perdedor» que tiene miedo de que vuelvan. Tiene miedo de volver a momentos como cuando su padre le daba collejas en la nuca y se preguntaba por qué su hijo la cagaba bebiendo toda la noche. Volver a situaciones en las que una niña pija me llamaba enferma, tonta y subnormal.

No soy capaz de medir mis fuerzas. Solo espero ser lo bastante resiliente como para soportar el ridículo necesario para ayudar a Lo.

—Solo serán un par de meses —le aseguro a Lo—. El semestre casi ha terminado.

—Está bien. —Se termina el vaso de whisky y se levanta para servirse otro.

Ryke me dirige una mirada dura a la que no puedo responder, ya que Connor está con nosotros. Al menos está entretenido escribiendo mensajes. De repente, se levanta y se mete el móvil en el bolsillo del abrigo.

—Nos vemos luego.

—¿Adónde vas? —pregunta Lo.

—Tengo que pensar en qué voy a ponerme esta noche.

—¿En serio? Tienes una cita con el diablo. Lo único que necesitas es espray de pimienta y un extintor.

Ryke me hace un gesto con la cabeza.

—¿De quién hablan?

—De mi hermana, Rose.

—Vaya. —Mira a Connor, que se dirige al vestíbulo.

—Es diseñadora de moda —aclara Connor—. Me juzgará por mi ropa. —Se despide con la mano y se marcha.

Oigo el repiqueteo de las botellas. No sé muy bien qué hacer ahora. Ryke me susurra:

—¿Lo has estado distrayendo con sexo?

Me sonrojo.

—¿Está mal?

—No —admite—, pero no está funcionando del todo, si tenemos en cuenta lo que se está preparando. —Inclina la silla hacia atrás, quedándose sobre dos patas, para echar un vistazo a la cocina—. Whisky a palo seco. —La verdad es que me gustaría que se cayera al suelo.

Y, en cuanto lo pienso, las patas traseras de la silla resbalan y se da de espaldas contra la alfombra. Me río tanto que me duele el pecho.

—No tiene puta gracia —protesta él mientras se levanta, estirando los brazos para impulsarse.

—Sí que la tiene.

Lo vuelve con un vaso lleno de whisky.

—¿Qué ha pasado? —Se sienta al otro lado del sofá. Un cojín entero nos separa.

—Se ha caído de la silla.

Ryke se sienta en la silla reclinable, una opción mucho más segura, y luego señala a Lo con la cabeza.

—¿Qué te pasa con el whisky?

Es evidente que mi novio quiere fulminarme con la mirada por haberlo puesto en esta situación, pero se resiste.

—No veo qué tiene que ver eso con tu reportaje. —Bebe un trago del líquido color ámbar oscuro.

—Contexto —responde de forma evasiva—. No me has contestado.

—Ni pensaba hacerlo. —Da otro largo sorbo y no hace ni siquiera una mueca cuando el fuerte alcohol se desliza por su garganta.

Ryke se frota los labios.

—¿Cómo es tu padre?

—¿De verdad vamos a empezar con esto ahora? —salta Lo.

—No dejes para mañana lo que puedas hacer hoy.

Se acaba la bebida demasiado rápido y se pone de pie.

—¿Quieres una cerveza o algo?

—Yo sí —contesto mientras él va a la cocina.

Ryke me mira y niega con la cabeza, como diciéndome que es mala idea.

—Mejor no —le digo.

—¿Ryke? —pregunta él—. Última oportunidad.

—Estoy bien.

En voz muy baja, le susurro:

—Lo estás molestando tanto que está bebiendo más.

—Me he dado cuenta. Ya me ocupo yo.

Intento confiar en él, pero no parece dársele muy bien penetrar la dura fachada de Lo. Cuando vuelve al salón, ambos miramos el vaso que se acaba de llenar, que contiene un líquido casi negro.

Se sienta lejos de mí. Esto no me gusta nada.

Bebe su licor mientras observa a Ryke. Se lame los labios y dice:

—Pareces muy interesado en mi whisky. ¿Seguro que no quieres?

—No. No bebo.

Lo aprieta los dientes.

—¿No bebes? ¿Ni siquiera cerveza?

—No. Pasé una mala época en el instituto. Bebí y conduje, lo que acabó en un coche destrozado, un buzón roto y unos vecinos muy cabreados. Desde entonces no pruebo una gota de alcohol.

—El error fue conducir.

—No estoy de acuerdo. El error fue eso. —Señala con la cabeza el vaso que Lo tiene en la mano.

—Bueno, pero yo no soy tú —responde Lo de malos modos—. Si esperas una historia en la que yo me convierto en ti, te vas a llevar una decepción. Probablemente tienes razón en lo que piensas de mí. Soy un capullo rico que lo tiene todo. Y me gusta. —Oigo a su padre en su voz, y eso me asusta. Quizá esto no haya sido buena idea.

El rostro de Ryke se endurece como si fuera de piedra, pero sus ojos se llenan de empatía, algo que Lo seguro que no percibe.

—Pues empecemos con una pregunta más fácil. ¿Cómo os conocisteis?

—Somos amigos desde niños. ¿Quieres saber si perdió la virginidad conmigo? Pues no. Algún capullo se me adelantó.

—¡Lo! —Cojo un cojín para esconderme.

Ryke no despega su mirada desafiante de Lo.

—Qué interesante. —Vaya, mi virginidad le parece interesante. Fantástico—. ¿Y tú? ¿Perdiste la tuya con ella?

Lo se limita a beber y Ryke pone los ojos en blanco.

—Me lo tomaré como un sí. ¿Es la única chica con la que has estado?

—No sé qué tiene que ver esto con nada —intervengo.

—No. —Lo me ignora—. Me he acostado con otras chicas.

—No me refería al sexo.

Lo le mantiene la mirada.

—En una relación larga, sí. Y ella igual.

Me pregunto si Ryke estará intentando sumar todos los años que he ayudado a Lo con su adicción. Cuando me mira con un brillo de odio en la mirada, me lo confirma. Pero ahora puedo cambiar las cosas. Puede que nuestra relación salga perjudicada, pero he encontrado el modo de ayudarlo de verdad.

Me deslizo hacia Lo y me apretujo contra él. Se termina la bebida, pero antes de que se ponga de pie, lo abrazo por la cintura para que no se vaya. Él me mira con frialdad y susurra:

—No estoy de humor.

Se quita mis manos de encima y pasa por encima de mí para ir a la cocina. Yo me quedo atrás, como si me hubieran dado un puñetazo en el estómago.

—¿Estás bien? —susurra Ryke.

Se me llenan los ojos de lágrimas.

—No sé qué hacer —murmuro.

—Si me pongo ahí, ¿me estrangulará?

Me arden los ojos.

—Ya ni siquiera estoy segura.

Él decide arriesgarse y se sienta a mi lado.

—No lo estás haciendo mal, Lily. Pero no entiendo por qué no lo habías intentado antes.

«Porque tenemos un sistema que no podemos perturbar».

—No le hace daño a nadie —intento defenderlo con un hilo de voz—. Nunca le ha hecho daño a nadie, Ryke.

—Pues a mí me parece que te está haciendo daño a ti.

Niego con la cabeza.

—¿A mí? No, yo estoy bien.

—Entonces ¿por qué lloras, Lily?

Me seco las lágrimas traicioneras. Lo vuelve con su bebida, pero también lleva la ropa seca de Ryke. Se la tira en el regazo.

—Es hora de que te vayas. —Ni siquiera me mira.

Ryke se pone de pie, tenso, con la ropa en la mano. Se acerca a Lo y le susurra:

—Tu novia no está bien. ¿Es que no lo ves?

Está intentando hacerlo sentir culpable para que se mantenga sobrio. Dudo que funcione.

—No la conoces.

—La conozco lo suficiente.

—Tú no sabes una mierda. Te estallaría la cabeza si lo supieras todo. —Señala la camiseta que lleva puesta—. Quédate con mi ropa. No la necesito.

—Vale. Nos vemos pronto. —Se va y cierra de un portazo.

Lo se seca la boca y dice:

—Me voy a mi cuarto.

Se me cae el alma a los pies. Deberíamos hablar, pero ¿qué le digo? «Lo, me gustaría que dejaras de beber». Y él diría: «Lily, me gustaría que no necesitaras tanto sexo». Y entonces nos miraríamos y esperaríamos a que el otro dijera: «Vale, cambiaré por ti». Pero se haría un silencio tan profundo y violento que sentiría como si me partieran en dos. No habría vuelta atrás.

Le doy la única respuesta que me parece que tiene sentido.

—Siento haberte puesto en esa situación. Lo siento mucho.

Se le tensan los músculos y se pasa una mano por el pelo.

—Ahora quiero estar solo. Podemos acostarnos por la mañana, ¿vale?

Me deja y me quedo hundida en el sofá, escuchando el tictac de un viejo y caro reloj que hay en la librería.

Me acurruco bajo la manta. Me siento vacía.

Pasan unos minutos hasta que empiezo a llorar, de esos llantos que te deforman la cara y hacen que te cuelguen los mocos.

Nadie puede verme, pero sé que no estoy sola en mi desgracia.

Por la mañana, el sexo es duro y animal y tan emotivo que la cabeza me da vueltas. Cuando terminamos, estoy tan mareada que tengo que ir al baño a vomitar.

Lo se sube los calzoncillos a toda prisa y entra corriendo en el baño. Se arrodilla a mi lado y me frota la espalda.

—No pasa nada, Lily… No pasa nada —dice como si estuviera intentando convencerse a sí mismo.

Me agarro a la taza del váter con manos temblorosas y me enfrento a las arcadas durante otro minuto antes de calmarme.

—¿Qué te ha pasado?

No me vuelvo.

—Me he mareado.

—¿Por qué no me lo has dicho?

—No lo sé —murmuro. Tengo la voz ronca y rasposa. Me pongo de pie para lavarme los dientes. Por fin encuentro mi cepillo y la pasta.

—Habla conmigo —me pide. Me pone una mano en la cadera con suavidad mientras yo escupo en el lavabo.

Cuando termino, me vuelvo hacia él y me apoyo en la encimera.

—¿Quieres romper conmigo? —le pregunto de repente.

Se queda sin aliento.

—No. Yo te quiero, Lily. —Me coge de la mano—. Mira, lo intentaré con más ganas. Los dos lo haremos. —La promesa repentina no me sorprende. Nos peleamos un minuto e intentamos reconciliarnos al siguiente. Por eso hemos durado tanto, por eso y, supongo, que también porque el miedo de perder al otro siempre es mayor que el daño que nos causamos.

—¿Intentar más el qué? —Quiero que quede todo claro.

—Beberé más cerveza. Ayer Ryke me cabreó, por eso elegí un alcohol más fuerte. —Hace una pausa y me mira dubitativo. Ahora me toca a mí—. Lily… Me encanta follar contigo, pero estas últimas dos semanas han sido una locura. No puedo ni pensar.

—Lo sé. Lo siento. —He recurrido al sexo para intentar que no beba. Supongo que tenemos que trabajar en cumplir con nuestros compromisos, lo que significa que necesito dejar de intentar que esté sobrio distrayéndolo con otra cosa.

Ryke se decepcionará, pero es lo único que puedo hacer sin alejarlo de mí. Yo lo necesito a él más que él a mí. Su vicio es una botella de whisky; el mío, su cuerpo. Cuando discutimos, la que sale perdiendo soy yo.

—¿Y tú? ¿Quieres romper conmigo? —Me hace la misma oferta.

Sería más fácil dejarlo ir, volver a nuestros rituales anteriores, pero ahora que he estado con él, no soy capaz de imaginarme sin perderme entre sus brazos, sin alcanzar el grado máximo de satisfacción con él. Es como una droga que consumo con entusiasmo y creo que eso es lo que más miedo me da. Él alimenta mi adicción, siempre lo ha hecho. Y, mientras estemos juntos, siempre lo hará.

—No, no… —susurro—. Quiero estar contigo.

Me atrae hacia él y me da un beso en la frente.

—Lo haremos mejor. —Sus labios rozan mi oreja—. La próxima vez que te encuentres mal, dímelo, por favor.

—Vale.

Me levanta la barbilla y me besa en los labios, persuadiéndome para abrir la boca. Me mete la lengua un segundo y susurra:

—Y ahora vamos a hacerlo bien.

Me coge en brazos y yo lo abrazo por el cuello, feliz por borrar los malos momentos y reemplazarlos por buenos.

27

—¿Me subes la cremallera?

Lo se arregla la corbata y luego me apoya una mano en la cadera. Intento no concentrarme en cómo sus dedos se me clavan en la piel. Acabamos de acostarnos y los dos nos hemos duchado. No quiero aparecer en el desfile de Rose con el pelo alborotado y la cara roja.

Me sube la cremallera hasta el cuello; su tacto me eriza la piel.

—¿Estás bien? —pregunta.

—Sí. —Me aliso el pelo, que me llega hasta los hombros, e intento apaciguar los nervios que tengo en la boca del estómago. Me cuesta recordar algún momento antes del instituto en el que le presentara algún amigo a mi familia, supongo que porque hace bastante tiempo que Lo es mi única compañía.

Mi lado más ruin desearía que Rose y Connor no se hubieran conocido nunca, o que yo no me hubiera hecho amiga de él antes. Cualquier cosa para que mis dos mundos, mi familia y la universidad, no tuvieran que encontrarse. Connor sabe cosas, más incluso que Rose. Creo que cometimos un error al no contarle mentiras a nuestro nuevo amigo. Pero ¿cómo iba yo a imaginarme que, de todas las personas del planeta, a Rose le resultaría atractiva la personalidad de Connor Cobalt? Qué suerte la mía.

Al menos no he sido tan egoísta como para destruir su relación antes de que empezara. Eso no habría estado bien.

Ahora que Ryke nos sigue a estos eventos, el estrés se multiplica por dos. A cualquiera de los dos se les podría escapar algo delante de nuestra familia en cualquier momento, y todo se derrumbaría. Además, me abruma pensar que mi familia vaya a ver otra parte de mi vida. Hay una razón por la que mantengo la distancia entre esas partes, y ahora todo me parece complicado y desastroso. Sin embargo, si Lo siente lo mismo, no lo demuestra. Lo observo comprobar las tarjetas que lleva en la cartera antes de metérsela en el bolsillo.

Alguien llama a la puerta.

—¿Estáis decentes? —La voz de Connor llega amortiguada desde el otro lado.

Abre y ahí está, con un traje de mil dólares y una sonrisa deslumbrante.

—Tenemos que irnos, si no, llegaremos tarde.

—Vamos a llegar una hora antes —se queja Lo—. No pasa nada si nos entretenemos unos minutos.

Los sigo a la cocina, donde está Ryke, sentado junto a la barra escribiendo en su móvil.

—Quiero ver a Rose antes del desfile —confiesa Connor—. Esta mañana parecía nerviosa.

—Lo está —contesto—. Lo que más le preocupa es que no vaya nadie.

Incluso la he llamado. Ha sido sobre todo para hablar sobre Connor, pero no me ha querido dar muchos detalles sobre su cita en el teatro, aparte de decirme que se comportó exactamente como ella pensaba. A saber lo que significa eso. Siguen saliendo juntos, así que doy por hecho que fue bien. Espero que no hablasen mucho de nosotros. Necesito encontrar el momento adecuado para confesarle a Connor que Rose desconoce ciertos aspectos de nuestra vida, como, por ejemplo, que Lo bebe constantemente.

—Le he dicho que lo tengo todo controlado, pero no quiere creerme —se lamenta. Unas pequeñas arrugas alrededor de los ojos muestran su disgusto, una emoción que todavía no había visto en el imperturbable Connor Cobalt.

—¿A quién has llamado? —pregunta Lo mientras mira de soslayo a Ryke. Mantiene sus distancias incluso los días en los que este le entrevista, contestándole con desdén o sarcasmo. Y ahora que ya no intento activamente distraerlo para que no beba, Ryke no pierde ninguna oportunidad de fulminarme con la mirada. No hago nada bien.

—A los dueños de Macy's, Nordstrom, H&M y algunas tiendas menos conocidas. Estará lleno. —Connor me mira—. No le digas quién va a ir. No serviría de nada ponerla más nerviosa.

—No lo haré.

Ryke se pone de pie y se mete el móvil en el bolsillo del traje. Su atuendo es tan caro como el de Connor y Lo. Por alguna razón, que haya venido con un traje a medida me ha pillado desprevenida. Pensaba que se mantenía con una beca de atletismo, pero ese traje, por cómo le queda y por la elegancia de la tela, es evidente que es de marca, diría que de Armani o de Gucci. Eso significa que tiene dinero. Mucho dinero.

No le he hecho muchas preguntas sobre su vida personal. Lo tenía intención de hacerlo, pero le saca tanto de quicio que normalmente acaba largándose sin preguntarle nada. Se me ocurre una antes de que le dé tiempo a lanzarme otra mirada asesina.

—¿A qué se dedican tus padres?

Connor me pone una mano en el hombro.

—Camina mientras hablas. Llegamos tarde. —No es cierto, pero él entiende por «tarde» algo muy distinto a lo que entiendo yo. Salimos de casa con Connor en la retaguardia, prácticamente sacándonos a empujones.

Ryke se pone a mi lado, pero Lo se queda en el otro.

—Mi madre no trabaja. Mi familia tiene dinero.

Connor vuelve a mirarse el reloj, como un neurótico, y yo aprieto el botón del ascensor.

—¿La paterna?

—Sí. Pero no vivo con mi padre. Siempre he estado solo con mi madre.

Cojo aire al oírlo, pero no sé si a Lo le afecta. Parece impasible ante la revelación.

—¿Divorciados? —pregunto. Lo me rodea la cintura con los brazos y me apoyo en su pecho. Cierro los ojos al notar los latidos de su corazón y el calor de su cuerpo. Me gustaría que me atrajera hacia él y… «No, Lily».

—Sí —responde Ryke—. Fue bastante desagradable. Iban a tener la custodia compartida, pero al final mi madre ganó en el juicio.

—¿Conoces a tu padre?

—Sí —admite con cierta frialdad, como si ya hubiese superado este asunto y lo tuviera más que aceptado—. Me mandaba regalos todo el tiempo y mi madre los tiraba, pero me dejaba verlo cada lunes, desde que tengo memoria. No parecía mal tío, pero… Mi madre me contó algunas cosas horribles con el paso de los años, cosas que no debería haberme contado siendo yo tan joven. Al cabo de un tiempo, dejé de verlo, y también de quererlo. —Ryke mira a Lo—. ¿Qué hay de ti?

—¿Qué hay de mí?

—¿Tus padres no están divorciados?

—Siempre he vivido con mi padre —responde Lo de forma inexpresiva—. Es el mejor puto padre del mundo. Siento que no hayas tenido suerte con el tuyo.

Ryke adopta una expresión dura.

—¿Tienes buena relación con él?

—La mejor.

Agacho la cabeza. El resentimiento en su voz me ha puesto el estómago del revés.

—Me parece que tu novia no está de acuerdo.

—Deja de psicoanalizar todos sus movimientos —le espeta.

«Sí, por favor, para», pienso, sobre todo porque en este momento tengo que cruzar las piernas para concentrarme en algo que no sea sexo.

Llega el ascensor y, en cuanto consigo llevar a mi mente en la dirección correcta, me sobreviene una oleada de ansiedad. Llevar a Connor y a Ryke al desfile me parece un billete directo a la perdición. Terminaré intercambiando estas emociones tan abrumadoras por fantasías y colocones carnales. Eso suena mejor que esta ansiedad paralizante.

Nos dirigimos a la limusina, y para cuando llegamos al desfile, ya me he imaginado diez escenarios distintos con Lo en el asiento de atrás, y se me ha ido el santo al cielo unas cinco veces. Él se ha dado cuenta de que he estado perdida en mis fantasías, pero estoy segura de que los otros dos no.

El punto entre mis piernas me palpita; necesita una liberación, pero evito cualquier incomodidad, así que me torturo con esas imágenes. Lo encima de mí. Lo dentro de mí. Lo susurrándome que quiere hacerme suya. Qué estúpida soy.

He venido por Rose.

Y, aun así, soy incapaz de parar.

Cierro las manos en dos puños y me obligo a concentrarme en el presente.

Estoy aquí.

En ningún otro lugar.

En el centro de la sala hay una pasarela elevada y unas sillas de plástico blanco a los lados. Los únicos presentes son los fotógrafos, los publicistas, las modelos y los estilistas. La mayoría entran y salen desde bastidores, donde Rose debe de estar vistiendo a las modelos. Seguramente, ahora mismo le estén probando a Daisy un vestido de seda para el día a día. Debería ir a verlas, pero quiero hacer otra cosa, algo que sé que en estos momentos no está bien.

—Lo —susurro, cogiéndolo del brazo. Lo miro casi sin respiración y con mis ojos más seductores. «Ven conmigo, por favor, por favor...».

—¿No puedes esperar a llegar a casa?

Ryke lo oye mientras Connor marca el número de Rose y se va.

—¿Qué pasa? —me pregunta.

—Nada. —Le dirijo a Lo una mirada de advertencia—. Ahora vuelvo. —Me dispongo a ir al baño, pero él me sujeta de la muñeca.

—Tienes que intentarlo —me dice.

—¿Como tú?

Me acerca los labios al oído y susurra:

—Me estoy esforzando. Hoy solo he bebido cerveza, ya lo sabes.

No soy capaz de imaginar la posibilidad de no satisfacer esta necesidad. Me duele demasiado. No puedo pensar en otra cosa. Si Lo no me ayuda, tendré que encargarme yo sola. Sin ponerle los cuernos. Me suelto.

—No quiero estar así todo el desfile. Tenemos tiempo.

—¿Qué es lo que necesitáis hacer? —me pregunta Ryke. Odio la dureza que hay en su voz, como si estuviese a punto de matar a Lo causándole estrés, pasándole un vaso de alcohol, mirando cómo se lo bebe sin reprocharle nada.

Lo fulmino con la mirada.

—No es asunto tuyo.

—Oye, que solo quería ayudar.

Me arden las mejillas.

—Tú no puedes ayudar.

—Joder, alguien se ha levantado de la cama con el pie izquierdo.

—¡No hables de mí en una cama! —replico de forma irracional y sin sentido.

Lo me coge de la muñeca.

—Lily, para.

—¿Lo estás defendiendo? —Estoy boquiabierta—. ¿En serio?

—Pero ¿tú te estás oyendo? —me susurra al oído—. No estás pensando con claridad.

Lo aparto de un empujón.

—Sois un par de gilipollas —les espeto, mirando a uno y luego al otro. Elegantes, guapos, hielo y piedra. Los odio. Y me odio a mí—. Ni siquiera sé por qué he accedido a todo esto. —A estar con Lo. A dejar que Ryke nos siga por todas partes. Si me parase a pensar dos segundos, quizá comprendería que estoy proyectando en ellos toda la ansiedad que me ha causado el desfile, y que eso es injusto, cruel e inmaduro. Pero no quiero pensar. Solo quiero hacer.

Inhalo con fuerza; respiro de forma irregular. Necesito irme de aquí ahora mismo. Corro al baño mucho más rápido que Lo y me meto en el de hombres en lugar de en el de mujeres. Un tipo de unos treinta años me ve a través del espejo mientras orina. Maldice entre dientes y se sube la cremallera. La confianza me hincha el cuerpo entero, la necesidad sobrepasa todo lo demás.

Entro en uno de los baños sin decirle ni una palabra. Lo entra después sin mirar siquiera al pobre tipo. Me mira a mí, solo a mí, y tiene pinta de querer devorarme entera, o tal vez de estrangularme. «Sí».

Cierra la puerta del baño de un portazo y me coge con fuerza de las muñecas. Me da la vuelta de forma que puede frotarme la espalda con la pelvis y me pone las manos contra la pared de azulejos. Curvo la espalda contra él; mis pies quedan fuera del cubículo.

—¿Esto es lo que quieres? —gruñe mientras me mete la mano debajo del vestido, buscando el punto más húmedo con los dedos.

Ahogo un grito y pongo los ojos en blanco. «Por favor».

Me tapa la boca con la mano para amortiguar mis gemidos mientras me mete y me saca los dedos. Las manos se me resbalan y casi me doy de bruces contra la pared, pero Lo me tiene cogida con fuerza, y me mantiene de pie.

Me penetra y me pierdo en el placer, en la dicha, en su dureza. Se me acelera la respiración, se me acumula en la garganta, y él no baja el ritmo. Me embiste como si quisiera decirme que me he portado mal, y yo lo acepto embriagada, con el alma en vilo.

Cuando terminamos, se sube los pantalones hasta la cintura y se los abotona mientras yo intento encontrar las bragas alrededor de mis tobillos.

—¿Está bien? —me pregunta quitándome el pelo sudado de la cara.

—Creo que sí. —¿Por qué he follado aquí? Lo que acabo de hacer me cae como una losa en la cabeza y en el corazón; respiro con dificultad. ¿Por qué he hecho esto? ¿Qué me pasa?

Cuando salimos, primero se lava las manos y luego me acompaña. Por suerte, el desfile todavía no ha empezado, aunque la sala está llena hasta los topes.

Me deslizo en un asiento de la primera fila al lado de Connor, evitando a Ryke.

—Debería ir a ver a Rose —le digo.

—No hay tiempo. —Connor echa un vistazo a su Rolex—. El desfile empieza en quince minutos.

—Ah.

Parpadeo, intentando librarme de la culpa, que me ha hecho un nudo en el estómago. Me tiemblan las manos, así que Lo alarga la suya para cogérmelas. Veo la preocupación en su mirada, pero intento no centrarme en eso. Estoy bien. Todo irá bien.

Levanto la vista y veo que Poppy se acerca muy sonriente y con Sam de su brazo. Me da un vuelco el corazón. Se acerca a saludarme y me da un beso en la mejilla.

—¡Cuánta gente! —exclama—. Rose debería sentirse orgullosa.

—¿Dónde está mamá? —El corazón me martillea al ritmo acelerado de la música.

—Ahora viene. Papá estaba hablando por teléfono, así que se han quedado fuera un segundo. —Mira a Connor y a Ryke—. ¿Son tus amigos? Ah, ¿este es Charlie? —Mira a Ryke, que parece confundido.

—No, Charlie se ha mudado —miento—. Este es Ryke. Es un amigo de Penn. Y este es Connor Cobalt.

Connor se pone de pie para darle un apretón de manos a Sam y otro a Poppy, que se olvida de Ryke por un instante.

—Encantado de conoceros a los dos. —Ya ha hipnotizado a mi hermana mayor con su belleza y sus palabras. Ella asiente mientras él charla con Sam sobre Fizzle, intentando empezar una conversación

301

que pueda involucrar a todos. No sé si es su tipo de peloteo habitual o si está utilizando un extra de encanto para ganarse todavía más a Rose.

Cuando Poppy consigue desconectarse del magnetismo de Connor Cobalt, me susurra:

—¿Este es el chico con el que se está viendo Rose?

—Sí.

Sonríe.

—No está nada mal.

—Pues no, pero seguro que ella piensa que puede encontrar algo mejor.

Poppy se echa a reír y luego me toca el brazo.

—Nosotros estamos en unos asientos un poco más allá. Nos vemos después del desfile. Y, Lily… —Vacila—. Me alegro de conocer por fin a tus amigos.

Sonrío, pero sus palabras me duelen, porque, en el fondo, estos amigos prácticamente me los he comprado.

Poppy y Sam se van a sus asientos y yo me acomodo en el mío. Algo pesado me oprime el pecho, y lo único que puede ayudarme a no pensar en ello es el sexo. Cuando empiezo a concentrarme en los fotógrafos, sobre todo en uno desaliñado que hay en una esquina, mi cuerpo comienza a palpitar de nuevo.

Llevo tanto tiempo automedicándome con el sexo que parar me parece imposible, como intentar que un tren de alta velocidad frene antes de colisionar contra un muro de cemento. Así que no me queda más remedio que colisionar, que romperme en mil pedazos. Sin embargo, ir a trescientos kilómetros por hora es una sensación maravillosa.

Me concentro solo en eso. En la adrenalina, el subidón y las endorfinas que me provoca moverme contra un cuerpo que no es el mío. Cualquier cuerpo. Con suerte el de Lo. En mi mente no hay espacio para ningún otro pensamiento; casi me tiemblan las rodillas de las ganas.

El tiempo pasa y la gente empieza a sentarse. Oigo vagamente que Ryke le pregunta a Lo por la carrera como modelo de Daisy. No oigo la respuesta, estoy demasiado concentrada en cómo el fotógrafo agarra su cámara. Flexiona los músculos e imagino que me agarra a mí. «Para».

Gimo para mis adentros y me froto las palmas sudorosas contra el vestido. Soy como una yonqui que necesita otro tiro; odio que el polvo rápido del baño no me haya saciado. De todos modos, ya la he cagado. ¿Cuánto se enfadará Rose porque no haya ido a verla entre bastidores? «Para».

No quiero pensar en eso.

Las luces se atenúan.

—Lo —digo en voz baja—. Lo, necesito... —No soy capaz de verbalizarlo, pero mi tono de voz habla por mí.

—El desfile está a punto de empezar, Lil —susurra—. Tienes que aguantar.

No sé si puedo. Me retuerzo en la silla, luchando contra el mono, la necesidad de buscar mi clímax natural preferido.

Y entonces llegan mis padres. Ryke se pone de pie y estira los brazos.

—Voy al baño antes de que empiece. —Va al baño, justo donde yo quiero ir. Lo frunce el ceño y lo mira hasta que desaparece de nuestra vista.

Cruzo las piernas; el sudor empieza a cubrirme la piel. No puedo más. Necesito a alguien. Necesito que alguien me alivie... Me levanto.

—Lily —protesta Lo, poniéndose de pie de un salto—. Lily, tu hermana. Piensa en Rose.

—No puedo —susurro y corro hacia la salida, dejando a Connor con tres asientos vacíos. Su expresión arrogante habitual se ha fracturado. Parece enfadado.

—Piensa en lo que pasará luego, Lily, por favor —insiste Lo.

Me siento horrible, sí, pero no puedo evitar que mis pies sigan adelante, que se me acelere la respiración. Hay un lugar en lo más profundo de mi ser, una compulsión, que debe satisfacerse. Lo necesito. Lo necesito más que respirar, más que el aire, más que la vida misma.

Es una idea estúpida. No tiene sentido. Pero es lo que me mueve.

Paso junto a mis padres, que me miran confundidos. Lo se queda atrás para darles alguna excusa y yo salgo a la libertad de la ciudad. Salgo al aparcamiento, donde los coches están alineados como puntos negros.

Abro el Escalade de Nola en el que han venido mis padres. Por suerte, ella no está. Me deslizo en el asiento trasero y me levanto el vestido. Antes de hacer nada, la puerta se abre y entra Lo. Me coge del tobillo y tira de mí hacia él. Me pierdo en estas sensaciones.

Me pierdo en él.

Cuando desciendo del subidón, una vez que se han marchado las estimulantes hormonas, todo vuelve a mi mente y noto el escozor de las lágrimas.

—¿Qué me pasa? —me lamento con la voz entrecortada. Empiezo a vestirme rápidamente tras encontrar el sujetador, tirado en el suelo del Escalade. Lo se mueve mucho más despacio. Parece a punto de vomitar.

—Lil —dice con suavidad, y alarga una mano para tocar la mía. La aparto al instante, estoy demasiado alterada y avergonzada para recibir su consuelo.

—No, tenemos que entrar antes de que acabe el desfile. Quizá no se dé cuenta… —Abro la puerta del coche y veo que la gente ya empieza a salir hacia el aparcamiento oscuro, todos con una bolsa de regalo en la mano. ¿Qué? ¿Ya se ha terminado? ¡¿Me lo he perdido entero?!

—Lily… —Lo lleva la chaqueta del traje en la mano y duda un instante antes de ponerme una mano en el hombro.

—¿Sabías qué hora era? ¿Por qué no me has avisado?

—Lo he intentado. —Traga saliva con un gesto de dolor—. Lil, lo he intentado unas cinco veces.

—¿Qué? —Niego con la cabeza—. No me acuerdo. No…

—Eh, venga, no pasa nada. —Me atrae hacia su pecho y me envuelve entre sus brazos—. Tranquila, no pasa nada.

Sí qué pasa.

Debería haberlo evitado ya la primera vez. ¿Por qué me he convencido de que esto merecería la pena? Lo aparto de un empujón, la culpa casi me ahoga.

—No, no… Tengo que disculparme. —Me pongo los tacones e intento concentrarme. Irá bien. Me inventaré alguna mentira, como que algo me ha sentado mal, y luego diré que lo siento unas cuantas veces y lo arreglaré todo.

Todo irá bien.

El corazón me late con tanta fuerza que lo oigo por encima de las conversaciones de la multitud que va saliendo por las puertas de cristal. No tengo que ir muy lejos antes de encontrar a mis padres. Van en dirección al coche, seguidos de Poppy y Sam.

Se ríen. Mi hermana le está enseñando una foto a mi madre en su Blackberry. Cuando me ve, su expresión se congela, y pronto los cuatro me están mirando del mismo modo. Mi presencia ha succionado toda la felicidad que emanaba de sus rasgos.

—Yo… —tartamudeo—. No me sentía bien. Me dolía el estómago y estaba muy mareada. Creo que no he comido lo suficiente. Creíamos que igual habría comida en el coche.

Mi padre se vuelve hacia Sam. Me ignora.

—Tengo un informe de Fizzle que deberías ver. —Se lleva a mi cuñado y fulmina a Lo con la mirada al pasar junto a él.

Evito a mi madre, que seguramente me está lanzando una mirada que podría helar toda Florida. Eso me deja a Poppy.

—No me encontraba bien, de verdad. No quería perderme el desfile de Rose por nada del mundo. —La mentira me arde en la garganta.

Ella me mira el pelo y yo me aliso de forma inconsciente los mechones alborotados. Lo me pone una mano en la parte baja de la espalda y doy un respingo.

—Tienes el vestido arrugado —me dice mi madre con frialdad antes de mirar a Lo—. Deberíais controlar un poco vuestras hormonas durante los eventos familiares.

«¿Qué? No...».

—No, Lo no...

—No, deja. Tiene razón —me interrumpe Lo. Me lo quedo mirando con cara de tonta—. Lo siento. No era el momento adecuado. No volverá a suceder, Samantha.

Mi madre se queda pensativa unos instantes y asiente ligeramente. Aprieta los labios y se dirige al coche. Poppy se queda mirándome con los ojos llenos de decepción.

—Rose está dentro, pero no creo que quiera hablar contigo ahora. Dale un poco de tiempo para que se calme.

Se marcha antes de poderle contestar, aunque no tengo nada que decir, aparte de otra disculpa patética.

No puedo esperar a mañana. Me duele demasiado no dar la cara. Emprendo el camino hacia el edificio, pero Lo me coge de la muñeca.

—¿Qué haces?

—Tengo que hablar con ella.

—¿Es que no has oído a Poppy? —Me mira con los ojos muy abiertos—. Deja que se calme, joder. A no ser que quieras que te arranque el corazón. —Quizá es eso lo que quiero. Quizá es lo que me merezco.

Connor abre la puerta con el hombro mientas manda mensajes. Corro hacia él, pero cuando levanta la vista y me ve se le ensombrece el rostro.

—¿Cómo está? —pregunto.

Intento mirar tras él, pero se pone delante de mí, impidiéndome ver el interior del edificio.

—No está muy contenta —responde con voz tensa.

—¿Dónde está Ryke? —pregunta Lo con el ceño fruncido.

—Se ha ido. Se encontraba mal.

—Creo que ha sido algo que hemos comido —digo.

Connor me mira con el ceño fruncido y una expresión de incredulidad.

—¿Y eso ha sido antes o después de que os fuerais a follar al coche?

Retrocedo; ha sido como un puñetazo en el estómago. Me choco contra el pecho de Lo y esta vez dejo que me rodee la cintura.

—Eh, no te pases —le advierte Lo.

Connor ni parpadea.

—He estado suficiente tiempo con vosotros para saber que esas pausas para ir al baño no son ataques de vejiga sincronizados. Y me parece bien. La verdad es que vuestra vida sexual no es asunto mío. —Mira al edificio y luego de nuevo a mí—. Deberíais iros —sugiere.

—Quiero disculparme con ella.

—¿Para qué? —Connor habla de forma inexpresiva y cortante.

Lo he insultado o disgustado de algún modo. La única persona a la que no veía capaz de sentir repulsión por mí.

—Necesito que sepa que lo siento mucho.

—Le ha vendido la colección a Macy's y tiene una oferta de H&M. No se lo estropees intentando sentirte mejor. Vete, Lily.

No sé qué más hacer, así que acepto el consejo y desaparezco.

Al día siguiente, intento llamar a Rose casi cada hora, sin éxito. Tras mi décimo intento para reconciliarme, tiro el teléfono al suelo, entierro la cara en mi almohada y chillo. Por esto no voy a eventos familiares. Por esto no tengo amigos. Decepciono a todo el mundo.

La puerta de mi cuarto se abre. Es Lo. Me vuelvo para darle la espalda.

—Te perdonará, Lil. Puede que a mí no… Pero a ti sí, seguro.

Me estremezco. Mi madre cree que sus hormonas revolucionadas nos estropearon la noche a todos, pero fue culpa mía. Odio que se haya comido el marrón él.

Se sienta en los pies de la cama y me pone una mano en el tobillo, vacilante. Me aparto de inmediato y huyo hacia el cabezal.

—No, no sé si… —murmuro.

Frunce el ceño, preocupado.

—¿Quieres dejar el sexo? ¿Y entonces qué? ¿Ser célibe? Ni siquiera sé lo que significa dejar el sexo. ¿Cómo dejas algo que forma parte de la naturaleza humana?

—Puede… No… No sé… —¿Debería tirar el porno? Pero ¿qué pasará dentro de una semana, cuando me dé cuenta de que no va a funcionar? Tendré que volver a comprar de todo otra vez. No merece la pena.

—Te apoyaré decidas lo que decidas —insiste él.

La culpa me impide abandonarme al sexo. Es como si todas mis hormonas hubieran entrado en un estado de castidad perpetuo. Entierro la cabeza en las rodillas. He de tomar una decisión, pero vacilo entre una opción y otra, incapaz de saber qué quiero hacer. Ha sido un error provocado por pasar tiempo con mi familia. Tendré que separarme de ellos otra vez. Distancia. Cuando me disculpe con Rose, me apartaré de mi familia y todo volverá a la normalidad. Limpio y separado en distintos compartimentos.

—Hablaré con Rose —decido—. Y luego podremos acostarnos.

Me da un beso en la sien.

—Estaré aquí, mi amor. —Me da un mordisquito en la oreja.

Cojo un cojín y lo golpeo en el pecho con aire juguetón. Él sonríe, pero respeta mis deseos y deja de intentar consolarme ofreciéndome sexo. En parte, parece un poco aliviado. Sé que no he sido la mejor de las compañías, he sido egocéntrica y he estado regodeándome en la autocompasión.

Me levanto de la cama. Voy a dar la cara ahora que tengo la oportunidad. Mañana Rose ya habrá vuelto a Princeton y yo estaré demasiado ocupada intentando no suspender para poder coger el coche e ir a verla.

—¿Crees que me dejará pasar?

—No sé qué decirte. Depende de si por fin ha echado un polvo.

Lo fulmino con la mirada y él levanta las manos en señal de paz. Estoy orgullosa de que mi hermana no le haya entregado la virginidad a cualquiera.

Me cepillo el pelo en un santiamén, cojo el abrigo y dejo a Lo en la cocina, donde se está preparando una bebida suave para media tarde. De camino a Villanova, intento pensar en un discurso, pero todo se me olvida en cuanto llego.

Evito al personal que trabaja en la mansión y subo la enorme escalera hacia la habitación de Rose, donde se queda cuando viene de visita. Llamo un par de veces a la puerta antes de que la abra. Cuando sus ojos entre verdes y amarillos se detienen sobre mí, aprieta los labios y se le pone rígido todo el cuerpo, como si estuviese practicando para formar parte de la guardia de la reina de Inglaterra.

—Tenemos que hablar —le digo, contenta por que todavía no me haya cerrado la puerta en las narices. Algo es algo.

Sin embargo, no me deja entrar en su cuarto. Es evidente que no soy bienvenida en su santuario. Esta vez la he cagado de verdad.

—¿Hablar de qué? Te fuiste a follar con Loren durante mi desfile. Se acabó el estar sorprendida, herida o impactada, Lily —contesta con frialdad, como si todo este drama no fuese con ella.

—Lo siento. No sabes cuánto lo siento. Te prometo que seré mejor hermana.

Niega con la cabeza. Tiene el ceño fruncido.

—Déjalo ya, Lily. Estoy harta de tus promesas. Siempre elegirás a Lo. A vosotros los demás os importamos una mierda. Eres una egoísta, y como no quiero ir por la vida decepcionándome constantemente, he aprendido a aceptar ese defecto. Tú deberías hacer lo mismo.

Le suena el teléfono y mira hacia atrás. Sigue sin invitarme a entrar.

—Tengo que irme. Son los de Macy's. —Cierra la puerta antes de que me dé tiempo a felicitarla. Quizá debería haber empezado por ahí.

Reflexiono sobre sus palabras de camino a casa y me pregunto si tiene razón. Si aceptar que soy una egoísta incapaz de cambiar, me ayudará a paliar la culpa.

Y si no lo hace..., quizá el sexo sí.

28

Hago el esfuerzo de llamar a Rose más a menudo. La mayoría de veces contesta y me informa sobre Calloway Couture. A veces es un poco seca, pero es mejor eso que un portazo en las narices. Mientras intento arreglar mi relación con ella e ignorar al resto de la familia, Lo pasa tiempo con Connor en el gimnasio.

Ryke continúa siguiéndonos por todas partes, y desde que en el desfile estuvieron por un extraño momento del mismo lado, él y Lo mantienen una relación mucho más cordial. Ryke finge tomar notas para su reportaje falso, pero normalmente se limita a intentar comprender a Lo. Anoche charlaron sobre sus experiencias con niñeras. Lo tuvo una que solía beber margaritas de fresa y ya estaba borracha al mediodía. Al parecer, Ryke vivió una situación parecida, solo que su niñera le dejaba probar sus mimosas y sus bloody marys. Él tenía solo nueve años.

Me cepillo el pelo húmedo mientras Lo se seca el suyo con una toalla. Sexo en la ducha: un clásico.

Casi ni me acuerdo de por qué estaba tan preocupada por mi estilo de vida. Soy más que capaz de lograr que todo funcione.

Hoy el profesor ha publicado las notas del examen de economía. Como de costumbre, Lo no ha querido decirme la suya, pero yo he sacado un cinco, lo que para Connor es casi un sobresaliente. Ha insistido en celebrarlo. Connor Cobalt debe de ser la única persona para la que los méritos borran todo lo demás. De algún modo, también Lo ha vuelto a caerle en gracia. Después de lo que pasó en el desfile, pensaba que iríamos directos a su lista negra, pero creo que Rose tiene mucho que ver en que no haya sido así. Resulta que mi hermana es su única debilidad y, si ella me ha perdonado, lo más probable es que le haya ordenado que haga lo mismo.

Mientras todavía intento desenredarme el pelo, Connor llega con Ryke. Lo sale a abrirles la puerta y yo rompo una de las púas del peine. ¿En serio? ¿Cómo es posible? Por fin tengo un superpoder: pelo indestructible. Patético.

Dejo la puerta abierta mientras busco otro peine, o, mejor aún, un cepillo para deshacer estos enredos. Oigo a los chicos en el salón, pero no deben de darse cuenta de que puedo escucharlos porque la conversación pasa de las mejores pizzerías de Filadelfia a mí.

—¿De quién fue la idea de largarse del desfile? —pregunta Ryke.

—¿Es para tu artículo? —pregunta Lo.

—No, solo tengo curiosidad.

—Quería follar con ella y lo hice. Además, ¿no te largaste tú también? ¿Cuál es tu excusa?

—Yo también tengo una novia que está muy buena con la que quería follar —bromea—. No, ahora en serio, creo que me intoxiqué con la comida del puesto de tacos de la esquina.

—Nosotros comemos ahí todo el tiempo y nunca nos ha sentado mal.

¿Cree que Ryke está mintiendo? No tiene ninguna razón para hacerlo. En realidad, seguro que habría preferido quedarse para ser testigo de mi caída en desgracia.

—Pues habrá sido la leche de los cereales, yo qué coño sé —contesta exasperado.

—¿De verdad fue idea tuya, Lo? —interrumpe Connor.

Cierro los ojos con la esperanza de que mi novio se libre de un poco de culpa.

—Bueno, tampoco es que ella me dijera que no.

«Vale, pensaba que me sentaría mejor».

—Para hacer el amor hacen falta dos personas, para cometer un error, solo una. —Connor debe de haberse vuelto hacia Ryke, porque añade—: Apúntalo.

—Lo tengo todo aquí. —Lo imagino señalándose la cabeza.

—¿No tienes ningún amigo? —le pregunta Lo divertido—. Porque debes de estar ya harto de nosotros.

—De Lily, sí. De Connor, un poco. De ti, aún no.

—Bueno, tú tampoco eres mi compañía preferida, Meadows —replica Connor con tono despreocupado. No se ha ofendido.

—Eso sí que lo voy a escribir en el reportaje.

—Deberías citar todo lo que digo, y espero que mi nombre esté en el titular. Por ejemplo: «Hijos de magnates, con Connor Cobalt, el emprendedor al que tener en cuenta».

—Me lo pensaré, pero a mi profesor le gustan los titulares con más gancho. Así que lo terminaré con «Connor Cobalt. Querrás lamerle el culo».

—¡Perfecto! —exclama Connor.

Por fin encuentro un cepillo en el cajón de los calcetines y termino de batallar contra los enredos. Cuando llego a la cocina, veo que Lo se está sirviendo un whisky. Me pongo junto a él y me abraza por la cintura.

«Distráelo», me pide Ryke moviendo los labios.

Niego con la cabeza. Se acabó lo de intentar obligar a Lo a hacer nada. No a expensas de nuestra relación. Ryke me hace una peineta; por suerte, Connor está demasiado absorto en su móvil para darse cuenta. Le saco la lengua; muy maduro por mi parte, lo sé.

Lo me coge de la barbilla y me vuelve hacia él.

—¿Le acabas de sacar la lengua? —Sonríe.

Niego con la cabeza.

—No.

—Sí que lo ha hecho —se chiva Ryke.

—¡Me ha hecho una peineta! —me defiendo.

Lo me da un beso en los labios para callarme. Ay… Cuando se separa, noto su aliento cálido en la oreja.

—Te quiero.

Noto un hormigueo en el corazón. Quiero responderle, pero le vibra el teléfono. Cuando veo en la pantalla quién es, se me cae el alma a los pies.

—No tienes por qué contestar.

Lo coge el móvil y se lo lleva a la oreja.

—Hola, papá. —Se va a su cuarto para tener más intimidad.

Para entretenerme, voy a la nevera y cojo una lata de Fizz de cereza. Recuerdo que le debo a Connor mil dólares por haber aprobado el examen de economía. No estoy de humor para ir a buscar el talonario, pero luego lo haré. Podría estar debajo de la cama o en uno de los bolsos.

—Connor, ¿te puedo pagar la apuesta un poco más tarde?

Ryke arquea una ceja.

—¿Qué apuesta?

Connor sigue contestando mensajes mientras responde, distraído:

—Mil dólares si aprobaba el examen de Economía. Y, Lily, no quiero tu dinero.

—Ah…

—Pero me encantaría que me hicieras un favor. —Sigue sin mirarme.

Ryke suelta una carcajada.

—Me parece propio de ti que prefieras favores a dinero.

Connor no se lo discute.

—¿Qué clase de favor? —le pregunto.

—Cuando te apetezca, creo que deberías trabajar para tu hermana. No hace falta que sea ahora. Quizá en primavera. Quiere contratar a una ayudante para Calloway Couture y sé que le encantaría que te involucraras.

Se me cae el alma a los pies.

—Me encantaría trabajar para mi hermana, pero yo no sé nada de moda.

—Por eso serías una ayudante. No te estoy pidiendo que dirijas la empresa.

—No suena muy divertido. —«¿Y cómo me las arreglaré para tener pausas para el sexo?». No me puedo creer que sea lo único en lo que puedo pensar: cómo incluir el porno en mi horario laboral, cómo colar a Lo en mi oficina y encontrar el tiempo para alimentar mis deseos.

—Pero has perdido la apuesta, así que me lo debes.

—¿No puedo pagarte y ya está?

—No, eso es demasiado fácil.

Suspiro y me pregunto si podré librarme del trato, ya que no tengo por qué cumplir mi parte ahora. Lo más probable es que no, pero tal vez, cuando llegue el momento, me parecerá bien. Así que asiento.

—De acuerdo. Seré su ayudante en el futuro.

—En un futuro cercano. —Escribe algo en el móvil y se pone de pie—. Tengo que cogerlo.

Se lleva el teléfono a la oreja y se va al salón, dejándome sola con Ryke. Me siento en la encimera que hay junto a los armarios y lo miro. Él echa un vistazo al pasillo, por donde se ha ido Lo.

—¿Le cae bien su padre? No sé qué pensar.

Me encojo de hombros.

—Depende del día.

—¿Cómo es?

—¿Jonathan Hale? —Ryke asiente—. ¿Lo no te ha hablado de él? —La última semana, me las he arreglado para evitar sus salidas de chicos yendo a desayunar con Rose. He disfrutado más con mi hermana de lo que estoy dispuesta a admitir.

—No mucho. A veces lo maldice y otras habla de él como si fuese un dios.

Suena creíble.

—Es complicado.

—¿Por qué?

—Mira… —Bajo la voz—. Yo ya sé que en realidad no estás escribiendo ningún reportaje, así que no hace falta que me preguntes esas cosas.

Pone los ojos en blanco.

—Eso ya lo sé, Lily, joder. Te lo pregunto porque tengo curiosidad. No te ofendas, pero tu novio me importa más que tú.

Entrecierro los ojos.

—¿Seguro que no te gusta?

Él gime.

—¿En serio, Lily?

—¿Qué? Es una pregunta normal. Estás obsesionado con él.

—No estoy obsesionado. No uses esa palabra. Solo tengo curiosidad, quiero conocerle mejor. ¿Por qué tengo que estar enamorado de él para querer eso?

Me encojo de hombros.

—No lo sé. Es raro. —Noto algo extraño, aunque no sé muy bien qué. Sé que está ahí, pero no logro unir los puntos—. ¿Seguro que no hay nada más?

—Seguro. Volvamos a mi pregunta. ¿Por qué es complicado Jonathan Hale?

Me concentro en eso y abro la boca para intentar explicarle por qué Jonathan Hale es tan enigmático. No pega a Lo físicamente, pero tampoco se llevará el premio al padre del año. En un minuto, Jonathan puede pasar de abrazarlo afectuosamente y decirle que es el hijo perfecto a soltarle palabras llenas de odio. El estado de ánimo de Lo fluctúa junto al temperamento de su padre y cada vez que interactúa con él ves el cambio. Supongo que ahí se origina la preocupación de Ryke.

Al ver que no soy capaz de describir a Jonathan, cambia de pregunta.

—¿Hablas mucho con él?

Niego con la cabeza.

—Me ignora a propósito, a no ser que quiera culpar a alguien por las malas notas de Lo. Por lo demás, intento mantenerme alejada de la casa de los Hale.

—¿Se ha vuelto a casar?

—No. Se lleva a muchas chicas a su casa por la noche.

Cuando la madre de Lo se marchó siendo él solo un bebé, Jonathan contrató a una niñera y empezó a salir. El número de mujeres que abandonaban la casa por la mañana con el mismo vestido de la noche anterior creció de forma exponencial con el paso de los años.

Una mañana, cuando yo tenía dieciséis años, mientras Jonathan seguía dormido después de una noche de desenfreno, nosotros estábamos en la cocina, yo comiendo huevos revueltos y Lo intentando abrir el mueble bar. Una mujer con un vestido negro ajustado pasó por delante de nosotros con unos tacones rojos en la mano. No quiso ni mirarnos; no despegaba la vista de la puerta, como si fuese la meta de una carrera de cinco kilómetros. Sentí la imperiosa necesidad de levantarme de la silla y pararla, preguntarle si le gustaba la adrenalina que proporcionaban los rollos de una noche tanto como a mí. Hablar y parlotear con ella sobre ser dos chicas con total control sobre sus cuerpos. En aquella época sentía que tenía que esconderme, que era una zorra con un secreto. Sin embargo, me quedé sentada, fantaseando con lo que podría haberme contado, y dejé que se marchase.

No sé si Lo se ha dado cuenta de que aprendí lo que eran los rollos de una noche gracias a los numerosos líos de su padre. Espero que no. Yo no pienso contárselo nunca.

Lo entra en la cocina con los dientes apretados y el teléfono en el bolsillo. Oh, no…

—¿Todo bien? —pregunta Ryke.

—Sí —contesta con poca convicción. Coge la chaqueta de la silla y una botella de bourbon de la encimera—. Vámonos.

Ryke y yo intercambiamos una mirada de preocupación y lo seguimos.

La cadena que le regalé golpea contra su pecho mientras bailamos. Acaricio la punta de flecha y él me coge de la mano y me da un beso en la mejilla antes de separarse. Alargo una mano, pero ya se ha ido, nombrándose el rey del taburete de la barra.

Pide una serie de bebidas mientras el sudor se me acumula en la base del cuello. Me quedo en la pista bailando sola, liberándome de mis inseguridades gracias a la música hipnótica. No hago más que mirar a la barra y, cada vez que lo hago, Lo tiene en la mano una bebida diferente. He evitado hablar de la llamada de teléfono porque Connor y Ryke siempre están cerca y no quiero abordar el tema delante de ellos.

Después de beberse tres chupitos de tequila, Connor y Ryke se dirigen al baño y yo aprovecho la oportunidad para hablar con Lo a solas.

—Oye. —Le toco el hombro mientras me siento en el taburete de al lado. Él mira distraído su vaso lleno de un líquido de color ámbar. Su mente está muy lejos de aquí—. ¿Qué quería tu padre?

Niega con la cabeza y aprieta el vaso.

—Nada.

Frunzo el ceño e intento apartar el dolor que me causa que no quiera contármelo. El rechazo me duele, aunque es posible que no haya elegido el mejor momento para hablar. Percibe mi desánimo y echa un vistazo a los baños para asegurarse de que Ryke y Connor no vuelven todavía. Luego se gira hacia mí; nuestras rodillas chocan y siento la necesidad repentina de inclinarme hacia él, de entrelazar las piernas con las suyas y sentir sus fuertes músculos contra mi cuerpo. «Esto es serio», me recuerdo y aparto esos pensamientos egoístas.

—Era sobre mi madre —me explica. Todas las imágenes sucias se evaporan y quedan reemplazadas por un puro desasosiego—. No sé cómo, pero se ha enterado de que contacté con ella. —Hace una pausa y se frota los labios con ademán pensativo—. Me ha dicho que ella no quiere saber nada de mí. —Noto una opresión en el pecho—. Me ha dicho que no se merece pensar en mí y ni siquiera oír mi voz. —Suelta una carcajada breve y amarga—. Y que es una puta zorra.

Me estremezco.

Se pasa una mano por el pelo.

—Lil, creo… creo que estoy de acuerdo con él. —Unas arrugas le pueblan la frente; está confundido, intentando dar sentido a esas emociones tan contradictorias.

—Tu madre te abandonó. Es normal que estés enfadado con ella. Eso no te convierte en tu padre.

Reflexiona sobre mis palabras con los labios apretados. Ojalá tuviera más que ofrecerle. Se inclina hacia mí y me besa suavemente en la sien, un tímido agradecimiento, pero luego se vuelve y le hace un gesto a la camarera para que le traiga otra copa. Ella le llena un vaso de lujo de bourbon y se lo pone en la mano.

—¿Cuánto tiempo necesitas antes de ir al baño? —le pregunto.

—No lo sé. Tengo la vejiga bastante grande. Podría esperar al menos un par de horas.

Sonríe mirando al vaso y yo lo miro con dureza. Entonces engancha un pie en la barra horizontal de mi taburete y lo desliza hacia él. ¡Uf! Mis caderas chocan contra las suyas y me rodea la cintura con el brazo, amoldándome a su costado. Es bastante agradable. Noto que me acaricia por debajo de la camisa, que me toca la piel suave de la espalda. Empiezo a fantasear con hacerlo justo aquí y justo ahora, con Lo haciéndome suya en la barra, envueltos ambos en un calor abrasador. Follar en una barra.

Sería como si nuestras adicciones hicieran el amor.

Me hace cosquillas en la oreja con los labios. Vuelvo a la realidad.

—¿En qué estás pensando?

Creo que ya lo sabe, porque sonríe y me da un mordisquito en la oreja.

—Idos a un hotel —exclama Connor mientras se sienta a mi lado. Ryke se sienta al lado de Lo y añade:

—O, mejor aún…, a un coche.

—¿Qué os parece la limusina de Connor? —pregunta Lo con una sonrisa—. ¿Crees que a tu chófer le importaría?

—Me importaría a mí —responde él—. Eres majo, Lo, pero no tanto como para que quiera sentarme en tu…

—Basta —interrumpo con una mueca. Me tapo las orejas. Qué asco. Conversaciones típicas de tíos. No.

Los tres se echan a reír y yo llamo a la camarera.

—¿Qué te apetece? —me pregunta Lo.

—Una cerveza.

Asiente y me deja pedir. Le enseño mi carnet falso y ella me pasa una Blue Moon.

—Que ni se os ocurra ir a esos baños —le advierte Connor a Lo—. Son repugnantes. Creo que cuando nos vayamos llamaré para que vengan a hacer una inspección de sanidad. Hace falta ponerse un traje NBQ antes de entrar.

Lo me sonríe con las cejas enarcadas. ¡No! Connor solo está dramatizando.

—Tú casi nunca vas a antros como este —contesto—. Seguro que lo que pasa es que no estás acostumbrado a un sitio que no tiene un empleado en el baño que te da un caramelito de menta cuando terminas de mear.

—No es la primera vez que bajo mis estándares para venir a sitios como este, pero hay lugares en los que ningún ser humano debería aventurarse.

Lo sonríe y bebe otro largo trago de su copa. Dejo el tema, pero tengo pensado colarme luego en los baños para sacar mis propias conclusiones.

Tras un par de copas más, Lo empieza a plantearle preguntas a Ryke. A mí me cuesta oírlos por encima de los ruidos cacofónicos del bar, una mezcla de universitarios borrachos, música a todo trapo y los gritos de Connor, que está vociferando al teléfono para intentar mantener una conversación con mi hermana.

—¡Sí, sí que me pondría un chaquetón de marinero!

¿Cómo? ¿Rose le está pidiendo consejos de moda? El mundo se ha vuelto loco. Connor hace una mueca.

—¡No te oigo! ¡Dame un momento! —Tapa el teléfono con la palma de la mano y me pregunta—: Lily, ¿me guardas el sitio?

Se baja del taburete y se va corriendo hacia la puerta antes de que le diga que sí. Connor Cobalt no tiene que abrirse paso entre la gente; él se adentra entre la multitud y espera con un gesto impaciente a que la gente se aparte y construya caminos para él. Sonrío divertida y me vuelvo para poner mi abrigo en el taburete, pero llego tarde: una rubia se me adelanta y se sienta. Vaya.

—No tengo hermanos —oigo decir a Ryke—. Siempre he vivido solo con mi madre.

Lo se remueve en su asiento, incómodo por el tema de conversación, sobre todo después de la llamada telefónica de su padre, así que redirige la conversación hacia otro lado.

—¿Por qué empezaste a correr?

Me sorprende que esté interesándose en la vida de Ryke en lugar de recurrir a las evasivas, como de costumbre.

—Cuando era pequeño, mi madre me apuntaba a un montón de carreras. Me dijo que tenía que elegir entre el tenis y el atletismo, y elegí lo segundo. —Se ríe para sí—. Me gusta correr hacia una línea de meta. —No me resulta difícil creerlo.

—Qué gracia —repone Lo con amargura—. Mi padre siempre me dice que huyo de todo.

—¿Y lo haces? —La expresión de Lo se endurece. Aprieta los labios. Ryke recula enseguida—: Olvídalo. No tienes por qué contestar.

—¿Piensas explotar todo lo que te cuente?

Ryke frunce el ceño.

—¿A qué te refieres?

—Al reportaje. Supongo que para finales de semestre saldrá en los periódicos sensacionalistas.

—Yo no te vendería.

—Eso es lo que dicen todos. —Lo se vuelve hacia la barra y pide otra copa—. ¿Quieres otra birra? —me pregunta.

Niego con la cabeza. Lo que de verdad quiero no lo encontraré en la barra de un bar, pero él ha empezado a descender hacia los infiernos y está bebiendo sin parar, encerrado en sí mismo. No puedo arrebatarle el chupito de whisky de las manos y ya ha bebido lo bastante como para olvidarse de mis problemas.

—Brindemos —propone mientras alza el vaso—. Por Sara Hale. Por ser una puta zorra. —Se bebe el chupito de golpe y yo intercambio una mirada con Ryke, que tiene los ojos entornados y el rostro como esculpido en piedra.

—Igual deberías pasarte al agua —sugiere.

—Si te molesta, siempre puedes correr hacia la pueta. —Coge otro chupito.

Ryke se inclina hacia atrás, tenso, y me mira con los ojos muy abiertos, como pidiéndome que haga algo. «No», respondo moviendo los labios. No hay nada que pueda hacer. Ya sé cómo va a terminar la noche. Lo quiere perder el sentido. Quiere llegar al punto en el que logra ahogar todos sus sentimientos. Diga lo que diga yo, seguirá bebiendo, no parará, aunque le suplique, le ruegue y le grite que lo haga.

Aunque no se me ocurriría.

Necesita comprenderlo por sí mismo. Si insisto, solo conseguiré alejarlo de mí, y eso no es lo que quiero ni lo que necesito.

Ryke me mira y niega con la cabeza, contrariado, y observa cómo Lo sigue maldiciendo a su madre, brindando de forma todavía más cruel.

—¿Puedes parar? —le espeta al final.

—¿Qué más te da? —Mira a la camarera, que está atendiendo a alguien al otro lado de la barra, y espera a que vuelva.

—No me gusta brindar por zorras y putas.

—Nadie te obliga —replica Lo.

Ryke parece disgustado. Se pasa una mano por el pelo castaño y dice:

—Ya sé que odias a tu madre…

—Ah, ¿sí? —Lo se vuelve hacia él.

—Vamos a bailar —le pido tirando de su brazo. Pero aparta mi mano de golpe y fulmina a Ryke con la mirada.

—No me conoces —le espeta—. Estoy harto de que te comportes como si entendieras lo que me pasa. ¿Has vivido tú en mi casa?

—No.

—¿Has visto cómo la poli se llevaba mi cama porque mi madre aseguraba que le pertenecía?

Ryke se frota la barbilla.

—Lo…

—¿Te ha agarrado mi padre del cuello alguna vez? —Le pone una mano en la espalda para acercarlo a él—. ¿Te ha dicho: «Hijo…» —Hace una pausa. Sus rostros están separados por apenas unos centímetros y hay algo intangible que circula en el aire, una tensión tan densa que casi no me deja respirar—. «Hijo, crece de una puta vez»?

Ryke se niega a retroceder. Se pone a la altura del desafío que Lo le ha planteado, sin apartarse de su penetrante mirada. Incluso da un paso hacia él y le coloca una mano en el cuello con gentileza.

—Lo siento mucho —dice en voz baja, con tanto dolor que me sorprende—. Muchísimo, Lo. Ahora estoy contigo. No sé por lo que estás pasando, yo no lo he vivido, pero estoy aquí.

Y así, sin más, Lo suelta a Ryke. El momento de tensión ha pasado. ¿Qué clase de respuesta esperaba? ¿Una pelea? ¿Un enfrentamiento verbal? Lo que no esperaba era compasión, de eso estoy segura.

Lo le hace un gesto a la camarera y se comporta como si nada hubiera pasado, como si Ryke no le hubiese ofrecido ayuda de una forma inconmensurable.

—Vamos a bailar —insisto.

Él evita mirarme.

—Estoy ocupado. Baila con Connor.

La camarera le pasa otro vaso. ¿Es buena idea que lo deje solo? Ryke está bebiendo agua y vigilándolo. Se quedará aquí con él, así que... me voy a la pista. Quizá se acuerde de mí y dentro de un rato venga conmigo.

Cuando Connor vuelve, lo convenzo para que baile conmigo, de un modo casto y amistoso, manteniendo una distancia de unos treinta centímetros entre nuestros cuerpos. De vez en cuando, echo un vistazo a Lo, pero sigue bebiendo en silencio, con la mirada fija en las hileras de botellas que hay tras la barra. La única diferencia es que ahora tiene una hamburguesa en la mano, lo que me alivia un poco. Al menos con la comida compensará algo lo mucho que ha bebido.

Intento relajarme y concentrarme en el ritmo de la música, alejándome de Lo y de sus preocupaciones. El martilleo del bajo me ayuda a dejarme llevar.

En la pista, con los demás cuerpos que se mueven arriba y abajo, busco las miradas que divagan y, por un momento fugaz, establezco contacto visual con un chico. Las miradas clandestinas encienden un fuego en mi interior, necesito toda mi energía para no seguirlas de forma inconsciente.

Tras la sexta canción, Connor mira a la barra y alguien se invita a bailar pegado a mi espalda. Noto sus manos en las caderas. No le veo la cara, y en mi mente me imagino que es Lo, o el príncipe Encantador. Alguien distinto al señor Realidad.

Cierro los ojos y floto, me dejo llevar por esa idea. La mano se mueve por mi barriga y luego sube por debajo de mi camiseta. Pasa por la suave carne de mis abdominales y se detiene en mi sujetador acolchado. Se me acelera la respiración. Me apoyo en el cuerpo que tengo a mi espalda.

Una mano me coge de la muñeca y tira de mí. Choco con un pecho, con un brazo que me rodea el hombro en un gesto fraternal.

—Vete a manosear a otra —le dice Connor con calma a aquel tipo, agarrándome del codo con fuerza. ¿Esto ha sido real? ¿No ha sido una fantasía?

Noto que el calor me invade el cuerpo. Me niego a mirar a mi compañero de baile, el de las manos largas, que masculla algo entre dientes y se larga. Miro a la barra, pero Lo está enfrascado en una acalorada conversación con Ryke. Mueve la hamburguesa por los aires con tantos aspavientos que se le cae un trozo de lechuga.

Connor me coge de los hombros y me obliga a mirarlo a los ojos.

—Lily… —Hay un matiz inusual de preocupación en su voz—. ¿Qué narices está pasando?

Quiero que se me trague la tierra. Esto no tenía que ocurrir, no cuando Lo ya está sumido en una espiral de destrucción. Tengo un nudo en la garganta. Estoy a punto de soltar la mentira más tonta del mundo, pero, justo en ese momento, Ryke me salva. Se acerca con su botella de agua en la mano y el ceño fruncido.

—Lily, necesito que me ayudes —dice bruscamente señalando la barra—. Lo va a perder el sentido en cuestión de minutos. Tienes que convencerlo para que empiece a beber agua. Cada vez que se lo sugiero se bebe otro chupito de whisky solo para provocarme.

—Pero se está comiendo una hamburguesa. —¿Es que tengo la costumbre de defender a Lo grabada en el ADN?

Ryke me mira perplejo.

—No hagas esto ahora. ¡Necesita a su novia, joder! No va a pasar como en Halloween, ¿te enteras? No pienso llevarlo a casa en brazos inconsciente. —Se frota la nuca con una mano temblorosa.

Respiro de forma superficial.

—Voy a intentarlo.

Me abro paso entre la gente y me siento en el taburete vacío que hay junto a Lo. Él casi ni me mira, pero me dice:

—Jodido capullo. Justo cuando empezaba a caerme bien.

—¿Qué ha hecho?

—No lo pilla. No quiero hablar de mis padres. No quiero hablar sobre su madre porque yo no tengo ninguna. No quiero que me coma la cabeza con que deje de beber. —Se toma otro chupito—.

¿De qué coño va el reportaje ese? ¿De dos niños ricos que comen con cuchara de plata? ¿O de dos niñatos malcriados que se han convertido en un par de desastres autodestructivos? —Sus palabras son claras y coherentes. Casi siempre se le entiende, por borracho que esté, pero cuando bebe tanto adopta un tono cortante que esta vez está multiplicado por diez.

—No creo que te esté preguntando todas esas cosas por el artículo —le digo en voz baja—. Creo que solo quiere conocerte mejor.

—¿Por qué? —pregunta con el ceño fruncido, como si fuese totalmente absurdo que alguien quiera conocerle.

—Le importas.

—Pues no debería importarle. —Pide otra bebida y se mete una patata frita en la boca.

—¿Qué te parece si nos vamos?

—No. Aquí hay buen alcohol y comida.

Espero una sonrisa sexy o un chiste seductor, pero lo que tiene delante le consume. Y yo me quedo simplemente sentada a su lado. No soltará el vaso ni aunque me quite la camiseta y el sujetador. Beberá hasta que todo se desvanezca. Así pues, me dejo la ropa puesta. La única táctica de mi arsenal es totalmente inútil.

—Ryke te llevó a casa en brazos —confieso—. En la fiesta de Halloween te quedaste inconsciente y tuvo que llevarte hasta casa. —Su rostro se retuerce con cientos de emociones, pero se detiene en una inexpresiva que me resulta ajena—. ¿Qué quieres? ¿Qué tenga que volver a hacerlo?

—No estoy borracho —replica, mirándome por fin, aunque con frialdad—. Ni por asomo. Estoy incluso demasiado sobrio para tener esta conversación.

Me siento enraizada en este taburete, como si fuese a explotar si me levantase.

—Me estás asustando —murmuro.

Su mirada se suaviza un poco.

—Estoy bien, Lily, de verdad. —No me toca para reconfortarme, deja las manos con el alcohol y las patatas fritas—. Cuando quiera irme, ya te lo diré. Será antes de quedarme inconsciente.

Noto un peso en el pecho.

—Pues me voy a bailar con Connor.

Asiente y, cuando me levanto del taburete, no intenta detenerme.

Voy con Connor y Ryke, que están en una de las mesas altas que hay alrededor de la pista.

—¿Y? —me pregunta el segundo de inmediato.

—Dice que no está borracho.

Me mira disgustado.

—¿En serio? No me jodas, Lily. ¡Tiene un problema! Pues claro que dice que no está borracho.

—¿Y qué te convierte a ti en un experto? —le grito—. Vale, tú dejaste de beber, ¡eso no significa que puedas ayudarlo a él!

—Tienes razón, no puedo. Necesita ayuda profesional.

Se me llenan los ojos de lágrimas.

—Para… —Quiero que Lo reciba la ayuda que necesita, lo quiero de verdad, pero no soy capaz de imaginarme un mundo en el que él no esté. ¿Qué será de mí?

—A cualquiera que tenga un corazón le importaría, Lily —insiste Ryke—. Así que la pregunta es: ¿por qué no te importa a ti?

Es como un puñetazo en el estómago y me hace recular. Me duele tanto que no puedo respirar, y lo más duro es intentar defenderme a mí misma ante mí misma. Sí me importa. He evitado que Lo se ponga al volante, me he asegurado de que vuelva a casa de una pieza. Lo he protegido de todo y de todos, menos de sí mismo.

Miro a Connor mientras intento hallar las palabras adecuadas en las profundidades de mi cerebro, pero, por primera vez, se ha quedado mudo. Evita mi mirada pelando la etiqueta de su botella de cerveza. ¿Estará de acuerdo con Ryke? Suelto una carcajada que suena casi como si me estuvieran estrangulando.

—Supongo que soy una novia terrible y ya está. —Es lo que pienso. En muchos sentidos.

Me abro paso entre el océano de cuerpos; no tengo estómago para ver las reacciones de esos dos. Me tiembla la mano como si fuese una yonqui que necesita un chute; la cabeza me da vueltas por culpa de las luces. De camino a los baños, mientras tropiezo con los vasos de plástico que hay por el suelo, me rozo contra alguien. Los distintos baños están en una única hilera, vacíos y con las puertas abiertas. Me inclino sobre el lavabo; hay garabatos con rotulador permanente en la pica.

Lávate.

¡Tina estuvo aquí!

Ponte jabón, guarra.

Cómemelo.

Oigo que la puerta se abre y miro atrás. Es un chico sin nombre con cara de depredador, ojos oscuros y barba de varios días. ¿Es el tipo con el que me he rozado sin querer? Lo miro a los ojos y acepta la invitación.

Me pone las manos en las caderas con cierta vacilación. Como respuesta, me aferro al lavabo. Los besos violentos que estampa contra mi cuello me hacen sentir mejor por un segundo, me hacen sentir que todo podría ir bien otra vez. Cuando me baja los vaqueros y el aire frío me eriza la piel, me despierto de golpe.

—No. —No le pondré los cuernos a Loren Hale, aunque hay quien cree que soy muy mala persona.

Pero el chico no me oye o no me quiere oír. Me agarra del culo; entre él y yo solo hay una fina capa de tela. Mierda.

—No —repito en voz más alta. La única palabra que he evitado siempre.

Me mete las manos en las bragas e intento volverme y apartarme, pero me empuja con fuerza y choco con el lavabo, quedándome casi sin respiración.

—¡Para! —Intento apartarlo a patadas, pero no soy más que piel y huesos frente a su avidez y su violencia.

Me caen lágrimas por las mejillas; trato de chillar, pero la música penetra en el baño y sofoca mis súplicas.

¿Qué hago? ¿Qué coño hago?

Quizá debería follar con él y punto. Aceptarlo, comportarme como si lo deseara. Convencer a mi cuerpo de que no es más que otra conquista. Hacer que esté bien. Convencerme de que es una fantasía.

Se me han secado las lágrimas, pero intento luchar contra ese tipo una última vez. Lo único que consigo es que me estampe de nuevo contra la pila. Toso con fuerza.

«Es hora de fingir, Lily. De actuar. Es lo que mejor se te da».

Justo cuando cierro los ojos, la puerta se abre de golpe.

—¡Suéltala! —Gritos, unos gritos terribles, y la presión que tenía en la espalda desaparece. Me siento entumecida, pero me subo los pantalones de forma inconsciente y me cubro como si esta fuese una noche más.

Miro a mi izquierda. Ryke tiene al tipo agarrado de los brazos y pelea contra sus movimientos hostiles y ebrios. Le lanza un puñetazo, pero Ryke se agacha y lo estampa contra uno de los baños. El chico se cae, se golpea la cabeza contra la taza de porcelana y se queda tirado en el suelo. Ryke lo levanta por la camiseta.

—¡¿Cuál es tu puto problema?! —le grita, pero esa pregunta debería ir dirigida a mí.

Connor se pone frente a mí, pero yo casi ni lo veo, miro más allá de sus ojos.

—¿Dónde está Lo? —pregunto con un hilo de voz que no parece mío.

—Está en la barra —responde en voz baja—. Lily. —Mueve la mano delante de mi cara—. Lily, mírame.

Lo hago, pero a la vez no. Nunca había cambiado de opinión después de invitar a alguien a follar conmigo. Mi adicción nunca me había hecho daño, al menos, no de este modo.

Ryke le da una patada en la ingle a ese tipo y luego cierra la puerta contra él. Esto está mal, todo está mal. Es Lo quien debería estar aquí, no ellos.

—Quiero irme a casa —murmuro.

Ryke me pone una mano en el hombro y me saca del baño, alejándome de mi agresor, o del tipo que no entiende lo que significa «no». Tiene el ceño fruncido.

—Tengo que ir a por Lo. Connor, ¿puedes…?

—Yo me quedo con ella.

Ryke me suelta, pero Connor le toma el relevo. Guiada por él, salgo flotando del bar, estoy en la calle y luego en el asiento trasero de su limusina. Coge una botella de agua de la nevera y me la pone en la mano.

—¿Por qué habéis ido al baño? —pregunto.

—Has estado comportándote de forma extraña toda la noche, Lily. Estaba preocupado, así que le dije a Ryke que fuésemos a ver si estabas bien.

La puerta del coche se abre y Ryke entra con Lo, que se tambalea. Casi no se tiene en pie, pero se las arregla para agacharse y entrar sin golpearse la cabeza contra el coche. Se derrumba en el asiento frente a mí y cierra los ojos pesadamente de inmediato, hundiéndose en un mar de oscuridad, silencio, vacío de pensamientos turbulentos. Ryke se sube tras él, cierra la puerta y le ordena al chófer que arranque. Ahora mismo envidio mucho a Lo por su sueño pacífico y sereno, el tipo de sueño que te protege de las disonancias del mundo, aunque solo sea por una noche.

Ryke le comprueba el pulso y luego me mira.

—¿Estás bien? —Tiene un moratón en el pómulo. Parece que el tipo le ha dado un buen codazo.

Parpadeo para no llorar.

—Yo me lo he buscado.

A Ryke se le deforma el rostro, como si le hubiese golpeado.

—¿Qué? ¿Por qué coño dices eso?

Connor se ha tapado los ojos con la mano, así que no veo su reacción. Pero no debe de ser muy buena si Ryke parece tan dolido por algo que me ha ocurrido a mí.

—Dejé que me tocara —confieso—. Pero luego… Luego cambié de opinión. Y creo que ya era demasiado tarde. —Me tiemblan las manos. Ojalá Lo pudiera abrazarme. Las rodillas también me tiemblan. Ojalá estuviera despierto. Ojalá no lo necesitara tanto, pero lo amo. Me sorbo la nariz mientras las lágrimas ruedan por mis mejillas—. Ha sido culpa mía. Le di a entender lo que no era.

Ryke me mira boquiabierto.

—«No» significa «no», y no importa cuando lo digas, Lily, joder. Una vez que lo has dicho, es que no. Cualquier tío medio decente habría parado.

Se me encoge el corazón. Si Lo descubre lo que ha pasado mientras él bebía, se quedará destrozado. No quiero infligirle ese dolor.

—No se lo digáis.

—Tiene que saberlo —responde Ryke.

Quiero gritarle que se equivoca, que esa información le partirá el alma en lugar de hacerlo más fuerte, pero la sensatez palpita en mi cabeza, pidiéndome que los escuche. Algo que no hago nunca.

—Pero esto lo matará —insisto—. ¡No estáis ayudando!

—No puedes ocultárselo, Lily. ¿No te das cuenta de lo que le dolería descubrir que lo sabíamos todos menos él? Y lo descubrirá. No te engañes.

Quizá tenga razón. Me desintegro en el asiento, rendida ante la mirada firme de Ryke. Me seco las lágrimas y miro por la ventanilla. Nos quedamos en silencio durante el resto del trayecto. Nadie habla. Ni siquiera cuando Ryke lleva en brazos a Lo, que está inconsciente, hasta la cama, ni cuando cierro la puerta de su habitación.

Cuando estamos los tres solos, Connor es el primero en romper el silencio.

—Voy a hacer café. Entenderé que quieras irte a la cama, pero me gustaría hablar contigo.

No merezco tener amigos, pero intento quedarme con ellos porque temo la negrura y el vacío que me esperan cuando se vayan.

—¿Puedes hacerme un chocolate caliente? —le pido.

—Aún mejor. No te vendrán mal las calorías.

Me dejo caer en la silla reclinable y me acurruco con una manta mientras Connor se pasea por la cocina como si fuese suya. Imagino que, si hubiese tenido un hermano, alguien como él habría sido perfecto. Un poco arrogante, pero en el fondo, a pesar de su hábito de coleccionar gente, con buen corazón.

Ryke se tira en el sofá.

—¿Llamo a tus hermanas?

—No. Solo se preocuparían.

Connor vuelve con una bandeja con el café y me pasa mi taza de chocolate caliente.

—Pues ya es tarde. Le he escrito a Rose.

—¿Qué? —chillo.

—Está de camino.

29

Rose está de camino.

No sé si he acabado de entender lo que eso significa. Esas palabras se unen al resto de mis pensamientos, que van a la deriva, pero se han convertido en algo ajeno y difícil de comprender. Sostengo la taza de chocolate caliente entre las manos y doy pequeños sorbos, envuelta en el silencio.

Connor no dice nada. Ryke, tampoco. Son como dos estatuas en el sofá y yo estoy hecha un ovillo en la silla.

En mi interior hay una parte aborrecible que se pregunta cómo mentirle a Rose, cómo inventar una nueva patraña para ocultar el motivo por el que Lo está inconsciente y a mí me han agredido, creo. Pero, con dos testigos que pueden dar fe de lo ocurrido, no tengo ningún hilo del que tirar. La realidad fría y despiadada se instala y no siento terror, no siento esa pérdida que esperaba después de haberle mentido a Rose durante tantos años.

Solo me siento vacía.

Suena el timbre y Connor se levanta para abrirle. Levanto la vista y miro a Ryke, que tiene un tobillo apoyado en la otra rodilla y mira fijamente una lámpara, con los dedos en los labios. La luz se refleja en su pelo castaño y en los ojos marrones, que brillan como si fuesen dorados. Es encantador, pero ahora mismo no podría hipnotizarme ningún hombre. Se vuelve un segundo y me descubre observándolo.

—¿Qué piensas? —pregunto.

—En cómo sería ser él.

Aparto la vista; me escuecen los ojos.

—¿Y? —Me tiembla la voz. Me enjugo una lágrima e inhalo fuerte para impedir que salgan más.

Al ver que no contesta, lo miro de nuevo. Tiene la cabeza gacha, como si algo lo torturase, como si estuviese imaginando una realidad alternativa. ¿Tan mala pinta tiene todo esto? La puerta se cierra y los dos damos un respingo, despertando de nuestro ensimismamiento.

Me acurruco más bajo la manta de lana, escondiéndome bajo ella. He perdido el coraje de enfrentarme a la mirada de mi hermana. Oigo el familiar repiqueteo de sus tacones contra el suelo de parquet. El sonido se apaga cuando llega a la alfombra del salón.

—¿Por qué no la has llevado al hospital? —lo acusa.

—Es complicado —responde Connor.

—No es complicado, Richard —le espeta—. Han atacado a mi hermana pequeña. Tiene que verla un médico.

Respiro y me atrevo a mirarla. Lleva un abrigo de pieles y tiene los labios cortados porque hace frío. Su ademán, normalmente imperturbable, está fracturado, y algo más humano ha salido a la superficie. Le importo. Siempre lo he sabido, pero no todo el mundo lo vería enseguida.

—Estoy bien —le aseguro—. No ha llegado tan lejos.

Aprieta los dientes para evitar que la abrumen las emociones y me mira como si me viese destrozada. Pero yo no me siento como ella me ve. Cuando le digo que estoy bien, soy sincera.

—Estoy bien —repito, intentando que lo comprenda.

Levanta un dedo para callarme y se vuelve hacia Connor.

—¿Dónde está Lo? —Se aclara la garganta.

—Está dormido —respondo de forma automática.

—Está inconsciente —me corrige Connor.

Ryke se pone de pie.

—Hemos sido Connor y yo los que hemos encontrado a Lily. Lo estaba… —Estaba bebiendo hasta perder el sentido. Niega con la cabeza, no creí posible verlo tan disgustado—. Voy a ver cómo está.

Se marcha y nos quedamos los tres solos.

—¿Qué estaba haciendo Lo? —le pregunta Rose a Connor.

—Nada —interrumpo—. De verdad, no pasa nada. Yo estoy bien y él también. No hace falta que os quedéis. —Nos las arreglaremos solos. Siempre lo hemos hecho, no veo que esta situación sea distinta.

Mi hermana me ignora y espera a que Connor conteste.

—Estaba en la barra emborrachándose.

Rose niega con la cabeza casi de inmediato, incrédula.

—No puede ser. Ya no bebe tanto, y no dejaría sola a Lily… Siempre están juntos.

Connor frunce el ceño.

—¿Estamos hablando del mismo Loren Hale?

Respiro hondo.

—¡Parad, por favor! ¡No pasa nada! —Pero es como si me hubiesen silenciado. La cabeza me da vueltas. ¿Es esto una caída en picado?

—Creo que lo conozco mejor que tú —replica Rose—. Hace tres años que sale con mi hermana.

Me hundo en la silla; una bola de demolición acaba de derrumbar mi vida.

—Entonces a alguno de nosotros dos no le han contado la verdad. Los Lo y Lily que yo conozco llevan saliendo dos meses.

Me acurruco en la manta. Sus miradas acusadoras me atraviesan el cuerpo.

—Lily —me llama Rose con voz aguda. La estoy asustando—. Explícate.

«No llores». Trago saliva.

—Lo siento. Lo siento. —Me llevo las rodillas al pecho y aprieto la frente contra ellas, escondiendo las lágrimas que empiezan a formarse. Siento sus condenas, su odio, su desprecio por el mundo que construí para engañarla. A ella, una chica que no hecho más que quererme incondicionalmente.

—Lily… —dice en voz baja, cerca de mí. Me pone la mano en la mejilla y me aparta el pelo con la mano. Levanto la vista y se arrodilla delante de mí. Parece que no se siente tan traicionada como pensaba—. ¿Qué está pasando aquí?

Quiero pintarle un cuadro, un cuadro tórrido e incesante que recorra tres largos años, pero contar la verdad duele más que construir mentiras. Me concentro en los hechos. Rose es una intelectual, así que tal vez los acepte.

Apoyo la barbilla en las rodillas y no la miro. Así es más fácil.

—Hace tres años, Lo y yo hicimos un trato: fingiríamos que estábamos juntos. Queremos que todo el mundo piense que somos buena gente, pero no lo somos. —Aparto la vista—. Empezamos a salir de verdad durante el viaje a las Bahamas.

Rose se pone tensa y elige sus palabras con cuidado.

—Lily, ¿qué quiere decir que no sois buena gente?

Suelto una breve carcajada, como si estuviera loca. ¿Qué me hace tanta gracia? Lo que está pasando no tiene nada de divertido. Nada de esto está bien.

—Somos egoístas y desgraciados. —Echo la cabeza hacia atrás. Se suponía que estar en una relación de verdad lo arreglaría todo, que nuestro amor repararía todo el dolor, todas las heridas. Sin embargo, no hemos encontrado más que complicaciones y problemas, más malas caras y ceños fruncidos.

—Entonces ¿os aislasteis de todo el mundo? —me pregunta—. ¿Construisteis una relación falsa para esconderos de los demás? —Su tono de voz es ahora más duro. Está dolida, pero cuando la miro veo miedo, dolor y empatía, sentimientos que no merezco—. No tiene sentido, Lily. No eres una mala persona. ¿Por qué has creído que lo eras hasta el punto de apartarnos de tu vida y hacer teatrillo con tu amigo de la infancia?

Me estremezco.

—Tú no sabes lo que soy.

Rose mira a Connor y le dice:

—Déjanos solas.

Él se va sin vacilar. Mi hermana se da la vuelta rápidamente y me coge las manos. Intento apartarlas.

—Para —le pido.

Ella me coge con más fuerza.

—Estoy aquí y no me voy a ir a ninguna parte. —Se me llenan los ojos de lágrimas. Debería irse. Ya la he torturado bastante—. Mírame —me ruega.

Noto las lágrimas calientes que se deslizan por mis mejillas, como ríos abrasadores. No soy capaz de mirarla a los ojos.

—No puedes librarte de mí, Lily. No hay nada que puedas hacer o decir que me vaya a alejar. Si no me lo cuentas ahora, pues me enteraré dentro de un año…

—Para… —le pido entre sollozos.

—Dentro de tres, de cinco, de una década. Esperaré lo que haga falta para que me lo cuentes. —Está llorando, ella, que no llora nunca, que se estremece ante la imagen de las lágrimas y de un bebé llorón—. Te quiero. Eres mi hermana y eso nunca cambiará. —Me aprieta las manos—. ¿Entendido?

Todo sale a la superficie. Rompo a llorar desconsolada y ella me abraza con fuerza al instante. No le digo que lo siento. Ya he pedido suficientes disculpas vacías por toda una vida. Esto tiene que significar algo.

Soy la primera en apartarse, pero nos quedamos juntas, sentadas en la silla reclinable. No me suelta la mano y espera a que forme un discurso que se me antoja imposible.

—Yo… Siempre he pensado que había algo malo en mí. —Trago saliva; tengo la boca seca—. He intentado parar muchas veces, pero no puedo. Y pensaba que estando con Lo todo sería mejor, pensaba que ya no habría noches malas, pero siguen siendo malas, solo que de un modo distinto.

Respira hondo.

—¿Drogas?

Me río otra vez, aunque no he dejado de llorar.

—Ojalá. Eso tendría más sentido. —Respiro hondo—. No te rías de mí, ¿vale?

—Pues claro que no, Lil.

—Muchas chicas lo harían. —La miro a los ojos—. Empecé a tener relaciones sexuales a los trece años. —Me pongo un mechón de pelo detrás de la oreja; de repente, me siento muy pequeña—. He tenido más rollos de una noche que cumpleaños… —Abro la boca para contarle más verdades, pero de momento me quedo con esas.

—¿Crees que eres una guarra? —pregunta con el ceño fruncido—. Yo no te juzgaría por haber perdido la virginidad tan joven. —Me levanta la barbilla con un dedo—. Tener rollos de una noche no te convierte en una guarra. La sexualidad es parte de la naturaleza humana. Ninguna mujer debería ser difamada por vivirla con libertad.

—Es más que eso, Rose. —Aunque sus palabras de empoderamiento me habrían venido bien hace unos años, cuando daba vueltas en la cama pensando que debía marchitarme antes que tocarme otra vez, que la masturbación solo era cosa de chicos. Era lo que decían las demás. Evitaban la palabra, rehuían a las que se atrevían siquiera a mencionarla, como si solo los chicos pudieran tocar la carne ansiosa de las chicas. Ahora me parece ridículo.

—Explícamelo.

—He elegido el sexo antes que los eventos familiares cientos de veces. Lo hago incluso cuando sé que está mal. Antes de estar con Lo, siempre intentaba convencerme de que podría parar, pero, a la mañana siguiente, volvía a meterme en páginas porno. Y todo empezaba de nuevo. —Me tiemblan los brazos—. ¿A qué te suena eso?

Tiene los ojos muy abiertos y un gesto pensativo.

—Eres adicta. —Espero a que se eche a reír o a que me convenza de que me lo he inventado todo, pero en voz muy baja, dice—: Lily, ¿sabes cómo empezó esto? ¿Por qué eres así? —Tiene las mejillas hundidas. Puedo leer sus pensamientos: «¿Abusaron de ti? ¿Te violaron? ¿Te tocó algún tío lejano nuestro?». He pasado horas pensando si habré reprimido algún suceso traumático, pero nunca se me ocurre nada.

—No me ha pasado nada. Simplemente, empezó. Me hacía sentir bien. Y no supe parar. —¿No es así como comienzan la mayoría de las adicciones?

—Ay, Lily… —Se le llenan los ojos de lágrimas—. Te acaban de agredir… ¿Tiene eso algo que ver con tu adicción? ¿Te había pasado antes?

—No, no —contesto a toda prisa, intentando evitar que llore. Sin embargo, a mí me escuecen los ojos otra vez—. Esta ha sido la primera vez y en parte es culpa mía. Yo… le di a entender a ese tío lo que no era. Nunca he sido monógama hasta ahora, y esta era la primera vez que la cagaba.

Rose me aprieta las manos.

—No —sentencia, cogiéndomelas aún con más fuerza—. Estás muy equivocada, Lily.

—No lo entiendes…

—Tienes razón. No entiendo tu adicción, todavía no. Es algo nuevo para mí y estoy intentando comprenderlo, pero si a ese tío le dijiste que no o le diste cualquier impresión de que querías que se fuese, tendría que haberte hecho caso.

Es lo mismo que me ha dicho Ryke.

—Debería estar disgustada, ¿no? Esto debería provocar un cambio monumental en mí. —Entonces ¿por qué no siento nada?

—Creo que estás en estado de shock. ¿Quieres ir a ver a alguien? Tengo un buen terapeuta… —Mira a su alrededor buscando su bolso.

—No, no quiero ir a ningún loquero.

—Entonces ¿qué quieres? ¿Vivir así? ¿No quieres intentar luchar contra tu adicción?

Me encojo de hombros.

—Estoy bien. —O al menos esa es la historia que me he contado y me he creído—. Lo está aquí, y mientras lo tenga a él…

De repente, se le oscurece la mirada y me doy cuenta de que está encajando las piezas. Es demasiado inteligente como para que algo así se le pase por alto.

—Has dicho antes que los dos sois mala gente. Os ayudáis a guardar vuestros secretos, ¿verdad? —De repente, lo comprende—. Dios mío, Lily. Nunca dejó de beber, ¿verdad? —Al ver que no respondo, se inclina en el respaldo de la silla y se tapa la boca con la mano—. ¿Cómo no me di cuenta? Dijo que dejó de salir de fiesta porque a ti no te gustaba. Y era todo mentira.

—Estamos bien —repito por enésima vez.

—¡No lo estáis! —chilla—. ¡No estáis bien! ¡Se emborrachó como una cuba en un bar y se quedó inconsciente mientras a ti te intentaban violar!

Me cambia la cara.

—No pasa nada —susurro. Las lágrimas caen ahora sin control, como una cascada, mientras me miro fijamente las manos—. Este sistema funciona. Sé que tú no lo ves, pero funciona. —Me seco los ojos, pero las lágrimas no hacen más que brotar y brotar—. Y todo el mundo está mejor así. De esta forma, nuestras adicciones solo nos afectan a nosotros dos. Hemos aprendido a lidiar con ellas.

Se queda boquiabierta.

—¿Crees que apartarte de tu familia es la mejor opción? ¡Esto nos afecta! No importa qué elijas, Lily, ¿sabes por qué? Porque todos te queremos. Papá pregunta por ti cada día porque sabe que no le contestarás al teléfono. Mamá tiene una torre de libros de autoayuda en el tocador. ¿Quieres saber de qué van? —Niego con la cabeza. La verdad es que no quiero saberlo. Me va a doler—. Cómo reconectar con tu hija. Cómo construir una relación con tus hijos. Lo que haces les afecta. Tu adicción les afecta… Perderte partes de nuestras vidas no es una solución, es un problema.

Comprendo lo que quiere decir, escucho sus palabras y tienen mucho sentido, pero ¿qué alternativa tengo para saciar esta adicción? ¿Buscar ayuda? ¿Dejarlo? ¿Cómo se elimina algo que forma parte de la vida? Comprendo lo que significa estar sobrio, pero ¿abstenerme del sexo? Es antinatural.

Rose debe de darse cuenta de lo que estoy pensando, porque añade:

—Puedes empezar con asesoramiento, con alguien que haya pasado por esto.

—Quiero esperar a hablar con Lo. —No sé si estoy preparada para abandonar mi adicción, aunque sé que es lo que haría feliz a todo el mundo. Me odio por ello, pero siento que dejar de ser adicta al sexo está fuera de mi alcance—. Me voy a la cama.

Me levanto de la silla de forma mecánica y ella me sigue.

—Voy a dormir aquí. Me quedo en el sofá para darte un poco de espacio.

—No tienes por qué quedarte, en serio, estoy… —Me fulmina con la mirada y me corrijo—: Estaré bien.

Asiente y me pone los mechones rebeldes detrás de la oreja.

—Sé que lo estarás. Nos vemos por la mañana, Lily. —Antes de que me marche, me rodea con los brazos y me estrecha con fuerza—. Te quiero.

Estoy a punto de empezar a llorar otra vez, pero me trago mis sentimientos. «Yo también te quiero».

—Estaré bien —murmuro.

Me separo de ella y me deslizo hacia mi habitación. Mi cabeza se ha separado por fin de mi cuerpo.

30

Tardo horas en apagar mi cerebro y quedarme dormida, en detener los vaivenes eternos, que a veces me hacen condenar mis actos y otras justificarlos. A veces creo que Rose tiene razón, que quizá hacer terapia me vendría bien. Pero hay médicos que ni siquiera consideran que la adicción al sexo sea algo real. ¿Y si termino a merced de un loquero que me desprecie y me haga sentir que valgo aún menos?

Hay otras muchas razones que me bombardean la mente, que me hacen seguir firmemente envuelta en el bucle de destrucción. Cuando por fin me despierto, observo cómo los números rojos y brillantes del reloj digital van cambiando. Siento el peso de una poderosa fuerza que me aplasta, que me impide levantar el cuerpo entumecido del colchón.

De vez en cuando oigo a Rose, que abre la puerta y se asoma a mi cuarto, pero finjo estar dormida y se marcha. En las últimas veinticuatro horas han cambiado tantas cosas que me cuesta encontrar algo que me resulte familiar. No me cabe duda de que Lo, mi única constante, se enterará de lo que ocurrió anoche. Desearía que lo oyese de mis labios, pero ya es media tarde y sigo sin ser capaz de despegarme de las sábanas.

Las cortinas encierran mi habitación en la más completa oscuridad, negándose a dejar pasar ni una gota de luz. La única que hay es la que emite mi teléfono mientras busco fotos picantes en Tumblr, pero me entran ganas de vomitar. No me detengo, no hasta que la puerta se abre y me apresuro a apagar la pantalla y cerrar los ojos para fingir que sigo durmiendo.

—Mientes fatal.

Doy un brinco al oír la voz profunda vacía y enciendo la luz de la lamparita. La habitación se ilumina y Lo entorna los ojos. Los tiene rojos e hinchados y el pelo alborotado, como si hubieran estado tirando de él. Deben de haberle contado ya lo que sucedió, como suponía.

Se queda contra la pared junto a la cómoda, manteniendo una gran distancia entre los dos. Trato de no analizar en exceso lo que eso significa, pero me duele de todos modos.

—He conseguido engañaros a todos hasta ahora —contesto entre dientes—. ¿Qué me ha delatado?

Se lame el labio inferior antes de responder:

—Le he preguntado a Rose si tenías la televisión encendida y me ha dicho que aquí no había ni una gota de luz, así que me he imaginado que te has despertado y has apagado el porno. —Casi cada noche me quedo dormida con vídeos de fondo, casi siempre sin sonido.

—Eso no significa que mienta mal —repongo en voz baja—, solo que me conoces demasiado bien. —Me incorporo, me apoyo en el respaldo de roble y me llevo las rodillas al pecho—. Anoche tuve que contárselo todo a Rose.

—Ya lo sé.

Su expresión sigue siendo inescrutable; nada me indica si le molesta o no, así que decido lanzarme.

—Creo que funcionará. No tiene pinta de que se lo vaya a contar a nadie más y me dijo que me daría todo el tiempo que necesitase. —A eso se refería, ¿no?—. Y, en el caso de Rose, eso podría ser para siempre. Solo tenemos que dejar la noche de ayer atrás y todo volverá a la normalidad. —Asiento satisfecha tras mi proclama.

Pero él no parece tan seguro como yo. Aprieta los dientes y se le llenan los ojos de lágrimas, lo que hace que se le enrojezcan todavía más.

—¿De verdad crees que puedo pasar página y punto? —dice con la voz rota—. ¿Dejarlo estar, como si fuese otra puta noche cualquiera?

Pero…

—Tenemos que intentarlo —insisto con un hilo de voz.

Se echa a reír, pero se interrumpe de golpe. Se seca la boca y lanza un suspiro.

—Pregúntamelo.

—¿Qué?

Me mira a los ojos y los suyos se vuelven de acero.

—Pregúntame por qué bebo.

Se me hace un nudo en la garganta. Nosotros no hablamos de nuestras adicciones, no abiertamente. Las enterramos en sexo y alcohol y cuando nos sentimos perdidos volvemos a la nostalgia de los cómics. El miedo me ha robado la capacidad de hablar. Creo que sé la respuesta, pero me aterroriza modificar la estructura en la que nos hemos instalado. Mi constante. Mi Lo. Es egoísta, pero no quiero que termine.

—Maldita sea, Lily —insiste con los dientes apretados—. ¡Pregúntamelo de una puta vez!

—¿Por qué bebes? —Es como una puñalada.

Se le escapa una lágrima.

—Porque puedo. Porque cuando tenía once años y probé la primera gota de whisky pensé que me acercaría a mi padre. Porque me sentí empoderado. —Se lleva una mano al pecho—. Porque nunca le pegué a nadie, nunca conduje, nunca perdí un puto trabajo ni ningún amigo que me importase. Porque, cuando bebía, nunca se me ocurrió que le hiciera daño a alguien que no fuese yo. —Respira de forma superficial y se pasa una mano temblorosa por el pelo—. Hasta anoche. O quizá los últimos dos meses. O siempre. Ya no lo sé.

Arrugo las sábanas en los puños e intento acordarme de respirar.

—Estoy bien. —Me estremezco—. Estaré bien, Lo. No me hiciste daño. Solo fue un error. Una mala noche.

Se aparta de la pared tras encontrar un poco de seguridad en sí mismo y se sienta en el borde de la cama, pero todavía lejos de mí. Me dirige una mirada penetrante y dice:

—Te olvidas de que conozco todos los trucos, Lil. ¿Cuántas veces te has repetido esas palabras a ti misma con la esperanza de que se hagan realidad? Yo hago lo mismo para justificar cada noche de mierda. —Se acerca un poco, pero yo me he quedado petrificada, tiesa como un trozo de madera. Me acaricia la rodilla desnuda con los dedos y se le deforma el rostro, como si tocarme le causara dolor—. Pero no quiero más malas noches contigo.

—¿Te ha obligado Rose a decirme esto?

—No. —Niega con la cabeza. Apoya la mano en mi pierna con suavidad; esta vez, sin un aspecto tan torturado, y exhalo de nuevo, temblando—. Debería haber estado allí. Debería haber parado a ese tipo. Debería haberte abrazado y decirte que todo iría bien, aunque no fuese verdad. Ese es mi trabajo, no el de nadie más.

—¿Adónde nos lleva eso? —pregunto. «Por favor, no me dejes», pienso, movida por el egoísmo. Debe de ser uno de mis pensamientos más abyectos. Entierro la cabeza entre los brazos, mientras las lágrimas se precipitan como una avalancha. Siento que me abandona, que me deja atrás, como un soplo de viento.

—Oye, mírame.

Me acaricia los brazos e intenta entrar en la cueva que me he construido. Al final lo consigue y levanto la vista. Me cruza los brazos y me coge con fuerza de los codos, dejando su pecho muy cerca del mío. Se le llenan los ojos de lágrimas otra vez. De repente, me aterroriza lo que está a punto de decir.

—Soy alcohólico. —Nunca lo había dicho en voz alta. Nunca lo había admitido como lo acaba de hacer ahora—. Mi padre es alcohólico —continúa; sus lágrimas ruedan por sus mejillas y me salpican los brazos—. No puedo pasar página como si solo fuera un cuento de hadas. Es parte de mí. —Se seca las lágrimas con el pulgar—. Te amo, pero quiero amarte lo suficiente para no elegir nunca el alcohol antes que a ti, ni aunque sea solo por un instante. Quiero ser alguien que te merezca. Quiero ser la persona que te ayude, no la que alimente tu adicción, y no podré hacerlo hasta que no reciba la ayuda que necesito.

Solo oigo una palabra: desintoxicación. Va a irse a un centro de desintoxicación. Se va a alejar de mí. Estoy orgullosa. Sé que, de algún modo, en lo más profundo de mi ser, estoy orgullosa de él, pero ese sentimiento está escondido tras el miedo. Me va a abandonar. Solo hay dos cosas que han evitado que me haga pedazos: el sexo y Lo. Antes nunca se mezclaban, pero, ahora, perder ambas al mismo tiempo es como si me arrancasen un órgano vital y se negasen a conectarme a una máquina.

—¡Lily!

Me zarandea varias veces, alterado. No consigo dar sentido a nada hasta que sus labios tocan los míos. Me besa y me pide que respire una y otra vez. Inhalo una larga bocanada de aire; me da vueltas la cabeza, como si me estuviese ahogando en el océano.

—Respira —me arrulla.

Descansa una mano sobre mi diafragma; de algún modo, me las he arreglado para subirme a su regazo. Me agarro a su camiseta y me pregunto en silencio si puedo hacerlo sentir lo bastante culpable para que se quede. No, eso estaría mal. Sé que estaría mal. Trago saliva con fuerza.

—Dime algo, Lily. ¿En qué piensas?

—¿Cuándo te vas?

Niega con la cabeza.

—No me voy a ir.

Rompo a llorar.

—¿Qué? Pero… Pero… —Eso no tiene sentido. Acaba de decir.

—Voy a desintoxicarme aquí.

Me descubro negando con la cabeza.

—No, Lo. No te quedes aquí por mí… Por favor.

Lo empujo, pero él me coge de las manos.

—Para. Ya lo he discutido con tu hermana. Me voy a quedar aquí. Lo voy a intentar y, si no funciona, me iré. Pero si estar aquí para ti y para mí, para los dos, es una posibilidad, tengo que intentarlo.

—¿No es peligroso que te desintoxiques aquí?

Me apoya la barbilla en la cabeza.

—Connor ha contratado a una enfermera. Estaré bien.

Oigo el miedo en su voz. Está a punto de eliminar el alcohol de su vida por completo. Ha tocado fondo.

¿Lo he tocado yo?

No puedo pensar en ayudar a Lo a desintoxicarse y hacer yo lo mismo, así que me concentraré en él y ya me preocuparé por mí cuando él esté mejor.

Eso suena bien.

31

Lo lleva sobrio una semana entera. Los primeros dos días fueron los peores. La enfermera le puso una vía para rehidratar su cuerpo con fluidos y tienen que darle vitaminas para remplazar los nutrientes que ha perdido con el alcohol. Además, come una dieta especial para deshacerse de las toxinas. He escondido la cafetera para que no se haga adicto al café durante el proceso. Ha pasado por episodios de vómitos, sudores y temblores, y por otros en los que se ha quejado a gritos hasta que Ryke amenazó con amordazarlo con cinta adhesiva. Eso lo hizo reír.

Hoy me ha pedido conducir mi BMW para ir a Lucky's a celebrar Acción de Gracias. Yo paso el día cada año con mis padres y él va a casa del suyo, pero antes siempre cenamos un pavo en el pequeño restaurante. No es tan exquisito, pero está rico, y nos sabe mejor que las porciones pequeñas y las espumas extrañas que preparan los chefs de nuestras familias.

Me coge de la mano mientras conduce por una abarrotada calle de Filadelfia, con una mano en el volante. Le tiemblan los dedos, así que los flexiona una y otra vez y luego vuelve a entrelazarnos con los míos.

—¿Es como montar en bici? —le pregunto.

—Más fácil —responde—. Tu coche es automático. Solo tengo que acordarme de poner el intermitente. —Lo pone; oigo el tictac. Luego me suelta la mano y me acaricia el muslo.

Ha dedicado todo su tiempo a mí. Mi adicción ha sido como una vía de escape, supongo que para olvidar la suya. La mayoría del tiempo funciona, pero a veces veo el anhelo en sus ojos, la necesidad de volver a sus rutinas habituales, ya que yo mantengo las mías.

Aparca en paralelo y yo pago el aparcamiento. Abre la puerta de Lucky's haciendo sonar las campanillas y la sostiene abierta para que entre yo, extendiendo el brazo sobre mi cabeza. Todo es tal y como lo recordaba del año pasado. Del techo del pequeño establecimiento cuelgan serpentinas naranjas y amarillas, y hay un ventilador perezoso en el centro. Los sofás de vinilo rojo agrietado y las mesas están alineados junto a las ventanas. Alguien ha dibujado un pavo con pintura lavable en el cristal y ha escrito las palabras FELIZ DÍA DE ACCIÓN DE GRACIAS en muchos colores. El aroma familiar de los arándanos y el puré de patatas con ajo flota en el aire, y las mesas están llenas de parejas mayores que beben café y sonríen.

Contemplo a una de ellas unos instantes. Ambos tienen el pelo canoso y corto; lo llevan casi igual. Bromean porque el hombre se ha manchado la camisa, y la mujer se inclina para ayudarlo a limpiársela. Me gustaría que esos fuéramos nosotros. Quiero hacerme vieja junto a Lo y gritarle por haberse manchado de café. Quiero que él sea mi «para siempre» y creo que, por primera vez, ha emprendido el camino correcto para llegar a eso. Solo me queda albergar la esperanza de ser capaz de unirme a él.

Solo hay una diferencia notable en esta tradición anual: varias personas nos saludan desde una mesa que hay junto a una ventana.

Nos sentamos en el lado derecho. En el izquierdo están Connor, Rose y Ryke. Mi hermana está impresionante con una falda de talle alto, una blusa de raso de color crema y un collar del que cuelga un diamante en forma de gota de agua.

—¿Es nuevo? —pregunto.

Acaricia la joya y se sonroja tanto como lo haría yo. No puedo evitar sonreír.

—Se lo he regalado yo —afirma Connor, que tiene el brazo sobre el banquito, detrás de ella.

Entorno los ojos.

—¿Y eso por qué?

—Por nada. Lo vi y pensé que le gustaría.

Rose trata de reprimir una sonrisa, pero no es capaz. Lo gime.

—Me estás haciendo quedar mal. —Sube la mano por mi muslo y la desliza hacia el interior. Él me da cosas que me gustan mucho más que las flores o los diamantes.

Ryke manosea su pajita de papel.

—¿Nunca le has hecho a Lily un regalo así?

—No, ella prefiere otro tipo de regalos.

—¿Como cuáles, Loren? —pregunta Rose, que parece a punto de saltarle a la yugular.

Lo piensa aceptar el desafío.

—Como mi lengua en su…

—¡Dios mío! —chillo, apartándome de él e intentando esconderme en el respaldo del banquito. Cojo una carta del restaurante y me oculto detrás de ella.

Ryke se ríe entre dientes, pero me parece que mi hermana está a punto de abalanzarse sobre los chicos y arañarles la cara. Connor le susurra al oído:

—Solo te está provocando.

—Es adicta al sexo —le contesta en susurros, pero igual de enfadada—. No debería hacer bromas con eso.

—Te estoy oyendo.

Echo un vistazo a Ryke, la única persona con la que no he hablado a solas desde que la noticia de mi adicción pasó de Rose a Connor y de Lo a Ryke. Sí, ha sido él quien se lo ha contado, y no tengo ni idea de cómo salió el tema. Quizá cuando le confesó que necesitaba dejar de beber. Nuestras adicciones están tan entrelazadas que era demasiado difícil para él hablar de la suya sin mencionar mi dependencia del sexo.

Pero Ryke no me mira. Le está diciendo algo a Lo. Le leo los labios: «Yo se lo contaré». Miro a mi novio, y veo que asiente.

Frunzo el ceño.

—¿Contarnos el qué? —le pregunto a mi novio.

—Nada —miente, y me hace un gesto para que vuelva a sus brazos.

Suelto el menú y le obedezco.

La camarera llega e interrumpe la batalla en susurros de mi hermana y Connor. Pedimos el pavo y unos vasos de agua, y me quedo pensando en cuál será el secreto que Ryke y Lo tienen sobre mí. Cuando la camarera vuelve a la cocina, Rose se gira hacia Ryke y le tiende un sobre blanco y reluciente.

—No he encontrado tu dirección en ningún sitio, así que no te la he podido mandar a casa. —Es una invitación para la gala benéfica de Navidad—. ¿Ryke es un apodo? No salía en ningún directorio.

—Es mi segundo nombre —responde sin dar más explicaciones. Saca del sobre la tarjeta de color crema con letras doradas en cursiva—. No puedo ir. —Casi ni la ha mirado.

—¿Por qué no? —pregunta Lo, claramente dolido por la noticia. Desde que decidió desintoxicarse, Ryke ha sido como una roca para él. Es casi su padrino no oficial. Sé que quiere que asista a la gala, sobre todo porque también estará su padre—. ¿Es por el reportaje? Se supone que tienes que terminarlo pronto, ¿no?

—De hecho, lo entregué hace semanas. —Por fin ha escapado de su mentira—. Me pusieron un sobresaliente.

—Mándame una copia —le pide Connor—. Me encantaría leerlo.

—Claro.

Seguro que se «olvidará» de mandárselo durante las próximas semanas, hasta que Connor deje de preguntar.

—¿Tienes planes o algo así? —insiste Lo—. Es el día antes de Nochebuena. No te impedirá pasar tiempo con tu madre. —Nunca lo había visto así, rogándole a alguien de un modo tan transparente.

Ryke asiente.

—Vale. Vale, sí, ya me lo montaré. Gracias, Rose. —Dobla el sobre y se lo mete en el bolsillo de atrás.

Lo se relaja y echa un vistazo a los baños. ¿Quiere que vayamos a follar? Se vuelve hacia mí, como si me hubiera leído la mente, y me susurra en voz baja:

—Tengo que ir de verdad. No dejes que Ryke se coma mi comida si la traen. —Me da un beso en la mejilla y desaparece tras las puertas azules.

Me hundo en mi asiento; noto el peso de tres pares de ojos.

—Lily… —empieza Rose inclinándose hacia delante. Junta las manos—. Lily, he estado pensando mucho y quiero que te vengas a vivir conmigo cuando termine el semestre. En mi casa hay mucho sitio y…

—¿Y qué pasa con Lo? —Frunzo el ceño y niego con la cabeza—. No puedo dejarlo ahora. Y yo voy a Penn.

—Siempre puedes pedir un traslado —me recuerda.

—Lo lo tiene controlado —añade Ryke.

Ella le clava los ojos entre verdes y amarillos.

—Está enfermo, Ryke. Tiene que concentrarse en sí mismo y no podrá hacerlo si está preocupado por el bienestar de Lily. Quiero que se ponga mejor, pero ella me importa aún más. Así que discúlpame si pienso en los intereses de mi hermana.

—Y yo pienso en los de Lo. Él quiere intentarlo así primero. Mira, llevamos una semana y de momento funciona, y…

—Sí, está sobrio, pero ¿en qué ha cambiado Lily? ¿Ha empezado a ir a terapia? ¿Ha dejado el sexo?

—Parad, por favor —les pido, aunque mi voz se pierde entre sus tonos acalorados. No quiero que hablen de mi vida sexual en Lucky's. Me gustaría volver y tal vez no me atreva después de esto.

—Tiene un plan —insiste Ryke—. Quiere a Lily, tienes que confiar en eso.

¿Que tiene un plan? ¿De eso hablaban antes?

—¿Qué clase de plan? —pregunta Rose. Sí, exacto, ¿qué clase de plan? ¿Y por qué nadie se ha molestado en contármelo?

—Va a empezar a ponerle límites y reducir poco a poco su consumo de porno.

Me quedo boquiabierta, pero mi hermana asiente complacida.

—¡¿Qué?! —grito. Lo que más me perturba es que, de entre todo el mundo, Lo haya elegido a Ryke para hablar de mi vida sexual—. No me digas que has hablado de esto con Lo.

Pero ya sé la respuesta. Cuando Ryke se metió en mi vida ese día, en la biblioteca, cuando me dijo que quería ayudar a Lo, yo no dejé escapar la oportunidad. Le hablé de su adicción. Y si le ha ofrecido lo mismo a Lo, sé que habrá aceptado. Me mira a los ojos con descaro.

—Me ha contado casi todos tus sucios secretitos.

—Dios mío… —murmuro. Miro a Rose histérica, en plan «¿qué hago?».

Ella lo fulmina con la mirada en mi nombre.

—Eso es personal.

—Ah, ¿sí? Bueno, los chicos hablan igual que las chicas. Acuérdate la próxima vez que quieras hacerle a alguien una mamada.

—Vale, me parece que deberíamos calmarnos todos —interviene Connor—. La gente nos está empezando a mirar. Vamos, Rose. —La levanta del brazo—. Vamos fuera un minuto.

Se levanta, tensa, pero antes de irse señala a Ryke y dice:

—Me alegro de que estés ayudando a Lo, pero te juro que si le haces daño a mi hermana…

—Rose —Connor la aleja de la mesa.

—Yo no le haría daño a nadie a propósito —contesta Ryke.

Connor lo fulmina con la mirada.

—Para, ¿quieres?

Rose empieza a parlotear, pero Connor parece hallar la respuesta adecuada en cada momento, y la mantiene cuerda mientras se toman unos minutos. Al menos, este año ha encontrado un acompañante para la gala benéfica que no es gay.

Justo en ese momento llega la comida, pero en la mesa solo quedamos Ryke y yo. Ninguno de los dos toca su plato.

—No quiero que me pongan límites —le digo—. Ahora mismo, el problema no soy yo.

—Siempre has sido tú. Si me hubieras contado desde el principio el trato que habíais hecho y el tipo de vida que llevabais, no me habría enfadado tanto contigo cuando dejaste de ayudar a Lo. Te pido disculpas por eso.

—Tiene que concentrarse en sí mismo —le recuerdo.

—Lily… —Apoya los codos en la mesa y se inclina hacia delante—. Lo habéis hecho todo juntos. Habéis estado en cada paso de vuestras vidas el uno al lado del otro. Para que esto funcione, no puedes estar dando pasos atrás mientras él los da hacia delante.

Frunzo el ceño. Por como habla, me da la impresión de que cree que Lo se convertirá en otra persona. Que será alguien nuevo, alguien que ya no encaje en mi vida. Quizá mis rutinas se le queden anticuadas y busque una persona que se adapte a las nuevas. No me gusta ese futuro, pero quiero uno en el que él esté mejor.

—¿Entiendes lo que te estoy diciendo? —insiste.

—Está bien. —Asiento—. Está bien, lo intentaré. —Él sigue tenso. Frunzo el ceño de nuevo—. No me crees, ¿verdad?

—No, pero está bien que tengas buenas intenciones.

Lo fulmino con la mirada.

—Yo también puedo luchar.

—Ya veremos cuánto. —Se echa hacia atrás—. Y, Lily… De verdad espero que me des una puta sorpresa.

Yo también.

Lo me ha ido poniendo límites poco a poco. Nada de sexo duro en la última semana. Ayer tiré la mitad de mis vídeos porno, pero el deseo sigue ahí. En lugar de alimentarlo de forma compulsiva, me tomo varias pastillas para dormir y quedarme frita antes de pensar en sexo.

Lo peor son las noches. Se me ponen las endorfinas por las nubes y lo único que quiero es lanzarme sobre Lo y hacerle todo tipo de perversiones.

Pero lo intento. He de hacerlo.

Me da miedo estar sola. Tengo miedo de tocarme o de llamar a un gigoló en un impulso. Estoy tan paranoica que casi no voy a clase. Creo que tendré que repetir tres de las cinco asignaturas del semestre, aunque eso es mejor que engañar a Lo o engañarme a mí misma.

Él casi no duerme. Da vueltas en mitad de la noche, hasta incluso despertarme de mi sueño inducido por la química. Espero todo el tiempo que el mono se vaya reduciendo, que se vaya suavizando, pero ese momento nunca llega. A veces me pregunto si se verá abocado a luchar contra esto para siempre, y entonces me doy cuenta de que es posible que yo también.

Acompaño a Lo y a Ryke a la pista de atletismo, sobre todo porque odio estar sola y esta semana Rose tiene los exámenes finales. Yo terminé ayer. Bueno, más o menos. A los de Biología y Economía de Gestión ni me presenté. Sé que voy a suspender, pero al menos me queda la recuperación. Puede que tenga que hacer un semestre de más.

Me siento en las gradas y juego con la nueva cámara que me ha comprado Rose. Nunca había tenido una afición, excepto el sexo, pero sacar fotos ha llenado un pequeño vacío. Saco algunas mientras los chicos estiran en el césped. Ambos llevan camisetas de manga larga y pantalones de atletismo. Se ríen y bromean y capturo con mi cámara un instante en el que sonríen a la vez.

Se parecen. Los dos tienen el pelo castaño, aunque el de Ryke es un poco más oscuro. Y los dos tienen los ojos marrones, aunque los de Lo tiran más hacia el ámbar. Como es invierno, Ryke está menos bronceado y su piel empieza a adoptar un tono más claro, más parecido al de Lo. Podrían ser hermanos, aunque Ryke tenga la espalda más ancha, la mandíbula más fuerte y los labios más finos.

Cuando empiezan a correr, Ryke despega a toda velocidad y Lo lo persigue y lo alcanza en cuestión de segundos. Corren rápido, moviendo las piernas con fuerza, golpeando la pista negra con las zapatillas. Ryke va por delante, pero mi novio le sigue el ritmo con dignidad.

Corren como si nada pudiera detenerlos. Observo a Lo y empiezo a imaginar un futuro diferente. Aún está borroso, pero está ahí, y parece mejor y más brillante.

Solo me pregunto si me incluirá a mí.

32

No todos los días son buenos. Horas antes de llegar al hotel donde se celebra la gala benéfica de Navidad, sospecho que este será uno de los peores.

Anoche, Lo durmió apenas media hora. Estuvo paseando por el cuarto hasta que llamó a Ryke y se fue a charlar con él durante un par de horas. Nada parece calmarlo, y creo que el motivo es la conversación que quiere tener con su padre. Quiere decirle que está intentando desintoxicarse. Pero me preocupa que haya algo más. Antes de que se fuese a la cocina, me ha contestado mal las dos veces que he sacado el tema de la universidad. Le he preguntado qué ha sacado en Economía de Gestión, que yo he suspendido, y me ha contestado que me preocupe de la recuperación en primavera y que no me meta en sus asuntos. No me hablaría tan mal si todo fuese bien.

Rose me maquilla en mi tocador. Ya me he puesto el vestido de color ciruela con mangas de encaje. Ella acabó comprándose el vestido de terciopelo de color zafiro, aunque se probó otros diez después de ese. La gala se divide en dos partes. La primera es una cena de cinco platos en una mesa redonda. Luego, personalidades del mundo de los negocios se suben a la tarima y agradecen a todo el mundo su generosidad. Y finalmente está la recepción, en la que la gente bebe cócteles y pasea por el enorme salón de baile para charlar y socializar.

Cuando vamos juntos, Lo y yo solemos quedarnos en la barra y le hacemos al camarero las preguntas más vergonzosas que se nos ocurren para ver qué pasa. Es ofensivo y supongo que también de mala educación, pero nos sirve para matar el tiempo. Este año tengo pensado pasearme sin rumbo, lo que no pinta mucho mejor.

Llegamos una hora antes, a la manera de Connor. Ryke se alisa la corbata y contempla nervioso la sala vacía, en la que solo hay camareros que disponen los centros de mesa de rosas rojas y terminan de colocar las lucecitas.

—¿Habías venido alguna vez a un evento de este tipo? —le pregunto.

—Sí, pero no en este círculo social.

Lo está más nervioso que de costumbre. Se pasa una mano por el pelo y dice:

—Necesito una copa. —Se frota los ojos y gime.

—Estarás bien —lo tranquiliza Ryke—. ¿Qué te preocupa?

—Nada —responde molesto—. Ahora no tengo ningunas ganas de hablar. No te ofendas, pero eso no me ha ayudado en todo el día. La migraña me está matando.

Le cojo de la mano y me mira a los ojos. Hay algo malo que se remueve en mi interior.

—¿Quieres…?

—No —nos dice Ryke a los dos—. No.

Lo fulmino con la mirada.

—No es asunto tuyo, pero he aguantado un día entero sin ver porno. —Omito que me pasé toda la tarde en la cama con Lo, y que no estuvimos precisamente durmiendo.

—Pues felicidades —responde secamente. Le dedica a mi novio una mirada fría—. Estás posponiéndolo.

—La estoy ayudando.

—Sabes muy bien que no.

«Yo lo estoy ayudando a él», quiero corregirle, pero Lo ya ha tomado una decisión. Me desliza la mano por la parte baja de la espalda y me conduce hacia el recibidor.

Se saca la cartera del bolsillo y le dice a la recepcionista:

—Una habitación.

Me pongo de puntillas, emocionada. ¡Sí!

Ahora que el subidón se me ha pasado, me duele todo el cuerpo. Me lo ha hecho por detrás y con mucha más brusquedad de lo habitual, y me ha gustado. En el momento. Ahora me arrepiento de la postura, de la intensidad y de haberle dado la idea de venir.

—¿Qué hora es? —pregunta cogiendo el reloj de la mesita de noche—. Mierda. —Se levanta de la cama a toda prisa; el edredón está en el suelo y las sábanas arrugadas y retorcidas de forma extraña—. Levántate, Lil.

Me quedo tumbada con la cabeza en la almohada. No puedo moverme. Quizá logre desintegrarme sobre las sábanas.

Se inclina sobre la cama y ladea la cabeza para mirarme a los ojos.

—¡Levántate! —Me tira el vestido a la cara.

Lo cojo y me incorporo para sentarme. Intento ponérmelo, pero apenas tengo fuerzas en los brazos doloridos.

Él se pone los pantalones y la camisa blanca. Ojalá pudiéramos quedarnos aquí, pero eso es lo que harían los viejos Lo y Lily. Ahora somos versiones mejoradas de nosotros mismos. Me peleo con la tela del vestido hasta que logro sacar la cabeza por el agujero correcto. Es entonces cuando descubro que la neverita de la habitación está abierta.

—Lo... —lo llamo con un hilo de voz. Se mete un botellín de tequila en el bolsillo. ¿Por qué hace esto? Todo iba bien. ¿O no? Excepto por esta mañana, esta tarde y ahora...—. Lo, ¿has estado bebiendo?

No me mira a los ojos.

—No pasa nada. Mañana no beberé en todo el día. Solo necesito algo...

—¡Lo! —grito saltando de la cama sin ropa interior. Intento quitarle la botella del bolsillo, pero me agarra las muñecas.

—¡Para, Lily!

—¡Para tú!

Forcejeamos hasta que caemos en la cama y él me inmoviliza los brazos a los lados del cuerpo.

—¡No puedes rendirte así! —chillo.

Es culpa mía. En el fondo de mi corazón, sé que yo lo he empujado a este estado. Siempre he sido yo. Rompo a llorar, aumentando el dramatismo de la noche. Él me suelta suavemente.

—Por favor, para —me pide con la voz entrecortada—. Lily… —Me besa con suavidad en los labios, la mejilla, la nariz, los ojos y la barbilla—. Por favor, no pasa nada. Estoy bien.

—Es culpa mía —me lamento entre sollozos.

Sus labios vuelven a los míos e intenta que me concentre en sus besos y no en mis dolorosos pensamientos. Si tuviera la cabeza en mi sitio, lo apartaría. Le pediría que parase. Quizá así haría algo que nos ayudase a los dos, en lugar de seguir en este círculo de destrucción.

Me mete los dedos y yo me agarro a las sábanas y me tapo los ojos con el brazo, alternando entre sensaciones buenas y malas. No tarda en sustituirlos por la polla, y grito al sentirme tan llena de repente. Sus labios encuentran los míos de nuevo y me besa mientras se mece lentamente, como diciéndome que todo va bien, que todo está bien. Que él está aquí y yo también.

No necesitamos nada más.

Es nuestra mayor mentira.

Espero entumecida a que el ascensor llegue a la planta baja para volver al gran salón. Nos hemos perdido la cena de la gala y casi querría saltarme también la recepción y volver al Drake a acurrucarme en la cama y regodearme en la autocompasión. Pero es mejor que busque a Rose. La necesito.

Lo se pone la corbata con la mirada fija en los números descendientes del ascensor. Nos separa un enorme espacio, pero también el sexo emotivo y su alcoholismo. No he logrado evitar que se bebiera el botellín de tequila ni tampoco que se metiera otro en el bolsillo, pero, aun así, no veo que el alcohol lo haya tranquilizado. Tiene los músculos tensos, apenas mueve el cuello, como si lo tuviese bloqueado.

—¿Adónde vas a ir cuando lleguemos? —le pregunto.

—Tengo que hablar con mi padre. —Entorna los ojos.

—Igual es mejor que vayas a buscar a Ryke.

—No hace falta.

Trago saliva. El ascensor llega a su destino y las puertas se abren. Lo se dirige a toda prisa hacia el gran salón; me cuesta seguirlo. Me detengo junto a la puerta, impactada por los candelabros brillantes que parpadean y la sala abarrotada. Hay gente por todas partes y un árbol de Navidad en el centro decorado con manzanas y espumillón dorado. A los lados del escenario hay dos pantallas que recuerdan a todos los presentes quiénes son los benefactores de la gala: Hale Co. y Fizzle. Paso junto a un camarero que lleva una bandeja de champán rosa. Lo coge una copa, se la bebe de un trago y la vuelve a dejar. No puedo dejarlo así. Me abro paso entre los cuerpos, murmurando «disculpe» un centenar de veces, para no perderlo de vista. Se dirige a algún lugar con un propósito, con determinación, con hielo cristalizado en sus ojos de color ámbar.

Lo llamo e intento cogerle la mano, pero se me escapa.

Me da miedo buscar a Rose o a Ryke entre la multitud, porque podría perderlo de vista. He mirado atrás una vez y ya me ha ganado mucha distancia. Para cuando lo alcanzo, ya está frente a su padre, que lleva un esmoquin y una expresión de acero.

Me quedo a unos pasos de distancia, lo bastante cerca para oír todo lo que digan.

—¿Me estás evitando? —pregunta Jonathan—. Los miércoles sueles pasar por casa.

—He tenido algunos problemas.

Su padre lo mira con atención.

—No tienes mal aspecto.

—Pues no estoy bien —admite. Niega con la cabeza repetidas veces y se le ponen los ojos vidriosos—. No estoy bien, papá.

Jonathan mira a su alrededor y repone:

—No estamos en el lugar adecuado, Loren. Ya hablaremos luego.

—Tengo un problema. ¿Me estás oyendo? Te estoy diciendo que no estoy bien.

Su padre se termina el whisky y lo deja en una mesa cercana. Se frota los labios y se acerca más a su hijo. Me quedo sin respiración, paralizada donde estoy.

—¿Qué quieres? ¿Dejarme en evidencia?

Lo cierra las manos temblorosas en puños.

—Sabes que bebo y te importa una mierda.

—¿De qué va esto? —repone su padre arrugando el gesto—. Tienes veintiún putos años. Eres un hombre. Pues claro que bebes.

—Bebo hasta perder el sentido —le aclara Lo. ¿Por qué le cuesta tanto entender que su hijo tiene un problema? Y, de repente, lo comprendo: quizá es porque él mismo no ha asimilado el suyo.

—Tú y muchos otros. Es normal que los chicos de tu edad abusen del alcohol.

—No puedo pasar ni un solo día sin beber.

Jonathan hace una mueca desagradable.

—Deja de buscar excusas para tus errores y responsabilízate de ellos como el hombre que eres. —Hay una diferencia entre abusar del alcohol y depender de él, y si la comprendiera, se daría cuenta de que el caso de Lo es el segundo.

Doy un paso al frente y le cojo la mano, pero la aparta de golpe.

Jonathan coge otro vaso de whisky de una bandeja. Da un trago y me señala con la cabeza.

—¿Eres tú quien le ha metido esto en la cabeza?

Retrocedo acobardada ante su mirada llena de desprecio.

—Lo sé desde que era un crío —replica Lo—. No ha hecho falta que ella me diga nada.

—Lo dudo mucho.

Un brazo me rodea la cintura. Doy un brinco y me encuentro con la mirada de preocupación de Rose. Dejo que me abrace e intento no echarme a llorar en su hombro. Ryke, que está sin aliento, como si hubiese venido corriendo, se coloca al lado de Lo y le pone una mano en el brazo. A Jonathan ni lo mira.

—Vamos, Lo.

Rose intenta tirar de mí, pero niego con la cabeza y me quedo donde estoy. Algo no va bien, lo veo en el rostro de Jonathan. Está más pálido de lo normal y casi se le ha caído el vaso de whisky.

—¿Qué haces tú aquí? —le espeta a Ryke.

Lo frunce el ceño.

—¿Os conocéis?

Su padre suelta un resoplido.

—¿No se lo has dicho? —le pregunta a Ryke. Echa un vistazo al salón. La gente ha empezado a mirarnos. Niega con la cabeza, molesto, y se termina el whisky.

—¿Decirme qué? —pregunta Lo.

—Nada —responde Jonathan con una sonrisa amarga. Deja el vaso en la mesa y mira a su hijo a los ojos—. ¿Esto es lo que querías contarme? ¿Querías culparme de tus problemas y patalear como un niño?

Ryke pone una mano en el hombro de Lo con decisión. Lo apoya de una forma de la que yo no soy capaz.

—No —responde Lo en voz baja—. Quizá si fuese una historia sobre mis años de adolescente habría hecho algo así. Solo quería decirte que voy a dejar de beber. —Se le nublan los ojos y una lágrima solitaria rueda por su mejilla—. Voy a ir a un centro de desintoxicación y, cuando vuelva, es posible que no nos veamos mucho.

Va a ir a un centro de desintoxicación. Se ha dado cuenta de que no podemos estar juntos mientras él intenta abstenerse de beber. Apenas puedo respirar. Se va a ir. ¿Durante cuánto tiempo?

Jonathan inhala con fuerza y fulmina a Ryke con la mirada.

—¿Es cosa tuya?

—No. Primera noticia.

Jonathan mira a Lo.

—No necesitas ningún centro de desintoxicación —masculla y niega con la cabeza—. Es ridículo, joder. Mañana te llamo, ¿vale?

—No —replica Lo, que está a punto de romper a llorar—. No voy a contestarte. Ya me habré ido.

—¡No te pasa nada! —grita, silenciando a medio salón. Mira atrás, como si se acabase de dar cuenta de su estallido. Da un paso al frente y habla conteniendo la rabia—: Estás bien, Loren. Déjalo ya.

—No está bien —interviene Ryke—. Te lo está diciendo.

Siento que me arde el pecho y la cabeza me da vueltas. La única razón por la que sigo en pie es porque Rose tiene su mano entrelazada con la mía y no quiero arrastrarla al suelo conmigo.

Jonathan ignora a Ryke.

—¿Se puede saber por qué lloras? —le espeta a su hijo con una mezcla de repulsión y de algo más humano. Lo coge de la nuca y acerca su cara a la suya—. Piénsatelo bien —le pide con una mueca de desdén y lo zarandea.

Ya no me cabe duda de que la gente nos está mirando. Lo intenta soltarse poniendo un brazo sobre el de su padre, pero lo tiene agarrado con demasiada fuerza, le está clavando los dedos en la parte más suave de la piel.

—Basta —digo mientras intento ir hacia él, pero Rose me retiene.

Ryke coge a Jonathan del brazo y lo aparta de Lo, que se tambalea, aturdido.

—¿Qué coño te pasa? —le grita—. No, ¿sabes qué? Ya sé lo que te pasa. Lo que pasa es que nunca cambiarás. Sigue pensando que eres un gran hombre, pero no pienso dejar que le destroces la vida a Lo.

¿Por qué habla como si se conocieran?

—Esto es cosa de Sara, ¿verdad? —pregunta Jonathan—. ¿Dónde está? —Mira a su alrededor, buscando a la madre ausente de Lo.

Este se aparta tanto de Jonathan como de Ryke, y mira a uno y luego al otro, intentando entender qué relación hay entre ellos. Es evidente que va más allá de lo que imaginábamos.

—No está aquí. Ni siquiera sabe que he estado hablando con Lo —admite Ryke.

El rostro de Jonathan se retuerce de dolor.

—Entonces ¿te has propuesto tú solito destruir a mi familia? ¿Después de todo lo que he tratado de hacer por ti? —Tiene fuego en los ojos—. Podría haberte dejado tirado, pero te dejé tener un padre.

Un momento, un momento…

—Yo no quería ningún padre —le espeta Ryke.

Jonathan aprieta los dientes.

—No pienso dejar que pongas a mi hijo en mi contra, ¿me has oído?

—¿Qué está pasando? —pregunta Lo—. ¿Qué coño está pasando?

Connor aparece tras Jonathan y le susurra algo al oído. El primero asiente y luego le dice a Lo:

—No es momento. Ya hablaremos más tarde.

Y con esa corta despedida, Connor se lleva a Jonathan para evitar que la escena se salga aún más de madre.

—Nos vemos en el vestíbulo —le dice Lo a Ryke sin mirarlo.

Los sigo con Rose. Tengo demasiadas cosas en la cabeza y no logro concentrarme. No paro de llorar, aunque no acabo de comprender por qué. Quizá sea por las duras palabras de Jonathan, o porque Lo ha anunciado que va a irse a un centro de desintoxicación. O quizá sea por esa relación extraña que parece haber entre Jonathan y Ryke.

Nos detenemos en el vestíbulo del hotel, decorado con una moqueta hortera con un patrón de diamantes y papel pintado de color dorado brillante. La combinación me marea todavía más.

—¿Quién coño eres? —le grita Lo a Ryke—. ¡No me cuentes más putas mentiras!

—Cálmate. Deja que te lo explique, por favor. Te mereces todas las respuestas.

—¿De qué conoces a mi padre? ¿De qué te conoce él a ti?

Ryke levanta una mano con la palma hacia abajo, como si quisiera mantener la paz.

—Sara Hale es mi madre.

Dios mío… Jonathan ha dicho no sé qué sobre haber intentado ser un padre para Ryke. ¿Por eso se divorciaron? ¿Sara lo engañó y se quedó embarazada de Ryke?

Eso significaría que Ryke y Lo son hermanastros.

Lo retrocede y levanta una mano para pausar la discusión mientras intenta ordenar sus pensamientos. Luego levanta la vista con el ceño fruncido y pregunta:

—¿Eres su hijo bastardo?

Ryke se estremece, dolido, y niega con la cabeza una sola vez, con un gesto tan tenso y tan herido que le cae una lágrima.

Lo se señala el pecho con una mano temblorosa.

—¿El bastardo soy yo?

Ryke asiente.

Lo suelta un sonido extraño, como si se estuviera ahogando. Se seca los ojos con el brazo e inhala con fuerza. Intento ir hacia él, pero Rose no me suelta.

—Dame tu carnet de conducir —le exige.

Ryke se saca la cartera del bolsillo de atrás y lo coge, pero antes de dárselo, dice:

—Sigues siendo mi hermano. No importa cuál de los dos no debería haber existido.

—Dámelo.

Se lo tiende y él lee el nombre. Aprieta los dientes con fuerza; sus pómulos se vuelven de hielo. Le tiembla la mano mientras lee.

—Jonathan Ryke Meadows. —Suelta una carcajada propia de un loco y le lanza el carnet a Ryke, que deja que caiga a la moqueta—. ¿A qué dijiste que se dedicaba tu madre? —Finge estar confuso—.

¡Ah, ya me acuerdo! La mantiene tu padre. —Se muerde el labio inferior y asiente.

—Lo…

Se lleva las manos a la cabeza.

—Que te follen —le espeta con desdén—. ¿Por qué no me lo contó nadie? Eres hijo de Jonathan. Sara Hale es tu madre, pero no la mía, ¿no?

—Mi madre le pidió el divorcio cuando dejó a otra mujer embarazada de ti. Yo acababa de nacer.

Todo lo que su padre le ha contado es mentira. No me extraña que Sara odie a Lo y que le hablara así cuando él la llamó por teléfono. Es el producto del adulterio, la causa del fracaso de su matrimonio. Intento de nuevo ir hacia él, pero Rose sigue sin dejarme.

Lo llora desconsolado.

—Sara me quitó la cama para dártela a ti, ¿verdad?

—No sabía que era tuya.

—Mi cómoda, toda mi puta ropa, los ganó en el juicio y te los dio a ti. —Se tapa los ojos—. ¿Por qué me lo has ocultado?

—Hay algunas cuestiones legales que… —Da un paso hacia Lo—. Ni siquiera supe que existías hasta que cumplí los quince. A mi madre se le escapó una vez, mientras despotricaba. Siempre veía a Jonathan en clubs de campo. Y no te mentí cuando te dije que había dejado de ver a mi padre. No me sentía cómodo con él, sobre todo cuando empecé a dejar de beber. Sentía como si lo tuviera calado. —Se sorbe la nariz, intentando controlar las emociones, pero le resulta difícil porque Lo está hecho polvo. A Ryke también se le están hinchando y enrojeciendo los ojos.

—¿Hace siete años que sabes que existo? ¿Y no se te ocurrió venir a conocerme? —Lo frunce el ceño, herido—. Soy tu hermano.

—También eres quien destruyó la relación de mis padres —responde Ryke con voz temblorosa—. Pasé años resentido contra tu sola existencia. Mi madre te odiaba y yo la quería, así que ¿qué coño tenía que pensar? Y luego fui a la universidad y me distancié un poco de ella. Empecé a pensar mejor las cosas y te acepté. Decidí dejarte en paz. Pensé que serías un capullo rico educado por Jonathan Hale. Y luego te vi. —Agacha la cabeza con los ojos llenos de lágrimas—. Te vi en aquella fiesta de Halloween y me enteré de quién eras. Cuando supe que existías, Jonathan empezó a enseñarme fotos tuyas y a preguntarme si quería conocerte. Nunca quise.

Lo parece herido.

—¿Y por qué cambiaste de idea?

—Porque vi lo que habría sido de mí si me hubiese educado él. Y me arrepentí de todo. Te culpé de lo ocurrido, pero tú solo eras un niño al que no le había tocado una buena mano de cartas. Quise ayudarte… Para compensarte por todos los años que no había movido un dedo. Yo sabía cómo era él. Escuché a mi madre hablar de las cosas que le decía a ella, cosas horribles y asquerosas que a veces eran aún peor que un puñetazo en la cara. Sabía que te estaba educando él y no moví un puto dedo. —Se le rompe la voz y niega con la cabeza.

—Así que me viste. ¿Y soy tan patético como imaginabas?

—No. Eres un poco capullo, pero yo también lo soy. Supongo que es porque somos hermanos.

Lo suelta una carcajada amarga.

—¿Por qué me lo ha ocultado todo el mundo? —Da un paso atrás, quitándose la mano de Ryke del hombro—. ¿Cuáles son esos asuntos legales?

Ryke traga saliva.

—En el acuerdo de divorcio, mi madre accedió a no revelar el nombre de tu madre y a conservar el apellido Hale como propio, de lo contrario, perdería todo lo que había ganado en el divorcio. —Él se puso el apellido de soltera de su madre: Meadows.

—¿Por qué?

—Para que tu padre no fuese a la cárcel. Tu madre no tenía ni diecisiete años. Era menor, y mi madre podría haberlo denunciado, pero firmó unos papeles comprometiéndose a no revelar la verdad. Si

368

cambiaba de opinión, el dinero iría a la beneficencia y lo perdería todo.

A Lo se le deforma el rostro.

—¿La violó?

—No —responde Ryke a toda prisa—. No. Sara me ha contado muchas cosas malas sobre Jonathan, pero nunca ha dicho algo así. Aunque tampoco creo que la quisiera, de lo contrario, habría encontrado el modo de que formase parte de tu vida. Creo que fue... un rollo de una noche. —Se pasa la mano por el pelo—. Creo que ella...

—Le cuesta decir la verdad—. Creo que ella decidió marcharse. No sé por qué decidió tenerte, pero lo hizo. Y sé que no quiso quedarse contigo después.

Jonathan crio a Lo porque nadie más quería hacerlo.

Mientras asimila la información que acaba de recibir, le tiemblan las manos y su pecho apenas se levanta para llenarse de aire.

—Era más fácil para todos que no lo supiera, ¿no?

—No sabía si Jonathan te habría contado toda la verdad —confiesa Ryke—. Pero cuando nos conocimos, me di cuenta de que no lo había hecho. No tenías ni idea de quién era yo.

—¿Por qué no me lo dijiste de entrada? —Se señala el pecho—. Merecía saberlo.

—Es verdad. Tienes razón. Pero no estás bien, Lo. Quería ayudarte. Así que me inventé un par de mentiras para acercarme a ti. Incluso tuve que irme del desfile de Rose porque apareció el padre de Lily. Lo conozco. Él sabe quién soy y no creí que estuvieses preparado para descubrir la verdad.

¿Mi padre sabía todo esto? Él tenía las respuestas todo el tiempo. Apenas logro asimilarlo.

Ryke se acerca más a él.

—Me daba miedo que cayeses en un pozo aún más profundo si lo descubrías. ¿Lo entiendes? —Me mira a mí—. Creo que tú sí.

Lo se frota los ojos otra vez; no puede parar de llorar. Veo el dolor que lo atraviesa como olas violentas y escarpadas, que rompen y rompen contra él hasta que se le corta la respiración, pierde pie y se hunde bajo ellas. Grita tapándose la boca con la mano, está enfadado, furioso y dolido.

Poco a poco, se arrodilla y apoya la palma de la mano en la moqueta.

—Lo… —dice Ryke agachándose a su lado. Intenta ayudarle, pero él lo aparta, con los ojos llorosos y fuera de sus órbitas.

—¿Dónde está Lily? —pregunta fuera de sí—. ¡Lily! —Me busca por todas partes y grita—: ¡Lily!

Rose me suelta por fin y corro a sus brazos. Me abraza con fuerza y llora con la cabeza escondida en mi hombro, sacudiendo el cuerpo entero.

—Estoy aquí —le digo en voz baja—. Todo irá bien. —Levanto la vista y veo que Rose y Ryke intercambian una mirada llena de dudas.

Ahora lo comprendo. Tienen miedo de nuestra intimidad. No somos buenos el uno para el otro.

Todavía no.

Se agarra a mi vestido y llora hasta que no le quedan lágrimas. Rezo por contener las mías, por ser fuerte por él.

—Creo que me muero —me susurra sin aliento.

—No te mueres. —Le doy un beso en la mejilla—. Te quiero.

Tras unos minutos, nos levantamos y salimos en silencio, seguidos de Rose y Ryke. Los convenzo para que nos dejen ir solos en un coche, pero ellos también vendrán al Drake.

Lo es el primero en subir al Escalade. Luego subo yo.

—Al Drake —digo sin mirar siquiera al asiento delantero. El coche arranca y me vuelvo hacia él, que se tapa los ojos con la mano.

—No sé qué hacer.

—Vas a ir a un centro de desintoxicación —le digo con seguridad, pese al dolor que siento en el pecho. Sé que esto es lo correcto para los dos.

—No puedo dejarte. —Baja la mano—. Podrían ser meses, Lily. No quiero que estés con ningún otro chico.

—Seré fuerte —le aseguro. Le cojo las manos y se las estrecho—. Iré a terapia.

—Lily… —Su voz, llena de dolor, es como una puñalada en el corazón.

—Me iré a vivir con Rose.

Cierra los ojos y le caen todavía más lágrimas.

Yo evito llorar. Trago saliva.

—Me trasladaré a Princeton y te estaré esperando cuando vuelvas.

Asiente una y otra vez mientras asimila todo lo que acabo de decir.

—Si eso es lo que quieres…

—Es lo que quiero.

Se lame los labios y se apoya en mí.

—Siento mucho lo de hoy. No debería haberme comportado así en la habitación del hotel. Estaba… estaba disgustado, pero no tenía nada que ver contigo. Yo…

—¿Qué pasa? —Frunzo el ceño. ¿Qué podría ser tan malo como para que se acabara varios botellines de alcohol y tirara su sobriedad por la borda, cuando significaba tanto para mí, para él, para nuestros amigos y… su hermano?

—Esta mañana he recibido una carta de la universidad. Me han echado.

—¿Qué? No pueden echarte. No has hecho nada malo. Iremos a hablar con el decano y…

—Lily, he faltado a la mitad de mis clases y he suspendido casi todas las asignaturas. Tengo una nota media vergonzosa. Pueden echar a la gente que no está a la altura de los estándares académicos que exigen. Ya me advirtieron el año pasado y no me importó una mierda.

Sabía que algo no iba bien, pero pensaba que sus notas eran al menos mejores que las mías.

—Entonces… Entonces puedes venirte a Princeton conmigo. Puedes trasladarte. Con tu apellido, te aceptarán.

—No. —Niega con la cabeza—. No, no voy a volver a la universidad. No es para mí, Lil.

Intento asimilarlo.

—¿Y qué harás?

—No lo sé. ¿Qué te parece si primero intento recuperarme?

—Eso estaría bien —murmuro—. ¿Y tu padre? Lo, si se entera, te quitará el fondo fiduciario.

—No se va a enterar. Ya he llamado a la oficina de admisiones y les he pedido que no contacten con él.

Exhalo aliviada.

El coche llega a la curva.

—Ya hemos llegado, señor Hale.

Me pongo rígida. Esa voz… Esa voz no es la de Nola.

El conductor se vuelve ligeramente y veo los bigotes grises, el pelo y las gafas sobre la nariz aguileña.

—Anderson —dice Lo, tenso. Es Anderson, el chófer de Jonathan Hale, el tipo que siempre se chiva de nosotros—. Por favor, no se lo digas a mi padre…

—Que tenga usted una buena noche —responde el hombre con una sonrisa falsa. Mira al frente y espera a que nos vayamos.

Bajamos del coche. En el fondo de mi corazón, sé que todo está a punto de cambiar.

33

Tras una breve conversación, acordamos pasar la noche separados. Yo me quedo en el Drake con Rose y Ryke se lleva a Lo a su apartamento en el campus. A la mañana siguiente, me entero de que su padre ha llamado porque me lo cuenta Rose.

Le ha dado el ultimátum que temíamos, el que hemos estado evitando toda nuestra vida: que vuelva a la universidad y arregle su vida o adiós a su fondo fiduciario. Hace unos meses, tal vez Lo habría tenido elección. Habría podido elegir la universidad, trasladarse a Princeton o a la Universidad Estatal de Pensilvania y volver a una rutina familiar en otro escenario. Sin embargo, creo que ambos nos hemos dado cuenta de que hay cosas más importantes que un estilo de vida fastuoso y una cartera llena a rebosar.

Durante el desayuno, mientras pico un poco de un cuenco de cereales en el salón, Rose me cuenta que Lo ha renunciado al dinero. No me sorprende. Mi hermana opina que es lo más heroico que ha hecho en su vida. Lo más irónico es que no haya sido salvar a una damisela de un castillo ni rescatar a un bebé de un edificio en llamas: se va a salvar a sí mismo. Quizá también lo haga para salvar nuestra relación, pero lo hace sobre todo por él. Y no hay razón mejor que esa. Pese al miedo que tengo, estoy tremendamente orgullosa.

Dentro de unos días necesitaré tanta valentía como él.

Mi hermana me pone una mano en el hombro.

—Ahora vendrá a coger sus cosas. Se van al mediodía.

Noto una opresión en el pecho, pero asiento. También hemos acordado que lo mejor es que vaya a un centro de desintoxicación lo antes posible. Nos da miedo echarnos atrás, convencernos de que no es necesario y de que podemos tratar de resolver todo esto juntos. Pero no podemos. Lo hemos intentado, pero él acabó bebiendo tequila en una habitación de hotel mientras yo lo empujaba contra mi cuerpo.

Rose se sienta a mi lado y yo le dejo espacio en el sofá.

—¿Cómo estás? —pregunta, cogiéndome la corta melena para trenzármela.

Niego con la cabeza. No tengo palabras. En una sola noche, Lo ha perdido su fondo fiduciario, se ha enterado de que su padre le ha mentido toda la vida y de que tiene un hermano. Estamos tan conectados que siento el dolor de su decepción como si fuese mía.

¿Cómo es posible que Jonathan le haya mentido durante tanto tiempo? Quiero despreciarlo por haberle ocultado la verdad, pero no soy capaz. Quiere a su hijo más de lo que nadie querría admitir. Lo quiere tanto que decidió criarlo en lugar de abandonarlo. Le asusta que tenga que desintoxicarse, darse cuenta de que ha fracasado como padre y de que es posible que Lo pase página y lo deje atrás. Creo que, en parte, Jonathan piensa que volverá a casa por el dinero, que regresará cuando comprenda lo duro que es pertenecer a la clase trabajadora. Y es posible que lo haga, pero también que le diga adiós para siempre y no vuelva a mirar atrás.

—Al principio será duro —dice Rose mientras me ata la trenza—. ¿Cuánto es lo máximo que has estado lejos de él?

Niego con la cabeza de nuevo.

—No lo sé… Puede que una semana.

Parece absurdo, pero es cierto. Es como si lleváramos casados toda la vida y ahora tuviéramos que separarnos. Sé que es lo mejor, pero el dolor está ahí de todos modos, como una herida infectada.

Rose me acaricia la espalda y me vuelvo hacia ella. Me mira con preocupación. Al final, no ha sido un chico quien me ha ayudado.

Ha sido mi hermana.

La cojo de la mano y, con los ojos llenos de lágrimas, le digo:

—Gracias. No sé si podría hacer esto sin ti.

Rose y yo hemos decidido no contarle a nuestros padres y nuestras hermanas lo de mi adicción. No es algo fácil de aceptar ni de entender, y no quiero pasarme el día justificando mis compulsiones. Si ella también cree que es lo mejor, debe de ser una decisión sensata.

—Podrás. Ahora mismo tal vez no, pero al final lo lograrás.

—Estoy asustada. —Me duele la garganta. Respiro con dificultad—. ¿Y si le pongo los cuernos? ¿Y si no consigo esperar?

Me estrecha la mano.

—Lo conseguirás. Superarás esto y yo estaré contigo en cada paso que des.

Me seco las mejillas y la abrazo durante mucho mucho tiempo, mientras le susurro que lo siento, que le estoy muy agradecida y que la quiero.

Ella me acaricia el pelo.

—Yo también te quiero.

Estoy en la acera, al lado del Drake. La nieve me besa las mejillas mientras espero a Lo. La gente va vestida elegante para ir a la iglesia. Es la misa de Nochebuena. Las farolas están envueltas de lucecitas y el complejo de apartamentos está decorado con coronas con lazos de ante rojo. La ciudad está de celebración mientras a mí se me encoge el corazón con cada latido.

El Infinity negro de Ryke está aparcado en la curva. Este mete la mochila de Lo en el maletero y lo cierra.

Tiene los ojos cansados y unas ojeras muy pronunciadas. Parece agotado. Nos separa casi un metro. Me pregunto quién recorrerá antes esa distancia, si es que alguno de los dos lo hace.

—¿Qué decimos? —murmuro—. ¿Adiós?

—No. —Niega con la cabeza—. Esto no es un adiós, Lil. Nos vamos a ver.

Ni siquiera sé a qué centro va. Ryke no me quiere dar la dirección, pero he de confiar en que sea un lugar seguro y espero que no esté muy lejos.

Le dedico una débil sonrisa mientras intento desesperadamente no echarme a llorar. Sin embargo, cuando veo que una lágrima se desliza por su mejilla, no lo soporto más. Sollozo.

—No cambies demasiado —le pido. Tengo miedo de que yo ya no encaje en su vida cuando vuelva. Madurará mientras yo me quedo sola y estancada.

—Solo cambiaré lo malo —me asegura. Da un paso al frente, luego otro y, finalmente, otro. Hasta que nuestros zapatos se tocan, hasta que alcanza a acariciarme la mejilla con el pulgar—. Siempre seré tuyo. No hay tiempo ni distancia que puedan cambiar eso, Lily. Tienes que creerme. —Le pongo las manos en el pecho firme y le acaricio la cadena con la punta de flecha—. Lo último que yo quería era dejarte aquí. —Noto cómo se le hunde el pecho bajo las palmas de mis manos—. O causarte dolor, Lil. Necesito que sepas que… que esto es lo más difícil que he hecho nunca. Es peor que decirle que no a mi padre, que renunciar al fondo fiduciario. Esto es lo que me mata.

—Estaré bien —susurro mientras me esfuerzo todo lo posible por creerle.

—¿Segura? —pregunta, lleno de dudas—. Porque te imagino llorando y dando vueltas en la cama, te imagino chillando para que alguien esté contigo, rezándole a Dios para que el dolor termine. Y no soporto pensar que el responsable de todo eso seré yo.

—Para —le pido, incapaz de mirarle a los ojos—. No pienses eso, por favor.

Abre la boca y creo que me va a dar carta blanca. Que me va a decir que soy libre de ponerle los cuernos. Sin embargo, mientras llora, me dice:

—Espérame. —Su voz suena rota y llena de dolor—. Necesito que me esperes.

Alguien lo ha obligado a pedirme esto. Miro atrás y veo que Rose nos mira con los ojos muy abiertos, tapándose la boca con la mano. Luego miro a Ryke, pero su mirada dura no revela nada.

No. Ha sido idea de Lo.

Sabe que la única manera de que yo luche de verdad es si tengo algo que perder.

Intento darle una respuesta, pero soy incapaz de hablar.

Me acerca a él y me abraza.

—Te quiero. —Me besa en la frente y se separa de mí, dejándome muda, destrozada. Le hace un gesto a Rose—. Cuida de ella.

—Cuida de ti —responde mi hermana.

Asiente de nuevo. Espero a que vuelva a mirarme.

Pero no lo hace.

—Lo —lo llamo.

Pone una mano en la puerta del coche. Duda, pero al final se vuelve hacia mí.

Abro la boca, deseosa de expresar de golpe todos mis sentimientos. «Te quiero. Te esperaré. Eres mi mejor amigo, mi alma gemela y mi amante. Estoy orgullosa de ti. Por favor… Vuelve conmigo».

Curva los labios en una sonrisa esperanzada.

—Ya lo sé.

Y, tras esas palabras, se mete en el coche y cierra la puerta. El Infinity arranca y se marcha.

Desaparece.

Agradecimientos

En primer lugar, queremos dar las gracias a todas las personas que han apoyado *Adicta a ti* durante el proceso de creación. A la familia, los amigos y a todos los allegados que adoramos y reverenciamos, para los que tenemos un lugar especial en nuestro corazón: los blogueros y la comunidad de «libreros». Os debemos nuestro más sincero agradecimiento y un abrazo gigante. Da igual si son reales o virtuales, para nosotras significan lo mismo.

A cualquiera que sufra una adicción o sienta que tiene una, queremos decirle que reconocer el problema es el primer paso y hablar con alguien puede ser el siguiente. Es importante que, como lectoras, como mujeres, nos empoderemos las unas a las otras. La adicción al sexo en las mujeres es un tema complicado. Hay una línea muy delgada entre ser una adicta al sexo destructiva (como es el caso de Lily) y simplemente explorar nuestra sexualidad. Si sabemos dónde está esa línea, podemos apoyar a otras mujeres en su sexualidad, y no avergonzarlas por ello. Todas somos hermanas, y nos emociona empezar a celebrar ese vínculo que todas compartimos de forma inherente. Y si hay chicos que estén leyendo este libro, ¡a vosotros también os queremos!

¡Gracias a todos!